勉传

风云际会 ④

耳东水寿◎著

SPM 南方传媒 | 广东人民出版社

· 广州 ·

图书在版编目（CIP）数据

勉传.风云际会.4 / 耳东水寿著.—广州：广东人民出版社，2022.8
ISBN 978-7-218-14439-9

Ⅰ.①勉… Ⅱ.①耳… Ⅲ.①长篇小说—中国—当代 Ⅳ.①I247.5

中国版本图书馆CIP数据核字（2020）第153554号

MIANZHUAN . FENGYUN JIHUI 4

勉 传 . 风 云 际 会 4

耳东水寿 著

出 版 人：肖风华

策　　划：李冠亚　李　敏
责任编辑：李　敏　温玲玲
装帧设计：刘焕文
责任技编：吴彦斌　周星奎

出版发行：广东人民出版社
地　　址：广州市大沙头四马路10号（邮政编码：510199）
电　　话：（020）85716809（总编室）
传　　真：（020）83289585
网　　址：http://www.gdpph.com
印　　刷：广州市豪威彩色印务有限公司
开　　本：787毫米×1092毫米　1/16
印　　张：21.5
字　　数：276千
版　　次：2022年8月第1版
印　　次：2022年8月第1次印刷
定　　价：59.80元

如发现印装质量问题，影响阅读，请与出版社（020-85716849）联系调换。
售书热线：（020）87716172

目 录
CONTENTS

第一章 都是老熟人

"你在拖延时间……"听到席应真声音的时候，伊秧瞬间明白了归不归的意图。就在他想要动手结果了这老家伙的时候，从县衙的大门外走进来一个和他一样身穿方士服饰的白胡子老头——席应真。

除了大术士和小任叁之外，还有一个人跟在他们俩的身后。这人竟然是当初被大术士堵在山洞里面不敢出来的瘟神，这时他被一根红绳拴着，红绳的另外一头抓在席应真的手里。现在的瘟神被揍得鼻青脸肿，走路一瘸一拐。他看到伊秧、赤胆和冬凤三神之后，脸上有些诧异，还以为三神是来救他的。不过想到抓住他的人是大术士席应真，他心里也就不抱什么希望了。

看到大术士的同时，伊秧、赤胆和冬凤三位神明的表情各异。伊秧直接转过了头，不看席应真过来的方向。而赤胆好像比较矛盾，他想学着伊秧的样子不理会大术士，不过总是下意识地回头朝席应真的方向看去。

而冬凤在听到席应真的声音之后，第一个反应却是想马上借神力离开。不过看到身边其他两位神明都没有遁走的意思，她这才收了神力，向后退了几步，躲在了两个神明的身后。原本她还想做出三个神同进退的样子，但是在看到席应真出现之后，她脸上已经露出一丝谄媚的笑容。

"方士爷爷我就说，什么神仙瞎了眼敢欺负我们家孩子，原来都不是外人……"看到了这三位神明之后，席应真拍了拍小任叁的肩膀，说道，"听你说得吓人，还以为是神主下凡了，原来是你们三个。都是老熟人了，是吧？喂……方士爷爷和你们说话呢，这些年高高在上做神仙，是不是又开始怀念当初挨嘴巴的那段时光了？"

听着席应真说话的语气变了，除了伊秧继续不理会他之外，赤胆和冬凤两神都朝他迎了过去。冬凤抿嘴一笑，边走边说道："天底下都知道您老人家是天下第一大术士，什么时候改了去做方士？刚才我还在想，是哪位方士爷爷到了……"

"是冬凤啊……小丫头你成仙之后，方士爷爷我还以为再也见不到你了，想不到还能在这里见到。"席应真看到冬凤之后，脸上的冰霜瞬间融化，色眯眯地看着女神仙，"在上面都吃了什么好东西？看看这脸蛋溜光水滑的，这纤细的小腰……啧啧……你们在上面也没有什么事情做，也不用继续修炼了，就没找个婆家吗？"

大术士一边旁若无人地上下打量冬凤，一边不停地吧唧嘴。饶是冬凤本来就是八面玲珑的人物，这时候也有些害羞，脸上一片绯红。

不过还没等冬凤娇羞地接话，席应真后面的话已经变了味："不过这么多年不见，一见面就欺负我们家孩子，这就有点不顾咱们的老交情了吧？你们谁说的要把我们家孩子扔水井里的？还什么将他炖了鸡，拿回去补身子这话又是哪个王八蛋说的？方士爷爷我辛辛苦苦养大的孩子，就让你们这么炖了吃？"

不知道是不是这么多年大术士和吴勉接触得多了，这几句话说出来竟然有点白发男人的风格。加上说最后一个字时翻了翻白眼，他简直就是年老版的吴勉。

伊秧、赤胆和冬凤三人还没有成仙之前，便和这个老家伙打过交道，而且还都在他面前吃过亏。三人本来以为成仙后便不会再被这个老东西纠缠，就算这次下凡也是躲着他走的，想不到最后还是没有躲开这个大术士。如果放在成仙之前，冬凤、赤胆之流跪在地上给自己俩嘴巴，说句"爸爸我错了"这样的话也没有什么。不过现在他们都是成仙得道的神明，身上有了神明包袱，再被这么一个老术士打嘴巴那就太难看了。

看到三神都不言语，席应真呵呵笑了一下，对身边的小任叁说道："小孩子总是不会骗人的，我的儿你说说看，他们刚才都说什么了？不是说还有谁要打你杀你吗？说给爸爸听，一会爸爸我打他们嘴巴，给你出气……"

小任叁叹了口气，不知道席应真哪句话说到了他的心坎里，他竟然眼泪汪汪地低头说道："老头儿……还是算了吧，我们人参受点委屈没有啥，他们都是天上的神仙……老头儿你别打不过硬撑，骂我们人参两句没有什么，打两下也打不死……你可别为了我们人参和他们神仙动手啊……"

说到最后，小任叁"哇"的一声大哭了起来。归不归不知道什么时候也退到了席应真的身边，老家伙看着人参娃娃叹了口气，对正在安抚小任叁的席应真说道："其实吧，我们任叁兄弟说得也没错，不说了……唉……早知道就不把您请过来了。也没有别的意思，本来还想……不说了，不说了。您还是回去吧，三位神仙呢，不能难为您豁出命去给我任叁兄弟出气。不说了，不说了，不说了……您就当没来过……"

"去你的归不归！想拿方士爷爷我当枪使就好好用！别拿我当傻子……"席应真被这一老一小把火气拱了起来，一伸手就将归不归推开，顺势将绑着瘟神的绳子交给了老家伙，然后气哼哼地朝这三位神明走了过去。

冬凤仗着自己的几分姿色，当下赔着笑脸走过来，指望着能说明白这都是一老一小在挑拨离间。不过她还没有开口说话，已经被大术士的话怼了回去："小丫头你别找不自在啊，方士爷爷我还是术士那会儿不怎么打女人，可没说现在成了方士也不打……"

　　这句话说出来的时候，空气中的温度已经降了几度。席应真脚下的地面已经挂满了白霜……

　　冬凤犹豫了一下还是没敢说话，不由自主地向左边退了一步，将身后的道路让了出来。席应真理都没理她，当下继续向着对面两个神走去。

　　赤胆犹豫了一下，看了依旧没有回头的伊秧一眼之后，迎着席应真走了过来："席术士，你不能光听一面之词，我们是成仙得道的神明，怎么可能为难一个人参娃娃？你好好想想是怎么被他们……"

　　赤胆的话还没有说完，大术士就走到了他的面前，大术士没有说话，直接伸手一巴掌打在赤胆的脸上。这位神明眼看着这一巴掌向着自己打过来，却和当初还是修士时一样，只能眼睁睁看着，没有本事避开。

　　"啪"的一声脆响，赤胆的身子被高高地打飞了出去，片刻之后重重地落到了地上。席应真存心要出气给自己的干儿子看，因而赤胆挨了一巴掌之后并没有晕倒，除了脸被打肿之外并没有什么异相。他爬起来之后以为自己成仙之后神力已经大涨，不再是当初随便被席应真欺负的小修士，当下便向着席应真冲了过去。

　　就在赤胆调集神力准备大战席应真的时候，大术士的第二个巴掌又到了。还是和刚才一样，赤胆依旧只差了那么一点点而没有躲开巴掌，第二个巴掌将他打得飞了起来之后又摔倒在地。赤胆再次翻了个滚，爬起来之后，又向着席应真扑了过去……

　　"啪"第三个嘴巴打在赤胆脸上，将他打得清醒了一点。看着躲在席应真身后那人参娃娃嬉皮笑脸的样子，这位神明明白了过来：这是打我的嘴巴，逗这个人参娃娃开心……

第二章　三去其二

第三次从地上爬起来之后，赤胆便不敢去招惹大术士了。虽然他的名字里面有个"胆"字，不过对上席应真这样的对头，光靠胆子确实不大够用。再次从地上爬起来之后，他的两腮肿得好像是发面饼一样，身子一闪已经退到了还是不回头的伊秧身边。

"你们一边是天上的神仙，一边是天下第一大术士，别为了我们几个凡人、妖物动手啊……"这个时候，牵着瘟神的归不归一边将百无求的定身法解除，一边躲避着几个神明，将晕倒的吴勉扶了起来。他嘴里还好像劝架一样说个不停："你们都是大人物，别为了我们伤了和气。可千万别出人命啊……"

"老家伙，别管他们了，先把咱们爷俩的事情说明白……"百无求抓住自己"亲生父亲"的前襟，一把将他拽到了自己的面前，瞪着他那比牛眼还大的眼睛说道，"最后一次和你说，你打什么鬼主意提前知会老子一声！席应真晚来一步，老子差点就抹脖子了……就差那么一点点了！老子也猜到老家伙你后面还有什么鬼主意，不过你刚才说的话太吓人了！再有下一次，老子先抹脖子！在下面等着你，你爱来不来！听到了吗……"

"听到了，你先松手……"归不归笑眯眯地对着自己的便宜儿子说道，"傻小子，再有下一次爸爸我什么都不说了，直接抹脖子在下面等着你。咱们爷俩下辈子变哥俩，手拉手地去喝孟婆汤……"

这父子二人的表白听得不远处的冬凤直起鸡皮疙瘩,别人家的父子都是父慈子孝,这爷俩却研究怎么同归于尽。刚才她就觉得不可思议,后来看到了席应真,还以为他们俩是在做戏,现在看来还真不是那么简单……

本来归不归是打算想办法将海上的徐福诓回来的。现在的对头是天上下凡的神祇,老家伙可不以为自己这些人加在一起就有办法对付神祇。弄死了一个平妖仙君那是运气好,如果一开始那位仙君用全力对付他们的话,杀死他们几个不是太难的事情。

不过之前他们几个使用术法回到洞府,便遇到了前来看望干儿子的席应真。老家伙看到了大术士之后,也不用再费力去找徐福了。他向小任叁使了一个眼神,人参娃娃拉着大术士一阵哭诉之后,便把这位大术士诓骗到了这里。只不过归不归担心大术士也忌惮这几位神祇,一开始并没有说实话,只是说小任叁在几个怪异修士的手上吃了大亏。

原本归不归是想直接拉着席应真回到这里的,然后他们分成明暗两条线将三神引出来交给大术士处置。不过席应真在斫县附近发现了那位瘟神的气息,也不知道以前瘟神是怎么招惹到这位大术士的,感知到瘟神在附近出没之后,席应真便不管不顾了,一定要先去把瘟神抓过来,然后再替小任叁对付三神。

因为担心三神会提早离开斫县,到时候商量好的计策因此而起不到作用,故而吴勉、归不归几个人冒险先行开展计划。那边席应真解决了瘟神之后马上就赶过来应援。没有想到这边刚刚开始,便把冬凤吸引了过来。

对付这个完全不知道防备的神仙并没有什么难的,将冬凤困在阵法当中之后,归不归便急忙让小任叁去请席应真过来。不过那个时候正是大术士抓获瘟神的紧要时刻,他只能让小任叁先行回去,等他这边抓到了瘟神之后便马上赶去帮忙。

对付后来的赤胆虽然也是费了一些力气,不过好歹还是被归不归蒙进了阵法当中。一直等到伊秧赶到，事态才有了根本性的转变。看到吴勉、归不归完全没有还手之力，小任叁便再次跑去找席应真过来帮忙。就算瘟神跑了也顾不上了，起码要保住他们这几个人的性命。

也是巧了，小任叁刚刚利用土遁之法出城，便遇到已经抓到了瘟神，正在往这里赶的席应真。看到了自家老头儿，小任叁这才算放下心来，拉着这位陆地术法第一人赶到了这里。

席应真的术法让归不归很是吃惊，当初只是以为这位大术士的术法通玄，没有想到对付神祇也是几个嘴巴就能搞定。几个嘴巴打下来，赤胆连还手之力都没有。本来归不归以为自己的术法和席应真相比差距并不算太大，现在老家伙才明白，两个人的实力已经出现了一条不可逾越的鸿沟……

这时候脸颊红肿的赤胆已经站在了伊秧的身边。大术士看了一眼还是不肯转过身来的伊秧，说道："伊秧，你是不是以为装作看不见方士爷爷，方士爷爷就真的没来过？还是以为我不敢在你背后下手？"

"大术士你什么时候变成方士了？"伊秧虽然依旧没有回身，不过还是回答了席应真的话。顿了一下之后，这位曾经的大方师说道："既然你自称是方士，那么请问你的师尊是哪位大方师？在门中的辈分又如何？还有，既然应真先生你自称方士，见到我这个曾经的大方师，是不是应该客气一点点呢？"

"不是方士爷爷小看你，伊秧，我敢叫一声师祖，你敢答应吗？"席应真冷笑了一声之后，继续说道，"师尊是我认的，师祖是外人认的，一定要攀个交情的话，不用多，能挨方士爷爷我一个嘴巴，还能站着不倒的，那我就认下这个师祖了。来，你自己说，哪边的脸不想要了？"

这句话说出来，冬凤、赤胆二神的目光便都看向了伊秧的方向。不过这位曾经的大方师犹豫再三还是不敢应承，徐福的心眼、席应真的巴掌在上面都是传说，伊秧还不敢轻易挑战这个传说。

看到伊秧不再言语，席应真冷笑了一声之后，再次说道："既然这巴掌打不出去，那么大家都别费事了。老人家我也没有心思和你们神废话，这样，是你们当中的谁打死了一个叫作谭清儿的丫头？站出来在归不归那个老家伙的面前自尽，我们也不为难其他两个神仙了。你们回去还能继续吹，以表方士席应真对你们神仙的敬畏，你们回去之后也不会太难看。出来四个回去两个，你们也好交差了……"

听到席应真说到"谭清儿"三个字的时候，三神的脸色都迷惘起来。能让这位大术士惦记的一定是什么了不起的女修士，不过他们三神下凡之后好像没有接触过这位女修士啊？三神面面相觑，弄不好——席应真找错神了？

就在这个时候，小任叁奶声奶气地说道："就是你们灭口的谭家大小姐，平妖仙君死的那一天，你们谁用半块砖头砸死谭清儿的？"

听了这句话之后，本来还以为逃过一劫的冬凤脸上瞬间难看了起来。谭清儿正是死在她的手下。看到伊秧连身子都不敢转过来，冬凤也不指望他了，当下便使出神力想要离开这里。上面是暂时回不去了，先找个地方躲躲也好……

看到冬凤要逃，席应真便明白罪魁祸首是谁了。他对着冬凤劈了一掌，想要一掌打散她身上的神力。没有想到就在席应真这一巴掌打出去的同时，一直没有转身的伊秧突然瞬间到了冬凤的身后，替她挨了这一巴掌。冬凤趁机消失在了空气当中。

"我们一起下来，就要一起上去，一个也不能少……"

这时候，百无求放肆地笑了一声，说道："这话你问过那个什么平妖吗？还有刚才那个小浪蹄子也是这么想的？你这话连我们妖都不信……"

这句话说出来的同时，赤胆也想趁机逃走，席应真要阻拦的时候，伊秧又替他挨了一巴掌。瞬间伊秧一口鲜血喷了出来，随后他转回身来，露出看起来十分怪异的面容……

第三章　归来去兮

现在的伊秧面容惨白，如果说吴勉的脸已经算是苍白的话，那伊秧的面容白得近乎于透明，已经能隐约看到他脸上皮肤下隐藏的血管了。看到金色的血液在里面流淌，有一种说不出来的怪异。

"既然你自己留下来，那方士爷爷我就当是你害死的谭清儿。"席应真冷笑了一声之后，再次迈腿向着伊秧的位置走了过去。大术士一抬腿，等到脚落地的时候，人已经瞬间到了伊秧的面前。他举起巴掌对着这位曾经的大方师的左脸打了过去。

当大术士的手打在伊秧脸上的时候，发出了一阵寺庙当中敲打佛钟的声音。这阵巨大的响声响起来时，这二人周围的空气似乎都震动了起来。

紧接着席应真打在伊秧脸上的手掌被弹了回来，大术士皱着眉头向后退了一步。拉开了和伊秧的距离之后，大术士这才看了一眼刚才被弹回来的手掌。就见他的手掌这个时候已经变得血肉模糊，手掌上密密麻麻的都是细小的血点，还不断有鲜血从里面渗出来。

"真是今非昔比了，伊秧，比起上次挨嘴巴时的样子，你真是变了个人啊。"大术士完全不在意自己手上受的伤，将手上血迹在身上随便擦了擦之后，对这位曾经的大方师说道，"能让方士爷爷我费力打第二个嘴巴的，你是第五个……"

说话的时候，席应真再次抬腿向前迈了一步，同时抡起胳膊对着伊秧打了下去。这一次伊秧还是没躲，依旧在一阵钟鸣声中，挨了席应真一巴掌。但他依旧好端端地站在原地，看起来好像丝毫没有受伤。

吴勉、归不归认识席应真这么多年，还从来没有见过这位大术士什么时候打过谁第二个嘴巴。而伊秧还是好端端地站在原地，眼睛一眨不眨地盯着打了自己两个嘴巴的老术士。说来也怪，这位曾经的大方师似乎只是挨打，并没有丝毫还手的意思。

"席应真老头儿，不是老子说你，刚才你说什么来着？挨个嘴巴还能站在原地的就是你们家师祖，老子可给你数了，两巴掌了这什么伊秧还不是好端端地站着……"百无求看着一动不动的神祇，想要继续说下去的时候，就见刚才一动不动的伊秧终于动了。

伊秧的身子直挺挺地倒了下去，他好像被冻硬了一样，摔到地上的时候还保持着刚才挨打的姿势。

"把自己封在这里，就为了让两个手下走。到底是做过大方师的人，算是个人物……"看着还是保持着一个姿势倒在地上一动不动的伊秧，席应真叹了口气。随后他向归不归招了招手，说道："老家伙过来看看，然后和你儿子说说怎么回事。别让他出去添油加醋到处编派方士爷爷我的不是……"

归不归赔着笑脸过来查看了伊秧之后，嘿嘿一笑，对凑上来看热闹的百无求说道："傻小子，这位伊秧大方师事先将他全部的神力都贯注到身体表面。刚才他死活都不肯转身，其实刚才大术士的第一个巴掌就已经把他打晕了，不过靠着神力顶着，伊秧没有任何变化。当时我们的注意力都在大术士的巴掌上。谁能想到他那个时候已经被打晕了，刚才你爸爸我还纳闷，伊秧怎么这么老实不言不语的……"

如果说之前打嘴巴戏耍赤胆已经震惊到归不归的话，现在将全身灌注神力的伊秧打晕，更加让老家伙震惊不已。伊秧怎么说也是做过大方师的人，当年姬牢离开方士一门的时候，就是伊秧的师尊顶了首任大方师传下来的位子。之所以选了这么一个术法、德行都不算最佳的人选，燕哀侯就是看中了他有伊秧这样一个弟子。可以说伊秧很早之前便已经奠定了成为第三任大方师的基础……

虽然归不归心里从来没有认为席应真会输，不过能一巴掌打晕一位大方师，这样的本事也远远出乎老家伙的意料。原本以为他们俩怎么也要几个回合，席应真才会获胜，想不到只是一巴掌便将伊秧打晕。

"老家伙，你们就管这样的叫神仙？神仙也挨不了一个嘴巴？"百无求用脚尖轻轻地踢了踢一动不动的伊秧，随后继续说道，"老子也挨不了席应真老头儿的一个嘴巴，这不是说老子和神仙也差不了多少吗？"

"傻小子你这话说得没错，你和神仙也没有什么差别。"归不归古怪一笑之后，不再理会自己的便宜儿子。他走到吴勉的身边，摸了摸白发男子的心脉，叹了口气说道："可惜了，那么好的法外化身没有了。不过好歹你和广仁一样，把命保住就是万幸了。"

法外化身是魂魄融合了术法的化身，虽然威力巨大，不过也有不少隐患，如果遇到术法比自己强大得多的对手，很容易被发现、破坏。不久之前，在妖山与地府大战的时候，广仁的法外化身就被阎君化掉了。广仁也经受了极大的痛苦，好在最后还是保住了性命。吴勉的运气更好，他的法外化身几乎没有多少魂魄，就算受伤也不会对本体造成很大的伤害。

说话的时候，归不归将自己的术法灌注到吴勉的心脉当中。片刻之后，吴勉睁开了眼睛，第一眼看到了归不归，说道："不会是你儿子想要和你同归于尽，失手带着我一起下来了吧？"

"那么好的事情，百无求那孩子怎么舍得？"归不归嘿嘿笑了一下之后，一边将吴勉扶了起来，一边将他晕倒之后发生的事情说了一遍。说到大术士一个嘴巴打晕、两个嘴巴打倒伊秧之后，吴勉也瞪大了眼睛。如果伊秧他们算神的话，轻描淡写便能打倒神的席应真又算是什么？

看到吴勉醒了过来，席应真说道："好了，方士爷爷被你们当枪使也使完了，我的儿，爸爸我怎么和你说的？就是一个巴掌的事儿。剩下的事你们自己料理，方士爷爷也该功成身退了。老瘟，咱们俩的旧账也该算算了……"

这个时候的瘟神也被吓呆了，他咧了咧嘴，哭丧着脸说道："我的神职就是散播瘟疫，做的都是上指下派的事情，你又何苦为难我一个跑腿的小神呢？如果我有哪里做错了，你大人大量就放过我一个小小的瘟神吧……"

"席应真老头儿，不是老子说你，你自己看看都把神仙逼成什么样子了。"百无求看着瘟神，竟然觉得他有些可怜，当下继续说道，"要不你就干脆一点，直接弄死他得了，也比把他吓死要强吧？"

对会骂街的百无求，席应真也是相当器重的。天下群妖当中，除了他认的干儿子小任叁之外，席应真也就是看百无求顺眼一点，当初百无求还帮他堵着人家大门骂过街的。大术士也不在乎百无求直愣愣的脾气，对他说道："百无求，这事你别……"

大术士的话还没有说完，突然皱了一下眉头，对着空气说道："你们俩还是不死心吗？明明已经逃走了，为什么还要回来？"

说话的时候，刚才已经逃走的冬凤、赤胆两位神明突然出现在伊秧的身边。两位神明的表情怪异，对视了一眼之后，冬凤向着席应真走了过来，说道："大术士你不是要找处死谭清儿的人吗？就是我……现在我死在你的面前，你可以放过伊秧大方师了吧？"

看着这两位神祇，席应真古怪地笑了一下，说道："出了什么事情，你们回去一趟就变了个人？"

第四章　谷元秋

看到冬凤、赤胆二神竟然又回来了，归不归的眼睛便眯缝了起来。他顺着大术士的话继续说道："看来这次下凡的不止你们几位神明，能让你们两位去而复返的一定是什么大人物，想起来老人家我就浑身起鸡皮疙瘩……"

归不归的话提醒了席应真。大术士皱着眉头看了看还躺在地上一动不动的伊秧，随后对冬凤、赤胆二神说道："晚了，不管你们背后是人也好，是神也罢，都让他出来露露脸……等一下，归不归，你们方士当初有几个人飞升成仙了？"

说到最后的时候，大术士突然品过味来，对身边的归不归说道："看来你们方士当中还有很多我不知道的事情，有机会你给方士爷爷我说说，我就喜欢听这些乱七八糟的故事。"

"什么叫你们方士，明明是咱们方士。"归不归赔着笑脸说了一句之后，也将目光转移到了倒在地上的伊秧身上。顿了一下之后，他继续说道："如果按照方士宗门的正统说法，一个也没有。老人家您也知道，第一任大方师是渡劫失败而亡的，后面的方士都自称是他的徒子徒孙。碍于燕哀侯是天下第一方士的说法，谁也不能越过这位第一方士。

"后来什么飞升成仙的、长生不老的，都不敢对外说，现在连一般老百姓都知道徐福、广仁他们是长生不老的方士。但他们自己从来都不承认，都是千儿八百岁的人了，对外还经常觍着脸说自己驻颜有术。"

　　说到这里，发觉席应真看着自己的眼神不对，老家伙就讪笑了一下，继续说道："当时燕哀侯大方师虽然渡劫失败，不过还是留下了一整套有关渡劫准备的典籍。老人家您也是知道的，踩在别人的肩膀上办起事来也就轻松多了。虽然方士一门一直宣称没有长生不老的门人，不过我曾经闲来无事翻看过历代方士的花名册，最少有三十九人的名字下面写着暴病而亡。这些人都不是在宗门亡故的，死的时候身边也没有什么人见证。都是二三百岁的老方士了，一点征兆都没有，说没有就没有了？反正不是飞升就是被人害死……"

　　"就不兴人家真是被害死的吗？"小任叁实在忍不住，仗着席应真就在身边，奶声奶气地插嘴，"不用去说别人，就看看广义、广孝他们，谁不想把广仁害死，自己做大方师？你们方士流传下来一千多年了，被同门害死三五十个人有什么稀奇的？看看我们妖山，都是成万成万地被……"

　　他们几个说话的时候，冬凤和赤胆二神的脸色越来越难看。赤胆终于忍不住了，打断了小任叁的话，开口说道："我和冬凤当中，你们留下一个，另外一个带着伊秧离开，这样你们的仇报了就可以了吧？说吧，我和冬凤你们要留下谁？"

　　"既然来了，那就都别走了。"席应真哈哈一笑，随后说道，"什么时候方士爷爷我这里变成你们想来就来、想走就走的地方了？刚才给你们机会，你们以为方士爷爷在放屁。现在这个机会没有了，你们都留下来吧……"

　　说话的时候，大术士已经瞬移到了赤胆身边，没有丝毫悬念地一巴掌将他打倒在地。随后，又瞬移到不知所措的冬凤身边，伸手在这位女神仙的脸蛋上摸了一下，说道："方士爷爷劝你一句，飞升成仙不容易，死了可就什么都没有了。和方士爷爷说，谁让你们回来救走伊秧的？这次下凡的不止你们几个神仙吧？"

"应真先生，不要为难一个女人了吧？不管是神还是人，男人为难女人传出去总是不好听的。"这时候，县衙外面传来一个人说话的声音。片刻之后，一个看着上了年纪的光头男人从外面走了进来。

光头男人扫了吴勉、归不归两个人一眼之后，对席应真说道："好久不见了，应真先生，还记得老朽吗？看在当年燕哀侯大方师的面子上，卖给我一个人情，放他们三个走吧。他们欠的人命也算在我的头上，所有的惩罚我来替他们承担，如何？"

说到最后的时候，这人的眼神又开始有意无意地瞟向一边的吴勉、归不归二人，嘴角露出一丝不易察觉的古怪笑意……

"今天是什么日子，老朋友的聚会吗？"席应真上下打量了一番光头男人之后，继续说道，"放不放他们三个一会再说，方士爷爷我有点事情不明白。当初你的葬礼方士爷爷是亲自参加的，停灵的时候还亲眼看过的。你这是长生不老，还是死后复生，再不就是飞升成仙，总要有一个说法吧？"

"这事说来话长，应真先生你先放他们三个离开，后面的话我慢慢和你说。"说话的时候，光头男人看了一眼赤胆和冬凤二神。笑了一下之后，他训斥二神："还不向应真先生告辞吗？快点带着伊秩离开，你们俩不是还想偷听我们的话吧？"

现在赤胆也已经被席应真的巴掌打到昏迷，冬凤急忙将他拖到了伊秩的身边，准备使用神力带着他们俩离开。就在这个时候，席应真突然变了脸，对冬凤说道："刚才方士爷爷说的话你忘了？既然来了就别走了。这话也不是单单指着你们三个说的……谷元秋，你也在当中……"

听到"谷元秋"三个字之后，归不归的脸色微变。看到老家伙脸色有了变化之后，吴勉咳嗽了一声，归不归心领神会，用传音之法在吴勉的耳边低声说道："当初方士一门是燕哀侯和这个谷元秋合力创办的，最初的门规约定大方师由他们俩轮流担任，每十年更换一次。不过第一次更换大方师的时候，谷元秋找借口推了。等到第二次更换的时候，他还没来得及即位，便已经身亡了……真是想不到，方士一门里还有这么多隐藏的事情。老人家我知道徐福为什么赖在海上不回来了，要是我老人家也不回来……"

"应真先生真的不打算给燕哀侯大方师这个面子吗？"谷元秋还是一副微笑的样子，顿了一下之后，继续说道，"当初我飞升、伊秧飞升，燕哀侯都是知道的，应真先生你得益于燕哀侯大方师，过了这么多年，就不能放过他们的门人弟子吗？"

"气息隐藏得真好，你不说方士爷爷都看不出来你的底子。"席应真见谷元秋没有询问吴勉、归不归的意思，于是转头又对吴勉、归不归说道："这件事看你们的，你们说放就放，你们说留下咱们就留下。"

归不归本来是最会权衡利弊的，不过谭清儿的惨死让他有些走心了。既然已经得罪了这些神明，那就索性得罪到底吧。

当下老家伙还是嘿嘿一笑，随后依旧赔着笑脸对席应真说道："我的事不叫事，不过这几位也叫作神，老人家您今天放走了他们，您有通天的术法护身，自然是不怕的。不过我们几个小角色真是受不了，我们也不是怕死，毕竟你们家少爷也和我们在一起混日子，归不归粉身碎骨没有什么，伤到了我任叁兄弟那就是大罪过了。"

"原来你就是归不归……"谷元秋哈哈一笑，手一甩，只见一道亮光对着老家伙飞了过去。他动手的同时，席应真突然出现在了谷元秋的身边。

第五章　谷元秋的算计

"嘭"的一声巨响之后，谷元秋和归不归两个人都飞了出去。不同的是谷元秋落地之后便没了踪影，而归不归撞塌了两座房子之后，才晃晃悠悠地从废墟里面爬了出来。

百无求看到自己的"亲生父亲"受伤，想要过去扶他，却被老家伙制止。一边的小任叁见到事情要闹大，当下一个猛子扎到了地下。现在已经牵扯到了天上的神仙，虽然有席应真老头儿，不过还是保险一点的好。

这个时候归不归身上已经发生了翻天覆地的变化。原本老家伙脑门顶上还有几十根白色的头发，爬起来之后里面竟然夹杂着几根黑不黑、灰不灰的头发，显得异常扎眼，和这几根头发一起变化的，还有归不归身上那长生不老之人独有的气息也消失得无影无踪。

归不归自己是第一个察觉到这种变化的，好在只是长生不老的能力消失了，他身上的术法还没有任何变化。当下，归不归第一个动作就是瞬移到了席应真的身边，随后紧张兮兮地从怀里拿出那个装满了长生不老丹药的小瓷瓶，也顾不上什么了，当着席应真的面，倒出一粒丹药塞进嘴里干咽了下去。

咽下丹药片刻之后，归不归脑门上的头发又变了回来，老家伙这才长长地出了一口气，蹲在席应真身边开始擦着脑门上流下来的冷汗。他的身体也跟着微微地颤抖起来，现在想起来还是后怕。如果刚才谷元秋趁机暗害他，老家伙没有了长生不老的体质，八成熬不过这一关了。

　　而一边的席应真也看傻了眼，吃了这药丸会有什么样的后果他知道，可面前这个老家伙就好像是吃了一颗糖丸那么简单，竟然没有一丝一毫的副作用。

　　和席应真一样傻眼的还有那个消失了的谷元秋，空气里面传来了他的声音："你吃的是长生不老的丹药？是从徐福那里得来的吧？为什么你没有那种生不如死的体质转换之痛？是我听错了什么消息吗？"

　　"您还是解释解释这个吧，老人家我也奇怪为什么元秋先生你会有这样的法器。"说话的时候，归不归张开手，露出一块薄如蝉翼的小小金属片，金属片两面都刻着符文。刚才就是谷元秋手里的这件法器将归不归长生不老的能力瞬间消除的。

　　之前在燕哀侯的地宫当中，归不归曾经遇到过类似的事情，那次老家伙也是中了阵法被消除了长生不老的体质，当时他服下丹药变回长生不老之身也吓了吴勉一跳。别人运气好的，也要用半条性命才能换来长生不老之身，运气差一点的直接就去轮回了，像归不归这样也算是天赋异禀了。

　　将法器放在手里把玩了片刻之后，归不归站了起来，对空气当中的谷元秋说道："老人家我斗胆猜一下，这样的法器您老人家是要对付广仁、火山那些长生不老的方士门人，还是要对付应真先生和徐福大方师呢？这法器看着可真不像是对付一般老百姓的……"说到席应真和徐福二人的时候，归不归故意将重音落在两个名字上。

　　归不归说完之后，谷元秋便沉默了起来。这个反应在老家伙的意料当中，当下他嘿嘿一笑，将法器收起来的同时，对席应真说道："您老人家说，元秋先生带着这件法器来，应该不是冲着我来的吧？不是我挑拨离间，刚才老人家您也听到的，元秋先生也是刚刚才知道我叫作归不归的。算来应该不是想把这法器往我身上招呼……"

　　"那就是冲着方士爷爷我来的了……"归不归这一把柴加得恰到好

处，席应真也想不出来这件法器除了是用来对付他之外，还能用来对付谁。想起有人要绝了自己长生不老的命脉，大术士便怒发冲冠。狞笑了一声之后，他继续对不敢再露面的谷元秋说道："你既然想要断了方士爷爷的长生不老之身，那么也不用提燕哀侯了……"

说话的时候，席应真慢慢向着还是不敢轻举妄动的冬凤走了过去。就在席应真走到距离三神五六丈远的时候，整个县衙的地面突然剧烈地抖动起来。随着一声惨叫，就见满身是血的小任叁顺着一股气流被从地下抛了出来。

人参娃娃离地的同时，谷元秋凭空出现在这里。他一手掐住了小任叁的脖子，看着已经走到了冬凤近前的席应真，淡淡地笑了一下，说道："应真先生，我们不提燕哀侯大方师。不过你连这个孩子的性命都不要了吗？"

还没等席应真做出反应，吴勉、归不归已经从两侧杀了过来。白发男人手里握着贪狼，横着对谷元秋的脑袋便劈了下去。他动手的同时，归不归也到了谷元秋的身后，对着这位和燕哀侯齐名的方士后心打了过去。

谷元秋完全没有把他们俩当一回事。他单手抓住了贪狼的刀锋，向后猛地一甩，吴勉还没有反应过来，他的身子已经离地，对着归不归砸了下去。好在刚才老家伙吃长生不老药的反应吓住谷元秋，他对归不归身上的长生不老药很是感兴趣，就手下留情，没有直接对这二人下杀手。

不过就是这样，吴勉、归不归二人撞在一起，还是撞得血肉模糊，倒在了地上。那边看到谷元秋制住了小任叁，席应真的眼睛已经冒出了火。当下他也不顾那三位神仙了，转身便向着谷元秋这边扑了过来。

"应真先生，你不是想看着这孩子死吧？"瞬间解决掉吴勉、归不归二人之后，谷元秋便带着小任叁向后急退。他退到了县衙大门口，举着已经失去知觉的小任叁，对席应真说道："听说应真先生管这个孩子叫儿子的，我可不想失手伤了你们家的少爷……"

看到谷元秋用小任叁要挟自己，无奈之下，席应真只能停住了脚步。大术士紧紧盯着谷元秋说道："方士爷爷和你说，如果这孩子伤了，就算你跑回天上，我也有办法把你挖出来，再把你磨成肉酱，一点一点来浇灌我们家人参。"

席应真平时都是嬉笑怒骂的样子，像这样阴沉着脸要挟别人还是第一次。谷元秋心里咯噔了一下，不过他还是不肯轻易放过这个护身符，冲席应真笑了一下之后，脸色一沉，对着还是一动不敢动的冬凤说道："你还在犹豫什么？还不快走……"

冬凤这才如梦方醒，当下再次催动神力，只是眨眨眼的工夫，便带着伊秧、赤胆二神消失得无影无踪。

看着冬凤离开之后，谷元秋这才松了口气。冬凤和赤胆倒还罢了，伊秧他可是万万损失不得。

当下，谷元秋冲着席应真鞠了一躬，说道："如果不是没有办法，我也不愿伤害应真先生你的公子。事后我再向应真先生道歉。"说完之后，他将任叁轻轻地抛向席应真的方向，同时也开始催动神力离开这里。

这个时候的席应真已经完全没有心思去管他，急忙伸手去接任叁。眼看着谷元秋就要消失的时候，他的小腿突然被人抓住，随后一个声音响了起来："占了便宜就走？晚了……"

话音未落，一股谷元秋完全想象不到的力量从他的腿上传递了过来。"嘭"的一声巨响，谷元秋被这股力量打得飞了出去。他的身子飞在半空中时，看到刚才抓着自己腿的那个人竟然是之前用贪狼劈过来的那个白发男人。好在此时神力已经催动起来，满身是血的谷元秋消失在众人的面前……

第六章　弥留路

　　谷元秋消失的同时，县城某处一座大宅的厅堂当中，围坐着三十多人。夜色下，可看出为首的二人正是方士一门最后两位大方师——广仁、火山。屋子里面的其他人都是不久之前，一起从海上赶回来增援妖山的方士。

　　这些人的中间是一个盛满水的银盆，从银盆当中能清楚地看到县衙那些人的一举一动。厅堂当中静悄悄的听不到一点多余的声音，任谁也想不到这里会有三十多人围坐着。

　　一直等到谷元秋消失之后，一名方士走到银盆之前，伸手在水中搅了一下，盆中的景象才在一片好像鱼鳞的涟漪中消失……

　　这时候，厅堂当中还是没有人说话，所有人的眼睛都盯着大方师广仁。

　　"大家都看到了，天界的通路已经打开，不止一位仙人下凡了。"说到这里，广仁顿了一下。随后，他转头看向身边一位五十多岁的方士，说道："玄仑师弟，徐福大方师明示了通道是伊秧大方师打通的吗？"

　　"是的。"那名叫作玄仑的方士起身，向着广仁施礼，说道，"伊秧大方师飞升的时候，将他的鲜血喷在弥留路径当中，只有他才能带着仙人下凡，也只有伊秧大方师能将他们带回去。"

　　"明白了，玄仑师弟请坐。现在方士一门已经不复存在，除了徐福大方师之外，世间再无大方师的称号。你我都是平辈方士，坐着说话就好，不用讲究那些繁文缛节。"广仁起身还礼，随后继续说道，"徐福大方师的法旨是要你我众人齐心协力抹掉伊秧留在弥留路上的路引。不过刚才大家看到了，不要说伊秧大方师和谷元秋先生了，就连冬凤、赤胆两位仙人的术法也大大超出我们的预料。我们全部方士加在一起，也未必是冬凤一位仙人的对手。此事我们要小心计划，不可以有丝毫马虎……"

说话的时候，广仁、火山已经站了起来。两个人走到众方士围拢的中心，广仁低声说道："为保万无一失，我将请出方士一门崩塌之前暗藏的法器。有关法器的一切事项，你们不可以向外人透露一言半语。如果法器出我之口，入众师弟之耳，还是泄露出去的话，今日在座诸位，包括我与火山在内，都要到徐福大方师的面前领死……都明白了吗？"

众人一同起身，异口同声地应下了广仁的话。当下，火山取出一张绢帛，自广仁开始，每个人都将自己的名字留在了上面。最后一位写下名字的人是方士一门最后一位大方师火山……

就在众方士开始轮流在绢帛上面留名的时候，县衙之内，席应真好像疯了一样检查小任叁身上的伤。好在谷元秋并不敢真伤了小任叁，小人参只是受了皮外伤，加上受了一点惊吓。看着一头一脸的鲜血，真把血擦干了也没有什么大碍。

"老人家，这件事情可不能这样就算完了。您想想看，谷元秋吃了一次甜头，这次用任叁兄弟要挟您，若使惯了手段以后还不得紧着我任叁兄弟欺负吗？"归不归这时也是一脸的鲜血，老家伙故意不擦拭，顶着血葫芦一样的脑袋继续说道，"唉，这件事没完，我任叁兄弟的日子就不好过了。看吧，以后这事若传了出去，都知道用他来要挟您最好，您还不敢还手……"

这个时候，小任叁十分配合地大喊大叫起来，像是受了惊吓的后遗症。席应真见了心疼得直咧嘴。当下他开始到处去找能撒气的东西，找了一圈之后，目光停留在被捆绑着的瘟神身上。

　　瘟神也看出了席应真的脸色不对，当下他也不顾自己是正神的身份了，对大术士说道："我知道大术士你心里不舒服，不过可不能把他们的罪名放到我头上。如果你觉得不顺气，回到上面之后我来给你顺气。他们都是没有神职的散仙，招惹不起我这个有神职的正神。"

　　"你说你比他们还厉害？哪里厉害？嘴？"百无求在后面踹了瘟神一脚，随后继续说道，"你有那个本事今天就不是他们跑了，正神了不起吗？"说话的时候，二愣子又在瘟神的屁股上踹了一脚。

　　"我的神力虽然不如他们，不过在上面他们见到我的时候，也要规规矩矩地行礼，尊称我一声正神的。"瘟神有些不服气，虽然被百无求又打又骂的，还是耐着性子解释道，"上面是分正神和散仙的，不过几乎所有的正神神职都早早被先飞升的仙人占了。我是殷商武丁时期飞升的，到我的时候已经没有什么正神的神职了。最后好不容易我才顶了瘟神的神职。如果不是没有别的神职，我也是好端端的修士，凭什么要做人憎鬼厌的瘟神？"

　　说到这里，看到众人都没有让他住口的意思，这位瘟神便多少有了点底气，继续说道："我差不多就是最后一批得到神职的正神，我之后再飞升的仙人只能做没有神职的散仙。不过说来也是巧了，别看没有神职，飞升上来的仙人还一个比一个厉害。现在上面正神不如散仙的多的是，不过运气就是这样，来晚了就什么都没有了。"

　　归不归对着自己的便宜儿子招了招手，让他把瘟神牵了过来。随后，归不归笑眯眯地对这位正神说道："也难为你泄露了这么多天机，老人家我受累再问一句，他们方士一门飞升的正神、散仙一共有多少？"

　　"我都说了我是殷商武丁时期飞升的，已经没有什么神职了，更不用说那些在周朝之后才飞升上来的仙人了。"说到自己正神的身份，瘟神还有点洋洋自得。不过看到正在冲他瞪眼睛的席应真之后，他的气焰马上又降了下来。讪笑了一声之后，他继续回答归不归的问话："不过你们方士飞升的也没有多少人，加在一起不会超过十个。就算成功飞升，还有弥留路这一关要过。很多人飞升之后没有闯过弥留路，在那里耗光神力，最后脱力而死。本来已经飞升成仙了，还是没有闯过最后这一关。"

"弥留路？你说的是人世和天界的通道？"归不归现在对天上还有多少成仙的方士非常感兴趣，以前的同门说不定再过几天就是冤家对头了。顿了一下之后，他继续说道："听说弥留路不是什么神仙都可以下来的，是吗？"

"要不怎么能分正神、散仙呢？"瘟神有些自傲地挺了挺胸膛，说道，"弥留路只有领了神职的正神，像我这样的才能因公下来。那时候会开天门，将正神请下凡间，到了时限之后，会再开天门请我这样的正神回到天界……"

"那么刚才你看到的那些散仙，是怎么下来的？"没等瘟神说完，归不归的话已经跟了上去。顿了一下之后，他继续说道："他们总要有下来的法子吧？"

瘟神没有想到归不归会问这个，他想了半晌之后，说道："那就只有硬闯弥留路了，不过我不大信真有散仙会从那里下来，那里是一片望不到头的迷雾。除非开天门散尽迷雾，要不然的话就算是我这样的正神，也要困死在弥留路的……"

"他们当中有人飞升的时候，在弥留路上留下了路引。"这时候，吴勉也走到了近前，他刚刚从打飞了谷元秋的困惑中走了出来。听到了瘟神和归不归的谈话之后，吴勉说道："伊秧，伊秧有通过弥留路的办法……"

第七章　说客

　　如果不是之前谷元秋豁出其他二神，也要将伊秾带回去，吴勉也不会想到伊秾的身上有关系到弥留路出入的方法。不过比起弥留路，席应真、归不归更关心的是最后这个白发男人是如何将谷元秋打飞的。

　　对于寿数有限的凡人来说，神仙绝对是他们仰视的存在。不过自从修士当中出现了第一个长生不老之人以后，这道鸿沟便被打破了。神之所以强大，是因为有资格飞升的都是万中挑一的人才。就是这些人，也要经过漫长的修炼，将自己的身体、术法修炼到可以飞升的程度。这个过程当中已经淘汰掉了绝大多数人，留下来的修士算得上是精英当中的精英了。

　　而这些人在成仙之后，身体从肉体凡胎进化成了仙体，术法也进一步变成了神力。无数修士终其一生，也无法得到百分之一这样的能力。不过成了最巅峰的神之后也会有弊端。这些成了神仙的修士们，其仙体、神力已经固化，无法再继续修炼，所有的能力止步于此。

　　而长生不老的人可以随着修炼一点一点地成长下去，就算是归不归那个没有什么术法天赋的弟子鹏化殷，理论上也有术法超越神仙的可能。可惜他虽然有长生不老的体质，却还是命短，早早地断了这个可能。

　　这也是一个长生不老的凡人席应真会比这些神仙还强大的原因。而吴勉的强大更加超乎大术士的意料，这个秦末才出世的白发男人，怎么可能在短短几百年的时间里，修炼出可以打飞神的能力？

同样想不通的还有归不归和吴勉自己。白发男人刚才被伊秧毁掉了法外化身的同时，大半的术法也跟随法外化身烟消云散。而且吴勉的魂魄也受到了伤害，就连他作为最后保命法宝的种子也因此开始萎缩。

吴勉苏醒过来之后，尝试着调动种子的力量，几次下来均告失败。不过他又是有仇必报的性格，看到谷元秋要逃，说什么也要在他身上留点记号，哪怕是在谷元秋身上打一下，白发男人的心里也好受一些。

当下吴勉豁出去了，同时调动仅剩不多的术法和种子两种力量。原本想的是，不管哪一种力量，能用就好，抢在谷元秋遁走之前在他身上留点"纪念"。没有想到平时势同水火的两股力量，这个时候竟然合二为一，变成一种新的，连吴勉都难以捉摸的力量，将谷元秋打飞了出去。

当时谷元秋还在全神贯注地提防席应真，没有防备已经身受重伤的吴勉会突然袭击他。这个结果也让所有人都惊讶无比，吴勉自己也是反应了好一阵子才明白过来。两股残余的力量融合在一起，竟然会产生这么强大的力量。以前他也曾经不止一次地尝试过，为什么只有这次能成功……

归不归过来打听吴勉用什么力量打退谷元秋的（其实谷元秋自己已经后退了一半），吴勉含糊其辞地说了两句。就连席应真这样的大术士也竖起耳朵在听，不过没有听到什么有用的东西，也就兴趣索然了起来。

眼见着天就要亮了，他们才从县衙当中离开。虽然没有抓到罪魁祸首为谭清儿报仇，不过总算也知道了几分来龙去脉。只是现在的对头前所未有的强大，归不归不敢让席应真离开，便请他一起到了自己的洞府当中。谷元秋、伊秧众散仙的事情不完，席应真也不敢将小任叁放在吴勉、归不归的身边。

和席应真一起来到洞府的，还有那位自以为委屈到了极点的瘟神。这一路上他不停地解释自己和大术士那些因为瘟疫而死的弟子没有关系，他也是上指下派。这个时候瘟神不再提自己正神的名分，话里话外好像他只是一个小小的杂役。

实话实说，席应真也没有想好如何处置这个瘟神。当初他只是想抓住这个瘟神出出气，但是现在牵连到了谷元秋、伊秧等散仙，便要通过他来探听天界的消息。短时间之内，只能留他在洞府里面了，事情平息之后再看是杀还是放。

有了席应真在身边，归不归的心才算落地。就算那几位散仙想要报仇，看见这位大术士在这里也只能落荒而逃了。而席应真也乐得守着小任叁，多少享受一下天伦之乐。

不过这样毕竟也不是办法。回来之后，归不归便开始琢磨起怎么设计将那几位神仙引过来，让席应真出来对付他们。不过之前冬凤说的不尽不实，怎么看谷元秋、伊秧他们下凡也不是为了争香火而来。连正神都算不上，真有香火的话也轮不到他们散仙的头上。

而他们回来之后，时不时便会出现一个奇景。每隔一段时间，吴勉的洞室当中便会发出一阵巨响。要么是白发男人从洞室里被轰飞出来，要么就是整个洞室坍塌，随后他从废墟里面爬出来。每次吴勉这么来一下之后，归不归就要给他重新建造一次洞室。

虽然白发男人自己没说，不过连百无求都能看出来他这个小爷叔是在研究新的招数。看来上次一拳打飞谷元秋让他看到便宜了。不过一连七八次都没有什么结果，最后一次连他们的洞府都差点震塌了。为了避免伤及无辜，这之后的一大早吴勉便一个人出了洞府，等到天黑之后才回来。

这样的日子过了半个多月，就在大家都开始习惯这样的生活之时，一天清晨，洞府外面出现了两个人的身影。这两个人准确无误地找到了洞府的入口，其中一个胖乎乎的男人笑嘻嘻地对着洞府里面的人说道："归不归老兄在吗？不是我说，看看谁来看你了……"

两个人出现在洞府门口的时候，里面的这些人便都感觉到了。堵在门口的竟然是张松和一直跟着他的龙种饕餮。上一次张松夺舍之后还是高高瘦瘦的，这一次他已经再次夺舍，找到了合适的人，变回了他原本胖乎乎的样子。

看到张松之后，归不归嘿嘿一笑，打开了禁制，将他和饕餮两个放了进来。

张松人还没进来，话已经进来："归不归老兄，最近耳朵里面听的都是你。去帮着妖王打地府，还和泗水号那俩东家不清不楚的。不是我说你，什么时候也介绍那俩东家给我认识——应……应真先生，您老人家也在这里啊……那什么？最近挺好的啊……"

说到一半的时候，张松已经发现了坐在厅中逗着小任叁的席应真。当下这位和方士一门、问天楼及大术士都有瓜葛的男人脸上变了模样。他收敛了脸上的笑容，小心翼翼地走到了大术士的面前，跪在席应真的面前行了大礼。

礼毕之后他站了起来，赔着笑脸对席应真说道："不知道您老人家也在这里屈就，弟子我也没有什么准备。早知道的话，我就从下面的娼馆带俩姑娘上来，也算是弟子张松对您老人家尽孝心了。要不您稍等半天，现在我们哥俩就给您老人家找个大姑娘上来……"

"呸！你当方士爷爷是什么人？狎妓宿娼那是人做的事情吗？"席应真也没有客气，对着张松啐了一口之后，气鼓鼓地说道，"方士爷爷我从来都是自己去，带出来算什么？你给人家名分了吗？"

看着张松臊眉耷眼的样子，归不归打心底偷笑了一下。等到大术士说完之后，他才笑着说道："既然你不知道大术士在我这洞府屈就，那就是冲着我们几个来的。说吧，你是来替谁做说客的？"

张松笑嘻嘻地看了归不归一眼，说道："广仁大方师让我给您几位带个话……"

第八章　冥诞

　　"七天之后是首任大方师燕哀侯的冥诞，广仁、火山两位大方师摆下了水陆法会，请你和吴勉老弟几位前去观礼。趁着这个机会，两位大方师也要向你们解释这么多年的误会。"张松笑嘻嘻地说到这里之后，还不忘向席应真赔了个笑脸。

　　"老人家我怎么不记得和两位大方师有什么误会？"归不归嘿嘿一笑之后，对张松说道，"麻烦你向两位大方师回句话，就说归不归只记得他们的好，想不到还有什么误会。还有，七天之后是我老人家三舅妈的冥寿。爹妈从小不管我，我是吃了三舅家的饭长大的。三舅妈的冥寿怎么也要大办一下，实在是走不开。还请两位大方师见谅……"

　　"那倒也是，自己家的三舅妈怎么也比以前门户的老前辈亲近。"张松一边说一边打着哈哈。这个胖子的心智不在归不归之下，受了广仁的托付之后，已经猜到了几分又要让吴勉、归不归他们几个去白出力。现在看到席应真也在他们这里，张松一下子更是明白了几分。

　　这几年，张松、饕餮搭伙找了一处僻静的小山村，开始调教小睚眦。只是小睚眦长得缓慢，其间张松已经两次夺舍换了新的身体。幸亏有饕餮在身边，消除了他夺舍时最顾忌的被人干扰的隐患。

　　如果没有什么意外事件的话，张松要等着小睚眦长大之后，有了底气，才会再次出世。不过就在一天之前，他和饕餮二人藏身的小山村当中，突然来了一群身穿方士服饰的男人，为首的正是广仁、火山两位大方师。

这些方士出现在这里之后，便在广仁的带领之下直奔张松、饕餮藏身的民居，堵住了感觉不对正要离开这里的一人一龙种。

广仁倒是很客气，将张松、饕餮连同那个像小豹子一样的睚眦请到了他的马车上。两位大方师请张松去请吴勉、归不归两个人出席八天之后的燕哀侯的冥诞，顺便要借这个机会向他们二位解释这些年来因为问天楼、元昌一系列事情而发生的误会。

本来张松是不打算蹚这浑水的，不过广仁给的谢礼是他梦寐以求的龙蜕。这件传说中的天材地宝能让睚眦加快成长发育的速度。两位大方师也没有忘记他身边的龙种饕餮，作为礼物当场送了一块传说中和龙肉齐名的玄武肉干，让这个连自己祖宗都敢吃的龙种没有丝毫犹豫就出卖了归不归、吴勉的洞府位置。

反正已经出卖了洞府的位置，那块龙蜕不要白不要。于是，张松也答应了两位大方师前去给他们说和。只不过他怎么也没有想到那位经常神龙见首不见尾的大术士席应真也会在归不归的洞府当中。

有席应真在场，张松施展不开手脚，当下便想找个借口带着饕餮一起离开。他们方士的事情，还是大方师自己来说的好。不过就在他找说辞要离开的时候，刚刚睡醒的百无求晃晃悠悠地走了出来。二愣子刚刚走出来，躲藏在张松怀里的小睚眦便从他衣服里面钻了出来，冲着百无求乱叫了几声，随后就要冲着二愣子扑过去，最后被张松死死地按住，才没有将这个肉包子送到百无求的手里。

"昨天半夜老子的右眼皮就一个劲地跳，还想着最近难道要走霉运，原来应在你张松的身上了。"百无求看了一眼张松和饕餮。顿了一下之后，他转头冲着自己的"亲生父亲"说道："老家伙，刚才老子迷迷糊糊地听到你们在说什么燕哀侯冥诞，怎么？不打算去啊？"

没等归不归说话，坐在席应真大腿上的小任叁突然开口说道："老不死的，我们人参想燕哀侯老头儿了……”

看了一眼自己的大侄子百无求之后，小任叁继续说道："我们人参生得晚，没见过你三舅妈。人参是燕哀侯老头养大的……要不，咱们在家里也给他办办冥诞吧……"

说话的时候，小家伙眼睛一红，低着头吧嗒吧嗒地掉起眼泪来。惹得席应真心里也不舒服起来，大术士当年得了燕哀侯的提点，才有现在陆地术法第一人的成就。

给小任叁擦了擦眼泪之后，席应真轻声细语地对人参娃娃说道："到底是我的儿重情重义……爸爸我陪你去看看，整个方士一门，也就是燕哀侯的人还不错。转眼他的神识都走了这么多年，方士爷爷我也没去看一眼。"

听到席应真和小任叁都要去参加燕哀侯的冥诞，归不归有些始料不及。不过老家伙是个会变通的，当下他脸上的表情一变，叹了口气之后，顺着席应真的话说道："被您老人家这么一说，我也是要去看看了。唉，其实当年我三舅妈是收了我爹饭钱的，老人家我脸皮薄没好意思说……七天之后才是冥诞，第六天咱们再赶过去也来得及。"

看到这几个人变了心思，张松嘿嘿地笑了笑，客气了几句之后，便想要和饕餮一起离开。不过就在他们要走的时候，被席应真一句话拦住了："既然来了，就住下吧。到了第六天头上，你陪着方士爷爷和你任叁兄弟一起见识见识，看看广仁、火山能把燕哀侯的冥诞办成什么样子。方士爷爷学着点，等你哪一次不小心轮回了，我让你任叁兄弟也照样给你办一个……"

"多谢应真先生您还惦记张松我，到时候别花什么钱，简简单单办一个就成。到时候我给任叁兄弟托梦……"虽然听着席应真的话别扭，不过张松嘴上还是要好好回应。

这话刚刚说完，突然洞府连带着整个高山都跟着一起剧烈地震动起来。张松不知道出了什么事情，一下子就慌了。他可不是长生不老的身体，如果这洞府真的塌了，这些人中最有可能去轮回的就是他了。

不过席应真、归不归这些人明显已经习以为常了。他们没有丝毫慌乱，该做什么还是在做什么。张松、饕餮面面相觑，也没好意思去问出了什么事情。

片刻之后，一直没有露面的吴勉从山洞外面走了进来。这个时候的白发男人满身血污，半边身子几乎被烧成了焦炭，另外半边身子被冰霜包裹着，现在还冒着丝丝的寒气。一般人只要受到一成这样的伤害，已经早死了几个来回。

洞府的这些人、妖已经习惯了吴勉动不动便满身是伤的样子。当下谁都没有在意，除了正常的打招呼之外，谁都没有多说一句废话。张松和饕餮却看直了眼，不知道吴勉去干什么了，才变成这个样子。

如果是有什么对头找上门的话，有席应真大术士在这里，也不用吴勉这么拼命。那么就只有一个解释了，这个白头发男人又在鼓捣什么新的术法……

想到这里，张松便倒吸了一口凉气。他是见过吴勉本事的，在他眼里，白发男人已经要强过广仁大方师了。但吴勉都这样了不得了还这么拼命修炼术法，那他的眦眦就算长成了，在吴勉眼里估计也算不得什么了。

和他同样惊讶的还有一旁的龙种饕餮，只不过他惊讶的事情不同：这个白发男人烤焦的这一面味道不错……

归不归笑嘻嘻地对吴勉说道："七天之后，广仁大方师要为燕哀侯大方师办冥诞的水陆法会，请我们前去观礼，你是不是也要准备一下？"

"不去……"

第九章　水陆法会

"燕哀侯走了多少年了？广仁是关心过他，还是关心过他女儿的转世？"吴勉好像没有看到张松、饕餮一样，径直向着自己的洞室走了过去，一边走一边继续说道，"真的想要请客，告诉他，半年之后我过大寿，让他现在准备吧，到时候我一定早到……"

"你这么一说我想起来了，广仁大方师说他新收了一位弟子，正是燕哀侯后代的转生。"眼看吴勉就要走进洞室的时候，张松终于找到了说话的机会。看到白发男人停住了脚步，这个胖子打了个哈哈，继续说道："这次是借着为燕哀侯大方师办冥诞的机会，顺便正式收下这位弟子。这也是方士一门崩塌之后，广仁大方师收下的第一位弟子。"

已经走到洞府门口的吴勉这才回过头来，看了张松一眼之后，说道："张松？好端端的你怎么又夺舍了？上次那个瘦子有什么见不得人的吗？要不是在饕餮身边的一定不会是别人，我还真的差点看走了眼。说说吧，那个弟子是怎么回事？"说话的时候，吴勉有意无意地看了归不归一眼。老家伙心领神会，走进了自己的洞室，开始为已经不知道转世几次的妞儿占卜，看看她这一世和广仁有没有一场师徒缘分。

"难得你还能认出我来。"张松讪笑了一声之后，继续说道，"话说回来，人都是他们方士找的，谁也不知道真假。也许是大街上捡的孩子，也许是广仁自己的种都不一定。你要是问我，那我猜是广仁大方师自己的孩子。如果是火山的种，再被火山的师尊收为弟子，那这爷俩可就乱了辈分……"

张松唠唠叨叨的还没有说完，便看见归不归脸色古怪地从洞室里面走了出来。老家伙冲吴勉苦笑了一声之后，将手里烧裂的龟甲给吴勉看了一眼。龟甲上下有两个相隔很远的名字，一个是广仁，另外一个是戴春桃，龟甲上烧出的一道细长的裂纹将这两个名字连在了一起。

"戴春桃是妞儿这一世的名字。老人家我用的是师缘法，当年李耳就是用这种占卜的办法找到弟子的。错不了……"说话的时候，归不归将手里烧裂的龟甲塞在了吴勉的手里。趁着他辨认真假的时候，老家伙继续说道："还有件事，当初老人家我留在妞儿魂魄上面的引线已经差不多快要磨光了。不管这次去不去燕哀侯的冥诞观礼，我们都要走一趟，再给妞儿换一根引线……"

吴勉虽然不精通龟甲占卜之法，但也觉得老家伙的路数是对的。当下吴勉将龟甲还给了归不归，随后一言不发地回到了自己的洞室。小任叁不确定白发男人到底去不去燕哀侯的冥诞观礼，他们四个一起这么多年了，冷不丁少了一个吴勉的话，小家伙觉得很别扭。

随后，人参娃娃走到了归不归的身边，拉了拉老家伙的裤子，说道："老不死的，吴勉这是什么意思？要不你去问问？没事，大不了被他电一下，五百年前你就被他电习惯了……"

"有这样的好事，小家伙你从来都不会把老人家我忘了。"碍于席应真就在一边看着，归不归也不敢对任叁如何。嘿嘿一笑之后，他低声对小任叁说道："放心吧，不管广仁这次给燕哀侯办冥诞是真是假，我们都去定了。这么多年了，吴勉的脾气你还没有摸透吗？他不想去的话，直接就把你噎回来了。不说话就是默认了……"

和归不归想的一样，吴勉虽然嘴上什么都没有说，不过第二天一早却没有像往常一样早早地出去，等到天黑才回来。在归不归张罗着一起出门的时候，吴勉已经不声不响地从洞室里面走了出来，好像什么事情都没有发生一样，跟在众人的后面走出了洞府。众人知道这个白发男人的脾气，就连席应真都没有借机挖苦他几句。

广仁为燕哀侯举办的水陆法会并不远，从这里前去也就是三四天的路程。上次和刘禧、孙小川上妖山的时候，归不归为了方便，厚着脸皮请泗水号的两位东家派人在山下建了一座并不实用的货栈。里面除了一点充门面的货物之外，十几号人只是养着两辆马车，为的就是山上这几个人出行方便。

两位东家为了巴结归不归和吴勉等，留在这里的马车都和他们俩的马车一模一样，还留了两个驾车技艺娴熟的昆仑奴。这样的马车不管行驶在什么地方，都足够吸引路人的注意。就连见多识广的大术士都对这两辆马车赞不绝口，按他所说的，唯一美中不足就是车上少一个伺候的小姑娘了。

一路无话，到了第三天，他们在路上遇到了前来迎接的火山大方师，和几十个身穿方士服饰的男人。虽然他们这些人和火山相互看不上眼，吴勉、席应真这些自大的更加没有要和这些小方士寒暄的意思。他们几个安安静静地坐在马车上，等着归不归和火山说完废话，他们好继续赶路。

归不归和张松下了马车，和火山客气了几句。在火山大方师的引见下，跟着他一起过来的众方士也和归不归、张松打了招呼。这些方士都是跟随徐福大方师在海外修炼的同门师兄弟。当年他们也在徐福的身边，亲眼看过吴勉是如何打败前任大方师邱武真的。

相互客气了几句之后，这些方士便一股脑儿到了吴勉乘坐的马车前，想去和这个白发男人寒暄，反而将有些尴尬的火山大方师晾在了一边。不过吴勉丝毫没有要搭理他们的意思，放下了马车的珠帘。

陪着归不归一起下来的百无求，这个时候有些看不明白了。二愣子皱着眉头说道："什么意思？老家伙你叔叔什么时候这么出名了？看看这些人的样子，好像在哪里见到过似的。"

"当年在海上见徐福的那次。"归不归嘿嘿一笑，随后继续说道，"傻小子难怪你说觉得像，还记得那个叫作公孙屠的方士吗？就是把我们送出来的那个。他在海上死皮赖脸要长生不老药的样子，和这些方士是不是一模一样？他们都是亲眼见到同门是如何长生不老的，这么好的机会，只要不要脸就有长生不老药拿，傻子也会去，能长生不老谁还要脸？"

一边的火山看得都脸红。虽说火山是末代大方师，不过这些方士算起来都是徐福的弟子，和广仁同个辈分，而且方士一门早就没了，火山想要劝说他们都没有立场。

后来看到吴勉没有一点再舍出一颗长生不老药的意思，这些围着马车的方士才散开。他们护卫着两辆马车前往广仁和众方士为燕哀侯举办水陆法会的所在——静心湖。

马车赶到静心湖的时候，天色已经完全黑下来了。大方师广仁带着一众方士走出十里前来相迎，在这一大堆男人当中，有一个七八岁的小姑娘紧紧跟在广仁身后。广仁去哪她便跟到哪，一步也不敢远离。

"妖山一别，想不到再见面的时候会在这里，几位别来无恙，广仁……"大方师说到一半的时候，吴勉、归不归这些人都已经走下车，没人去理会广仁，他们下车之后便奔着跟在大方师身后的小姑娘去了。

第十章　静心湖

跟随广仁赶过来的众方士看到吴勉、归不归对大方师的态度，都有些愤愤不平，不过这位广仁大方师却并不在意。

"春桃，过来，为师给你介绍……"广仁拉着小女孩的手，指着吴勉、归不归说道，"这几位你要记牢了，他们都是你的大恩人。年纪大的老爷子叫作归不归，他是为师我的师兄。按年纪来说，你已经没有辈分了。不过我们算是同门，往后你称呼他归师伯就好。来，叫一声师伯……"

小女孩刚才被突然冲过来问寒问暖的二人二妖吓了一跳，现下听了师父的介绍也还是怯生生地看了归不归一眼，然后壮着胆子向老家伙行礼，说了一句："春桃向归不归师伯问好……"

"乖……"归不归本来准备了一件当年从百里熙手里讹来的法器，想要作为见面礼送给这个叫作戴春桃的小女孩。不过看到广仁和他身边的众方士之后，老家伙改了主意，从怀里摸出一块马蹄金放在了小女孩的手上，嘿嘿一笑，继续说道："拿去买糖吃，过几天向你师尊请几天假，到伯伯那里玩，伯伯给你准备了好多好玩的东西，来了就都是你的。"

妞儿这一世出生在一个富裕人家，不过因为她女儿身的缘故，在家里并没有受到多少宠爱，除了衣食无忧之外再没有什么了，家人也从来没有给过她什么零花钱。还是到了广仁身边之后，这位大方师看她是个女孩子，平时放她出去玩耍的时候，也给过她一二十个子买糖吃。

现在这么大一块马蹄金放在戴春桃的手上，重得小女孩差点没接住。她两只手将马蹄金抱在怀里，睁大了眼睛看着面前的归不归，还是不相信这么大一块金子说给就给她了。当下她偷眼看着自己的师尊，看到广仁微笑着点了点头，这才连忙向归不归点头道谢。

"看看这孩子可怜的，师尊小气得连点零花钱都不给。"归不归笑眯眯地刮了一下小女孩的鼻子，随后继续说道，"女孩子家买点胭脂水粉、金银首饰、衣服布料什么的都要花钱。你喜欢什么就买点什么，钱花完了就问你师尊要。他不给的话就去找伯伯，伯伯金山银山都给你。"

听着归不归明里暗里都在挖苦自己，广仁只是微微一笑，并不在意。

这时候，百无求也走了过来，他蹲在戴春桃的身边，伸手在怀里摸了半天还是没摸出什么东西，随后向身后的归不归说道："老家伙，借点金子使使……"

归不归嘿嘿一笑，又掏出一块金子扔给了自己的便宜儿子，笑骂了一句："别说借，借了是要还的，傻小子你用什么来还？"

"你的不就是老子的吗？还？从你以后给老子的遗产里面扣吧。"百无求说话的时候也将手里的马蹄金放在了小女孩的手里。戴春桃实在是拿不了，将两块金子都放在了地上。二愣子对她说道："小妞儿，你要是管老家伙叫伯伯的话，大概咱们俩就得按兄妹处了。记得老子的模样，老子是你百无求大哥。以后不管在谁那里受欺负了，给哥哥我带个信，老子带上百万妖兵妖将掘了他的祖坟……"

百无求开始说的还算是人话，不过说到最后的时候那龇牙咧嘴的样子吓得小女孩根本不敢接话。她也不管地上的两块金子了，直往广仁大方师的背后躲去……

"大侄子，看看你把妞儿吓成什么样子了。"这时候，小任叁凑过来将百无求拉开，随后小家伙回身在归不归怀里翻出两块马蹄金。人参娃娃将手里的金子和地上的两块马蹄金放在了一起，随后奶声奶气地对戴春桃招手，说道："来，我们人参叫任叁，咱们也别论辈分了，那都是他们大人糊弄小孩儿的。咱们俩看着差不多大，你就管我们人参叫任叁，我们人参叫你春桃好不好？"

看着小任叁的年纪和自己相仿，小女孩对小任叁一下子就没有那么大戒心了，被小任叁三言两语就哄了出来。人参娃娃帮着她将四块马蹄金都收了起来。随后两个小孩子就玩闹到了一起。戴春桃拜在广仁门下，身边都是一些老气横秋的师兄、师叔，难得今天能遇到一个和自己差不多大的小孩子，自然显得亲近得多。

"春桃，一会你再玩，还有一个重要的人为师要介绍给你认识。"广仁再次将小女孩叫了过来，指着白头发的吴勉，说道，"这一位吴勉先生和你前世的父亲有过很深的渊源，为师我也要尊称他一句先生的。你跟着为师一起称呼他吴勉先生就好。"

当下，小女孩又怯生生地对着吴勉行礼，说道："春桃向吴勉先生问好。"

按照刚才的惯例，吴勉也应该给小姑娘一点见面礼的。白发男人回头看了归不归一眼，老家伙苦笑了一声，将自己的大衣抖了几下，示意自己真的是没钱了。出门的时候，归不归带了四块马蹄金，一路上都是吃泗水号的并没有花钱。本来四块金子还能给吴勉剩下一块的，谁能想到最后两块都被小任叁充了人情。

看着归不归扭扭捏捏的样子，广仁微微一笑，对着火山使了一个眼色。最后一任大方师心领神会，拿出一块马蹄金交到了戴春桃的手里，说道："这是吴勉先生送你的见面礼，还不去谢谢先生……"

"你的是你的，别算在我的头上。"吴勉面无表情地看了火山一眼，随后在自己身上摸出一块白玉雕刻的方士玉牌，上面刻着他的名字——勉。当初他在秦王宫里的那块杂玉玉牌早就不知道丢到哪里了，这一块是他前些日子炼制法器的间隙，想起当初的那块玉牌，便找了一块无瑕美玉重新刻了这么一块玉牌。

"这块玉牌你收下，等你长大了，需要帮忙的话，拿着这块玉牌来找我，我会帮你的。"说话的时候，吴勉已经将刻着自己名字的玉牌亲手放在了戴春桃的手里。

介绍完这二人二妖之后，马车上的张松带着小眭眦将大术士搀扶了下来。广仁好像不知道席应真会出现一样，带着身边的众方士向大术士的方向迎了过去："想不到还惊动大术士您老人家了，燕哀侯大方师泉下有知，也会倍感欣慰的。"

"别大术士、大术士地叫了。上次方士爷爷我拜在邱芳门下的时候，广仁你也是在场的吧？"席应真往方士堆里看了一眼，并没有找到自己的那位小师尊，当下继续对广仁说道，"话先说明白，方士爷爷我是来看你这水陆法会的，你要坑人的话那边有吴勉和归不归，别打方士爷爷我的主意。"

"您老人家别开玩笑了，今天都是来观礼燕哀侯大方师冥诞的水陆法会的，怎么会有那种事情？"广仁微微一笑之后，请众人先到静心湖边的席棚中休息。现在还不是冥诞的正日子，不过为了这一天，广仁大方师已经准备了有些时日，还围着静心湖建造了一排排小木屋，作为众方士和宾客休息之所。

众人跟着广仁到了席棚，火山吩咐将早已经准备好的酒菜端上来，请众方士和宾客享用。

趁着上菜的当口，广仁陪着吴勉、归不归和席应真闲聊。天南地北地说了几句之后，他好像突然想起了什么，对老家伙说起一件往事："归师兄，您还记得徐福大方师曾经给过您半张地图吗？"

第十一章　道高一尺

"半张地图？"归不归难得愣了一下，眨巴眨巴眼睛看着广仁大方师，说道，"老人家我怎么不记得你们家徐福大方师什么时候给过地图？大方师，你可不要仗着人多势众，就把这个黑锅扣在老人家我的头上。"

"归师兄您再仔细想想，就是这样的半张地图……"说话的时候，广仁从怀里拿出一张绢帛在归不归的面前展开，说道，"能和这半张地图接上的另外半张地图，应该是您去苗疆归隐前后的那段时间，徐福大方师亲手交给归师兄您的。"

归不归眼睛一眨不眨地看了半天，还是摇了摇头，对广仁说道："没有，大方师你如果说的是别的时间，或许老人家我年纪大了记得不是很清楚。不过当年我老人家被发配到苗疆的前前后后，就是再过一万年都记得清清楚楚。大半夜的，老人家我被你们家徐福大方师从床上抓起来，直接扔到了苗疆荒山上。他说的每个字老人家我都记得清清楚楚，绝对没有给过我什么地图。"

归不归这个时候也不怕丢人了，开始对在座的其他方士讲述自己一个孤苦伶仃的老头子，是怎么被徐福欺负的。好好的被逐出门墙不算，还被发配到了苗疆荒山上一百年。这些方士都是当年跟随徐福出海的童子，都是将徐福大方师奉若神明的，现在听到这段秘闻都兴趣十足。

"归师兄不要再说了，当初错在师兄，大方师赏善罚恶已经法外施恩了。"广仁皱着眉头打断了归不归的话。当初这个老家伙是在背后传徐福大方师的闲话，这才被逐出门墙又被囚禁在苗疆的。只是归不归当年造的谣言污秽不堪，广仁说不出口，这才直接让老家伙住口。不过这在其他方士的眼里，广仁大方师有些欲盖弥彰的嫌疑。

这时候，火山过来岔开了话题。他将众人引到一个小小的湖心岛，燕哀侯的冥诞稍后就在那里举办。原本的荒岛已经被收拾出来，看过去也是别有一番景致。

这个时候广仁的心思已经不在酒席和湖心岛上了，众人都在观望湖景的时候，他转过了头看向归不归，老家伙似乎一点没察觉到广仁大方师的变化，还在胡扯再过几年他也想找一处世外桃源安度晚年。

酒过三巡之后，火山凑到广仁身边。师徒俩耳语了几句之后，广仁大方师推说要亲自为燕哀侯抄写祭奠的经文，率先带着火山离席。两位大方师一走，剩下的众方士没有了管束，纷纷再次凑过来，厚着脸皮和吴勉、归不归套近乎，都是一个意思：您老还有没有多余的长生不老丹药……

最后还是归不归将众人的注意力转移到了大术士席应真的身上，他趁着众方士纷纷去向大术士敬酒的当口，拉着吴勉从这些纠缠的方士堆里走了出来，让两只妖物陪着席应真、张松继续留在席间喝酒。他们二人在小方士的引领之下到了特意为他们准备的小木屋当中。广仁明显知道会有大人物跟着他们一起到来，特意留了三间木屋给他们休息。

归不归先是仔仔细细地检查了一番木屋，确定没有什么偷听的法器、阵法之后，这才用蜜酒在桌子上画了一幅古古怪怪的地图。随后他笑眯眯地对吴勉说道："当初老人家我被徐福扔到苗疆的时候，他的确是给了我半幅地图的。一开始，老人家我也以为那是可以走出阵法的阵图。于是，我成天翻来覆去地研究，一张地图我老人家研究了足足有二十年，做梦都在琢磨地图的路线，最后才明白那地图压根和阵法没有关系。不过它已经印在老人家我的心里，过了这么多年还是忘不了。"

　　说到这里，归不归嘿嘿一笑，伸手在桌子上面刚画的半幅地图旁边又画出了另外半幅地图，正是刚刚广仁拿出来的绢帛上面的半幅地图。就那么一会的时间，归不归竟然将绢帛上面的地图牢牢地记在自己的脑中。

　　两幅地图合二为一组成了一幅完整的地图。吴勉走过来看了一眼以后，对归不归说道："看来徐福对自己的弟子也不放心，一张地图撕成两半，一半给广仁还好说，另外一半给你是什么意思？他就不怕你用这半张地图要挟广仁吗？"

　　"就像你说的第一句话啊，徐福那个老家伙对自己的弟子也不放心。"归不归嘿嘿一笑之后，继续说道，"他留给广仁的应该不是什么神功密法，地图里面的东西应该是某件徐福自己都不敢轻易使用的法器，将他过早传给广仁，一旦使用不当可能连徐福自己都弥补不了。他也怕广仁守不住这件法器，最后落到了别人的手里，这才有了第二手的准备，留下半张地图交给老人家我来保管。不到万不得已的时候，广仁是不会厚着脸皮来找我老人家索要的。"

　　说到这里，归不归古怪地笑了一下，看着吴勉继续说道："你猜猜看，为什么在这个时间口，广仁会想起来那件法器？"

　　"他知道谷元秋、伊秧他们下凡的事情了。"吴勉面无表情地回答了一句之后，看着桌子上面的地图继续说道，"算着时间，上次我们和谷元秋、伊秧动手的时候，广仁已经知道了。他又犯了老毛病……"

　　"既然他那么喜欢看戏的话，这次就让这两位大方师吃个哑巴亏。"归不归嘿嘿一笑，指着桌子上面的地图说道，"这次水陆法会完了，我们就先一步将法器取出来。老人家我正愁怎么给谷元秋、伊秧下个套，有了这件法器那就简单多了。就算老人家我猜错了，里面不是什么法器也不能就这样便宜了广仁……"

　　吴勉、归不归二人正在指着地图说话的时候，湖心岛上的一个帐篷里面，广仁、火山二人正从一个银盆法器当中清楚地看到了归不归所画的地图全貌。火山已经将新的地图描绘了出来，检查对照无误之后，将画着新地图的绢帛亲手交到了自己师尊的手上。

看着法器当中还在和吴勉说话的归不归，广仁淡淡地笑了一下，将地图收好之后，自言自语道："到底是归不归，看了那么一会工夫就将地图都背下来了。也就是这样的法子，才能让他把地图交出来。"

等到广仁说完之后，火山才开口说道："那么水陆法会的冥诞还要照常举办吗？还是说大方师您在这里继续参加法会，我带人将东西取出来？"

"事关重大，还是你我同去的好。好在席应真就在这里，还有制衡谷元秋、伊秧四神的能力。"想到自己算计了归不归，广仁便忍不住微微笑了一下。随后，他继续说道："不能让归不归起一点疑心，等到法会结束之后，我会想办法将他们拖在这里几日，到时候你我再去将东西取出来。我还要在地图当中，给归不归留下点纪念……"

外面的酒席闹到了半夜才算结束，那些方士成天守在徐福的身边，受惯了拘束，现在终于有了宣泄的地方，几乎每个方士都喝得酩酊大醉。第二天一早收拾残局的时候，酒差不多喝光了，菜也一点都没剩（饕餮吃了一夜）。

好在方士都是有修为的人，太阳一出来便都爬了起来，去找广仁给他们上早课，没有一点宿醉未醒的样子。

第十二章 不速之客

　　到了燕哀侯冥诞的正日子，所有的方士都换上了新的法衣。其中有九十九名方士在湖岸上按扇形散开，另有三十三个人乘坐一只小船漂在静心湖的湖面。虽然法会的正时还没有到，不过每个人的脸上都十分端庄肃穆，看上去每个人都是一副得道高人的样子。

　　广仁请吴勉、归不归和席应真等人登上了小岛，在湖心岛上观看这场为首任大方师燕哀侯举办的水陆法会。

　　天色慢慢黑下来之后，法会正式开始。湖心岛上首先点起了焰火，接着点上了标有燕哀侯生辰、死忌的两炷高香，随后所有的方士包括归不归在内开始齐声背诵方士一门超度亡灵的经文。

　　背诵完经文之后，广仁带着自己新收的女弟子戴春桃一起作法，引燃了祭牌前的灯盏。随后火山小心翼翼地接过灯盏，走到了小岛边缘，将灯盏里面的火源引到了湖中所有小船船头的油灯当中。随后这些小船在湖中鱼贯而行，船上的方士一边齐声背诵着经文，一边连续不断地将船头灯火的火源引到岸上那九十九名方士手中的烛台上。

　　这当中，超度的经文就没有断过。等到所有人手上的灯火都点燃了，广仁请尊客席应真放生了九十九条鲤鱼。说起来简单，整个过程下来差不多也用了两三个时辰。

　　眼看快到子时，这水陆法会就要结束的时候，空气当中突然传来有人说话的声音："你们在给燕哀侯大方师的冥诞举办水陆法会，为什么不来请我？"

　　说话的时候，两个人影已经到了岸上九十九名方士的身后。有迎客的小方士前去阻拦，刚刚想要说出法会已经开始，请不要吵闹喧哗的时候，其中一人对着这个小方士吹了口气。随后，一股狂风席卷而来，将小方士吹落到了静心湖中。同时在众方士猝不及防之下，岸上九十九名方士手中的火烛也被狂风吹灭。

　　眼看全部火烛烧尽法会便可以结束了，想不到就在这个当口，竟会有人出来捣乱。当下，岸上的众方士大怒，等不及湖心岛上的广仁大方师下法旨，直接对着这两个人扑了过去。

　　当初和广仁、火山师徒偷看吴勉他们和四神相斗的方士大多都在湖心岛上，剩下的也在湖中的小船上，他们是在法器当中见过这两个人的相貌的。两个人其中一个是和燕哀侯一起创建方士一门的先辈谷元秋，另外一个是方士一门第三任大方师伊秧。当下这些人来不及施展术法回到岸上，只能对着那些同门大喊："不要动手！他们二人是门中前辈谷元秋和伊秧！你们快快离开……"

　　本来这些方士已经冲到了二人的面前，听了同伴的话之后步伐微微有些迟疑。就在这个当口，伊秧突然动了，双臂好像大鹏翅一样来回地摆动。随着他的动作，一股巨大的力量袭来，将这些方士大半都吹到了静心湖中。

　　转眼之间，岸上的方士已经不见了一大半。剩下的方士看到己方完全不是对方对手，于是开始慢慢向着湖边退去。有同伴的警示，他们并不敢轻易对二人施展术法。唯一能做的就是自保，等着广仁大方师带人冲过来。

　　"燕哀侯也是我的旧友，这样的水陆法会，你们竟然会把我忘了。"谷元秋看着湖心岛上的那些人。他只看到了当中的吴勉和归不归，却没有看到悄无声息混进了方士队伍里的席应真。岛上众人都因为禁制而被禁锢住了气息，故而这二人都没有发觉这里还藏着一个大人物。

谷元秋淡淡地笑了一声之后，继续说道："方士一门最后一任大方师是哪位？请出来，我有话要问你。"

因为水陆法会的缘故，湖心岛周围都下了禁制，岛中和船上的方士无法使用术法过来。于是广仁、火山上了渡船，在船头上火山就大声喊道："我是方士一门最后一任大方师火山，有什么事情冲我来，不要为难其他的方士！"

见载着火山和众方士的渡船驶了过来，伊秧冷冷地笑了一下，看了一眼身边的谷元秋，见他没有说话的意思，便对火山说道："我是方士一门第三任大方师伊秧，刻在门中大方师排位第三个的百溪大方师就是我。这位是和燕哀侯大方师共同创办方士一门的谷元秋先生，我们二人早年得道成仙……"

说到这里的时候，渡船已经靠岸，广仁、火山上岸。众方士身影一闪，已经将这二人围在了当中。广仁、火山仗着席应真就在附近，心里并不怎么惧怕这两位方士门中的前辈。

伊秧冷笑了一声之后，继续说道："方士一门传承千年，消亡也是迟早的事情。这个我不怪你们，不过门中的法器、珍宝乃是公器，并非你们的私产。你们把它们藏到哪里去了？你虽然是大方师，却也是我与谷元秋先生的晚辈，你们速将从方士一门拿走的公器交出来。我与先生再教授你们中兴方士一门的办法。"

伊秧说话的时候，跟着渡船一起回到岸上的百无求皱着眉头对自己的"亲生父亲"说道："老家伙，这个伊秧说的什么乱七八糟的东西？他什么时候又改名叫作百溪了？百溪……听着怎么好像那个死鬼百里熙……"

"伊秧的字是百溪，他当年是鲁国的少卿，后来因为眼疾归隐。归隐后，被燕哀侯看中。燕哀侯治好了他的眼疾不说，还隔辈收伊秧做了徒孙。"归不归看着被广仁、火山及众方士围了一圈的谷元秋、伊秧二人，嘿嘿一笑，随后，他将广仁托付给他的小女孩戴春桃交给了小任叁："人参，你带着春桃小妹妹去玩会，越远越好，别让他们俩看见就行。"

想了一下之后，归不归又觉得不妥当，当下连自己的便宜儿子都派了出去："傻小子，你跟他们一起走。一会如果遇到什么事情，什么都不要做，只是吹这个哨子就好……"说话的时候，老家伙将当初那个可以唤醒另外一个"百无求"的哨子给了他。吴勉在一边看到，都不敢想象二愣子吹哨子，唤醒另外一个"百无求"的画面。

看着百无求、小任叁拉着已经快被吓哭了的戴春桃跑开之后，归不归用传音之法对藏身在方士中的席应真说道："老人家您不打算过去教训教训谷元秋和伊秧吗？上次我任叁兄弟被他们吓唬得不轻啊。"

"你们给广仁、火山当枪使当惯了，还要拉上方士爷爷我吗？"席应真哼了一声之后，继续说道，"老家伙，现在你也知道自己的便宜儿子不一般了吧？有他看着我们家人参，方士爷爷我也算勉强放心的。方士爷爷劝你一句，等到你另外一个儿子睡醒了，赶紧分家……"

听到席应真果真能认出自己便宜儿子身体里面另外一个"百无求"，归不归便想接着这个话题继续说下去。不过这时火山正在和伊秧争辩方士一门已经没有了，现在陆地上只有方士没有大方师，只有那位还在海外存有方士遗脉的徐福可以称为大方师，其余众方士皆平等，不用受哪位曾经大方师的号令。

火山本来就是火爆脾气，言语当中没有什么恭敬的语气，谷元秋听得恼了，竟然当着这么多人的面，对火山下手了……

第十三章 广仁的准备

谷元秋伸手对着火山虚点了一下，一声闷响之后，火山吐出一口鲜血，身体不由自主地前倾，跪在了谷元秋、伊秧的面前。

"两位前辈就是这么对待大方师的吗？"这时，广仁站在了火山的面前。他替自己的弟子挡住了谷元秋、伊秧两位神明，淡淡一笑之后，继续说道："你们二位既是得道成仙的神祇，又是本门的前辈师长，于情于理都不应该这样行事吧？"

广仁说话的时候，原本围成一圈的方士瞬间按顺序站到了他的身后。他们的动作明显经过多次演练，二三十号人没有一点迟疑，眨眼的工夫便呈锥子形状站在了广仁大方师的身后。这些方士将自己的左手按在前面一人的背心处，另外一只手则搭在了那人的肩膀上。广仁身后的两名方士，则将手按在了他的背心处。

"嗯？原来你们已经有了准备。这样的阵法我没有见过，是徐福想出来的吗？"伊秧看见阵法古怪，冷笑了一声。他想要像谷元秋那样将广仁点倒，到时候两位大方师都跪在自己的面前，瞬间便能灭掉其他方士的气焰。两位大方师都不行，还有谁敢轻易上前造次？

就在伊秧动手的前一刻，广仁先动了手。广仁突然举起巴掌对着伊秧的胸口打了过去。"嘭"的一声巨响，一股巨大的力量从广仁的手上传了过去，直接打在了伊秧的胸口。伊秧这位方士一门第三任大方师瞬间被打飞了出去，眨眼间便消失得无影无踪。

　　谷元秋也被这股巨大的力量吓了一跳，这才明白这些方士早知道天上会有神祇下凡，并且已经想好了针对神祇的阵法。他能不能挡住这种能将伊秧瞬间吹走的力量，还在未知之间。

　　"好阵法，将阵法当中所有方士的术法传递到第一个人的身上。广仁大方师，你刚才是将三十多个方士的力量同时打了出来，难怪伊秧大方师也承受不了。"谷元秋微微笑了一下之后，对广仁说道，"不过这阵法还是有致命的纰漏，你们控制不了法术的大小，只能攻击一次是吧？"

　　谷元秋古怪地笑了一下，随后对广仁等人继续说道："你们还能咬牙站在这里，没有脱力倒下，真是难为你们了。"

　　说话的同时，谷元秋抬脚在地面上轻轻踩了一下。这一下加了些许神力，地面都跟着颤动了一下，随即广仁身后三十余人几乎全部倒在了地上，只有广仁勉强站在原地。

　　谷元秋说得不假，这阵法的确是徐福出海之后想出来的。不过当初这阵法并不是针对神祇的。当时席应真大术士经常出海去找徐福，大方师避而不见，又怕这位大术士迁怒于方士一门的其他人，才想出这套阵法，将心法和阵图让邱芳转交给广仁。现在阵法已经发挥了威力，但是当年替徐福传递心法和阵图的邱芳却生死未卜。

　　因为当初徐福想的就是对付席应真一个人，他也没有想到这阵法第一次使用是在这样的情况下，对付的也不是大术士，而是已经得道成仙的方士一门的前辈。

　　"我说广仁大方师为什么还能站在原地一动不动，原来你还有别的准备……"谷元秋古怪地笑了一下之后，对着广仁的右手虚抓了一下。原本还握在广仁手里的储金瞬间到了谷元秋的手上。谷元秋一边把玩着手里的储金，一边继续对广仁说道："一个储金如何能补充三十多人的术法？广仁大方师你蓄满了术法又能怎么样？"

　　说话的时候，谷元秋没等广仁做出下一个动作，就和刚才对付火山时一样，伸出指头对着大方师虚点了一下。一声闷响之后，广仁倒在了自己弟子的身边。

这时候，谷元秋才将注意力转移到吴勉、归不归他们这边："你们两个人看够热闹了吗？刚才你们也有机会动手的，好像对付平妖那样，我猝不及防之下，你们前后夹击，或许还有机会。"

"元秋先生，您现在的样子一点都不像上次席应真大术士在的时候嘛。"归不归嘿嘿一笑之后，背着手向着谷元秋这边走了过来。他边走边继续说道："您老人家也不要误会，您打听一下，我们和大方士的关系也是一般。只不过我和吴勉早年都得过燕哀侯大方师和席应真大术士的恩惠，这次是过来观礼的。老人家我早就不是方士了，你们方士圈子太乱，我和吴勉不掺和……"

说到席应真的时候，谷元秋的脸上多少露出一丝惊慌的表情。不过瞬间之后他便恢复了正常，说道："席应真大术士从来都是神龙见首不见尾的，如果他要出现的话，一早便出现了。不过看在席应真的面子上，你们只要不掺和方士的事情，只管离开便是，我绝对不会阻拦。"

说话的时候，谷元秋还欠了欠身子，做出一副让路的姿态。这时，从来就不领情的吴勉突然开口说道："如果我不离开呢？"

"你试一下不就什么都明白了吗？"谷元秋冷笑一声，对吴勉说道，"我数到十，如果你们还没有离开的话，那我……"

"十……"吴勉抢先用他独有的说话方式回答了一个字。看着被噎得倒退一步的谷元秋，他继续说道："我没有时间听你从一数到九了，现在可以动手了吗？"

上次在县衙当中，谷元秋在遁走之前被吴勉打了一下，受到了巨大的伤害。想起那一下，谷元秋心里还是有些不明白，最后那一击到底是一种什么样的力量，这世上除了席应真大术士之外，怎么还有白发男人这样能伤害到自己的人。

"吴勉你先等一下！元秋先生，赤胆和冬凤呢？"这个时候，归不归突然喊住了吴勉。老家伙有些紧张地向后看了一眼，随后继续说道："为什么只有你和伊秧大方师到了，你们四位神祇不是一起的吗？"

"你终于发觉不对了。"谷元秋古怪地笑了一下，继续说道，"我们来的就是四位神，不过看到你们之后我便改了主意。席应真大术士我还是不想招惹的，因此我们需要一个护身符……"

远处突然响起一阵尖厉的哨声，随后又传来一阵惊天动地的巨响，将旁边的静心湖震得涟漪四起。

听到哨声之后，归不归的脸色才恢复了正常。随后从远处走来一大两小三个人影，那个高大的人影一手一个，拖着已经完全失去知觉的一男一女。正是消失不见的赤胆和冬凤。有些无奈地拖着两个神祇的人正是归不归的便宜儿子——百无求，只是百无求看起来不像他平时那样呆愣，眉宇之间还带着一丝淡淡的杀气。

"还记得我和你说的话吗？不要把这件法器给任何人。""百无求"恶狠狠地看着归不归，说道，"再有下一次的话，被我拖过来的就是老家伙你了。"

第十四章　神祇的选择

　　"百无求"说话的时候，脸上竟然带着一丝疲惫的表情。他将赤胆、冬凤扔在谷元秋的面前之后，对着归不归的方向摊开了手掌，只见他的掌心当中便是将另一个百无求唤醒的哨子。

　　"没有多少时间了，不要轻易把我唤醒……"说话的时候，"百无求"攥拳将掌心的哨子压成了粉末。随后他的表情恍惚起来，有些惊讶地看着身边的归不归，说道："老家伙，你们怎么过来……不对，刚才不是这个地方……快点去救任老三和……你们两个小东西怎么也在这里？刚才欺负老子的那俩王八蛋呢？"

　　百无求不清不楚地说了几句，归不归也能猜到一个大概。应该是赤胆和冬凤二神突然出现去抢小任叁，百无求阻拦不了，应该还被打得不轻。二愣子被逼急了才吹响了归不归给的哨子，就在哨子声音响起来的一瞬间，他的脑中便一片空白，再明白过来的时候已经到了这里。

　　至于当中出了什么事情，百无求自己也不明白。用他自己的话来说，就好像做了一场梦一样，梦里自己长了本事，瞬间便将赤胆、冬凤二神打倒。

　　听完百无求的诉说之后，归不归笑眯眯地从怀里掏出十几个一模一样的哨子。他对自己的便宜儿子说道："来，挑一个顺眼的。这是爸爸我给你炼制的法器，以后记得了，只要遇到危险就吹哨子，老人家我和你小爷叔只要听到便能马上过去救你。挑一个，你看这个泛青花的好不好？"

　　这些哨子都是归不归回到洞府之后，以召唤百无求的哨子为样本，一个一个仿制出来的。看到百无求在当中挑选出来一个之后，老家伙从自己的衣服里面抽出一股丝线，扭成麻花扣的细绳，再把哨子拴在上面，系在了百无求的脖子上。

　　这个过程中，谷元秋没有丝毫阻拦的意思。他一直在上下打量着百无求，猜测刚才另外一个百无求是哪位神祇。他心里想到了几十位神祇，可都和"百无求"对不上。不知道"百无求"的来历，谷元秋也不敢有什么动作。不过他还是用神力将赤胆、冬凤二神唤醒，询问出了什么事情。二神都是一个说法，他们开始并没有在意这个有点愣的妖物，已经将小任叁抓在了手里，突然听到了一阵尖厉的哨声，随后"百无求"突然对着他们下手。

　　虽然赤胆、冬凤二人都是神祇的身份，不过在"百无求"面前，完全没有还手的能力。他们之前被席应真扇耳光起码还知道脸疼，这次只是看见"百无求"的人影一晃，随后便什么都不知道了。

　　冬凤比赤胆要好点，晕倒之前还听到了"百无求"有些愤怒的声音："不要再把我唤醒了！我没有多少时间……"这是哪位神祇？没有时间又是什么意思？饶是谷元秋心思缜密，也想不到这位隐藏在百无求身体里的神祇的身份。

　　"你把方士爷爷忘了吗？"就在谷元秋看到形势开始有些不利，正在犹豫是不是将两位大方师抓回去拷问，不要和吴勉、归不归发生正面冲突的时候，他的背后响起一个让他不寒而栗的声音。随后一只大手掐在了谷元秋的脖子上。那人一使劲，竟然将谷元秋这位开创方士一门的巨头之一提了起来。

　　为什么席应真会在自己的身后？一瞬间，谷元秋感觉到自己的血都要凉了。不只是他，赤胆、冬凤二神也被两个一模一样的席应真从背后抓着脖子提了起来。包括抓着谷元秋的席应真在内，三个席应真都飘浮在半空中。一时之间，画面有一种说不出来的诡异感觉。

周围的人看得清楚，谷元秋身后的大术士竟然又分出来一个大术士。一个继续掐着那位神祇的脖子，另外一个走到已经有些不知所措的谷元秋身前。他看着脸色发白的神祇说道："你我的账我们一会再算。这么多年敢骑在方士爷爷脑袋上拉稀的，也只有你了……"

最后一个字出唇的时候，赤胆、冬凤的身前分别有一个分裂出来的席应真走了过去，同时问了同样的问题："现在你来替谷元秋解释一下，什么叫作护身符？来，给方士爷爷解释一下……你为什么不说话？"却没有给他们回答的时间，话音刚刚落下，大巴掌已经跟了上来。

两声几乎重叠在一起的巴掌声，直接将赤胆、冬凤二神打晕。谷元秋看在眼里却什么都做不了，他也看出来了，自己稍后便会和这二神一个下场。

一个巴掌打下来，席应真并没有出气，反手对着赤胆、冬凤另外一侧的脸颊又是一巴掌，将已经晕倒的赤胆、冬凤二人打醒："下次记得，得罪了方士爷爷给一个嘴巴。要是再去打我儿子的主意，嘴巴打到你死……好久没有弑神了，本来想要和天上搞好关系的。"

看着席应真抬手还要打，冬凤的反应快，急忙说道："等一下！你听我说……要是说得不合心意，大术士你直接弑神就好了。你先听完了再动手也不迟……"

看着席应真手上的动作停了下来，冬凤急急忙忙地继续说道："你如果饶了我们一命，世人都知道天上的神祇因为任叁被你虐打。这样一来再不会有人敢打你公子的主意，总比弑神好。弑神的动静太大，世人只会知道席应真弑神了，过几年之后你弑神有人记得，不过为什么弑神就会有很多种说法，到时候没有人记得缘由，或许还有人敢打你们家公子的主意……"

说到最后的时候，冬凤已经紧张得满头大汗。而席应真也好像听进去了一样，沉思片刻之后，对冬凤说道："你还有什么要说的吗？"

听着大术士的语气缓和下来，冬凤这才松了口气，说道："就这么多了，大术士你替你家公子考虑一下，弑神对你来说没有什么，不过保着你家公子万年平安，总比弑神要强得多。"

冬凤的话刚刚说完，席应真的巴掌已经举了起来。连同另外一个站在赤胆身边的席应真一起，两个大术士对着二神再次打了过去。将他们抽晕之后，两个席应真反手又将他们打醒过来。

再次醒过来的赤胆、冬凤以为刚才的话没起作用，老术士已经起了弑神的心。看来他们这次真的要成为第一个挨嘴巴被弑神的神祇，传出去实在丢人……

没有想到席应真第四个嘴巴打完之后，对冬凤说道："你说的话有点道理，让世人都知道宁可去弑神，也不要来打方士爷爷儿子的主意。不过方士爷爷还有一个更好的主意，这次方士爷爷我弑一个神，放一个神。这样一来，气也出了，外人也怕了，不是更好？来，你们自己说，谁来做那个被弑的？"

赤胆的脸色难看到了极点。他也知道席应真好色的毛病，加上刚才劝说的神是冬凤，那么要被弑的八成就是他了。

就在赤胆以为在劫难逃的时候，被另外一个席应真掐着的谷元秋突然说道："大术士，如果一定要弑神的话，那还是从我开始吧……"

第十五章　一饭之恩

说话的时候，身体已经悬空的谷元秋淡然一笑，随后继续说道："你也不要为难他们了，如果真的要弑神的话，方士元老谷元秋怎么也要比赤胆、冬凤这样的小散仙有价值得多。"

"方士爷爷刚才说过了，我们的账一会再算。别急，你是你，他们是他们，方士爷爷分得清楚。"站在谷元秋面前的席应真回头冲谷元秋笑了一下。这个场面让还没有倒地的方士看得瞠目结舌，这位和徐福齐名的大术士已经准备好弑神了，完全不把神明当回事……

说完之后，和赤胆猜想的一样，老术士冲着他去了："还是没有想到谁先走一步吗？那方士爷爷可就做主了。你叫赤胆是吧？你是天上的神明，应该不好意思和一介女流争生死吧。那就是你了……"

席应真这句话说出来，赤胆便感到一阵眩晕，随后又听到老术士后面的话："不过你毕竟是天上的神祇，方士爷爷收回刚才抽嘴巴到死的话，会让你有尊严地死去……"说话的时候，掐着赤胆脖子的席应真已经抬手按在了赤胆后心上。只要他的掌力一吐，就能震碎赤胆的心脉。别说一个小小的散仙了，就连天上的大罗金仙也受不了这一下。

眼看席应真就要动手的时候，谷元秋突然说道："大术士！云峰山顶的那个人你还记得吗？你给他的信物现在在我这里。我用那件信物和你交换！饶了赤胆、冬凤一命……"

席应真本来已经在发力的边缘，这两句话让他停住了术法。他回头看向谷元秋的时候，就见这位神祇已经从怀里摸出一片发黄的竹简，上面歪歪扭扭地刻着字。现场除了归不归和倒地的广仁之外，几乎没有人能看懂竹简上面写的是"一饭之恩"四个字。

这算是谷元秋对付大术士最后的手段了，本来还想着用竹简托大术士办一件大事的，不过现在看来不用已经不行了，相比较那件大事，还是自己同伴的性命比较重要。当初因为伊秧是回到天界的关键，不得不牺牲一位神祇来平息席应真的怒气。

席应真看到竹简之后，微微迟疑了一下，伸手将竹简接了过来。看了一眼，上面正是他年少之时刻下的字迹。恍惚间他看到一个快要饿死的少年，接过一位少女给的半碗稀粥，直接灌了下去才得以活命。当初的少年现在已经成为天下第一术士，而舍粥的少女却不知道轮回到了什么地方。

少年当年喝光了稀粥之后，在地上捡了一块竹片，刻上"一饭之恩"四个字，向少女讲明等到自己日后有了成就，拿着这片竹简来找他，不管什么事情他都会办到。

后来少女亡于战火当中，已经成名的少年晚来了一步，眼睁睁地看着她断了气。对着少女的尸体，少年更改了当初的誓言，只要少女的家人带着竹简来，不管是什么事情，少年都会为他们解决。

多年之后，少女的后代遇到了特别大的危机，已经来不及派人带着竹简去请当年的少年了。一个路过的好心修士替少女的后代解决了危机。为了感谢修士的救命之恩，少女的后代将竹简转赠给了修士。少年赶到之后，便再次改了誓言，不管是谁，只要拿着竹简来找他，少年都会为他解决危机……

如今，昔日的少年已经成了天下第一术士，而当初的竹简再次回到了少女后代的手里。现在她的后代隐居在云峰山顶，想不到竹简最后会到了谷元秋的手里。

　　席应真把玩着手里的竹简，盯着缓过来一口气的谷元秋，冷冰冰地说道："竹简你是怎么得到的？如果你是害了云峰山上的人才得了竹简，那么今天方士爷爷便弑尽了你们几个神……"

　　"三天之前，我收了山上那人的子嗣为弟子，教授他成仙得道之法。这片竹简便是谢礼。"事到如今，谷元秋也是豁出去了，当下他索性实话实说，"我是有意去的云峰山，在他们那些人当中卖弄了神力仙法。表明了神祇的身份之后，他们主动拜在我门下学成仙之道。我承认就是为了图谋竹简，不过竹简既然在我手上，大术士你不会不认账吧？"

　　"方士爷爷倒是想不认账的，没想到幼年发的誓让你占了便宜……"席应真看着自己手中的竹简，向着竹简吹了口气之后，竹简便燃烧起来。看着竹简变成飞灰之后，大术士继续说道："你刚才要方士爷爷饶过你们几个，那就如你所愿。"

　　一句话说完，其余抓着三神的席应真，连同站在赤胆、冬凤二神身前的大术士瞬间消失得无影无踪。三神恍如隔世一般，谷元秋深深地吸了口气，对席应真说道："谷元秋、赤胆、冬凤多谢大术士活命之恩，大术士保重，我们这就告辞了……"

　　"等一下，谁说你们可以走的？"一个带着冰碴儿的声音从三神身后传了过来。随后，就见一直没言语在看热闹的吴勉不知道什么时候到了他们三神的身后。吴勉冷笑一声之后，再次说道："这里不止席应真一个人，他说你们可以走，可没有问过别人……"

　　"大术士，这是什么意思？"谷元秋三神虽然现在已经可以使用神力遁走，但看到吴勉拦住了去路，不说明白的话日后难免还有争端，当下谷元秋对席应真说道，"不是说我们可以走了吗？为什么这个人还要阻拦？难道此人要比大术士你厉害吗？"

　　"谷元秋你不要挑拨离间，方士爷爷我活得久了，你这点手段没有用的。"席应真说话的时候，已经转头看向了吴勉。他对吴勉说道：

"方士爷爷已经答应放他们走了，你们当中还有什么私人恩怨，一定要在现在当面说清楚吗？"

"你放你的，我拦我的，没有什么冲突……"吴勉慢悠悠地回答了一句。随后，他对三神继续说道："上次在县衙我还没有来得及回礼，你们就已经走了。这次我要把回礼补上，拿了回礼再走也来得及……"

说话的时候，吴勉的手里再次出现了那把非刀非剑的法器贪狼，对着谷元秋走了过去。上次在离开之前，这个白发男人的突然发难，让谷元秋吃了不小的暗亏。现在看到吴勉冲自己走过来，谷元秋的心里隐隐感到不安。就在他打算找席应真说理，避开吴勉的时候，憋了一肚子气的赤胆终于找到了发泄的地方。

"好！那我就来收下你的回礼！"一声大吼之后，赤胆回头对席应真说道："大术士，是这位白头小哥主动送上门的。他如果有个什么闪失，你不会再为难我们吧？"

"那是你们的事情，和方士爷爷我无关。"席应真古怪地笑了一下。随后，他对吴勉说道："看来这次你是准备好了，有什么回礼赶紧送出去。送不出去也不要逞强，可千万别折损在他们手里。你还欠了方士爷爷一个嘴巴，人没有了，这个嘴巴谁来替你……"

席应真的话还没有说完，赤胆突然动了，身子一闪，已经出现在吴勉的面前。他伸出拳头对着白发男人的胸口打了下去，赤胆并不想直接了结了吴勉，只是用他来发泄自己的怒火。他动手的同时，吴勉没有使用贪狼，而是用空着的那只手对着他的拳头打了过来……

第十六章　一拳弑神

赤胆和吴勉几乎同时出拳，"嘭"的一声巨响之后，这一神一人同时中拳。白发男人没有丝毫悬念地向后飞了过去，而赤胆却一动不动地站在原地。

看到一拳便分出了胜负之后，冬凤长长地舒了口气。上次谷元秋被吴勉伤到之后的样子她是亲眼看到的，刚才她心里一直替赤胆捏着把汗。看到吴勉被同伴打出去之后，她悬着的一颗心才算落地。

就在冬凤打算向谷元秋请示他们是不是可以直接离开的时候，才发现这位带着他们下凡的神祇的脸色说不出来的凝重。谷元秋紧紧盯着还站在原地一动不动的赤胆，深深地吸了口气之后，对他说道："我带你们三个下凡，本来应该带着你们三个回去的……来世有缘的话，我会再次下凡，教授你得道成仙的技艺……"

冬凤听出来不对，回头看赤胆的时候，就见这位神祇的身上出现了细小的裂纹。这些细小的裂纹开始慢慢扩大，里面不断渗出金色的鲜血。

"带……我……回去……"赤胆用尽全身的力气从喉咙里说出这四个字。最后一个字出口的同时，他的身体顺着身上的缝隙瞬间碎裂成几十块，碎裂的身体、内脏散落了一地。想不到这位不久之前曾经虐打吴勉的神祇，竟然会被虐打对象一拳毙命，死相还如此惨烈。

谷元秋闭着眼睛重重地叹了口气，将自己宽大的外衣脱了下来，把赤胆的残尸一块一块捡到了自己的衣服里面，不过尸块比想象的要多，他一件外衣不可能将全部的尸块都装起来。冬凤也脱下自己的外衣，将同伴的碎尸捡了起来。

"谷元秋，不是方士爷爷说你，现在是不是特别心疼那片竹简？"看着谷元秋和冬凤二神脸色铁青地捡着赤胆的碎尸，席应真说道，"赤胆本来就要把命留在这里，逃过了方士爷爷的手，却逃不脱他命中带来的煞星。"

这时候，归不归看见两件外衣还是装不下这一地的碎尸，便对躲在岸边的几个小方士说道："那边的方士，你们谁拿一条麻袋过来给老神仙装尸体。不用新的，方士爷爷在岸边看见有装鱼的竹篓，把那个拿过来也行。"

这时候，被打出去的吴勉慢悠悠地走了回来。白发男人胸前的衣服上满是血迹，看样子刚才伤得不轻，不过仗着自己长生不老的体质，身体已经恢复得七七八八。

看着吴勉向着自己走了过来，谷元秋默默地站了起来，对越走越近的吴勉说道："弑神并不是一个好兆头，如果今天不对你施以惩戒的话，日后便还会有人再起弑神的念头，今天你必须要为赤胆抵命。"

"这话说的，不知道的还以为席应真大术士没有弑过神一样，说出去大术士的脸往哪里放？"归不归开始将矛头往大术士那里引，老家伙看出这次吴勉能一拳打碎了神祇赤胆，也是这位神祇仗着之前虐打过吴勉，没有拿他当回事，过分轻敌所致。要不然的话，就算吴勉有了弑神的本事，也不会这么轻松就弑神了。

不过谷元秋心里知道谁能惹得起，谁压根就惹不起。他好像没有听到归不归的话一样，开始迎着白发男人走了过去。刚才一拳弑神也给了吴勉莫大的鼓励，当下他故伎重施，走到谷元秋的面前之后，挥拳对着他打了过去。

这一拳当中夹杂着术法和种子的力量。之前吴勉一个人在高山上慢慢摸索出了可以融合这两种力量的方法。只是这力量不稳定，并不是每一次都施展得出来。而且没有经过实战，吴勉自己也不清楚这威力到底有多大。现在正巧用赤胆来验证这种新能力，只是效果连吴勉都被震撼到了。

"你把平妖仙君忘了……"吴勉将刚才对着赤胆施展出来的力量对着谷元秋的前心打了过去。白发男人的运气不错，连续两次都将那种混合的力量施展了出来。

而谷元秋好像躲闪不及一样，任凭吴勉这一拳打在了心口上。不过这一拳好像打在了棉花堆里一样，白发男人在谷元秋的身上竟然找不到着力点。能将赤胆一拳打碎的力量，在谷元秋身上竟然一点反应都没有。

就在吴勉错愕的时候，他拳头接触到谷元秋的位置，瞬间传来一股巨大的力量。几乎没有任何声响，吴勉便被高高地抛了起来，随后又重重地摔在了地上。那股力量打在吴勉身上的一刹那，白发男人已经什么都不知道了。

看到吴勉倒在地上人事不知，谷元秋已经存了给赤胆报仇的想法。他将吴勉掉落在地的贪狼捡了起来，走到吴勉的身边，举起手里的法器就要将白发男人的脑袋劈下来。

就在贪狼马上就要落下的同时，谷元秋突然感觉到身后多了一个人。随后一个熟悉的声音在他背后响了起来："吴勉还欠了方士爷爷一个嘴巴，他的命丢了的话，那个嘴巴你要替吴勉还么？"

这句话救了吴勉一命，当下谷元秋没有反驳的意思，和冬凤一起带着两大包的碎尸使用了神力遁法，在席应真、归不归的面前消失得无影无踪。他们消失之后不久，远处又有一个神祇的气息跟着一起消失，应该就是方士一门第三任大方师伊秧了。

直到这三位神祇完全消失之后，剩下的方士才敢去将广仁、火山搀扶起来。这两位大方师只是被封住了气脉，身子突然不能动，但刚才发生的事情却都看在二人的眼里。这两位大方师也惊奇于吴勉一拳弑神的本事，只不过身上的两脉都被封住，想开口询问都做不到。

趁着这个时候，归不归笑嘻嘻地走到了两位大方师的身边，说道："谷元秋他们是惦记上了你们方士一门的私货，老人家我再给你们提个醒。他们都是神仙，已经惦记上你们了，早晚还会回来。到时候我们不在这里，两位大方师就要多加小心了……"

"不劳……归师兄的……好意，福祸……都是命运，淡然面对就好。"广仁好不容易说出这句话之后，语速才趋于正常。慢慢地缓了口气之后，广仁继续说道："本来好好的一次纪念燕哀侯大方师的水陆法会，就这么被打乱了。几位，广仁还要指挥门下收拾残局，无法恭送各位，还请原谅……"

"直接说你们可以离开了，老人家我听得明白。"归不归嘿嘿一笑之后，转头对席应真说道，"大术士，此地的主人已经赶客了。我们还是识趣一点离开吧。傻小子你把你小爷叔背上，我们一起离开——张松呢？饕餮！你们人哪去了？"

这个时候，有方士前来禀告，刚才四神前来的时候，张松已经带着饕餮离开了这里。看样子他也看出了端倪，先行一步逃走了。反正人他已经给广仁大方师带到了，过几天再来清算后账就好。

看着归不归等人带着昏迷不醒的吴勉离开，广仁突然变了脸色，对自己的弟子说道："不等了，你我这就去将法器请回来……"

第十七章　专程迎接

　　广仁和火山受的伤并不严重，休养了一晚之后，两人被封住的气脉便都打开了。其他的方士也没有什么大碍，只是大半被震晕而已。谷元秋、伊秧都是方士出身，看在那一点香火情上，也不会对方士们下手太狠。

　　天亮之后，静心湖中的方士陆续乘坐马车离开，百多人的队伍浩浩荡荡地向着沿海的码头行驶过去。半个月之后，广仁、火山连同众方士在码头上了大船，随后大船离岸向着东海行驶过去。

　　五天之后，在百里之外的另外一座码头上，一艘波斯大商船靠了岸。下船的众波斯客商当中，夹杂着不少来往于中土、波斯的汉人客商。其中有三十多人下船之后，便直接被早已等候在这里的泗水号马车接走。码头上正是繁忙的时节，人来人往的，也没有人注意到这些汉人客商。

　　三十多人连同货物一共载了十二辆马车。一直等到马车离开码头行驶了二十多里之后，为首的马车中的两个人先后将各自脸上薄薄的面皮撕扯了下来，露出的真容竟然是广仁、火山两位大方师。

　　之前他们两在谷元秋、伊秧的面前完全没有抵抗的能力，担心那几位神祇缓过来之后会再来找他们的麻烦，这才演了一出戏，看着好像是带着全部人马到海上去投奔徐福大方师了。其实大船只是在海上绕了一圈之后，便将他们送到了另外一艘商船上面。

　　商船和马车也都是和泗水号商量好的，刘禧、孙小川两位东家巴不得和广仁、火山这样的大人物攀上交情。一切都在隐秘当中进行，直到从码头出来也没有发现什么异常的事情，两位大方师这才松了口气。

广仁将之前从归不归那里窥探得来的地图拿出来，这张地图他已经快背下来了。只是那个法器一天没有到手，大方师的心里便总是惴惴不安。火山看着师尊手里的地图，说道："您说吴勉、归不归他们会不会也已经去往地图的所在？毕竟还有一张一模一样的地图在归不归的手上。"

"现在大术士席应真就在他们身边，席应真一天不走，归不归便一天不敢前往地图的所在。"广仁解释了一句之后，将看过无数遍的地图收了起来。随后他看着窗外的风景继续说道："就是因为归不归猜到了地图里面是什么，才不敢轻易将里面的东西取出来。他们还有和神祇相争的资本，不到万不得已是不会打这件法器的主意的。"

说到最后，广仁意识到自己也是到了万不得已之时，当下这位大方师轻轻地叹了口气。火山十分识趣地岔开了话题，说道："大方师，这地图是从归不归的手上得到的。那只老狐狸会不会在其中做什么手脚？毕竟我们得到这张地图有些太过轻松了，就好像是那个老家伙送给我们的一样。"

"不会，当日你也在，归不归不可能看出破绽的……"话虽然是这样说，不过广仁想到这张地图是从老家伙手里得来的，他心里也开始怀疑起来。于是，广仁又将地图取了出来，在当中折了一下，只看归不归画的那一部分。但是看了半晌，他也没有看出什么破绽来。

就在这个时候，马车突然停了下来。随后赶车的车夫转身对车里面的两位大方师说道："两位老爷，前面有人拦车。两位老爷看看这两个人认不认得，都不认识的话，我就要赶人了。"

听了车夫的话之后，火山迅速将人皮面具戴好，随后将脑袋伸出车外，看到了车前不远处站着的两个胖子。正是将吴勉、归不归他们请到静心湖之后，看到事情不妙先行逃离的张松和龙种饕餮。

"为什么他们俩会在这里？"火山看了一眼之后，将脑袋缩回来，有些诧异地对自己的师尊继续说道，"是张松和饕餮，他们好像是专程在这里等着我们的。怪了，他是怎么知道我们要从这里经过的？"

火山正在和广仁说话的时候，张松的声音已经传了过来："车上的老爷，我们兄弟二人都是做小买卖的商人，赶了一天的路，实在是走不动了。大家都是出门在外，老爷们行个方便，随便赏下一辆马车让我们哥俩歇歇脚。"

在广仁的示意之下，火山将脸上的人皮面具扯了下来，随后打开车门，对外面笑嘻嘻的张松、饕餮二人说道："不用再演戏了，你们俩上来吧。大方师有话要问你们俩……"

说话的时候，火山已经伸手抓住了张松的手臂，一把将他拉上了车。后面的饕餮也不多言，跟着张松一起上了两位大方师这辆马车。

张松和饕餮上车之后，和两位大方师面对面地坐在了车厢的另外一侧。张松脸上露出了有些夸张的表情，张大了嘴巴冲两位大方师说道："这天下怎么这么小？不是我说，刚才我还和饕餮说起你们两位大方师来着。还说上次将吴勉、归不归和席应真请到静心湖那件事，你们两位大方师一定不会亏待我们哥俩的。想不到你们两位大方师就到了。太客气了，您二人派个方士来叫一声就是，不用亲自来接。看看，弄得张松我还有些不好意思。"

"不用演戏了，张松。是谁告诉你，我与广仁大方师的车队要从此经过？"火山盯着面前的张松、饕餮，心里却在紧张他们俩是不是谷元秋、伊秩派过来的。毕竟张松实在太油滑了，谁知道那几位神祇会不会给他们俩什么好处，派张松前来打探。

"这么点小事，还用别人说吗？"张松打了个哈哈之后，看着两位大方师继续说道，"您两位带队前往码头的时候，我便猜到了您二位八成是虚晃一枪，在海里转一圈之后就会回来。能出海的码头也没有几个，太近的您担心会有人发现，太远的耽误时间。前面的九渡口不远不近，您要是回来的话，从这里下船正好。而且只有这么一条官道通往九渡口……"

"如果我们不回来呢？你就没有想过我和火山真的去投靠徐福大方师？"这时候，广仁古怪地笑了一声，随后继续说道，"那天晚上是谁大闹的水陆法会，你是知道的，为什么我们不能去找徐福大方师避祸？"

"那样做的话，您就不是广仁大方师了。"张松嘿嘿一笑，看了一眼正盯着他的火山，继续说道，"我没有猜错的话，您手里应该有可以制衡那几位神祇的大法器。您让我费尽心力去请吴勉、归不归下山，也是和这件大法器有关。您二位在海里转了一圈回来，就是要神不知鬼不觉地将那件大法器取出来。说句不好听的话，您也有了弑神的打算。虽然我还是不知道那几位神祇哪里得罪了大方师，不过您是绝对不会将祸事引到徐福大方师那里的。就好像火山大方师不会主动把祸事引到您身上是一个道理。"

听了张松的话之后，广仁轻轻地叹了口气。原本世上只有一个老狐狸归不归已经够让他头疼的了，现在又出现了一只"肥狐狸"。如果他们两人联手对付他的话，后面的事情这位大方师都不敢想象了。广仁看着一脸笑眯眯的张松，摇了摇头之后，说道："你拦住我们的马车不会就是来说这个的吧，还是不放心之前答应送你的天材地宝？"

"都不是。"张松笑嘻嘻地看着广仁，顿了一下之后，继续说道，"我们俩是特地来提醒大方师，归不归靠不住，您要是从他手里得到什么大法器一类的东西，千万小心，八成有诈。"

第十八章　虚虚实实

张松的话一出口，广仁和火山两位大方师便同时住了口。两个人对视了一眼之后，广仁不再说话，火山看了看坐在张松身边的饕餮之后，说道："归不归和你说了什么？你和他打什么鬼主意？"

"火山大方师，你这么说，可就冤枉我了。我就是看不惯归不归那个老家伙，看不惯他天天算计这个、惦记那个的样子。"张松狡黠地笑了一下之后，继续说道，"还有那么一点点小事，当初您是亲口答应只要把吴勉、归不归他们请出来，便将龙蜕和玄武肉送给我和饕餮龙种的，我也不知道现在事情算不算办成了，两位大方师是不是可以话复前言了……"

"你不说，我也要将那两件珍宝交给你们两位的。"听到张松的真实目的之后，广仁微微一笑，看了一眼张松身边一言不发的龙种之后，继续说道，"不过你也看到了，我们这些人都在赶路，怎么可能将那样的珍宝随身携带？等我们的事情办好之后，约定地点再将两件珍宝交与你们二位……"

"这个可不行。"没等张松说话，饕餮终于忍不住开口说道，"按照你们人世间的规矩，什么事情都应该讲究一个先来后到。你答应我们的事情在先，不把我们的事情解决好，怎么可以再办其他的事情？冷盘已经摆好了自然是要上热菜的，总不能直接上汤羹吧？张松你来说，我说的是不是这个理？"

"我对事不对人，这件事情我就要向着龙种了。"张松呵呵一笑，对两位大方师继续说道，"两位大方师，不是龙种殿下挑理，您二位做得确实有些欠妥。张松我的那点东西不算什么，不过饕餮可是龙种，这事若传到龙族当中就不好听了。知道的，明白您二位还有重要的事情要办，我们那两件小玩意儿会耽搁一下；不知道的，还以为两位大方师说话不算话，答应别人的东西舍不得给了。"

"其实事情也简单，要么您派一位方士跑一趟，将那两件小玩意儿拿来交到我们的手上。大方师还犹豫的话，也可以将马车改道，先去一下藏宝的地点。您放心，张松我只拿自己应得的，绝不窥探您的宝贝。龙种饕餮您也可以放心，人家是真龙嫡子，什么珍宝没有见过？"

"这个恐怕有些来不及了。"广仁皱了皱眉头之后，继续说道，"我们还有要事要办，实在是耽搁不得。张松先生，念在我们昔日也是同门的情谊上，你们二位再等个三五日。等到我们这边的事情一结束，第一件事情就是将珍宝送到二位的手上。"

听了广仁的话，张松的脸上出现了一丝古怪的笑容。顿了一下之后，他再次开口说道："广仁大方师您要和我谈谈方士同门的情谊吗？当初我为徐福大方师在问天楼做了将近百年的细作，结果连个方士的名分都没有混上。您这是要替徐福大方师收张松入方士门墙吗？"

广仁刚才话一出口，便知道自己说错了，当初张松将问天楼的消息暗通给徐福，徐福说好的收张松为徒，但最后张松连个方士的名分都没有得到。张松对方士一门心灰意冷，这才转而去求长生不老之法，却不想把自己的性命也搭了进去。算起来，张松丢掉性命这件事，根子却在徐福的身上。

看到广仁被张松逼得哑口无言，饕餮再次开口说道："这有什么为难的？这样，你们两位大方师不管去哪里，都带上我和张松。我们俩不给你们添乱，我怎么说也是真龙之子，有什么需要帮忙的地方也能照应你们一下。说实话，张松小心眼怕你们赖账。我和两位不熟，谁知道你们到底有没有玄武肉？别到时候随随便便勒死一条狗，给我一条狗腿，就说是玄武腿了。"

广仁有些后悔让他们俩上车了，现在张松和饕餮有些赖上他的意思了。龙蜕和玄武肉本来已经准备好了，原本是等燕哀侯的水陆法会结束之后，火山亲自取来送到他们俩的手上。谁也没有想到谷元秋、伊秧四神突然杀到，打乱了广仁的计划。

现在谷元秋、伊秧应该也在寻找他们的下落，他们都是神祇，谁知道会不会已经在藏宝之所设下了埋伏？广仁不敢让火山去冒这个险，看着张松、饕餮死皮赖脸没有要离开的意思，只能答应了饕餮的提议。他们两位大方师加上后面三十多位跟随徐福修炼了几百年的方士，张松、饕餮完全没有耍花招的机会。

看到广仁终于松口，饕餮马上变了一副表情。他拉着两位大方师一个劲地打听什么时候开饭，主食吃什么，肉菜是什么，配的什么酒。听到火山应付他几句之后，饕餮的眉头便紧紧地皱了起来。看来他对车队的饮食十分不满意。

火山也是无奈，叫停了车队，让后面腾出一辆马车专门给这一人一龙种。不过就在他们俩下车的时候，广仁突然想起张松一开始说的话，于是请他暂留在车上。随后广仁从怀里拿出画着地图的绢帛，犹豫了一下之后，将绢帛撕成两半。接着，他把照归不归的地图画的半张地图交给了张松，说道："徐福大方师当年也夸过你心智过人，你来看看这幅地图，能看出什么古怪吗？"

"徐福大方师谬赞了，我哪里是什么心智过人，也就是被人坑的次数多了，多长了几个心眼。"说话的时候，张松接过这半幅地图仔仔细细地看了一遍。突然，他失声笑了起来，指着一处说道："这是谁家孩子的恶作剧？大方师您看看这出口是虚的，按虚线走又回到了前面的岔路。不是我说，那个倒霉孩子不是叫作归不归吧？"

地图上面有虚线？广仁差不多已经能将地图背下来了，怎么不记得上面还有虚线？当下他急急忙忙拿出地图，在终点出口的位置果然看到了一条几乎察觉不到的虚线，和张松说的一样，如果按虚线来走的话，就会回到之前的岔路上。不过这虚线实在不易察觉，要说是绢帛没有叠好，压印出了墨迹也说不准。

地图是火山描绘的，当下广仁又将地图交给了自己的弟子。火山看到之后表情也跟着迷惑起来，他描绘地图的时候有些紧张，加上过了这么多天，火山也不记得上面的虚线是不是自己画上去的。

看着两位大方师默不作声的样子，饕餮有些不耐烦地拉着张松下了马车，对脸色已经沉下来的广仁说道："你们两位大方师自己研究吧，一会开饭的时候跟厨子说，我们俩的吃食用不着他管。多配二十个人的肉食，我们自己来做。"

这个时候的广仁、火山都没有心思管这个，两个人都是眉头紧锁地看着地图上的虚线。见到两位大方师没有心思搭理自己，张松很知趣地替广仁、火山关上了车门，随后和饕餮一起向着分给他们俩的马车走去。

远离了广仁、火山的马车之后，饕餮突然冲张松笑了一下，轻声说道："那俩大方师还以为自己很聪明，最后到底还是喝了归不归的洗脚水了吧？"

"洗脚水是洗脚水，不过不是那个老家伙的。"张松脸上露出一丝古怪的笑容，顿了一下之后，继续说道，"那道虚线是我用指甲抠出来的……"

第十九章　玉顶山

接下来的行程当中，张松、饕餮一人一龙种也加入到队伍当中。火山将他们俩的马车安排在车队靠后的位置，有意隔开了和他们的距离。不过他们俩似乎赖上就行，加入了队伍之后只是老老实实地跟着走，从来没有打听过他们此行的目的地在什么地方。除了饕餮对吃食完全不将就之外，其他的没有一点异常的地方。

饕餮见过一次车队的饮食之后，便没有搭伙的意思。每次吃饭的时候，张松、饕餮都是自己开火做饭。他不愧是最会吃的龙种，加入车队之后的当天便将他们的车厢隔出一半的空间，在里面支上炉子和锅。从此之后，他们二人的车厢当中便一直都有食物的异香飘出来。而且饕餮的食量惊人，他一个就抵得过二三十个壮汉的饭量。好在泗水号的两位东家尽力巴结两位大方师，一应吃食都准备了五六倍的分量，而且都是一等一的好材料。

烹调不将就，吃的过程这位龙种更加不将就。包括广仁在内的众方士，到了饭点，都是厨子将吃食送到马车上，众人随便对付一口也就得了。但是饕餮用餐的过程也显出了龙种的气势。

饕餮将刘禧、孙小川为两位大方师准备的餐桌找了出来，依次摆放好全套的金玉餐具，随后将做好的菜肴按顺序摆放在餐桌上。这时候众方士才知道一路上异香扑鼻的出处，只见一桌子七八个加了几倍分量的菜肴摆在了桌子上。每个菜肴都给张松拨出来一点点之后，这位龙种便开始守着餐桌大快朵颐起来。看得众方士最后都养成了习惯，每到饭点便扒着车窗，看着饕餮摆出那一大桌子菜肴，就着这一桌子菜肴的异香下饭。

就这样，半个月之后，车队终于到了这次行程的目的地——位于战乱中的梁、晋边界的玉顶山。玉顶山的山顶常年覆盖着积雪，远远看着就好像是山顶扣着一块无瑕美玉一般。玉顶山也因此而得名。

地图标注的终点便在山顶之上，只是被张松鉴定了一番之后，现在广仁大方师的心里已经有了怀疑。他抬头看着山顶，心里也不敢肯定那件法器就在山上。这时候，众方士已经从马车上走了下来，围在广仁大方师的身边，等着他下令登山。

抬头看了半天，广仁也没有下达登山的指示。犹豫了一下之后，他让手下的方士将张松和饕餮请了过来。

看着这一人一龙种走过来之后，广仁淡淡地笑了一下，随后再次将地图掏出来递给了张松，说道："张松先生，劳烦你再看一眼地图。不瞒先生，我们要找的东西就在山上地图标注的位置。本来我是一直深信不疑的，不过自从上次先生看出了地图的瑕疵之后，我也不像之前那么确定了。这是完整的地图，先生看看能不能再找出什么破绽。"

"不是我说，大方师你这么客气，张松我还真是受宠若惊。"胖子笑嘻嘻地说了一句之后，从大方师的手里接过了地图。已经到了山脚下，广仁没有继续防备张松，索性将整张地图拿了出来。

张松结合山势看了半天之后，回过头来对广仁说道："对照地图，大方师要找的地方就在山顶某处，不过现在不知道那道虚线是不是被动过手脚。不过依着我的意见，不管真的假的我们都应该走一趟，就算是假的，大方师您有大神通，大不了将山顶掀开，总能找到您要找的东西。"

"张松先生高见，找到我要找的东西之后，龙蜕、玄武肉便马上奉上。"广仁说着，接过了地图。随后，他没有丝毫忌讳地对众方士说道："我们要找的法器就在山顶，法器到手办成大事之后，你们便可以回到徐福大方师那里复命了。"

说话的时候，手拿地图的火山率先向着山顶走去。其他方士跟在火山后面。和以往不一样，这一次广仁大方师断后，他带着张松、饕餮一起跟在队伍的最后，慢慢地向着山顶走去。

从远处看玉顶山很是壮丽，不过真走进去却发现山中并没有什么出产。不知道什么原因，走了半天，也没有看到獐、狍之类的野兽。地面也是光秃秃的，几乎看不到什么野草。山下看到的绿色除了一棵棵低矮的松树之外，就是满地满地的苔藓。

故而这座高山没有什么人气，打猎的、采药的也不会来这种根本没有出产的高山。山上虽然长着茂密的松树，不过这种松树松油的成分太多，用来烧火会散发出满屋子的浓烟。只有偶尔熏烤肉食的时候，才会有人在山脚砍下几根树枝，也就够用了。

平时没有人上山，这里也就没有什么山路。就算有地图在手，火山也是看了好一阵子，才明白自己是在哪。走到半山腰的时候，天色已经擦黑。如果是在一般的高山，这些有修为的方士趁着夜色继续前行也没有什么。不过这一路上能够辨认路径的对照物太少，加上没有什么山路，担心趁夜色前行会有迷路的风险，当下，火山和广仁商量了一下之后，决定就在半山腰找一处空地休息，第二天一早太阳出来再继续赶路。

这次上山轻装简行，并没有带帐篷之类的东西。当下众方士只是找了一处空地，或打坐，或半躺着，就等着天亮继续赶路。众人休息的时候，广仁施展控火之法，打出一个火球悬在空中。这火球发出一片白光，显得格外刺眼，看着好像第二个月亮一样。

借着火球的光亮，广仁又开始研究地图上面的虚线。自打这条虚线凭空出现之后，每天查看地图便成了广仁必做的事情。

这些方士有几个练过辟谷的，剩下大多数的方士虽然要吃东西来维持体力，不过大事在前，一顿饭不吃忍过去也没有什么。但是这些人当中，唯一一个不是人的龙种就扛不住了。

"你们都这样不吃不喝不拉不撒吗？"看着周围的方士没有回答他的意思，饕餮有些不情愿地打开了随身包裹，里面是已经腌好的生肉。当着众方士的面，饕餮喷出一股炙热的龙息，慢慢将手里的生肉烤熟，没过多久整个山腰都飘散着一股肉香。

肉块烤熟之后，饕餮便旁若无人地大嚼起来。周围本来已经睡着的方士，又被这股香气弄得睁开了眼睛。看着饕餮大吃大嚼，这些方士们连连吞咽口水。

眼看最后一口熟肉就要被吃掉的时候，空气当中突然传来一阵野兽的嘶吼声。野兽的吼叫声响起来的同时，整个玉顶山都开始抖动起来。当下饕餮也没有心思吃喝了。他虽然是龙种，不过听到这吼叫声之后，脸色也变得有些难看起来。

张松一下子跳了起来，满脸惊恐地对广仁说道："大方师！刚才那个声音是什么？"

张松说话的时候，空气当中出现了一股巨大的妖气。还没等广仁发话，又是一阵野兽的吼叫声。饕餮的背后凭空出现了一只巨大的红色的怪兽。还没等这位龙种反应过来，这只怪兽已经张大嘴巴，一口将饕餮咬住。随后，这只怪兽将饕餮的上半截身子咬在嘴里，一瞬间就消失在夜色当中。

第二十章　虚线

一切都发生在电光火石之间，还没等众人反应过来，饕餮已经消失在了无尽的黑暗当中。

这时候，众方士才反应过来。除了两位大方师之外，其余的人都跳了起来，取出各自的法器围在广仁、火山的身边，紧张兮兮地盯着刚才饕餮被抓走的地方。

饕餮被抓走的第一时间，只有张松反应了过来，他大叫一声之后追了过去。不过看到没有方士跟着他一起追下去，这个肥腻腻的胖子又跑了回来，对广仁、火山二位大方师说道："现在追过去还来得及，你们不能看着饕餮就这么死了。"

众方士都知道饕餮是龙种，能瞬间将龙种抓走的妖兽，他们这样的人怎么招惹得起？当下所有人都不说话，目光停留在两位大方师的身上。这时候广仁、火山的脸色都有些难看。刚才妖兽出现的时候，两位大方师都没有看清它的样子。一层薄薄的雾气笼罩了妖兽全身，除了能看到一个大概的身形和它全身上下赤红的皮肤之外，见多识广如广仁，都说不清楚刚才突然将饕餮抓走的妖兽是什么。

"来不及了，张松，你我心里都明白饕餮现在的下场……"广仁低沉着声音冲想要追赶却下不定决心的张松说道，"能瞬间掳走龙种的妖兽，就算我们赶过去制服它，饕餮也没有复生的可能了。不过这个仇是一定要报的，等到我们上山拿到了法器之后，再回来为饕餮报仇。"

"不行！现在说不定饕餮还有口气，你们这么耽误他才死定了。你们不管，我来管！"这个时候，张松也不知道哪里来的勇气，大吼了一声之后，转身再次向着刚才饕餮被掳走的位置冲了过去。

看着张松的身影也消失在了黑夜当中，广仁、火山对视了一眼，随后火山对身边的众方士说道："别让张松吃亏，你们自己也要小心……"说话的时候，这位末代大方师身子一跳，已经第一个跟在张松的身后冲了出去。

见几乎所有的方士都跟着火山冲了出去，广仁担心自己的弟子，犹豫了一下之后，也带着仅剩的两位方士一起跟了过去。

他们这些人冲出去不久，便听到前方不远处传来野兽的嘶吼声，随后一声巨大的爆炸声响了起来。紧接着，一团巨大的火球从爆炸的位置升到了半空中，将附近的景色照耀得宛如白昼一般。众方士继续向着发出爆炸声响的位置冲了过去。

等众方士赶到爆炸声响起的地方时，张松已经晕倒在地上。在他身边不远处的地方，是一具残尸。从残尸身上的衣服看，正是不久之前当着众方士的面烤肉的饕餮。现在这位龙种的上半身已经被妖兽吃掉，只剩下腰部以下的两条大腿，而那只瞬间便将饕餮掳走的怪兽早已不知所踪。

众人还是来晚了一步。当下，有方士将张松救醒，询问他是否看清了那只妖兽的长相。没想到张松一睁眼，看到地上饕餮的残尸之后，"哇……"的一声号啕大哭起来："就晚来了那么一步啊……不是我不想救你，我求了那些方士……他们说你死定了，没有人跟着我一起来……找不到帮手我就自己来，结果就差了那么一点点啊……我是亲眼看着你被妖兽吃掉的……本来你是不用死的。你死了……你的兄弟问我要人……我该怎么办……"

广仁知道这么多年，一直都是饕餮在保着张松的安全。虽说那个龙种并没有什么好心，不过起码也对得起张松了。现在他的靠山被妖兽吃掉了，难怪张松会这样伤心了。

当下众方士小心翼翼地守在两位大方师的身边，担心那个掳走了饕餮的妖兽再次杀出来。火山将自己的外衣脱了下来，把饕餮的残尸裹在了里面，对哭起来没完的张松说道："事已至此，你还是想想如何为龙种报仇吧，起码日后再有龙种上门要人，你也有说辞……"

"现在我也有说辞，你们方士不帮忙，他兄弟饕餮才惨死在妖兽口中的。"张松还是对刚才众方士没有加以援手耿耿于怀。擦了一把眼泪之后，他冷笑着说道："如果你们刚才听我的话，当时就一起下来救饕餮，他也不会惨死。"

火山的眉头微微皱了起来，不过想到张松处在痛失同伴的悲伤当中，当下也没有和他争执。这时候广仁上来劝慰了几句，张松对这位大方师倒是不敢太放肆，当下抱着饕餮的半截身子又痛哭了一阵，指天发誓要为饕餮报仇。

看到张松的样子好了一点之后，广仁才向他询问刚才到底出了什么事情。

原来刚才张松冲过来以后，便看到饕餮已经从妖兽的嘴里挣脱了出来，正和那只赤红色的妖兽拼命。不过当时饕餮已经处在下风。张松正要过来帮忙的时候，妖兽突然狂性大发，冲着他扑了过来。最后还是饕餮使用妖法，喷出了一个巨大的火球打在妖兽身上，惹得它转身便将龙种的上半截身子咬了下来，然后当着张松的面将龙种吃了下去。

听了张松的话之后，还要和他理论的众方士这才默不作声。这个胖子说得没错，他们早点冲过来的话，或许就是另外一个结局了。

广仁又劝了几句，这才劝得张松跟着他们回到了之前的宿营处。这个突如其来的变故之后，众人都没有再休息的心思。所有人一夜都没有合眼，天亮之后继续向着山顶行进。

在行进的时候，张松将饕餮的遗体绑在自己的身上。经过昨晚的事，他对这些方士都没有什么好脸色，不许任何人接触饕餮的遗体。如果不是龙蜕对他太过重要，现在张松已经翻脸下山了。

走到中午的时候，众人总算赶到了地图上标注的地点。不过这个时候，广仁也发觉到了地图的问题，因为按照归不归描绘的那张地图，在终点没有任何山洞、密室的迹象。火山将带上山的众方士分成三人一组，分头在附近寻找有没有能藏东西的所在。

众人当中只有张松什么都不做，他靠在一块大石头上，冷眼看着众方士忙来忙去。

一直忙乎到了天黑，众方士还是没有头绪。由于昨晚的变故，广仁没敢让方士们在夜色中去找，而是将他们召唤到了一起，等到天亮之后再继续寻找。那件法器一定是藏在这山上的某处，虽然归不归在地图上耍了花招，不过张松说得对，大不了将整个山顶都掀开，总能找到徐福大方师藏在这里的法器。

劳累了一天，加上对那只凶猛妖兽的畏惧，众方士也没了说话的兴致。他们小心翼翼地戒备着，说不定什么时候那只妖兽会再次从黑暗中冲出来，将他们当中的某个人拖走。

而广仁的心思都在地图上面，他看来看去，又注意到了那条根本行不通的虚线上面。白天火山已经亲自走过一趟，沿着虚线走的确是一个永远走不出来的死循环。不过不知道为什么，广仁开始对这条虚线有了兴趣，不亲自走一趟的话，他自己不会死心。

最后，广仁下定决心，趁夜色带着众方士再走一遍虚线的位置。反正现在谁也不敢休息，索性再走一次让他死了这条心也好。就在他和火山亲自带队沿着地图的虚线一路走下去的时候，突然一个方士指着不远处的地面说道："你们看看那道影子……有古怪！"

第二十一章　月煞入口

　　在场所有方士的目光都被吸引了过去。就见在微弱的月光之下，地面上的一块阴影发生了奇怪的变化。

　　月光照射在一块巨石之上，巨石的影子投射到地面上却变成了另外一幅景象。在巨石影子的中心出现了一道幽绿的暗光，乍一看好像是两扇闭合的大门。那幽绿的暗光是从地下冒出来的，不过那光芒实在太弱，只能在阴影中才能显现出来。

　　"原来那道虚线才是通往入口的途径。"说话的时候，广仁回头看了身后的张松一眼，对他说道，"如果不是张松先生，可能我们这些人要很久才能碰巧发现这处所在。难怪当初徐福大方师称赞过先生心智神鬼莫测……"

　　"那个是说你们方士一门的归不归吧？"张松完全不领情，看了广仁一眼之后，继续不冷不热地说道，"大方师快办好你们的事情，办好之后好将龙蜕和玄武肉给我，张松我还等着用玄武肉祭拜龙种饕餮。"

　　"这个自然，我要的法器请出来之后，除了龙蜕和玄武肉之外，还有另外的天材地宝奉上。"冲张松客气了几句之后，广仁走到了那处隐藏在阴影当中的"大门"前。

　　这个时候，众方士已经围在这道暗门前。火山站在一道幽光当中，仔仔细细打量了一番之后，对走过来的师尊广仁说道："地下映出来的是月煞，看来这里就是入口没错了……"说话的时候，火山有意无意地扫了一眼站在广仁身后的张松，脸上露出了一丝古怪的笑意。

这时候，有人在向身边听不懂的同伴解释月煞的来历。月煞就是这从地下冒出来的幽绿寒光了，这光芒是一种黑不溜秋的石头散发出来的。将这种石头深埋于地下，等到月黑风高的时候，它便会在月光照射物体的影子当中显现出这幽绿寒光。

不过如果是月光直接照射下来，这光芒便会被月光同化，就连那位徐福大方师都找不到一点蛛丝马迹。而在阴天或者没有月光的时候，幽绿寒光一样显现不出来。故而这寒光才有了月煞的叫法。

周幽王时期，曾经兴起过一阵使用月煞藏匿珍宝的风潮。不过因为月煞的局限性，最后这种藏匿珍宝的方法慢慢被人舍弃。这些方士都是秦末跟随徐福出海的童子，故而大多数人都不知道月煞是什么。

"想不到徐福大方师会用月煞来藏匿法器。"广仁淡淡地笑了一下之后，继续说道，"那就动手吧，请出法器之后，用山中的妖兽祭奠饕餮先生的亡灵。"

说话的时候，已经有方士从背着的包裹里取出锹镐之类的工具，在映出月煞的地面开始挖掘起来。这些方士都有使用术法打出一条通道的本事，不过担心伤到那件传说中的法器，还是一下一下地在地上挖起来。

这些方士分成两队，一队负责挖掘，另外一队负责警戒，毕竟山中还有一只能吃了饕餮的妖兽。

到底是有修为的方士，他们用来挖掘的工具也是专门炼制过的法器，挖泥土好像是在挖豆腐一样，没过多久便挖出了一个深达丈余的泥坑。不过挖了这么深，还是没有看到什么法器埋在土中。

他们挖掘的时候，火山就站在坑口盯着这些方士手上的动作。突然，这位末代大方师大喊了一声："停下！你们都上来……动作慢一点，直接上来就好。"

深坑里面的方士不知道出了什么事情，愣了一下之后，几个人才慢慢使用腾空之法，一起从深坑当中飞了出来。等到他们全部出来之后，火山回头对自己的师尊广仁说道："下面有古怪，弟子下去探探。"

"不要用力踩，多加小心。"广仁嘱咐了一句之后，火山纵身跳入了深坑当中。不过这位末代大方师的双脚没有沾地，他的身体悬浮在空中，开始慢慢地敲打深坑底部的某处位置。这时候，众方士才听到底部传来的声音已经不同于刚才挖掘的声音，有了空鸣的回声。为什么刚才那些方士挖掘的时候没有出现这种声音？火山又是怎么听出来的？

"下面是空的……"火山的话还没有说完，他的脚下突然"轰隆"一声，坑底塌陷下去，露出一个黑洞洞的窟窿口。如果不是火山一开始便悬浮在空中，刚才他便随着坑底一起掉了下去。

坑底坍塌下去之后，一团黑烟便冒了上来。担心黑烟当中有什么危险，火山还是飞了上来，稳稳地落到了广仁的身边。缓了口气之后，这个红头发的男人对自己的师尊说道："和之前想的不一样，徐福大方师费时费力弄出这样一个所在，看来埋在里面的应当不止那一件法器。"

"里面是什么，我们稍后就知道了。"广仁看着不断冒出来的黑烟，对身边的众方士说道："大家小心这团黑烟，都散开，千万不要接触这黑烟。"

不用广仁说，这些方士看到黑烟之后，已经纷纷向后退去。这黑烟冒了一个多时辰之后，才慢慢散去。众方士这才再次聚拢在坑口，探头向下望去。以他们目力所能看到的极限，竟是一片黑暗。

有方士征求了广仁的意见之后，朝坑底丢了一块石头。不过扔下去良久，始终没有听到石头落地的声音传回来。回想之前坑底坍塌后，好像也没有听到沙土、石块落地的声音。

"大方师，我下去看看，您在上面多加小心。"火山说了一句之后，再次施展腾空之法想要跳下去查看。这个时候，广仁突然拦住了他，说道："你还是在上面主持大局吧，我下去看看。这里的地图是徐福大方师亲手给我的，我不会害你，徐福大方师也不会害我。"

听到广仁要亲身犯险，火山连同周围的方士都不停劝阻。这位大方师微微一笑，说道："你们阻拦我，就是挑拨徐福大方师与我的关系。放心吧，徐福大方师既然将地图交给我，便不会让我身犯险地。好了，你们不要说了。"

最后一句话喝住了众方士之后，广仁又回头对张松说道："张松先生，你不想与我下去看看里面有什么蹊跷吗？这是徐福大方师的藏宝之地，你不打算和我一同下去，鉴赏一下大方师收藏的宝贝吗？"

"不用客气了，我和你们长生不老的人不一样，我现在是靠夺舍才活到现在的。一旦这副皮囊毁了，张松我的大限也就到了。"听到广仁要拉他一同下去探路，张松便不由自主地向后退了一步。

"由不得你了，张松，你改了归不归的地图，以为我真的不知道吗？"广仁淡淡地笑了一下之后，继续说道，"归不归描绘的图纸当中从来都没有这条虚线，虚线是你自己加上去的。你们俩到底有什么阴谋诡计？让你留在这里，我怎么能安心？"

广仁说完之后，身子一晃，瞬间到了张松的面前。他抓住张松的手腕，随后不由分说将张松拉到了深坑之前。看也不看坑下的情况，他们俩"手挽手"地顺着坑口一起跳了下去。

第二十二章　意外的会合

　　广仁、火山原本商量好的，广仁带着张松落地之后，会给出报平安的信号。不过火山在坑口等了半晌，也没有等到深坑里有任何异常的声音发出来。火山站在坑口连连呼喊了数声，也没有等到回应。

　　就在火山的头上冒出冷汗的时候，坑底终于发出了"呼"的一声。之前的那股黑烟再次冒了出来，幸好火山等人反应快，在黑烟冒出来的一瞬间已经退开。只是有几个方士后退得稍微慢了一点，身体便被黑烟扫到。只是一瞬间的工夫，几个方士身体被黑烟接触到的地方都出现了被火烧伤的痕迹。如果他们的反应再慢一步的话，现在可能已经危及性命了。

　　"下面有阵法！广仁大方师已经触动阵法了……"一个精通阵法的方士忍不住对火山大喊了一声。看到这位红发男人的脸色越来越难看，他这才低沉着声音再次说道："也许没有那么糟，这是战国时流行的看护诸侯王墓的流珐阵，我都知道，自然也瞒不过广仁大方师……"

　　"不等了，黑烟散尽之后，我下去迎接广仁大方师。"这个时候，火山已经不顾广仁之前的叮嘱，对身后的同门方士说道，"各位方士继续在这里等候，如果一天一夜后我与广仁大方师还没有出现的话，你们立即使用遁法下山，回到徐福大方师那里如实述说……"

　　说到这里，火山犹豫了一下之后，继续说道："到时候请转告徐福大方师，如果有什么不测的话，广仁、火山会将法器毁掉，不会让法器落入他人之手。请徐福大方师放心。"

说话的时候，窟窿里冒出来的黑烟已经隐隐开始变淡。火山回头看了一眼之后，等不及黑烟慢慢消散，直接使用术法生生造出一股旋风，将窟窿里面的黑烟抽个干净。

看到窟窿里面再没有黑烟冒出来，火山便纵身跳了下去。就在这个时候，他身后走过来三个方士，其中一个带头的叫作蒋员的开口说道："大方师，我们和你一起下去。下面不知道什么情况，多一个人也多一个照应。"

按辈分来说，这些人都是徐福的弟子，是和广仁一个辈分的。他们是受了徐福的指派才到了两位大方师的身边，虽然平时也受两位大方师的号令，不过像这样自告奋勇主动帮忙的，还是极为少见。

火山犹豫了一下之后，说道："下面不知道什么情况，如果遇到什么事情，几位不用管我，可以先行回到这里。生死攸关之间，先保住自己才是最紧要的。"

蒋员几个人答应了一声之后，又和其他方士嘱咐了几句，便跟随火山一起顺着坑口跳了下去。守在坑口的众方士相互看了一眼之后，自动结成了阵法守在这里。

再说火山、蒋员四个人使用了腾空之法慢慢地落进坑里，算着从地面到坑底怎么也有二三十丈。一路下来，四人都发现四周通道石壁上有一些密密麻麻的仿佛针眼一样的细孔。细孔里面不断有一丝丝黑色的烟雾冒出来，看着应该就是之前流琺阵的黑烟了。

四个人下到坑底之后，才发现这里竟然有一个古怪的禁制，头顶上还有一团黑色的光晕将坑底和上面分离开。坑底的一切影像和声音都无法传递出去，火山尝试着使用控火术向上打出几个火球，都被那团黑色的光晕拦住。看来除非他们几个上去，要不然的话根本没有办法将下面的情况传递上去。

不过这样一来，火山几个人反而放心了。看来广仁大方师并没有发生什么意外的情况，只是无法将下面的消息传递上去。当下，他们几个人开始在坑底辨别方向，寻找路径。

坑底虽然没有什么光亮，不过火山四个人仗着术法还是能看得一清二楚。他们处在一条甬路的入口处，这条甬路有些潮湿，甬路上还有两个鞋印，鞋印上有云朵的花纹。火山一看，便认出这鞋印是大方师广仁留下来的。

整条甬路只有这么两个鞋印，一看便知是广仁留下来的印记。当下，火山四个人不再犹豫，直接顺着甬路向前走去。算着广仁、张松下来不久，他们应当也不用太久便能追赶到二人。

广仁不会留下机关、阵法什么的让其他方士前来冒险。当下，四个人都施展了疾行之法，快速通过了这条二百余丈的甬路。本来以为出了甬路之后，便可以和广仁、张松会合，没有想到的是，甬路的尽头是一条向下延伸的盘山道。

现在好像是一个空蛋壳，中间是一个无尽深渊，沿着内壁则打造出一条蜿蜒的盘山道。从入口向下看去，又有一层黑色的光晕将下面的景象挡住。不知道下面什么情况，火山也不敢贸然喊叫广仁的名字，只能顺着盘山道一路向下走去。再则，出了甬路之后只有这一条盘山道，广仁、张松他们无疑只能往这里走。

原本火山四个人是想要施展腾空之法飞下去的，不过蒋员长了一个心眼，他细细察看，发现这里的盘山道多了一个禁制，限制了腾空之法。摆下禁制的人就是想让人一步一步走下去，如果说那个人是徐福的话，谁都不明白那位大方师这么做是什么意思。

不过已经走到了这里，不继续走又不行，而且这盘山道修建的年头太长，台阶已经有些风化，完全经不起他们四个人使用疾行之法的冲击力。无奈之下，火山四人只能小心翼翼地一步一步向下走去。

　　盘山道实在太长，足足走了一个时辰，也没有走到底部，而且还距离那黑色的光晕有些距离。火山有些心急，开始小声地呼叫广仁大方师的名讳。他们下来也没有多少时间，为什么好像消失了一样，完全看不到他们的踪迹。

　　"火山大方师，这里有古怪……"看着这条盘山路好像走不完似的，蒋员终于忍不住说道，"我能明白徐福大方师需要阵法来看护法器，不过这怎么也不像是看护法器的阵法。你和广仁大方师真的确定法器就在这里吗？"

　　"蒋员方士，你可以怀疑我，但是不要去怀疑广仁大方师。"火山听到蒋员的语气里面带有质疑广仁的意思，脸色马上沉了下来。他正要再说几句的时候，突然隐隐约约听到了有人说话的声音。

　　终于要赶上自己的师尊了，火山急忙回头做出一个噤声的动作。随后，他开始寻找说话声音传来的位置，找了半天之后，竟然发现那声音是从他们身边的洞壁里发出来的。

　　当下，火山将耳朵贴在了洞壁上面，随后听到了一个十分熟悉的声音："傻小子你继续往前挖，没错，你三叔已经把路都开出来了。你信不过谁还信不过你三叔？人参，你再往前探探，还有多远才能挖进去？"

　　"大侄子，不远了，你再加把劲。说不定下一镐头就能挖通……"

　　最后一句话还没有说完，就见火山身前的洞壁突然"轰隆"一声，破开一个大窟窿，随后几个熟悉的身影从里面走了出来……

第二十三章　徐福的谋划

　　首先出来的是拿着镐头、满身泥泞的大个子百无求。二愣子看到面前的这四个人之后，好像有点不敢相信自己的眼睛。揉了揉眼睛，确定眼前的确站着四个人之后，百无求"啪"的一下给了自己一巴掌。知道疼了之后，他转头冲身后的归不归大吼道："老家伙！老子就说位置错了吧！咱们挖地道挖到人家家里了，你自己看看里面是谁……"

　　百无求冲身后大吼大叫的时候，归不归牵着小任叁从后面走了过来。看到张口结舌的火山之后，老家伙嘿嘿一笑，说道："天下还真是小啊，想不到在这里也能遇到火山大方师。你家师尊广仁大方师呢？老人家我有件事情要和他说，上次广仁大方师说过的半幅地图，我老人家想起来了……"

　　"你不是早就想起来了吗？"火山盯着归不归，正打算翻脸的时候，突然看到那个白头发的吴勉慢悠悠地从老家伙的身后走了过来。火山心道，吴勉不比归不归，他可是弑神的人，刻薄不算还脸酸，说翻脸就翻脸的，现在寻找师尊广仁是大事，能不招惹他还是尽量不要招惹的好。

　　归不归好像没有听到火山的话一样，嘿嘿一笑之后，再次说道："当初你们家徐福大方师是给过老人家我半张地图的，不过当初他也没有说那是什么。年深日久的，老人家我也忘了这回事，这不刚刚才想起来嘛。听说你们坐着大船出海了，老人家我还想替你们把这里的宝贝取出来，等着你们回来的，这么巧在这里遇到大方师你了。还是你们做大方师的厉害，没有我老人家的那半张地图也能找到这里来。"

"归不归，你做了什么我知道，广仁大方师也知道。"火山说完这句就不打算再和这几个人废话了。只是前路被他们占了，盘山道只能容纳一个人进出，红头发的大方师只能拉下脸面对挡住道路的几个人说道："你们让开道路，我们有急事要办，让我们先过去。"

"有没有先来后……知不知道排队？"听了火山的话，百无求的眼睛便瞪了起来。顿了一下之后，二愣子继续冲这四个方士说道："你师父没教过你要懂礼貌吗？我们妖还知道求人的时候要客气客气，说一句'借过，我家出大事了，老婆跟人跑了，还一把火把房子点了，劳驾您让个道让我们先过去……'，也算句人话。你堂堂一个大方师，连人话都不会说吗？"

百无求说到房子着火的时候，小任叁已经止不住哈哈大笑起来。看到小任叁哈哈大笑，火山气得脸色涨红，似乎一口鲜血随时就要喷出来。

这时候，归不归和吴勉对了一下眼神之后，嘿嘿一笑，拉着自己的便宜儿子说道："傻小子，别和火山大方师这么开玩笑。我们让让路，让他们先过去，谁家里还没有点什么大事儿？就好像傻小子你说的那样，也许人家真有什么火上房的事情呢？"

说话的时候，归不归拉着百无求回到了被他挖出来的窟窿当中。二愣子虽然心不甘情不愿，不过看在自己"亲生父亲"的情分上，还是喘着粗气走了进去。

"多谢。"火山好不容易从牙缝里面挤出了两个字，随后带着蒋员三个方士从他们身边走过。如果不是因为担心广仁的安危，火山也不会这么低声下气，早就翻脸了。

不过和火山不同，从吴勉、归不归身边走过的时候，蒋员三个方士微笑着向白发男人点了点头。自从公孙屠变成长生不老之身之后，几乎所有的方士都知道了吴勉手里有长生不老之药，于是对待这个白头发的男人，简直要比对广仁、火山两位大方师还要恭敬。

火山四人在前面走得飞快，想和归不归那行人拉开距离。因为只要找到了广仁，火山便有制衡吴勉的力量了。不过归不归那个老家伙却不想和他们分开，无论火山他们四个走得多快，都能看到吴勉、归不归四个就跟在他们身后不远的地方。

就这样一路走下去，火山四方士突然没有征兆地跑了起来。跑了好一阵子之后，他们四人穿过了盘山道下面的黑色光晕。此时，他们眼前的景象发生了翻天覆地的变化，好像到了另外一个世界一样。

此时，眼前的一切豁然开朗。原本阴暗的盘山道瞬间灯火通明起来。他们虽然还在盘山道上，不过墙壁上每隔一段距离便挂了一盏小小的油灯，油灯外面还罩着一个近乎透明的琉璃灯罩。数百个油灯将这里照耀得如同白昼一般。

借着灯光看下去，盘山道下去百余丈就是一个类似广场的所在。广场上整齐地码放着一排一排的死人干尸。火山居高临下，看得清楚，除了这些死人的干尸之外，还有几十匹死马的尸骸摆放在死人的中间。除此之外，还有一些死狗、死猫等宠物的尸骸。

看到这个景象的一瞬间，火山有些恍惚了。这哪里是什么藏匿法器的所在，分明是一处诸侯王的大墓。看这陪葬的架势，墓葬的主人还不是小人物，说不定就是春秋战国时期的某位霸主……

看到眼前这一幕之后，火山开始犹豫要不要下去了，是不是刚才他在什么地方走岔了路？师尊和张松还会在前面吗？

就在这个时候，火山身后响起了归不归的声音："是不是开始怀疑自己走错了？不用多想，你没走错。你们家徐福大方师就喜欢做这种鸠占鹊巢的事儿，他就喜欢借别人的地方办自己的事情。老人家我看得多了……"

说话的时候，吴勉、归不归带着两只妖物也已经从黑色的光晕里走了出来。

突然从黑暗的地方走到这么一个如同白昼的所在，二愣子还有些不大适应。他眯缝着眼睛对自己的"亲生父亲"说道："老家伙，墙上、下面这都是什么灯？怎么也点了八九百年了吧？什么灯油这么耐烧？"

"就是一般老百姓用不起的琉璃盏，里面的灯油是海外鲸鱼的膏油。"归不归嘿嘿一笑之后，继续说道，"这些琉璃盏都是相连的，点了一盏油灯，所有的灯便都亮了。"说话的时候，归不归慢悠悠地向火山走过来。他一边走一边再次对这位末代大方师说道："如果老人家我猜得没错，当初你们家徐福大方师看中了这座坟墓，而他自己懒得建造藏宝之所，便将那件什么东西藏在这里了。如果你们用不到它的话，那么就便宜了墓主人，作为陪葬。他又怕去了东海以后，你师尊遇到什么解决不了的事情，这才留了一个后手。"

说到这里，归不归的脸色突然变得古怪起来。他好像想起了什么事情，顿了一下之后，自言自语道："徐福又怕广仁滥用这件大杀器，这才将半张地图交给我这个被逐出门墙的老家伙。广仁要不是被逼到了绝路，他绝不会来找我老人家的。算计得好啊！这么一来，当初把老人家我逐出门墙，也在徐福的算计里了。我老人家就说，也没在背后编派你什么事情啊，就是六岁的时候偷看邻居小姑娘洗澡，七岁偷看王大嫂换衣服，八岁偷看村长的儿媳妇上茅房……这有什么？至于把我老人家逐出门墙吗？"

"老家伙，老子这算是听明白了，你能活到现在都是托老天的福。一般人都死俩来回了……"

第二十四章　人齐

　　听了归不归的话之后，火山终于放下心来。当下他不再犹豫，直接从盘山道上冲了下去，一边冲一边喊道："广仁大方师……你在哪里？弟子前来候命……广仁大方师……"

　　火山之所以主动叫喊出来，是因为他发现下面的广场四周竟然有六个出口，他猜不出广仁会在哪里，又怕归不归再使什么花招，于是只能主动叫喊了。不过火山这几嗓子没有得到任何回应，就在他打算继续叫喊的时候，还在盘山道上的吴勉突然开口说道："噤声！你把不该来的'人'引下来了……"

　　这句话说得火山有些莫名其妙，就在他打算回头去问吴勉引下了谁的时候，突然感觉到整个地面连同盘山道上面的洞壁都开始微微地颤动起来。颤抖的幅度越来越大，最后连陪葬的干尸都开始一具一具地碎裂，有不少已经彻底风干的尸骸因为颤抖便直接化为齑粉了。

　　"原来徐福把那件法器藏在这里了……"说话的时候，一个人影从天而降，缓缓落在了吴勉、归不归和火山众人的面前。这人正是不久之前向广仁大方师讨要方士一门遗宝的谷元秋。除了这位神祇之外，还有一男一女两个人影踩着洞壁直挺挺地走了下来。

　　这里面不是有禁制的吗？为什么他们三个神完全不受禁制的影响？看到三神出现之后，火山的心落到了谷底。他跟随广仁过来这里，就是为了请出法器来对付这三神的。现在这三神突然出现，完全打乱了他们师徒二人的计划。而且听谷元秋的口气，他好像也是冲着那件法器来的……

不过谷元秋能在下面看到吴勉、归不归也是有些诧异。这位神祇的第一个反应是在原地转了一圈，看到那位传说中的大术士不在这里，这才将悬着的一颗心放下。

而看到吴勉以后，伊秧的脸色也有些难看。他和对面的冬凤对了一下眼神，想要前后夹击，瞬间了结这个白头发的男人。他们的意图被归不归发现，老家伙嘿嘿一笑之后，对伊秧说道："原来是三位神祇驾到，刚才老人家我还和大术士说到你们几位呢，想不到这么快就见面了，看来还真是天意啊。"

听说席应真就在附近，三神的神经又开始紧绷起来。上一次那位大术士便是先藏起来看着他们闹，然后突然冲出来打他们的嘴巴。当下伊秧和冬凤放弃了动手的打算，谷元秋则淡淡地笑了一下，说道："应真先生到了又如何？方士一门是我创立的，伊秧是第三任大方师，现在过来讨要方士门中遗宝有什么不对吗？"

没等归不归说话，脾气上来的火山也不把谷元秋、伊秧和冬凤三神当前辈看了。他冷冷一笑之后，对谷元秋说道："你们二位成仙已久，已经了结了和方士一门的缘分，凭什么还来拿门中的遗宝？我是方士一门最后一任大方师。你们这样绕开我和广仁大方师，和不问自取又有什么区别？"

"我敬你的时候，你是大方师。我不当你是一回事的时候，你和地上的尸骨也没有什么区别。"身为第三任大方师的伊秧冷冷地看了火山一眼之后，继续说道，"本来看在曾经我也是大方师的分上，我不想为难你的……把广仁叫出来，让他将那件法器献出来。"

"说得好！"没等火山开口，归不归嘿嘿一笑，说道，"只是你们方士的事情，和老人家我们没有什么关系。你们说你们的，我们几个到处转转。这么大的墓，老人家我也没有见识过，这样的阵仗弄不好是哪个霸主的。难得傻小子你挖个菜窖挖到这里来了，走，陪着老人家我到处转转……"

说话的时候，归不归将百无求胸前挂着的哨子塞进了自己傻儿子嘴里，用三神正好能听清的声音对自己的便宜儿子继续说道："看到一会儿爸爸我要是受欺负了，就吹响这个哨子。傻小子别现在就吹，你哪只眼睛看到爸爸我受欺负了？"

归不归还在叮嘱的时候，百无求有些跃跃欲试，想吹响哨子。老家伙急急忙忙又说了几句，二愣子这才暂时断了吹响哨子的念头。看着百无求嘴里的哨子，冬凤又想起那天自己被他打晕的情景，当下她不由自主地向后退了一步。

"你猜我会给他吹响哨子的机会吗？"冬凤冷冷地说了一句话，同时百无求嘴里含着的哨子突然炸开。二愣子吓了一跳。哨子的碎片扎伤了他的嘴巴，他疼得大叫了一声之后，将和着自己鲜血的碎片一口吐了出来。

"席应真根本就不在附近，是吧？"看到被炸飞的哨子碎片划破了小任叁粉嫩粉嫩的小脸蛋时，谷元秋这才肯定这次大术士并不在他们几个人的身边。他冷笑了一声之后，继续说道："这件事情和你们无关，你们几位还是原路返回吧……"

"我忘了回去的路怎么走了，你们谁能指给我看？"这个时候吴勉终于插了句话。他用那特有的声音笑了一下，随后那把贪狼慢慢出现在他的手中。最后一个字出唇的时候，他手里的贪狼对着冬凤劈了下去："还哨子来。"

冬凤完全没有想到这个白头发的说翻脸就翻脸，不过她毕竟是神祇，只是身子微微一偏就躲开了刀锋。就在她正要冲过去教训教训这个白头发的吴勉时，突然听到背后其中一个洞口传来了大方师广仁的声音："想不到在这里能遇到这么多熟人，广仁怠慢了，还请各位多多海涵……"

等到众人转头向着声音源头看过去的时候，就见大方师广仁拉着张松从冬凤身后走了出来。广仁好像算到了会和吴勉、归不归及三位神祇在这里见面一样，他微微地笑了一下之后，继续说道："这里是原齐国方士前辈姜志的安息之地，我与张松先生刚刚拜祭姜志前辈，不知道各位有没有兴趣随我再去拜祭一下姜志先生？"

"什么？你说这里是姜志前辈的墓穴？"听到姜志这个名字时候，饶是谷元秋这样的神祇，脸色都变得难看起来。

姜志是商末时期有名的方士，当时传说他是兴周灭商的第一大功臣姜尚的胞弟，也是商末时期的方士大家。他曾参与过商末的战事，立下过大功。当初谷元秋和燕哀侯成立方士一门时，想请这位方士入宗门共图大业。不过可惜他们俩晚了一步，到姜志府上时，姜志已经仙游了。

现在听到这里是姜志的大墓，谷元秋也觉得有些不可思议。广仁还是微微一笑，随后继续说道："这里是姜志前辈的大墓不会有错了，几位不信的话，请跟随广仁前来一观……"

"不用那么麻烦了，大方师，你直接将那件法器交给我就好。"谷元秋冷笑了一声之后，继续说道，"你们这么多方士，不就是为了帝崩而来的吗？想要用帝崩来对付我们几个，是这个意思吧？"

说话的时候，伊秧向冬凤使了一个眼色，女神祇明白他的意思，当下不声不响地绕到了广仁、张松的身后。

广仁微微一笑，对谷元秋说道："如果我拿到了帝崩，几位还能站着说话吗？"

第二十五章　祭拜

广仁说话的时候，谷元秋、伊秧二神不停地打量这位白发大方师。他身上的确没有什么多余的东西，而且大方师身后的胖子也是一脸的惧色，完全没有一点胜券在握的样子。

现在谷元秋、伊秧顾忌的也只有吴勉一人，这个白发男人身上的力量实在太过古怪，连谷元秋都是吃过亏的。虽然他们三神表面上似乎并不在意这个白发男人，不过暗地里将大半的注意力都放在他的身上。如果不是顾忌那位不知道藏在什么地方的大术士，这个时候他们三神已经先对着吴勉下手了。

对他们三神而言，相较于吴勉，广仁则完全没有什么战斗力。谷元秋、伊秧都是方士出身，对广仁的术法了若指掌。虽然这位大方师还有不少新创的术法，不过总归是徐福在谷元秋、伊秧等前辈的方术的基础上改进的，并没有跳出这个圈子，因而他肯定不是这两位方士前辈的对手。

谷元秋、伊秧二神对视了一眼之后，伊秧说道："我是相信广仁大方师的。这样，元秋先生你和冬凤在这里稍等，我跟随广仁去祭拜姜志先生。左右不过一顿饭的工夫便结束了，元秋先生你看这样可以吗？"

伊秧是这么想的：自己跟着广仁前去，如果这位大方师在里面设下陷阱的话，己方不会全军覆没。而且谷元秋、冬凤二神在这里压住阵脚，料想广仁也不敢轻易将他如何。

谷元秋微微一笑，说道："这样也好，我与姜志先生虽是方士，却属不同流派，本来就没有相互祭拜的先例，伊秧你来代替我去祭拜姜志先生那真是再好不过了。不过广仁大方师应该累了吧？还是休息一下。火山大方师你还没有祭拜过姜志先生吧？那就请你带路吧……"

"我没有去过里面，根本不知道姜志前辈的墓室在什么地方。"火山皱着眉头对谷元秋说道。他看了一眼自己的师尊，而广仁却好像没有看到一样依然坦然自若地笑着。火山无奈之下，这才继续说道："我虽是方士一门最后一任大方师，不过在姜志先生面前还是辈分太低，这样的事情还是广仁大方师来做比较好。"

"你们两位大方师的排位差很大吗？"伊秧微微笑了一下，随后说道，"放心，我是方士一门第三任大方师，我的辈分足够弥补你的了。广仁，你说呢？"

"火山，那就劳烦你走一趟，路径的事情你不用担心，刚才张松先生和我从头走到尾的，有他在你不会找不到姜志先生墓室的。"让火山意想不到的是，广仁也是这样的意思。原本他还以为自己的师尊在里面摆下了什么阵法之类的撒手锏，等着这几位神祇上钩，现在看来是自己想多了……

看到这里，归不归突然哈哈一笑，对面前的众人说道："要不然的话，老人家我也跟你们走一趟吧。方士姜志当初也是天神一般的人物，我老人家小时候一直以为他已经成仙了。元秋先生，我一个糟老头子去祭拜姜志先生，没有什么问题吧？"

"一个一个来，伊秧祭拜完之后，我们再一起去祭拜姜志先生也不迟。"谷元秋也没有想到广仁真会让火山代替他，现在只有一个夺舍而活的胖子，对付他，伊秧一根手指便足够了。

"要不你们还是换个人吧，不是我说，刚才我已经祭拜了姜志前辈，去多了前辈看腻了我怎么办？"这时候，张松苦着脸说道："火山大方师，你顺着我们出来的这条路一直往里走，看见岔路之后……"

"还是辛苦一下你吧，姜志前辈不会怪罪你的。"伊秧冷笑着说了一句。以防广仁、火山用眼神暗通消息，他又走到两位大方师的中间，对火山说道："你师尊刚刚出来的地方，你不敢去吗？是不放心你师尊广仁大方师，还是担心里面有什么东西害我的时候会连累到你？"

"如果真像伊秧大方师说的那样就最好，能和伊秧大方师同赴黄泉，火山求之不得。"火山说完后冷笑了一声，随后转身向自己师尊刚走出来的位置走去。

张松看着火山的背影苦笑了一声，刚刚想要再说几句的时候，伊秧走到他的身边，拍了拍他的肩头，说道："你是夺舍而生的，保住皮囊不容易。要是哪句话说错了，哪步路走错了，你会有灭顶之灾。"这话将张松到了嘴边的话又压了下去。当下张松只能一路小跑，追上火山，在前面带路，向着姜志的墓室走了过去。

伊秧回头看了一眼谷元秋之后，默默地点了点头，跟在两个人的身后，走进了其中一个洞口。

等到他们三个人的身影彻底消失之后，谷元秋冲广仁微微一笑，说道："如果不是要在这里陪着几位，我也想进去祭拜一下姜志先生。广仁，你不会为了一个神祇，就舍掉一个弟子吧？"

"元秋先生说笑了，神祇怎么会是我们凡人惹得起的？"说完，广仁冲远处的归不归点了点头。随后，广仁对归不归说道："想不到会在这里和归师兄见面，这么说来，张松先生是受了师兄的委托，才来将地图补画完整的。不过广仁还有一件事情想不明白，既然已经将地图补画好了，为什么还要横生枝节，闹出饕餮假死的事端？"

"什么地图补画完整？怎么饕餮又假死了？"归不归睁大了眼睛看着广仁，继续说道，"大方师你可不要将屎盆子扣在我老人家的头上。什么叫作地图补画完整？老人家我什么时候给你地图了？还有什么饕餮假死？这个你们不要冤枉我老人家，是不是你们害死了龙种又不敢承认？广仁，别以为你叫了老人家我几天师兄，我就要给你顶这个雷。这个雷太大真顶不起啊……"

看着归不归装傻充愣，广仁接下来的话又说不出口了。地图是他使用了密法偷窥到的，再让火山照原图描绘下来。饕餮残尸，广仁一眼便看出了问题：怎么那么巧，那么多人、妖兽不抓，却只抓一个龙气外散的龙种？什么妖兽疯了去招惹龙种？而且又是那么巧，能证明饕餮身份的上半身又被妖兽吃了。联想到张松补画地图的事情，这里面要说和归不归没有关系那才是有鬼。

广仁、归不归一问一答的时候，谷元秋一直笑眯眯地看着。这位神祇看起来没有什么异常，心里却在担心伊秩的安全。如果伊秩出事的话，他和冬凤便没有回到天界的途径了。到时候只能想办法找到即将要归位的正神，蹭着他们的升天路径回到天界。

过了小半个时辰，也没有见到他们三个回来，谷元秋的眉头皱了起来，没有了刚才淡然处事的风度。犹豫了半晌之后，他对广仁说道："姜志先生的墓室距离这里很远吗？为什么他们进去了这么久还不见回来？"

"不是很远，算着应该早就回来了。"这个时候，广仁的眉头也跟着皱了起来。顿了一下之后，这位大方师继续说道："或许伊秩大方师在里面发现了你们几位要找的东西，也说不定。不过真的早就应该回来了……"

"元秋先生，要我去看看吗？"这个时候，冬凤主动说了一句。这倒并不是她主动，实在是她如果不说，谷元秋也会把这个差事派到她身上来。

果然，谷元秋点了点头，说道："你去看一下也好，不管有什么事情，先回复我这边再说……"

第二十六章　踪迹不见

虽然是冬凤主动要求的，不过真正听到谷元秋说出来，她还是有些犹豫的。加上在这几位神祇当中，最弱的一个就是她了。一旦遇到什么麻烦，伊秧都不能脱身的话，她就更加不用说了。

不过坑是自己挖的，她想不跳都不可能了。当下，广仁在地上画了一张前往墓室的线路草图，冬凤背熟了草图之后，一咬牙向着伊秧、张松他们出去的洞口走去。看着她小心翼翼的样子，谁也想不到这样的人会是一位神祇。

冬凤离开之后，在场的这些人都没有说话，场面冷清了好一阵子。归不归突然嘿嘿一笑，看着眉头皱得越来越紧的谷元秋，说道："元秋先生，如果这一次冬凤女神仙也是一去不回，那么您要怎么办？要不这样，姜志前辈也是老人家我敬佩的方士，如果冬凤女神仙只顾着祭拜忘了回来的话，老人家我来替你们把她叫回来……"

"不劳大驾，他们不是小孩子，认得回来的路。就算真的迷路了，我的人自然是我去找回来。"说话的时候，谷元秋将目光转移到了广仁的身上。古怪地笑了一下之后，他对这位大方师说道："广仁大方师，看来这里面或许还有什么我们都不知道的事情。如果真像归不归说的那样，冬凤也困在里面没有回来的话，那就劳烦广仁大方师你陪我走一趟吧。如果里面的人遇险，索性大家都不要出来……"

谷元秋的话还没有说完，突然看到一个人影从洞口处窜了出来。这人站定之后，才发现她是最后一个进去的冬凤。现在这位神祇的脸上是一种不可思议的表情。她直愣愣地看着谷元秋，说道："我在里面找了个遍，还是找不到伊秧和火山他们。里面是有一座墓室不假，也有人祭拜的痕迹，可就是找不到他们……"

没等冬凤说完，谷元秋的身子一闪，已经到了广仁的面前。冷笑了一声之后，谷元秋说道："大方师，现在轮到你带着我去祭拜姜志方士了，我们进去之后，不会也出不来吧？"说话的时候，谷元秋已经抓住了广仁的一只胳膊，不由分说拖着他向墓室的洞口走去。

"这下子热闹了，火山和张松那俩丢了也就丢了，现在还丢了一个神仙。这座姜志方士的墓室还真是有趣，真是越来越有趣……"嘿嘿一笑之后，归不归扭头看了一眼正在冲谷元秋和广仁背影冷笑的吴勉，说道："这么有趣的事情，不看看热闹以后想起来都后悔，怎么样？跟着他们进去看看吧。"

"那就进去看看，我这辈子净听说丢人的，还是第一次听说丢神仙的……"

当下，吴勉、归不归等人跟在二神和广仁的后面也进了墓室的洞口。跟着火山一起下来的三个方士也只能紧紧跟在一行人的后面，去看个究竟。如果两位大方师出了什么事情的话，他们回到徐福大方师的座前也好有个交代。

谷元秋这个时候也顾不上这些人了，带着广仁走在前面，冬凤紧紧跟随。穿过一条甬路之后，他们在岔路处沿着左边的一条路继续走了下去。一直走了百余丈之后，一行人便看到了路尽头处两扇敞开的巨大石门。

根据广仁所说，里面便是姜志方士的墓室了，按理现在伊秧、火山和张松应该都在墓室当中。不过等到这些人飞奔进去之后，才发现这里除了一口巨大的石棺之外，就是林林总总的陪葬品，却看不到消失的伊秧等人。这一路跑过来虽然匆忙，不过谷元秋还是仔细察看了路上有什么古怪的地方，然而凭着他的眼力并没有发现什么反常的地方。伊秧他们并不是在甬道的某处消失的……

姜志虽然是方士，但也是商末周初的诸侯，因而其墓冢都是按照当时的诸侯之礼建造的，各种陪葬品将墓室的各个角落填充得满满的。唯一能下脚的位置便是棺材的正前方，这里还残留着两撮香灰，空气中也满是祭品燃烧的香气。

两撮香灰都是按照方士一门的礼仪摆放的，看来正是广仁和火山前后分别点燃的。看了一眼香灰之后，谷元秋的注意力便转到那口巨大的石棺上面了。这位神祇踩着棺材四周的陪葬品，围着石棺转了一圈之后，回过头来对冬凤说道："你刚才到的时候，就是这个样子吗？还有没有什么其他的变化？"

冬凤不敢怠慢，仔仔细细重新看了一遍墓室当中的摆设之后，点头说道："和我刚才过来的时候一样，没有什么特殊的地方。"

冬凤说完之后，广仁也跟着说了一句："比我之前进来的那次多了一撮香灰。"这位大方师说话的时候，脸上并没有什么异常的表情，好像跟着伊秧、张松一起消失的不是他的弟子一样。

谷元秋回头看了他们俩一眼之后，又将目光对准了吴勉、归不归那几个人，想要在他们几个人的身上打听出自己没有注意到的地方。不过谷元秋似乎是找错了人，归不归嘿嘿一笑之后，说道："还真是邪了门，只有这一条路下来，也只有一条岔路，地上的香灰也证明这里有人进来过。老人家我就不明白了，明明是死胡同，为什么找不到那几个人？火山、张松丢了也就丢了，伊秧大方师怎么说也是神祇，他也能丢了？元秋先生您说说看，他们是跑到哪里去了？"

听到归不归将自己还没有说出口的话堵了回来，谷元秋冷笑了一声之后，继续说道："哪去了？既然所有的路都堵死了，那就只剩棺材里面这条路了……"说话的时候，也没见谷元秋动手，就见石棺上面的笨重棺盖突然翻转到了地上，随后碎成数块。一股浓烟从棺材里面冒了出来，烟气散尽之后，众人围拢在棺材四周，就见棺材里面有一大堆陪葬品，当中躺着一个人。这人竟然是跟着伊秧、火山一起到这里来的张松。这个时候这个胖狐狸一动不动地躺在棺材里面，紧闭着双眼，如果不是他胸前微微起伏，谁看见也会以为这是一个死人。

看到偌大的棺材里面只有一个张松，谷元秋便眉头紧锁，有些不可思议地回头看了看广仁和归不归两个人。看到那位白头发的大方师脸上终于出现了费解的神情，谷元秋的眉头便拧成了一个疙瘩。如果说之前他们失踪还在广仁的意料当中，现在这位大方师自己也不清楚发生什么事情了。

有些心急的谷元秋一把将巨大的石棺推倒，把里面的陪葬品连同胖子张松一起从棺材里面倒了出来。张松从棺材里面被倒出来的时候，脑袋磕在了一块陪葬的无瑕美玉上。一阵剧痛让这个胖子清醒了过来，他睁开眼睛大叫了一声之后，有些不可思议地看着面前这些人，嘴里喃喃说道："你们怎么在这里？伊秧大方师不是说好了，看看里面姜志先生的样子，就放我走吗？不是我说，你们神仙说话还算话吗？"

看着一向油滑似鬼的张松这个时候好像变了个人一样，谷元秋耐着性子对他说道："到底出了什么事情？伊秧呢？还有那位火山大方师呢？他们到哪里去了？你说出来，我放你走……"

还没等张松开口，归不归先一步说道："元秋先生，老人家我插一句话，你老人家看这里像是一个方士的墓室吗？"

第二十七章　墓中墓

"陪葬品里面没有方士的法器……"谷元秋本来是个极为精细的人，如若不然，当初燕哀侯也不会找他一起创立方士一门。几乎在和归不归说话的一瞬间，他已经明白了老家伙的话是什么意思。只不过谷元秋还是有些不解，为什么这个老家伙会来帮助他？

"你继续说，这里发生了什么事情？为什么你会被关在棺材里？"对张松说话的时候，谷元秋已经开始在这些陪葬品当中来回走动。他经过的地方，金银器具瞬间都化成了汁水，高高堆起的陪葬品开始迅速"干瘪"下去。

谷元秋发话，张松不敢不说，当下这个胖子继续说道："我们刚刚进来的时候还是好端端的，什么事情都没有发生。当时伊秧大方师看到地上有燃尽的香灰，还向火山大方师要了一根香祭拜，我还跟着磕了几个头。伊秧先生上完香之后便在这里转悠起来，当时我的右眼眼皮一个劲地跳，还和他说了别惹事，看完了快点回去向您复命。"

"没想到伊秧先生一定要打开石棺看看里面是什么东西。您是知道的，我的胆子小，不敢靠前，只能眼睁睁地看着他们一人一神两位大方师将石棺棺盖打开。棺盖打开的一瞬间，伊秧大方师便'咦'了一声。我也是好奇，见两位大方师都没出什么事情，就上前看了一眼。当时我看到棺材里面一团漆黑，什么也看不清楚。正要去问他们俩看到了什么的时候，我眼前一黑什么都不知道了，再睁眼就是刚才……"

张松是夺舍才活到现在的，他也不是依靠术法成名的，谷元秋不相信张松一个人便能暗害了伊秧。再说张松把自己关在棺材里面，如果不是他，张松早晚会闷死在里面。那么伊秧、火山他们俩去哪里了……

就在这个时候，站在门口看热闹的百无求突然指着满地的金水银汁，说道："你们看看那里，看到了没有？就是那里……下面是不是有暗道，你们看看化了的金水都流下去了……老子不是说你糟蹋东西，你要化金子提前说一声，老子找个大瓮接着……"

百无求胡说八道的时候，众人已经看到了在满是金水银汁的角落里，不断有气泡冒出来。随后气泡消失，这些金水银汁从这个所在慢慢地渗了下去。看到这个景象之后，谷元秋古怪地笑了一下，随后踩着满地的金水银汁向着那个所在走了过去。

这个时候，张松见所有人的目光都在那一地的金水银汁上，而没有人注意自己，这个胖子便慢慢地向后退去，打算找个机会离开这里。现在他们这些人虽然还没有翻脸，不过一旦真看见了那件传说中的法器，想不动手也不可能了。

就在张松退出墓室的时候，背对着他的冬凤突然开口说道："你如果敢离开，我就把你扔进这滚烫的汁水里面。这里没有供你夺舍的皮囊，想清楚再迈步……"

一句话让张松又回到了墓室当中，他擦了把冷汗之后，站在蒋员的身后，自言自语地嘀咕："不是说了，我讲完发生了什么事情，就放我走的吗？这到底是放还是不放？虽是神仙，也不能一人一个说法吧……"

里面也没有人搭理他，所有人的注意力都在那一地金水银汁下漏的角落上。谷元秋已经等不及金水银汁彻底漏干，当下伸手对着金水银汁下漏之处虚抓了一下。随着他的手一提，一块两三尺见方的铜板被提了起来。顿时，地面上露出了一个黑漆漆的窟窿。

这块铜板上满是密密麻麻的小窟窿，应该是被滚烫的金水银汁熔出来的。就算谷元秋不动手，再有片刻的工夫这块铜板差不多也能被熔穿了。这时候地面上的金水银汁有了大的流通路径，只是片刻的工夫，附近的金水银汁便从窟窿这里流了下去。

这时候，周围的人都凑了过来。就见谷元秋面前的窟窿里有一个通往地下的楼梯，现在楼梯上布满了黄白夹杂的金水银汁，看着异常诡异。

"这里是给盗墓贼准备的疑冢，下面才是姜志先生真正的墓室，没错吧？"谷元秋古怪地笑了一下之后，继续对广仁、归不归他们说道，"伊秧、火山肯定是发现了下面的所在，下去寻找姜志先生的墓室去了。又担心上面没有人看守，应该是伊秧使用了迷幻之法，迷晕了张松，然后将他们下去的痕迹擦拭掉，张松自己……"

说到这里的时候，谷元秋看了一眼站在墓室门口不敢进来也不敢退出去的张松，突然反应过来这件事情是自己想错了。按照伊秧的性格，如果说是防着张松捣乱的话，没有必要将棺材盖扣上，这么做完全是要置张松于死地的，当时现场还有第四个人……

想到这里，谷元秋开始觉得事情没有自己想的那么简单了。当初在静心湖和广仁、火山见面那次，他就是存着打草惊蛇的目的，逼着广仁将方士一门最隐秘的法器——帝崩拿出来，想不到的是在那里遇到了吴勉、归不归和席应真这些人，自己吃了大亏不说，最后还舍了赤胆这位神明。

每每想起这件事，谷元秋就暗恨不已。不过好在他神不知鬼不觉地在火山的身上下了印记，虽然广仁、火山两位大方师装作乘坐大船去寻找徐福大方师，但他们回到陆地的时候，还是被他发现了。只不过这次谷元秋学聪明了，只是在三十里外远远跟随，一直跟到了这里。

本来他想着到了这里之后，三下五除二将广仁、火山打倒，抢走那件大法器的。没有想到冤家路窄，竟然在这里又遇到了吴勉、归不归这些人。不知道为什么，每次看见这个白头发的小白脸，他便感到一阵莫名的心悸。他明明已经是得道成仙的人，为什么还会出现心魔……

有这个白头发的男人在这里，谷元秋不能轻举妄动。犹豫了一下之后，他对有些心虚的冬凤说道："还要劳烦你一下，如果我猜得没错，伊秋和火山就在这下面，你下去助伊秋一臂之力，如果遇到特殊的情况，直接叫我下去。"

没有了赤胆，冬凤便是唯一能冲在前面的神了。她没有选择，点了点头便走到了楼梯上方。向下看了一眼后，她直接踩着楼梯一级一级地走了下去。好在刚才耽搁了一会儿，这些金水银汁已经慢慢地凝固，走在上面也不觉得如何湿滑。

看着冬凤的身影慢慢消失在了黑暗当中之后，谷元秋转头看了看吴勉、归不归和已经被三名方士围起来的广仁等人，顿觉自己这边人单力孤起来。

看了归不归一眼之后，谷元秋说道："这次没见应真先生，也没有见到那个和人参娃娃在一起玩的小女孩，不知道他们去了哪里？"

"我们家席应真老头儿送瘟神去投胎了，你也想去投胎吗？排队……"小任叁说完毫无顾忌地哈哈大笑了一阵。归不归一个劲地向他摆手，这个小家伙好像没有看到一样，继续说道："他不想放了瘟神，又不想杀了，这才送他去投胎了。"

谷元秋被小任叁说得一个劲冒冷汗：瘟神也是正神，被席应真送去投胎是什么意思？

第二十八章　看守帝崩

人参娃娃不知道是不是酒没醒，说到席应真的时候没有丝毫顾忌，一边说一边嘿嘿傻笑着，像极了童言无忌的小孩子。

谷元秋还想从任叁嘴里打听出一点席应真近况的时候，听到楼梯下面传来了冬凤的声音："元秋先生……我到下面了。这里有伊秩大方师留下的痕迹，他的确是下来过……下面有打斗的痕迹……"

一句话让谷元秋再没有心思去探听席应真的事情，他甚至都不再去理会吴勉、广仁这些人，一闪身直接从楼梯口跳了下去。看着这位神祇一闪而过的背影，归不归回头冲广仁笑了一下，说道："大方师，你说我们现在把这个入口封起来会怎么样？"

"我不相信有可以关住神祇的地方。"广仁微微一笑之后，说到了正题，"更何况火山还在下面，我是不会放弃他的。蒋员你们几位方士自便……"说完之后，广仁跟在谷元秋的后面，一步一步地走了下去。蒋员三个方士没有丝毫犹豫，也跟在大方师的身后走了下去。

看到这位大方师的身影也消失之后，归不归收敛了脸上的笑容，回头对吴勉说道："帝崩会不会真在下面？徐福那个老家伙还真是不怕麻烦。"

"以后再有这样的问题，记得找一面镜子跟自己说。"吴勉用他特有的眼神看了看归不归之后，也顺着楼梯走了下去。吴勉、归不归和二妖四位一体，吴勉既然已经下去，归不归带着二妖基本上没有第二条路可以走了。

虽然此时没有了威胁张松的神祇，不过他如果回到上面也需要很长的时间。说不定他刚刚走到一半，那位女神祇便追了上来。张松是靠着夺舍才能活到现在的，实在是不敢轻易冒险。犹豫了半天之后，他决定还是跟在吴勉、归不归的身后，也顺着楼梯走了下去。

当下，所有的人、妖、神都顺着楼梯走了下来。楼梯下面是一处好像巨大迷宫一样的地方。站在楼梯上放眼望去，虽然是黑漆漆的一片，不过他们这些人还是能清楚地看到这里是一座由石墙组成的迷宫。这片区域太大，就算站在楼梯上居高临下地看过去，也不能看到迷宫出口在什么地方。

吴勉、归不归下来的时候，正看到谷元秋、冬凤和广仁围在一面倒塌的石墙边。女神祇对广仁这几位凡人没有什么顾忌，正指着碎石堆对谷元秋说道："这里有伊秧大方师留下来的气息，应该是在打斗的过程中故意为我们留下的。不过不知道是什么人能逼得伊秧大方师出手……"

这个时候广仁和蒋员三位方士几乎都是一个表情，他们眉头紧锁，面沉似水地看着地面上一大摊鲜血。伊秧的鲜血是金色的，如果不是还有第三个人的话，那这摊鲜血几乎就能肯定是火山的。唯一庆幸的是，这里没有发现火山的尸体。他们一人一神的实力相差巨大，伊秧动手的话不会留下火山的性命。那位神祇大概也不会拖着一具尸骸在迷宫当中游荡。

"这里还有第三个人……"谷元秋的目光从倒塌的石墙上挪开，转移到广仁、归不归这几个人的身上。在几人脸上转了一圈之后，这位神祇对广仁说道："之前你们到过上面，真的没有发现什么异常吗？"

"如果当时就发现了什么的话，那现在我们就不在这里了。"广仁不卑不亢地微微一笑，继续说道，"之前我与张松先生来到上面的墓室，丝毫没有怀疑上面的棺木里面没有姜志前辈，更加不相信那件法器会和姜志前辈的棺木放在一起。元秋先生如果还有怀疑的话，请与张松先生对质。"

广仁的话里找不到什么破绽，他敢这么说自然不怕谷元秋去和张松对质。当下，谷元秋直接跳过了张松，将目光转移到归不归的身上。看着这个嬉皮笑脸的老家伙，他心里本来已经准备好了的问题突然又不想问了。想着还要费心思去猜这老家伙话里的真假，就算了吧，他现在没有那个时间和心情了。

谷元秋深吸了口气之后，嘴里突然开始吟唱出一种类似歌曲一样的语调。听到他开口之后，一边的冬凤也跟着一起吟唱起来。

"到底是老神仙，心就是宽，都什么时候了还有心思唱歌。"百无求听到他们俩吟唱歌曲，撇了撇嘴，冲自己的"亲生父亲"说道："该怎么说就怎么说，姓谷的老家伙别看嗓门粗，唱歌可比那个小娘们更在调上。你听听那个小娘们唱的，太浪了，不知道的还以为她这是克死了男人，在唱歌往家里招野汉子……"

归不归嘿嘿一笑，说道："傻小子，人家吟唱的那个叫作神曲，是天上神祇才会吟唱的曲调，我们一般的人、妖可发不出那样的声音。他们这是在通过神曲和伊秧联络，这样就算有对头也不会被干扰。什么往家里招野汉子，以后不要再这么胡说，小心那位女神仙事后报复你。你爸爸我不是人家神祇的对手，还要你自己吹哨子叫帮手也太麻烦了。"

二愣子和归不归的声音不大不小，正好让冬凤听到。女神祇跟着谷元秋的语调吟唱，正在关键的时候，又不敢分神去对付百无求，只能狠狠地瞪了他一眼。不过想到这妖物身体里面还藏着另外一个她也惹不起的神祇，加上那个白头发的小白脸正在用眼白乜斜着她，她打算事后报复的心思也就没有那么强烈了。

二位神祇刚刚唱了一会儿，远处便突然响起了一模一样的腔调，也在吟唱神曲。当下谷元秋和冬凤终于松了口气，就在他们俩准备向着那个声音传来的位置靠拢的时候，在另外一处又响起了一模一样的曲调。一瞬间，两位神祇的脸色变得难看起来。

当下，二神同时停下了脚步，向着最后发出神曲曲调的位置看过去。还没等他们两做出反应，远处又有一个位置响起了一模一样的曲调。片刻之后，又有几十个一模一样的曲调从迷宫的各个位置响了起来。这时候谷元秋的心已经沉到了谷底，看来这里至少还有一位神祇在看守法器，刚才伊秧动手就是冲着这位神祇去的。

谷元秋沉默了片刻之后，对着空气说道："是哪位神祇在这里看护法器？方士谷元秋请神祇赏脸露面，我等有要事和神祇相商……"

在他的声音落下的同时，远处不同的区域都发出了和他一模一样的声音："是哪位神祇在这里看护法器？方士谷元秋请神祇赏脸露面，我等有要事和神祇相商……"这些声音和他的一模一样，就算是谷元秋，在恍惚间都以为是他自己的回声。

这个时候，归不归一本正经地对谷元秋说道："元秋先生，老人家我提醒您一下，如果徐福真的把什么大杀器藏在这里的话，差不多也准备好了看守。按我老人家对徐福的了解，那件法器越强大，配置的看守也就越强大。刚才老人家我好像听到谁提到'帝崩'两个字了……"

"看来我真是小看了那位徐福大方师，能找到这么强大的看守看护帝崩。"事到如今，谷元秋索性说开了，冷笑了一声之后，继续说道，"那就让我见识一下，这位看守究竟强大到了什么程度……冬凤，你进去找伊秧……"

第二十九章　另外一个神祇

　　这句话让冬凤的眼泪流了出来。她冲着一眼望不到头的迷宫深深地吸了口气，犹豫了片刻还是不知道应该先走哪条路过去合适。这个时候，谷元秋慢慢地走到了她的身后，在她的耳边低声说了些什么。

　　几个字说完，木来还面露惧色的冬凤好像变了个人一样，木然地回头看了谷元秋一眼。不知道谷元秋说了什么，只是一瞬间的工夫，冬凤便好像脱胎换骨一样，身子一闪，留下几道残影之后，人已经消失在了空气当中。

　　看到冬凤消失之后，百无求对归不归说道："老家伙，姓谷的神仙说了什么？你看那个小娘们刚才眼泪都在打圈圈了，现在好像不是她一样。不是老子说她，这个小娘们看着怎么突然多了一脸的克夫相……"

　　"不要乱说，老人家我看着那是旺夫相。"归不归偷眼看了下默不作声的谷元秋，嘿嘿一笑之后，继续说道，"傻小子你会看什么面相？会看面相的话，你照镜子的时候早就吓死了。别信什么克夫相的狗屁话，那就是骗无知妇孺钱的……元秋先生，老人家我斗胆问一下，刚才您对冬凤神祇说了什么神谕？六个字就让她的胆子这么大了，您要是再受累说十二个字，是不是她就要去找席应真大术士讲理去了？"

　　谷元秋冷冷地看了归不归一眼，并没有回答他的话。随后这位神祇马上将目光转到了那一片无尽的迷宫上，看他全神贯注的样子，完全把身边这些人当作空气了。

　　这个时候，一直没敢说话的张松才对谷元秋说道："元秋神祇，您老人家刚才明明说过的，我说出在上面发生了什么事情，您老人家便放我回家看孩子的，不过冬凤神祇不放我走啊。您看这样好不好，我家里还有二百多岁的重孙子，您放我回去看孩子去。等到冬凤神祇回来，您受累跟她解释一下，您是大哥，冬凤神祇一定会听您的话。没什么事情的话，张松我就告辞了，有机会您来寒舍坐坐，张松我一定好好招待……"

　　张胖子的话还没有说完，谷元秋背对着他挥了挥手。张松开始还以为神祇在示意他可以走了。没有想到的是，随着谷元秋手臂的摆动，张松被一股巨大的力量掀了起来，他的身子在半空中打了个滚之后撞塌了一面石墙，随后被倒塌的石块埋了起来。

　　"在冬凤找到伊秩之前，你们谁也不可以离开。"谷元秋终于回过头来，看了身后的这些人一眼之后，冷冰冰地说道，"你们不想看看徐福留在里面的法器长什么样吗？就算你们长生不老，今天之后恐怕也没有第二次见到这法器的机会了。"

　　"什么法器不法器的，老子不稀罕。不让走你早点说一声啊，这算是什么意思？"这时候，百无求走到坍塌的石墙那边，从碎石块当中将满身是血的张松扒拉了出来。

　　看着已经没有力气爬出来的张松，二愣子将眉头皱得更紧了，对张松说道："不是老子说你，你不是还养了一只睚眦吗？把你儿子叫出来弄他啊。谁和老子说的睚眦是手最黑的龙种来着？对了，和你一起搭伙的吃货呢？老子就说看着你一个人孤零零的好像少了什么，怎么，俩龙种一个都没留住？都跟人跑了？"

　　听到张松手里有一只睚眦的时候，谷元秋不由自主地回头看了这个胖子一眼。看这位神祇脸上的表情，他似乎有些后悔刚才给了张松这么一下。不过归不归看着张松的眼神却有了另外的意思，老家伙笑眯眯地看着满脸是血的张胖子，喃喃自语般低声说道："在神祇和大方师的面前耍花样，你的胆子也算不小了。"

这时候的张松被砸得满脸是血，也解释不了什么。还是广仁身后的蒋员凑趣，将之前发生的事情说了一遍。百无求听了直拍大腿："可惜了……真是可惜了，那个胖子做菜的手艺真不错，老子还说看见了要再吃他一顿的。可惜了，那么好的手艺以后吃不到了……"

就在这个时候，前面的迷宫当中突然传来一阵巨响，随后就见远处的迷宫石墙成片成片地倒塌。紧接着听到空气中传来了久违了的伊秧的声音："那是什么？刚才就是它一直在拦住去路，有它拦住我们出不去……"

"出不去？没有那回事……"这人的语调虽然还是冬凤的，不过说出来的气势却是另外一个人的。

这个时候，就见从刚才发出巨响的地方，瞬间爆发出一道耀眼的光芒，随后从发出光芒的地方传来了火山的一声惨叫。随着这声惨叫，吴勉、归不归等人的眼前一花，三个人影已经使用遁法凭空出现在他们的身前。

三个人当中，一个红头发的男人已经倒地，正是方士一门最后一任大方师火山。另外两个人是伊秧和去寻找他的女神祇冬凤，这个时候的冬凤身上散发着一股说不出来的威严。重新出现在众人身边之后，她马上回到了谷元秋的身边，在他耳边低声说了几个谁也听不懂的字节。

短短几个字转瞬说完，就见谷元秋和冬凤二神同时松了口气。一边的归不归嘿嘿一笑，说道："到底是神仙，这样置换仙体的事情比换衣服还简单。我们凡人老百姓只能夺夺舍，这样置换身体的事情是想都不敢想的。"

归不归说话的时候，广仁已经走到了趴在地上的火山身边。这位大方师铁青着脸看着自己弟子已经被大开膛，胸前的肋骨齐刷刷地断裂，从裂开的伤口中可以看到火山胸膛里面一跳一跳的心脏。

"你们是靠着火山的鲜血才能回来的吧？"广仁看到火山的伤口开始慢慢愈合之后，起身冷笑着对三神继续说道，"你们用火山做了挡箭牌，替你们挡住了攻击之后，才安然无恙地回来了，是吧？"

"起码我把这位大方师给你带回来了。"谷元秋回头看了广仁大方师一眼，略带深意地浅笑了一下之后，继续对广仁说道，"不过广仁大方师好像还有什么事情没有和我们说，如果你早点告诉我们里面的神祇不会攻击你和火山大方师，他也不会受这样重的伤了。广仁，火山受伤的根源在你身上。你藏私，他受苦，就这么简单。"

之前伊秧在上面的墓室当中发现了藏在陪葬品里面的暗道，原本他应该回去向谷元秋复命的。他虽然不敢肯定暗道里面有什么，但仍仗着自己神祇的身份，强迫火山和他一起顺着暗道的楼梯走下去查看，让张松回去禀告在这里发现了暗道的事情。谁知这个胖子起了别的心思，推开了石棺棺盖，想看看里面装的什么，最后却被一股浓烟熏晕在棺材里。

没有想到他们刚刚下去，便遇到了一个古怪的神祇。伊秧完全不是他的对手，只能躲到下面的迷宫中和神祇周旋。之前他听到谷元秋和冬凤的神曲，刚刚想要回应的时候，这个古怪的神祇却先吟唱了出来。伊秧不敢暴露自己的位置，只能一直隐忍，最后联合赶来的冬凤，利用神祇不伤火山的古怪特性，逼得他失手伤了火山，这才趁机一起逃了出来。

第三十章　百无求的天赋

看着还是一脸冷笑的广仁，伊秧深深地吸了口气，继续说道："现在可以说一下那位神祇了吗？飞升之前还以为神祇都在天上，想不到凡间还有不止一位神祇……"说话的时候，伊秧有意无意地回头看了一眼正在和张松一句没一句聊着的二愣子百无求。

"刚才你不是已经看到了吗？那么久了，还没有认出来是谁挡住去路不让你们前行的吗？"说话的时候，广仁已经将自己的外衣脱了下来，撕成布条紧紧绑在火山的伤口处。看到火山伤势恢复得快了不少之后，他才再次说道："你们要的东西就在迷宫的尽头，去拿吧，我放弃了，那件法器归诸位神祇了。我与门下众方士离开……"

"你们哪里都去不了，没有你们两位大方师，我们如何拿到那件法器？"这时候，谷元秋已经挡住了他们师徒二人的去路。顿了一下之后，他继续说道："现在我才知道为什么徐福肯放心将帝崩藏匿在这里，原来只有你们两位大方师才可以进到里面将法器拿出来，其他的人不论是谁都会被里面看守法器的神祇诛灭。徐福真是好算计，连神祇都算计在里面了。"

这个时候，得了伊秧授意的冬凤走到了广仁的身边，不顾这位大方师的阻拦，将刚刚止住鲜血，还昏迷着的火山扛在了肩头。广仁想要过去将自己的弟子抢夺回来，只是被冬凤轻轻地一推，这位大方师便飞了出去，一连砸塌了几面石墙才倒在地上。

　　蒋员几位方士看到大方师被打了出去，当下都向这边冲了过来。只不过他们不是冲着冬凤拼命去的，而是一阵风一样扑到了广仁落地的位置。

　　他们是要找广仁结阵！伊秋想起当初在静心湖边被众方士瞬间打飞的场景，心里便一阵狂跳，当下对冬凤提示道："他们是要和广仁结成阵法，不能让他们结阵！"

　　冬凤心领神会，对着这几个方士挥了挥手，瞬间蒋员三个人便向着三个不同的位置飞了出去。他们三个方士不比广仁、火山，其中二人直接被石墙撞晕，只有蒋员还算清醒，摇摇晃晃地起身想要再过来帮助广仁。这时候，广仁对他大吼了一声："蒋员退下！此事与你无关，你带人速回东海……不可耽误！"

　　蒋员明白这是要他去徐福大方师那里报信，藏匿在这里的法器守不住了。不过这个时候两位大方师身处险地，他又怎么会贪生怕死？就在他左右为难的时候，听到了吴勉那刻薄的声音："你活着有人能替广仁报仇，你死了他也就白死了。"

　　蒋员愣了一下之后，明白了吴勉话里的意思，当下转身便顺着楼梯跑了上去。谷元秋三神好像没有看到一样，任由他消失在铺满金、银箔的楼梯上。

　　见蒋员离开没人理会，张松也开始向着楼梯蹭了过去。趁着所有人的注意力都在广仁身上的时候，张松调头向楼梯跑去。不过还没等他的脚接触到楼梯，石头台阶的楼梯突然崩塌，在这个胖子的面前碎成了一堆粉末。张松明白这是谷元秋三神在阻止自己离开，当下他只有苦着脸回到了吴勉、归不归的身后。

　　呵斥了蒋员之后，广仁的身子一闪，再次到了冬凤的身边，伸手去抢女神祇背上的火山。只是他和神祇的实力悬殊，接连几次都是刚刚接触到火山，便被冬凤打了出去。这还是女神祇不想惹事，她若真的下杀手的话，广仁就算是长生不老之身，这个时候也早死多时了。

广仁忌惮冬凤身上的火山，不敢轻易对她施展杀手，只能一次次冲过去，然后一次次被冬凤打飞。几次下来他身上满是血污尘土，全身上下狼狈不堪，哪里还有一点大方师的威严？

冬凤再一次打飞广仁之后，对这个不知道第几次爬起来的大方师说道："想要火山的话，就跟着我们一起走。我们都不想为难火山大方师，不过里面的神祇未必不会再失手一次。你是知道的，他能失手一次，就能失手第二次。"

说话的时候，扛着火山的冬凤已经开始向迷宫里面走了过去。谷元秋和伊秋二神走在冬凤的身后，看来三神真的把这个只剩下一口气的火山当成了盾牌。

这时候，看热闹的归不归突然转头对吴勉笑着说道："老人家我以为广仁被打出去十次，吴勉你差不多就要动手了，想不到你会一直陪着我老人家在这里看热闹。老人家我受累问一嘴，你打算等到广仁被打到什么地步再动手？"

"老家伙，你又把我舍出去了？"吴勉看了一眼笑嘻嘻的归不归之后，继续说道，"那我也受累问一句，你在等什么？那个藏在暗中的神祇吗？你又忘了有什么话要和我说？现在说吧，还不晚……"

"这次所有的人都算错了……"归不归冲吴勉做了一个鬼脸。随后，他突然扯着嗓子对走远的三神说道："诸位神祇稍等，老人家我还有句话要说……"

归不归说到这里的时候，转头对自己的便宜儿子说道："傻小子，你来替爸爸我问问三位神祇，谁给他们的胆子，竟然敢挟制两位大方师？就用你的话来问，别担心，有爸爸我呢。实在不行咱们爷俩今天交待在这里，也是合了你的心愿了。"

如百无求这样的二愣子也知道惹不起这几位神祇，不过在和归不归同归于尽的诱惑之下，百无求还是壮着胆子对已经停下脚步的几位神祇说道："听到没有？谁给你们这么大的胆子，敢在我们家老家伙的眼皮子底下掳走火山的？老子早就看出小娘们儿你不地道了，怎么看上火山了？还想搭上人家的师尊广仁，小娘们儿你的胃口不错啊，一下子俩大方师都被你抢去压寨了。怎么？生了儿子跟谁姓？你不是那么缺德让孩子跟你姓吧？你姓冬，要不孩子就算你们仨生的。取名也简单，一人一个字——冬……火……仁，呸！谁家孩子能起这么一个倒霉名字？"

冬凤成仙之前，也是以性格泼辣著称的。想不到今天被个二愣子一顿抢白大骂，她气得直打哆嗦，想要还嘴又碍于自己的身份。如果不是忌惮二愣子身后的白发男人，和他身体里面另外一个百无求，这个时候她已经把二愣子撕成碎片了。

"不用理会这个糙汉，拿到法器之后，我亲自为你出气。"看冬凤气得直打哆嗦，谷元秋安慰了她一句。就在他们回身准备继续前行的时候，在归不归授意下的百无求便开始按着找死的节奏来了。

"老子就说你们几个孤男寡女天天腻在一起不地道，现在才明白，敢情你们仨是正经一起搭伙过日子的。"看到三位神祇同时停下了脚步，百无求继续扯着嗓子叫骂道，"什么冬火仁南火仁的，原来都是在给你们打掩护。可怜我们广仁、火山俩大方师，被小娘们掳去祸害了不算，好端端的绿帽子就飞过来了，躲也躲不掉啊……"

这几句话喊出来的同时，躲在他们身后的张松吓得一缩脖子，转头向没人的地方跑去。他跑开的同时，谷元秋三神已经变了方向，向着他们这边走了过来。

就在三神走到一半的时候，谁都没有料到一个黑色的影子已经到了这三神的身后。这影子诡异地笑了一下，开口说道："说得好，我也是看你们不顺眼。"

第三十一章　徐福的看守

　　一句话说出来之后，三神的身子不由自主地颤抖了一下，随后猛地回头看去。他们作为天上的神明竟然都没有发现身后站着一个"人"，而这个"人"就是刚才数次阻拦伊秧和附身冬凤的谷元秋的神祇。

　　之前他们数次交手，谷元秋和伊秧完全没有和他抗衡的本事。如果不是最后用火山做了盾牌，现在他们可能还被困在迷宫当中。这位神祇身穿一件黑色的斗篷，斗篷帽子里面是一层薄薄的烟雾，遮住了他的相貌。

　　近在咫尺，三位神明竟然无一人发觉，想起来算是一件毛骨悚然的事情。好在之前伊秧、谷元秋已经有了对付他的经验，当下伊秧将还在昏迷当中的火山掀了起来，抓住他的小腿，将他当作武器一样打向这个一身黑的神祇。

　　伊秧动手的同时，谷元秋完全不顾火山的安危，已经施展了神力，向着这位末代大方师的后心打了过去。如果神祇伸手去救火山，这一下便打在了神祇的身上；如果他看穿了不去相救，那么这一下会结结实实打在火山的后心上，就算这位末代大方师是铁打的，这一下也要将他打化了。

　　之前他们便是这样用火山作饵逃出生天的，那次神祇失手误伤了火山。不过照这样再来一下的话，活着的最后两任大方师就只剩下广仁了。

　　"和刚才一样……"黑衣人开口的时候，已经伸手抓住了末代大方师的肩膀。一声闷响之后，伊秧抓住火山小腿的手被这股力量弹开。黑衣人得手之后，将火山扔给了一边紧紧跟随三神的广仁，同时他自己向前一步，替火山承受了谷元秋的神力。

"嘭"的一声巨响，黑衣人的胸前出现了一个冒着电光的巨大火球。这是谷元秋积攒全身神力的一击，火球当中充斥着他的神力。原本以为这一下之后黑衣人会身受重伤。不求一击制敌，只要他受伤之后行动缓慢，神力无法发挥，加上伊秧、冬凤二神一起动手，胜负的天平便会向他们这边倾斜。

不过转瞬之间，让谷元秋三神惊诧不已的场面出现了。黑衣人竟然向前一步，从火球当中穿了过去。火球还是那个火球，黑衣人也还是那个黑衣人，看着没有丝毫变化。谷元秋几乎不敢相信自己的眼睛，怎么可能出现这样的事情……

"同样的招数，不要在我身上施展两次。"黑衣人说话的时候，并没有动手对付三神，而是转过身来看向了吴勉、归不归。有些无奈地叹了口气之后，他对老家伙说道："归不归，你是怎么认出我来的？"

归不归嘿嘿一笑之后，冲黑衣人说道："大家都是从小一起长大的，老人家我又喊了你几百年的师尊。说句不恭敬的话，一把火把你烧成灰，我老人家看一眼也能认出这就是大方师徐福的骨灰。"

这句话说完，谷元秋三神大惊。他们三个现在有所顾忌的除了那位爱打嘴巴的大术士席应真之外，就是还在海上钓鱼的大方师徐福了。一瞬间，谷元秋已经明白出了什么事情："你是徐福的神识……徐福竟然分离出神识来看守帝崩……"

"不需要你来提醒我是不是神识……"说话的时候，黑衣人将头上的斗篷摘了下来，随后他脸上的薄雾消失，露出一张四十来岁，留着三绺墨髯的清秀脸庞。和吴勉初见徐福那时相比，面前的神识看着似乎要年轻几岁。

虽然黑衣人只是徐福的神识，不过广仁还是毕恭毕敬地走了过来，将昏倒的火山放在一边之后，对着面前的神识行了大礼。礼毕，广仁说道："弟子广仁多年不见师尊，想不到再见面之时还是托了师尊的福才保以周全……"

"你也是不容易，不到万不得已的时候，我们也不会在这里相见。"神识叹了口气之后，继续说道，"这么说来，方士一门已经覆灭了吧？广仁，你想用这件法器中兴方士宗门吗？"

"师尊误会了，方士一门已经彻底崩塌，再无中兴的可能。"广仁看了一眼已经凑到一起的三神之后，继续对神识说道，"师尊在这里看守法器时日久远，不知外面已经天下一统，朝代也更替了几次，就连天上的神祇都有私下凡间，窥视帝崩法器的。弟子为师尊介绍……"

"不用介绍了，这几位神祇我还是认得的。"神识回头看了三神一眼，轻轻地笑了一声之后，继续说道，"方士一门的创门名宿谷元秋和第三任大方师伊秧，我初入方士宗门的时候，逢初一、十五、各大年节都要向两位前辈磕头的。冬凤修士与我还有一面之缘，当初为周天子举办祭天大典，我是见过冬凤前辈的。只不过后来前辈失踪，我还想过是不是飞升成仙了……"

"既然你还认我与元秋先生，那么我这个第三任大方师要借帝崩数日，不知道徐福先生你是否可以割爱几日？"看到徐福已经将话题引了过来，谷元秋与伊秧交换了一下眼神之后，伊秧开口继续说道，"算起来帝崩也是从我的手上传过去的，只是暂借旧主几天，这个要求不过分吧？"

"伊秧大方师开口，本来我是不敢反驳的……"徐福说着微微笑了一下。广仁一生都在学自己师尊的一颦一笑，他平时待人接物基本上也是以这种笑容，只是现在看到徐福的浅笑，似乎有他一辈子都学不会的意境。

顿了一下之后，神识继续说道："不过帝崩事关重大，诸位神祇刚才的举动让徐福不敢轻易许诺。想要暂借法器，还请几位神祇说出借用法器的用途。否则的话，几位想要借走法器，就只能和之前一样，从迷宫里面走出去，再过了徐福这一关，法器自然是几位神祇的。"

之前谷元秋、伊秧只是在天界听说过徐福，只有冬凤和这位大方师有过一面之缘。原本以为徐福比席应真会强大一些，但想不到只是他的一个神识守在这里，就已经让他们三神有些吃不消了。

刚才这个神识能穿过谷元秋以神力凝结成的火球，而毫发无损，可见三神已经没有了和他动手的可能。犹豫了片刻之后，谷元秋开口说道："说说也没有什么大碍，我借帝崩是要打通凡间通往天界的道路。到时候再没有什么渡劫、飞升，世间的修道之人只要多少有了一些根基，便可以直接通往天界。那个时候再没有什么人、神之分，神就是人，人就是神。凡间众生也不用连年征战，为夺一城一池而死伤惨重。遇到争执由天界的神祇替他们定夺……"

"元秋先生请住口，不用往下说了，我已经听明白了。"神识轻轻地摇了摇头之后，继续说道，"原本我是想着你们当中有人可以带走帝崩的，我看守了这么多年，腻了，也累了。原本本体交代我的是，只要广仁、火山前来，便可以带走帝崩，其他胆敢窥视法器的宵小一律诛杀……不过过了这么多年，我突然开窍了。广仁、火山带走帝崩，他们真能守得住这件法器吗？"

说到这里，神识转头看了一眼广仁、火山，随后继续说道："你们去找我的本体，和他说，换一个可以守得住帝崩的人前来。在神祇的面前，你们俩太弱了……"

第三十二章　调虎离山

神识对两位大方师说话的时候，谷元秋、伊秧和冬凤三神正在相互交换着眼神。看守帝崩法器的竟然是徐福的神识，这把三神之前的计划都打乱了。

"他不是徐福本人，只是一个仅有本体几成力量的神识，我们不是没有机会……"伊秧、冬凤的脑海里面同时响起了谷元秋的声音，"我承认徐福是个万年一遇的方士，对于他本体，我们三个联手都未必赢得了。不过在我们眼前的只是一个神识，他最多有徐福的两成术法。五分之一的徐福，我们三神联手没有胜算吗？"原本二神已经起了放弃的心思，谷元秋这几句话又将二神心中马上就要熄灭的火焰重新点燃了。

谷元秋的话不是没有道理，不过伊秧、冬凤刚才亲眼见到这位神识毫发无伤地穿过谷元秋以神力凝成的火球，因而仍然有些迟疑。这时，他们的脑海当中又响起了谷元秋的声音："五分之一的徐福都赢不了，我们也不用等别人来弑神了，也不用做什么神了，我们自己了断早日投胎吧……"

他们三位神祇加上死在吴勉手里的赤胆，和跑腿的平妖仙君，虽然神力高低分明，在天上却都是散仙的身份，并没有什么高低上下之分。伊秧、冬凤、赤胆都是被谷元秋打通凡间通往天界之路的话打动，这才加入进来的。如果现在伊秧、冬凤要撤出，谷元秋也是没有什么办法，连灭口都晚了。

　　不过谷元秋的话还是起作用的，伊秩本来就和他走得近，当下有意无意地向着谷元秋靠拢。而冬凤想着那件传说中的法器就在眼前，只要过了神识这一关就可以拿到。一旦帝崩在手，打通了人间和天界的通道之后，就连天上的正神都不敢再藐视她。成功就在眼前，就差最后一步，现在撤出她以后也许会后悔莫及。

　　冬凤也轻轻冲谷元秋点了点头。谷元秋这位当年创建了方士一门的名宿这才有了点底气，趁着神识和广仁说话的时候，暗中将全身的神力集中起来，趁神识完全不留意他的时候，和伊秩、冬凤一起将所有的神力都打在了神识的后心上。

　　随着三束耀眼的光芒打在神识的后心，他几乎没有任何反抗。一声巨响之后，神识的身体被打成了碎片，散落在广仁、归不归等人的面前。距离他最近的广仁、火山被巨大的冲击力震得飞了出去。看到这一幕之后，谷元秋心中狂喜，神识一死，再也没有能拦得住自己的人，走到迷宫的尽头法器就是自己的了……

　　不过虽然偷袭得手，谷元秋心里还是有些异样的感觉，仿佛有什么自己没有注意到的事情。他的心里隐隐感觉到有什么地方不对。

　　"元秋先生，我明白你的意思了，你是想跨过我的尸体，前去抢夺法器，是吗？"这个时候，冬凤所在的位置突然传来了神识的声音。谷元秋、伊秩二神顺着声音看过去，徐福的神识正好端端地站在那里，似笑非笑地看着他们俩。如果说这个是神识，刚才被打成碎片的又是谁呢？

　　徐福古怪地笑了一下之后，对谷元秋说道："当初邱武真大方师曾经对我说过，成仙得道就是要放弃一切凡人的七情六欲，什么喜怒哀思悲恐惊统统扔掉。不过真正做到这样的神祇也没有几个，现在看来元秋先生你做到了，连自己人都动手。这样无人性的事情都做了，难怪你是方士门中第一个成仙得道的。"

　　被炸成碎片的竟然是冬凤，不可能！他这个神祇动手的时候眼睛眨都没眨一下，不可能徐福换成了冬凤他还不知道。不过再看地上的衣衫碎片，正是刚才冬凤穿过的无疑。徐福到底强大到了什么不可思议的程度？一个神识就这样，本体还得了吗……

这个时候，伊秧转身就向被毁掉的楼梯位置跑去。整个迷宫都下了禁制，不能使用遁法从这里离开。他只有逃回上面一层的墓室，才有办法施展神力离开。

"伊秧大方师，你们说来就来、说走就走的，真的不把徐福当回事了吗？"神识微微一笑，对着已经向上面一层蹿起来的伊秧拍了一下，就见已经跳起来的第三任大方师突然重重地摔了下来。落地的一刹那，整个迷宫地面都跟着颤抖起来。

"放伊秧走吧，这件事因我而起，如果有神祇要陨落的话，我一个足够了。"看到动手已经没有了任何希望之后，谷元秋重重地叹了口气。随后他转身对刚刚喷出来一口金色鲜血的伊秧说道："是我连累了你们，罪孽由我来承担。你回到天上吧，看在方士一门名宿的分上，徐福不会为难你……"

"话不能这么说，刚才几位神祇可没有看在徐福也是方士一门名宿的分上，就把我放了。"徐福微笑着打断了谷元秋的话，顿了一下之后，继续说道，"几位都是窥探过帝崩法器的，现在放你们离开，有朝一日离开的人还会想其他的办法，带更强的帮手前来。这么多年清净惯了，实在不想再有人来打扰。既然来了就别走了……"

这个时候，惊诧于神识力量而目瞪口呆的百无求反应了过来。二愣子皱着眉头对归不归说道："老家伙，这个神识也不地道，有这么大的本事，之前还会让火山受……"

百无求的话还没有说完，已经被自己的"亲生父亲"捂住了嘴巴："傻小子别乱说话，你以为谁的心眼都有爸爸我这么大吗？救人和救己能一样吗？现在你爸爸我要被人砍一刀，和有人要砍你一刀，你的自然反应肯定也不一样……"

百无求有些不屑地说道："老家伙你都被人砍了，老子还救个屁！当然是把脖子凑过去让他砍啊。这样多好，这辈子跟你走，下辈子手拉手……呸！听着怎么不对……"

"伊秧，我拖住神识，你走你的……"说话的时候，谷元秋身子一闪，冲神识扑了过去。一瞬间他的身体变得透明起来，他的手中凭空出现了半截铜剑，随后他举着铜剑向神识砍了下去。

就在这个时候，一直淡淡笑着的徐福突然变了脸色。他完全不理会谷元秋，目光对着远处迷宫的尽头看了过去，脸上一副不敢相信的表情。在铜剑落下来的一瞬间，神识的身体突然消失。谷元秋一剑砍空，差一点栽倒在地上。

站稳之后，他马上对正要冲过来帮忙的伊秧说道："法器那里有变化……不管了，我们先离开……"

二位神祇当下顺着楼梯口蹿了上去。在跳上去的一瞬间，他们俩已经施展神力消失得无影无踪。

"岂有此理！你们竟然敢调虎离山……"迷宫尽头传来了神识的咒骂声，随后人影一闪他又出现在众人面前。他回来的时候晚了一步，只能眼睁睁地看着二神消失在自己的面前。

这个时候神识脸上终于出现了焦急的表情。不过他毕竟是从徐福那里分离出来的神识，只是片刻之后便恢复了冷静，随后冲归不归苦笑了一下，说道："老家伙，这次让你看了笑话……"

归不归跟着轻轻笑了一下，看着神识说道："那件法器真的丢了？"

第三十三章　神偷

神识的脸上流露出一丝不可思议的表情："我也没有想明白，这里明明只有一条路的，除了你们也没有别人……"

说到这里的时候，神识的脸上多了一种古怪的表情。他的目光在吴勉、归不归和两只妖物的脸上转了一圈之后，自嘲地笑了一下，继续说道："刚才你们也在这里，这里的禁制除了我之外，不可能还会有人使用遁法进去，这么一眨眼的工夫法器就消失不见了。老家伙，能把你我都算计在这里，我已经想象不到还有谁了。你说是不是？张松……"

这时候，藏在角落里的张胖子走了出来。他哭丧着脸说道："不是我说，就算您老人家是大方师，这话也不能乱说啊。您问问归不归这个老家伙，我本来不想来的，是那几位神祇逼着我下来带路。死了的冬凤怎么说来着？我要是逃走，就用熔化的金水烫死我……不是张松我要赖在这里，真的是走不了啊……"

张松本来就不是靠术法成名的，再次出世之后术法几乎可以用退步来形容了。让他从这里走到迷宫的尽头再回来，现在他可能只走了一半不到。剩下的就是那两个晕倒的方士了，这两个人能捡回来性命已经可以偷笑了。

"不用想了，那件法器早晚会出世的，到时候自然就知道是谁偷了。"归不归看着这个幼年玩伴的神识，嘿嘿一笑。顿了一下之后，老家伙继续说道："不过法器现在是找不到了，你呢？回去向本体复命，还是继续在陆地上寻找帝崩？"

"复命……"神识古怪地笑了一下之后，继续说道，"老家伙你说得简单，回去之后我的下场是什么？还不是要被本体同化吗？这么多年我看守帝崩，虽然一直都困在这里，不过总算也有了自己的意识。回去——那就什么都没有了……从现在开始，他是海上的徐福，我是陆地上的徐福。"

当初燕哀侯、问天楼楼主姬牟的神识脱离本体久了，都有过变成独立个体的事例。现在轮到徐福身上，吴勉、归不归并没感到如何意外。只不过一边的广仁还是有些接受不了："您还是回去比较好，回到本体身边您才是名正言顺的大方师，现在这样名不正言不顺。"

"广仁，我虽然只是一缕神识，也算是你的师尊。你入我门下，我就是这样教授你尊师重道的吗？"说到这里，神识的眉头皱了起来，对已经不敢出声的大方师广仁继续说道，"带着火山离开这里，不要再让我见到你们俩……"

虽然面对的只是徐福的神识，但是广仁的脸上也露出了面对徐福本体才会表现出来的惊恐之色。当下他跪在神识面前，连连赔罪。无奈神识已经不想理会他，再次重复了刚才的话："广仁，你还想让我再说一遍？好！如你心意——带着火山离开这里，不要再让我见到你们俩。还要等我亲自动手请你们离开吗？"

广仁的脸上露出死灰之色，顿了一下，跪在神识的面前恭恭敬敬地磕了几个头之后，这才将火山背了起来。临走，他又对归不归说道："归师兄，还有两位同门就麻烦你了。我在上面会留人，你们几位出去的时候将他们俩交给留守之人就好。"

说完之后，广仁背着火山顺着楼梯口纵了上去，随后施展五行遁法离开了这里。

"其实你说一句不能把广仁爷俩带在身边就行了，不用这样撵他们走的。"归不归嘿嘿一笑，看着神识继续说道，"不过这样也好，天天被他们师徒缠着是没有什么意思。老人家我还有一件事要打听一下，你们家本体分给你几成的神识？"

"你去问那个徐福吧，他会告诉你的。"神识古怪地笑了一下，随后继续说道，"帝崩没有了也是件好事，起码我不用再在这里守着了。老家伙，这里归你了……"

说话的时候，神识的颜色开始慢慢变浅，随后在吴勉、归不归的注视之下消失得无影无踪。这时，吴勉对归不归说道："之前听你说过，在秦王宫里面见过徐福的神识。刚才的神识和你说的那个不大一样，什么时候你在他面前那么随便……"

"刚才的神识是徐福早期留下的，说句不客气的话，那个时候老人家我与他还是亦师亦友的关系。一些能说不能说的话，闭着眼睛也就说了。"一句话将归不归的往事引了出来，想起那个时候老家伙多少有些唏嘘。顿了一下之后，他继续说道："之前秦王宫里那个是他出海之前留下的神识，那个时候能说不能说的话，基本上都不说了。别看都是神识，差太多了。"

这个时候，小任叁来了精神，对归不归说道："老不死的你又胡说八道了，要不是你该说的不该说的都说了，后来也不至于能说的不能说的都不敢说了。"

一句话说完，小家伙顿了一下，随后换了一副乖巧的样子对着空气说道："老头儿你什么时候到的？来了也不知道和我们人参说一下，你可别说那件什么法器要送给人参解闷玩，我们人参可消受不起……"

听小家伙说到席应真，老家伙便不由自主地打了个哆嗦，急忙赔着笑脸四下去找大术士的身影。转了一圈也没有找到席应真，归不归有些不解地对小任叁说道："咱们席应真爸爸给人参你传音了，他是快到还是已经到了？"

小任叁撇了撇嘴，对归不归说道："老不死的你装什么糊涂？不是我们家席应真老头儿，还有谁有这个本事？能把那什么法器偷出来，还不被徐福神识发现的？"

听到只是小任叁瞎猜，归不归这才松了口气。他苦笑了一声，说道："谁说是你们家应真先生来了？你也不想想他什么时候干过偷东西的事？他老人家从来只会偷人，看好了什么东西他是硬抢的。"

被小任叁搅和了一下，百无求也以为是那位大术士到了，现在听到归不归说和席应真无关，二愣子的好奇心又起来了，他对自己的"亲生父亲"说道："不是那个老头儿还能是谁？老家伙你说说看，哪个不要脸的偷走了帝崩？"

归不归笑了一声，说道："这个徐福自己都说不明白，你爸爸我问谁去？走吧，大家伙到里面看看，里面应该才是姜志老前辈的墓室，也难为徐福那个老家伙怎么找到的这个地方。张胖子，知道你没有心思陪我们去看死人，把那俩方士带上去吧，这里没你事了。"

"难得老家伙你也说了句人话，不是我说，就不陪你们了。张松我出世也差不多一千多年了，这次真是赔到姥姥家了……"

三四个时辰之后，被折腾得精疲力尽的张松出现在一座山洞前。他左右看了一圈，确定没有人跟着他之后，这才小心翼翼地进了山洞，钻进了一个不起眼的角落里。这里暗藏着阵法，张松直接从这里来到了另外一座洞府当中。

这座洞府比起吴勉、归不归的那个只大不小。张松进来的时候，那个之前被妖兽吞了一半的饕餮正好端端地在烹煮着什么肉食。看他身边被剃干净的骨头架子，正是之前张松发现的被啃了一大半的"饕餮"的两条大腿。

看着被剃干净的大腿骨棒，张松就是一皱眉，说道："咱们不是说好了吗？好不容易找到的囚牛，就不吃了吗？论起来你和睚眦要管它叫大哥……"

"我烹煮菜肴的时候，你最好不要招惹到我，小心把你做成晚餐……"饕餮看都不看走进来的张松，只是用脚将一口樟木箱子踢向张松，"都被你算准了，里面还真是徐福的神识看守……"

第三十四章　合谋

饕餮说话的时候，从洞府里面钻出了一只巨大的赤红色妖兽，一天之前就是它咬掉了"饕餮"的大半个身子。看到张松之后，妖兽低吼了一声，随后身体好像放了气的牛皮囊一样，迅速变小，片刻的工夫便缩成柴狗一般大小。它的相貌、身体也发生了变化，变成了饕餮的兄弟——睚眦的样子。

几天之前，四神出现在静心湖的时候，张胖子发现情形不对，便躲藏起来。事情结束之后，他本来是想找广仁、火山师徒拿走龙蜕和玄武肉两份酬劳的。不过就在他和饕餮去追赶广仁的时候，却被突然出现的归不归叫住。

老家伙是自己一个人出现的。见到他身边没有吴勉、二妖跟随，张松已经猜到了归不归找他是要算计什么人。和张胖子想的一样，老家伙几乎没有什么废话，见面之后直接将广仁和自己手里各有半张地图的事情说了出来。

张松虽然吃惊，脸上却并没有表现出来。他还装傻充愣，冲归不归竖起大拇指："我就知道徐福大方师对你不一般，不是我说，你看看方士一门这么多人，怎么好东西就给你了？你和广仁一人一半，看来在徐福大方师的心里你和广仁都是一样的重要……"

"差不多得了，别人看不出来，你油滑似鬼的张松还看不出来吗？"归不归冲张胖子苦笑了一声之后，替他说出了当年徐福的用意，

"那个老家伙知道老人家我活得长，所以给了我半张地图。他那四大弟子当中只有广仁得了半张地图，原因是：广孝脑后有反骨，给他地图还不知道最后便宜了谁；广义做事最冲动，弄不好他是四大弟子当中第一个升天的；广悌是一介女流，地图给她也不合适。最后想来想去还是我这个不大容易死的老人家最可靠。"

说到这里，归不归突然古怪地笑了一下，看着就好像一只老狐狸在惦记远处农户家里的鸡一样。顿了一下之后，他搂着张松的肩膀，在胖子的耳边低声说道："老人家我这里有个机会能拿到地图里面的东西，张松你有没有胆子干？"

"没有。"张胖子一口回绝了归不归。他笑呵呵地从老家伙的怀里挣脱出来，主动说道："你我认识不是一天两天了，大家有什么话直接说。不是我说，你要说的事情我也能猜到个八九。算计广仁大方师可不是那么容易的事情，烂船还有三千钉，更别说他身边现在都是徐福大方师派过来的方士。张松我现在孤家寡人一个，就靠着我们家睚眦和饕餮才勉强活着。一旦算计广仁的事情败露，不用他动手，火山就够我喝一壶的了。"

"想不到你这么胖，胆子却这么小。"归不归嘿嘿一笑，继续说道，"你也说了败露才能喝一壶的，你那么聪明不会不败露吗？事情不密伤身，事情做得密实则伤别人的身。张松你有脑子，身边还有那么大的助力，不用白不用啊。有了帝崩在手，在海上钓鱼的徐福都要给你面子的，到时候天下至宝你说句话自然有人给你送来。到时候你就算要重塑真身、长生不老，徐福那个老家伙也能给你办到。"

说话的时候，归不归的眼神飘向了正在竖起耳朵偷听的饕餮。又是嘿嘿一笑之后，老家伙在身后抓了一把什么，随后向饕餮面前推了过去："一点见面礼，上次你来找睚眦的时候，老人家我就想给你的。要不是被张松耽误，这件小玩意儿早就到你的手里了。"

"这是真龙的逆鳞……"饕餮惊得眼珠都快瞪出来了，他虽然是龙种，可也不能完全看到逆鳞法器的原貌。在饕餮的眼里，它只有一个大概样子——模模糊糊近乎透明的好像大号盾牌一样的东西。逆鳞是龙族至宝，平时连碰都不能碰的，现在整块做成了法器，饕餮连想都不敢想。

如果说人或者妖物使用逆鳞法器的话，会有一定几率被强大的修士发现行踪。不过如果是饕餮这样的龙种，用逆鳞遮挡身形、气息的话，就连徐福这样万年一遇的方士都发现不了。有了这块法器，加上归不归出主意，或许坑广仁一次，也不是多难的事情。

归不归是除了广仁之外，天底下最了解徐福的人。他甚至猜到了那位大方师有极大的可能性会留下自己的神识看守法器。能让徐福这么小心翼翼隐藏的法器，除了帝崩之外，也没有什么了。

张松、归不归两个人都是人精，一顿饭的工夫便将计划想了出来。张松、饕餮他们俩先混进广仁的队伍当中，然后找机会让饕餮诈死离开，再让他用逆鳞法器隐藏身形跟在周围，找机会将那件法器偷出来。

为了增加真实性，张松还将之前找到的一具龙种囚牛的尸体贡献了出来，由归不归先一步藏在山上的某处。剩下的就是张松如何巧遇广仁的车队，又如何恰到好处地指出归不归留在地图上面的破绽，从而混进广仁的队伍当中。

虽然从头到尾，广仁都很小心地防备着这个油滑的胖子，不过还是一步一步地走进了他和归不归设计好的陷阱当中。包括之后饕餮被睚眦变化的怪兽吃掉，广仁心里也是不信的，只是这位大方师想不通那两条大腿的残尸上面怎么会散发出龙种的气息。

第一次伊秧带着火山、张松前往姜志墓室的时候，隐身的饕餮便一直跟在身后。等到伊秧、火山下到楼梯时，他也跟在后面。连那位徐福大方师的神识都没有发现他的存在。如果不是在迷宫耽误了一些时间，这口木箱子恐怕早就被他偷出来了。

看着地上的这口箱子，张松没敢轻易打开来检查。这种传说中的法器能不碰还是不碰的好，现在就等着在归不归的手里得到些好处，稍后再把这件法器转给那个老家伙就好。如果可能的话，再向广仁卖个好，卖了归不归也不是不能商量的。

足足等了归不归一天，到了第二天天黑的时候，那个老家伙才笑嘻嘻地出现在张松的洞府前。相比较归不归的洞府，这里没有什么强大的阵法护门。只是张松设计的入口刁钻异常，饶是归不归这只老狐狸，也足足找了半个时辰，才找到洞府的入口。

归不归进来之后，自来熟地找了一张石凳坐下，然后冲张松笑道："怎么样？老人家我说得没错吧，事情算计到位，伤的就是别人的身。你看看谷元秋、伊秧那些神仙又怎么样？更别说里面还有徐福的神识了，这个时候他们都想不通，好好的帝崩怎么就无缘无故地丢了？"

"归不归，不是我说你，我也没有想到你会空着手来。"张松边说边上下打量了一番归不归。看着老家伙空空如也的两只手，他继续说道："听说你这些年净坑人家东西，应该不穷啊？你这么空着手来，是逼着我把这件法器还给广仁大方师？就说我的睚眦无意中从老家伙你的手里夺来的。他怎么也要用半个方士一门的家底来换吧？"

"看你那点出息，方士一门那点家底还值得惦记吗？"归不归嘿嘿一笑之后，继续说道，"现在老人家我已经替你传出去了，帝崩就在你张松的手里，大家都开开价，什么都可以谈谈嘛……"

张松听了半晌嘴巴都没有合拢，反应过来后一脚踹翻了木箱，从里面拿出一个圆柱形状的法器，对归不归骂道："老不死的，我和你拼了……"

第三十五章　人手一件的法器

　　看着张松将木箱里面的法器拿了出来，归不归便从石凳上面跳了起来，一边不停地躲闪，一边说道："张松你可要想清楚，我们的距离太近，你使用帝崩的话大家都玩完。不是老人家我吓唬你，现在没人知道你的洞府，不过明天太阳升起来之前，我老人家还没有回去的话，我们家的傻儿子会去广仁那里找他爸爸我的。你也知道我们家孩子嘴不大严，到时候谁都知道你这洞府在哪了……"

　　归不归在不停地闪转腾挪的时候，张松本来已经冲天的怒火终于平息了。平息怒火的不是归不归那几句要挟的话，而是张松发现自己压根就不会使用这种法器。

　　他手里的法器是一件由青铜打造的、一尺有余的实心法器。上面没有任何可以开启法器的机关，就连一般法器上面的符咒都没有。法器通体光溜溜的，如果不知道的话，还以为这是一个没有任何用处的铜锭。

　　张松翻来覆去地看，都没有找到开启法器的门道，最后只能虚张声势对归不归说道："老东西，你给我滚过来！你以为这样乱闪帝崩就打不到你了是吗？再动……我用你来祭法器！现在我心平气和地和你说，你这个老不死的想要干什么？上辈子我把你们家孩子扔井里了？"

　　"你把帝崩拿稳了……别乱晃……"归不归躲开了法器之后，嘿嘿笑了一下，随后继续说道，"老人家我也是为了你好，你想想看，帝崩在你手里也是个烫手的热炭盆。别说用了，就连拿出来显摆一下都不敢……"

　　"没有你！这个热炭盆会在我的手上吗？"张松气急了，举起手里的铜疙瘩对着归不归比画了一下。老家伙吓得再次跳了起来，不过张胖子也就是吓唬吓唬他罢了。冲着归不归落脚的位置啐了一口之后，张松继续说道："老不死的，别以为你吃定了我。我也有办法脱身，大不了这帝崩我送给席应真。不是我说，到时候有帝崩在手，就算海上的徐福回来又怎么样？"

　　"那么一块大肥肉过手，连个油花都没有留下，这么赔本的买卖，你也干吗？"归不归再次躲开了帝崩，笑嘻嘻地说道，"你我心里都明白，帝崩原本就是一件留不下来的法器，不能留，不能用，只能用来换些好处。一家便宜多家占，总比你得那一点点好处要好吧？"

　　"什么意思，老不死的你还要一件帝崩卖给多家吗？"这个时候，张松品出了归不归话里的深意。他小心翼翼地将帝崩放到了桌子上，说道："你把话说清楚，怎么叫作一家便宜多家占了？难不成归不归你想仿制帝崩……"

　　"到底是张松，一说就通。"归不归嘿嘿一笑之后，继续说道，"我还带来了一位朋友，有了他，帝崩要多少就有多少……进来吧，你们也见见面，最后大家就在一条船上发财了……"

　　归不归说话的时候，一个人影从外面走了进来。这人五六十岁的年纪，一身的方士服饰。最让张松注意的是这人满头的白发，是和吴勉、广仁他们一模一样的白发。这人进来之后冲张松微微一点头，碍于归不归没有介绍，也不好过多客气。

　　"老人家我来给你们介绍一下，这位就是传说中单人匹马将帝崩取出来的大修士张松。"打了个哈哈之后，归不归又指着刚刚进来的白发方士说道："这也不是外人，是当年跟随徐福大方师出海的亲传弟子——炼器之术和你师兄百里熙齐名的公孙屠。从今天起，大家都是拴在一根绳子上的蚂蚱了……"

　　张松虽然对归不归的措辞不以为然，不过还是听说过这个叫作公孙屠的方士的，听说他当年厚着脸皮蹭了吴勉一颗长生不老药丸，运气好吃了没死，变成了长生不老之身。而且这位方士是以炼器出名的，听昔日师尊说过，他炼器的手艺真和百里熙不相上下。

　　就在归不归还要继续介绍那个正在专心烹煮食物、视周边的人为空气的饕餮，和昏昏欲睡的睚眦之时，张松已经明白了过来。他深深地吸了口气之后，对归不归说道："归不归你的胆子太大了，蒙骗我偷出帝崩也就罢了，现在还想仿制帝崩去哄骗广仁、谷元秋他们……你真的把我舍出去了。到时候黑锅我来背，好处归了你。"

　　说到这里，张松看了面前正在冲自己赔笑脸的公孙屠一眼。顿了一下之后，他继续对归不归说道："还有，你真以为这个大兄弟背叛了徐福和广仁吗？除了你自己之外，还有谁敢违背徐福的法旨？不是我说，现在徐福只要说句话，广孝你回来吧，那个和尚立马就要留起头发，老老实实地守在徐福身边。你们俩还是给我躲远一点，帝崩从现在开始已经姓席了，你们别打主意了。"

　　"张松先生误会了，我是我，广仁是广仁。"公孙屠进来之后，眼睛便一直在帝崩和张松的脸上打转。听到这个胖子要将帝崩便宜席应真的时候，他急忙向前一步，主动解释道："现在方士一门已经烟消云散了，我是徐福大方师门下的方士，不受广仁号令的。而且徐福大方师从来没有说过，我不可以仿制帝崩……"

　　公孙屠对炼器的痴狂不亚于当年的百里熙，现在看到帝崩这件传说中的法器，他的眼珠几乎粘在上面扯不下来了。帝崩就在眼前，如果不是张松看着就要翻脸的样子，现在公孙屠已经扑过去研究这件法器了。

　　"你说你可以仿制帝崩，徐福大方师不管？什么时候，你们徐福大方师这么好说话了？"张松有些诧异地看了一眼面前的老方士，不过他毕竟是归不归带过来的人。现在张松已经被归不归坑怕了，任何和这个老家伙有牵连的人，他都要翻来覆去地想几个来回才敢下结论。

"不是徐福大方师好说话，只是没有叫停的法旨送到，我这里做什么都不算忤逆大方师的法旨。"公孙屠盯着面前的帝崩，咽了口口水之后，继续赔着笑脸说道，"自我进了方士一门开始，就知道帝崩是传说中的法器。后来机缘巧合之下又听说帝崩原本是不可制造的，几天前归不归前辈找到我，才知道世上真有这样逆天的法器……"

没等公孙屠说完，张松已经脸色涨红地对归不归再次吼道："老不死的！几天之前！你早就算计好了让我来背这个黑锅的，是吧？"

"老人家我是想好了怎么一起占这个便宜的。"归不归嘿嘿一笑之后，继续说道，"话不多说了，帝崩在你这里，是拿去孝敬席应真大术士呢，还是仿制个十件八件的，你看着办。到时候席应真爸爸有一件，徐福那个老家伙有一件，广仁、谷元秋他们各自还有一件。谁也不吃亏……"

"老不死的，你别开玩笑了，那个叫作帝崩，人手一件你想要干什么？"说这话的时候，张松心里已经明白了归不归的意图，不过还是想要让这个老家伙亲自说出来。

果然，归不归嘿嘿地笑了一下之后，回答道："那有什么？世上谁也没有帝崩的威力，老人家我又没说徐福手里的帝崩和谷元秋手里的是一种法器……"

张松的脸色这才缓和了一点，冲归不归说道："老不死的，你就缺德吧……"

第三十六章　不爱说话的吴勉

到了第二天早上天快亮的时候，归不归才出现在自己的洞府当中。这个时候百无求和小任叁已经睡死了过去，二愣子的呼噜震天响，好在这么多年吴勉、归不归已经习惯了。每到夜深人静的时候，要是没有听到这呼噜声，归不归还觉得少了点东西。

就在老家伙脱下外衣，打算回到自己洞室休息的时候，从黑暗的角落里突然传出了一个熟悉又刻薄的声音："老家伙，跑了整整一晚上，想必是很有些收获吧。说说看，你这又是把谁坑了？"

话音落时，黑暗的角落里闪过一道火光。吴勉从火光当中走了出来，走到了老家伙的面前，他脸上浮现出了他特有的笑容。顿了一下之后，他继续说道："你不正常也有些日子了，在静心湖的时候就有问题。说吧，那件法器到底落在谁的手里了？"

论起来，吴勉的心智并不比归不归差，只是他不屑于显摆，平时看穿了归不归的诡计，他也很少出声。如果不是归不归搞出的动静太大，吴勉也还是打算装作什么都不知道的。不管这个老家伙坑谁，左右是不敢对他下手的。

"你不问，老人家我也打算对你说的。等我老人家一下，后面要说的话不传六耳。"归不归嘿嘿一笑之后，回头去检查洞口的阵法。将阵法全部打开之后，归不归这才回到吴勉的身边，继续说道："老人家我回来之后，突然反应过来是谁偷的那件法器了，就是张松，那个什么饕饕根本就没死。他们一人一龙种，一个吸引我们的注意，一个趁乱进去把帝崩偷出来……"

"动手的是他们俩，那么出谋划策的呢？"吴勉冲归不归冷笑了一声之后，继续说道，"老家伙，我不是第一天认识你了。当初从静心湖离开之后你就不对劲，如果说这里面没有你，你自己都不信吧？你不说的话，我替你说……"

顿了一下之后，白发男人继续说道："你能说出是张松、饕餮偷的帝崩，那么应该假不了。知道了是他们俩，你出去了一趟却空手而回，老家伙，这不是你的风格。这个时候你应该带着从张松手里讹出来的天材地宝，弄不好那件帝崩法器都会被你讹过来的。空着手回来身上又没有打斗过的痕迹，那就只有一个解释了：你们是一伙的，他们几个偷取帝崩，你也参与其中，弄不好老家伙你才是主谋……"

吴勉说完之后，归不归张大了嘴巴，半晌都没有合拢。愣了半晌之后，老家伙这才明白过来，擦了擦额头上的冷汗，说道："以前还真是小看你了，还是老话说得好，咬人的狗不……"

归不归的话还没有说完，吴勉突然闪电般伸手在他的胸口抹了一下。随后，老家伙的胸口闪过了一道火花，与此同时，他的身体倒着飞了出去。"嘭"的一声之后，老家伙撞到洞壁上，又反弹到了地面。

看着归不归倒在地上哼哼叽叽的，吴勉冷笑了一声之后，说道："再给你一次机会，什么老话你再重复一遍，想清楚了再说。"

"老话说得好，大智若愚……大巧不工，说的就是你了。"归不归并没有什么外伤，继续赔着笑脸说道，"咱们搭伙这么多年了，原来你才是真正的深藏不露。后面的你也不用问了，老人家我自己说……"

归不归将自己是如何勾结的张松，从更改地图一直说到了饕餮用龙鳞法器隐匿身形，将帝崩偷了出来。只不过他还是将头目的身份让给了张松，自己这么做都是被张胖子胁迫的。

吴勉并不关心他们当中谁是头目，听完了归不归的述说之后，他只是嘲讽地笑了一下，说道："你们偷了那件法器又怎么样？你和张松谁敢使用？到头来还不知道便宜了谁。小心你机关算尽，最后法器落在了谷元秋、伊秧那样神祇的手里。"

吴勉的话刚刚说完，两个人的目光突然转移到洞府之外。随后外面响起了另外一个熟悉的声音："归不归把禁制打开，方士爷爷我到了，我的儿起来了没有？看看爸爸我给你带什么来了。"

外面说话的正是大术士席应真。归不归不敢怠慢，也顾不上和吴勉说话，几步过去关了阵法。随后就见大术士席应真带着那个叫作戴春桃的小女孩从外面走了进来，他怀里还抱着一只大酒瓮。

"我的儿还没起来？"听到归不归说起小任叁还在呼呼大睡，席应真就将手里的酒瓮放在了地上。随后他继续说道："老人家我弄到了一坛子大禹治水祭天的美酒，第一个就想到我们家儿子了……"

这些日子戴春桃一直都是跟着席应真的，除了小任叁之外，大术士并不擅长如何照顾小孩子，尤其还是这么一个小姑娘。小春桃满脸疲态，被归不归带到一间空着的洞室休息去了。小春桃到了新地方，这些天又一直担心这个老爷爷把自己卖了，原本她是睡不着的，不过实在是累极了，倒在床上不久便进入了梦乡。

小女孩睡着了之后，归不归笑眯眯地走了出来，对正在擦拭酒瓮的席应真说道："应真先生，您老人家把瘟神送走了？还以为您要过些日子才能回来的，想不到这才几天的工夫……"

之前席应真将瘟神抓了起来，只不过瘟神到底是天生的正神，被囚禁在席应真身边也不是办法。他是正神，不管是杀是关都麻烦，放了的话更加麻烦。最后还是小任叁的一句话解了他的忧："那有什么麻烦的，他哪来的回哪去啊？我们人参没说放了他啊，当初这倒霉鬼也是人变的吧？让他投胎再做人不行吗？不杀不放不管这总行了吧？"

一句话好像点醒了梦中人一样，席应真带着瘟神去投胎。当时归不归担心将戴春桃留在自己这里不安全，于是走了小任叁的关系，让席应真带着戴春桃一起离开。吴勉、归不归他们则去找广仁。

"你们是没看见瘟神转世的时候，哭得就好像猪被杀一样。"席应真哼了一声之后，继续说道，"还有那些阴司鬼差，听说阎君不在了，也是忙得一团糟。这些阴司开始还以为方士爷爷我是去捣乱的，后来听说有一位正神要找他们商量转世投胎的事情，一个个吓得话都不会说了。折腾了许久才把瘟神弄去投胎了。"

归不归顺着席应真的话头又连连夸赞了几句。吴勉待在这里没有什么意思，当下起身不声不响地回到了自己的洞室当中，留归不归一个人陪在席应真的身边。

看着吴勉离开之后，归不归这才嘿嘿一笑，对大术士说道："应真先生，也是巧了，之前我遇到了张松，他说过不了几天，就要带着一件了不起的大法器来孝敬您老人家。到时候您有了那件法器之后，便……"

归不归的话还没有说完，洞府外面又响起了一个呼喊的声音："归不归……快点打开洞府！出大事了……张松不行了……"

此前为了迎接席应真，归不归将洞口的禁制关了。这个时候，满身是血的饕餮抱着同样一身血的张松冲了进来。

几个时辰之前，归不归刚刚从他们那里回来，老家伙都不敢想象，这么点时间又出了什么事情。

第三十七章　你来我往

　　看到浑身是血的张松被抱了进来，席应真的眉头已经皱了起来。虽说他们之间的师徒缘分已经断了，不过看到昔日弟子气若游丝的样子，这位大术士还是深深地吸了口气，对送张松来的龙种说道："你们这是得罪谁了？胖子挨打的时候，就没说他当过谁的弟……"

　　"弟子"的"子"还没有出口，洞府外面便传来了一阵野兽的嘶吼声，紧接着一阵排山倒海的气息席卷而来。被吵醒的小任叁揉着眼睛从自己的洞室里面走了出来，感觉到这股气息之后，不由自主地哆嗦了一下，好在看到大术士就在眼前，于是急急忙忙地躲到了老头儿的身后。

　　"别怕……爸爸我到了，不管来的是谁，都要怕你……"席应真安慰了他一句之后，转头向洞府外瞪了一下。随后老术士的身上散发出一股更加浓烈的气息，他的身形瞬间模糊了起来。转瞬之间，这股气息好像一股狂风一样，发出类似咆哮的声音，向着洞府外面气息爆发的位置扑了过去。

　　两股气息相遇之后，外面的气息瞬间消失得无影无踪。一阵野兽的嘶吼声过后，一只赤红色的妖兽一瘸一拐地走到了洞府门口。这只妖兽正是跟了张松的睚眦，现在这只龙种身上横竖出现了两道深可见骨的伤口，鲜血正不停地向外冒。

　　归不归查看了张松的伤势之后，见到睚眦这副样子，老家伙回头冲里面的洞室喊道："傻小子你出来搭把手……这个小家伙也只有你能救他了……"

这个时候，百无求也被这一阵嘈杂声折腾得起来了。二愣子裹着脏兮兮的被单走了出来，看到面前的席应真和满身是血的张松之后，打了个哈欠说道："老子的梦还没醒，刚刚做梦揍了这个胖子一顿……他就找上门来了。你这是讹上老子了吧，刚才哪有这一身血？就是俩嘴巴，你还自己弄伤来讹老子……"

百无求以为自己还在梦里，不过耸鼻子一闻，洞室里有一股浓浓的血腥气直冲脑门。他本身就是妖物，被这血腥气刺激得瞬间就惊醒过来。

这时候，看到了百无求的睚眦完全不理会张松，直接冲百无求扑了过去。将百无求扑倒之后，他蜷缩在二愣子的身上开始不停地打着哆嗦，身上的伤口慢慢止住了血。不知道是累的还是重伤虚脱，片刻之后，睚眦竟然在二愣子的身上睡着了。

"傻小子，你不要动，让他趴着就好。"归不归说完之后，将张松安置到一旁。席应真则低沉着脸走出了洞府，看样子他是给自己的弟子出气去了。不过外面打伤了张松、睚眦的人也被席应真的气息惊着了，这个时候已经远远地遁走了。老术士找不到人，转了一圈之后又回到了洞府当中。

席应真回来的时候，张松已经睁开了眼睛，见到席应真之后，挣扎着要对自己往日的师尊行礼，被老术士一把推了回去："你还是老实躺着吧，想不到张松你也有今天。以前方士爷爷一直以为这些弟子们谁出事你也不会出事的，说吧，是谷元秋和伊秧干的吗？你说出来，后面的事情就不用管了。"

"饕餮……把那件东西交给……应真先生。"张松有些艰难地说了这句话。随后，就见饕餮一张嘴，从嘴里吐出一个和他肚子一般大小，用青铜打造的圆柱形法器。归不归看到法器之后，脸上的表情瞬间变了。原本看到张松和两只龙种前来，老家伙已经隐约猜到了他们想要做什么，只不过还有一个公孙屠没有现身，归不归心里还在侥幸那个方士带走了帝崩。现在看到帝崩被饕餮吐了出来，老家伙暗道不好。

"这是什么？"席应真满脸厌恶地看着沾满了饕餮口水、胃液的青铜法器。用脚尖轻轻地拨弄了一下之后，他继续说道："这是法器？张松，方士爷爷我是靠着法器的……"

"这是帝崩……"张松好不容易又说出了一句话。缓了口气后他才继续说道："饕餮，你替我说……"

饕餮身上的伤势比张松只重不轻，不过他仗着龙种的身体，情况要好得多。当下他将自己和张松，加上瞌睨，是怎么被归不归撺掇去偷了这件法器的过程一五一十地说了出来。几个时辰之前，归不归又是怎么去找的他们，用这件法器为要挟，逼得张松答应让公孙屠仿制帝崩，再从众多大修士、神祇的身上捞好处。

不知道是不是归不归这个老家伙走漏了消息，他这边刚刚离开洞府，谷元秋、伊秧便到了他们的洞府外面。好在洞府的入口很隐秘，就是神祇花了好长时间也没有找到入口。不过二神还是施展神力下了禁制，洞府里面的几个人不能使用遁法离开。

当初修建洞府的时候，张松就留了退路。当下他们顺着这条路从山脚下走了出来，不过张松还是没有想到二神当中的伊秧就守候在山脚。出来的时候还是惊动了这位神祇，饕餮、瞌睨拼死才保着张松施展遁法逃走。不过就在他们遁走的一瞬间，伊秧在他们身上留下了印记，于是二神一路追杀到了这里。如果不是席应真大术士就在这里的话，二神杀到，归不归这座洞府可能也有灭顶之灾。

"归不归，看在你这么多年照顾任叁的分上，方士爷爷给你个人情。左脸还是右脸？你自己选……"说完席应真也顾不得帝崩上面满是饕餮的口水和胃液了，用脚尖将这个铜疙瘩勾到了自己的双脚之间。随后他转头看了看脸色有些尴尬的归不归，对凑过来想要说情的小任叁说道："我的儿，你别掺和。再不给这个老家伙长点记性，这次是张松，下次他就要算计你了……"

看着席应真已经开始挽袖子，归不归急忙大喊了一句："等一下，我有话要问张松。这个嘴巴您先记上，一句话，就一句话，问完了您再动手……"

席应真的手已经举了起来，看着归不归的样子，他又将胳膊放了下来："看在我们家儿子的分上，就一句，张松你实话实说，天塌下来方士爷爷我给你做主。"

听到这一巴掌缓了下来，归不归这才松了口气，擦了擦冷汗之后，冲张松说道："那位要仿制法器的公孙屠哪里去了？他死在谷元秋手里了？还是趁乱逃走了？张松，这个人不是凭空就消失了吧？"

刚才饕餮什么都说了，唯独没有提到这个方士。这个时候，张松睁开了眼睛，刚刚想要说话的时候，席应真突然对着归不归打了一巴掌："你明明问了四句话！方士爷爷我听得清楚，人哪去了？死了吗？还是逃了？凭空消失……"

席应真还有话要问归不归，这一巴掌当中几乎没有使用术法。不过就是这样，也还是打得老家伙眼冒金星，一屁股坐到了地上，缓了半天才缓过来。

"你还没有回答，公孙屠呢……"这个时候，白头发的吴勉从洞室里面走了出来。他扫了一眼挨打的归不归之后，径直向张松走了过去。他一边走一边继续说道："我还有法器要他打造，你说不出来可不行……"

看着吴勉一步一步走过来，张松的心里慌了起来，连忙解释道："那么乱，他自己逃走了……"

"我不信……"说话的时候，吴勉已经走到了张胖子的身边。他用脚尖踹了一下张松的伤口，在一阵杀猪一样的叫声当中，说道："再想想，他哪去了……"

第三十八章　张松的破绽

"姓吴的小白脸，你什么意思？"看着张松痛得浑身直哆嗦，席应真的脸色瞬间便沉了下去。老术士很反常地没有立即扑上去给吴勉一个耳光，他们俩用几乎一模一样的眼神看着对方。顿了一下之后，席应真继续说道："你的运气好，今天难得方士爷爷我心情好，和你讲道理。要说什么趁早，方士爷爷的好心情也不一定能维持多久。"

"好好的学人家讲什么道理？没听人说过事若反常必为妖？"吴勉翻了翻白眼。随后，他继续对自以为有人撑腰的张松说道："想起来了吗？公孙屠哪去了？"

说话的时候，吴勉再次用脚尖踹了一下张松的伤口，又引来一阵杀猪一样的惨叫。张胖子疼得眼泪都流了下来，浑身上下止不住地颤抖起来。张松原本指望着席应真能过来救他，没有想到老术士这个时候也犯了脾气。看着白头发的小白脸一下一下踹着自己昔日的弟子，他不去动吴勉，反倒是将这一肚子气都撒到了老家伙归不归的身上。

"归不归，你这个老家伙想到哪里去？刚才方士爷爷和你说什么来着？"席应真扭脸看着已经察觉不妙，正慢慢向洞府外面挪的归不归说道，"左脸还是右脸？你还没有说……"

"刚才不是打过了吗？"

"刚才不算……"话音未落，席应真已经给了归不归一巴掌，打得老家伙身子原地转了一圈。在他倒地之前，老术士揪着他的衣服领子，再次说道："方士爷爷等着你回话呢，左脸还是右脸？"

这个时候归不归已经不敢再提什么刚才那一巴掌算怎么回事了，当下打算拼了再受一巴掌，让这个老术士出了这口气也就算了。归不归指着自己的左脸说道："左脸，老人家您受累，要不您觉得麻烦，我自己来一巴掌也不是不行……"

"谁让你选左脸的？"没等归不归说完，席应真已经对着他的右脸又是一巴掌。将老家伙打飞之后，老术士还没忘跟上一句："本来你选右脸就算完了，一定要惹方士爷爷我生气是吧？和你说，刚才的好脾气没有了，别惹方士爷爷我生气啊。再给你一次机会，说，这次选左脸还是右脸？"

"右脸……"

"谁让你选右脸的——啪……"这个问题就如同鸡生蛋、蛋生鸡一样没有尽头。一时之间，几乎是整个修道之士当中最聪明的两个人被连番虐打，巴掌声和杀猪一般的惨叫声此起彼伏。

早在吴勉第一次踹得张松哇哇大叫的时候，睡眦便爬了起来。这个好像豹子一样的龙种对着吴勉的位置一个劲地龇牙，看着随时就要冲白发男人扑过去。不过被百无求抚摸了几下背上的毛皮之后，这只妖兽便舒服得眼睛都眯缝了起来，肚皮朝上躺着让百无求去摸。之后无论张松如何惨叫，这只龙种都好像没有听到一样。

就在归不归的两边脸庞肿得好像发面麦饼，张松的嘴里也开始喷出白沫的时候，一边看热闹的饕餮实在是忍不住了。他走到洞口附近，对着外面大声喊道："公孙屠你出来吧，再不出来的话，张松这一世就到这里了……"

"这可不能算作是我违约……"说话的时候，身穿一件古怪斗篷的公孙屠从外面走了进来。他身上的斗篷有些古怪，就连席应真这样的大术士，也没有发现他身上的气息。

看到公孙屠出现之后，吴勉冷笑了一声，随后不再为难已经说不出话来的张胖子，对饕餮说道："那么说来，这一切都是你们安排好的是吧？就是为了把这口黑锅送回来是吧？公孙屠你真对得起我给你的那颗长生不老药。"

"我也是被张松要挟的，如果我不答应他们的话，之前和归不归说好的便都作废了。"公孙屠苦笑了一声之后，继续说道，"原本我们说好的，由我来仿制帝崩法器。当初走了炼器一道，我一直以为天下无人能炼制出帝崩，现在这件神器就在眼前，我怎么舍得擦身而过？"

吴勉冷笑着看了一眼表情怪异的席应真，顿了一下之后，又对饕餮说道："这么说来，你们身上的伤也是自己做出来的吧？张松的伤是你的手笔吧？好手艺，不知道的话还以为上辈子他睡了你的老婆。借问一句，你是怎么下得了这样的狠手？再重一点你们就可以直接把他埋了。"

饕餮对怎么弄出恰到好处的伤口，用了五个字回答："他先打的我。"

这个时候席应真终于放过了归不归。大术士走了过来，恶狠狠地瞪了还在吐着白沫的张松一眼，随后对饕餮说道："继续说，刚才外面那两股气息的确是谷元秋和伊秧的，难不成这个也是你们做出来的？"

"这个还是我来说吧，我炼制过一件法器，可以知道特定之人的确切所在之地。"公孙屠赔着笑脸过来说道，"您和谷元秋、伊秧三位前辈在哪里，我都是知道的。也是因为知道您老人家在这里，张松才起了这个心思。用帝崩法器将二神引到这里来，起码要让谷元秋、伊秧见到法器是进了这座洞府的，用张松的话来说……"

说话的时候，公孙屠的眼睛一直盯着席应真脚下踩着的那件法器。咽了口口水之后，他继续说道："谁的屎盆子就扣在谁的头上。"

"那么你又图什么？"席应真上下打量了一番面前的方士之后，继续说道，"张松用帝崩勾得方士爷爷我揍了归不归一顿，也把谷元秋、伊秧的注意力吸引过来，把他们几个摘出去。你呢？帝崩到了方士爷爷我的手里，你又怎么知道会不会再让你仿制？"

公孙屠没有丝毫犹豫，继续对席应真说道："是张松，他说您老人家是陆地术法第一人，从来不屑使用法器的，到时候帝崩还是会交给他处理，那么还是由我来仿制。用归不归的名义将几家大修士召集到一起……"

听到公孙屠一点掩饰都没有便将他出卖了，刚刚缓过来的张松眼前一黑，差点一下子又晕过去。其实他什么都算到了，包括这个炼器之心不亚于百里熙的公孙屠。他是这个计划当中唯一一个可能出现破绽的，只要他出现，归不归三言两语便可以诱使公孙屠说出实情。

而这个炼器成痴的方士又不肯离开帝崩太远，只能将他藏在归不归洞府附近。好在他炼器的才能不亚于昔日的百里熙，炼制出一件可以隐藏气息的斗篷。他穿上斗篷藏在附近料想不会被发现。之前从伊秧的身边走过，那位方士一门第三任大方师都丝毫没有发觉。

张松这么做除了找一个大靠山之外，还有将祸水东引，嫁祸给归不归的意思。老家伙从他的洞府离开之后，张胖子越想心里越不舒服，也是他聪明过人，知道了公孙屠还有一件可以找人的法器之后，便马上想到了这个计策。不过最后还是玩闹一样，输在了白发男人吴勉的手上。

不管怎么说，席应真最后还是输给了吴勉。虽然是归不归有错在先，不过张松错上加错，将谷元秋、伊秧都引到这里来，那就更加过分了。

第三十九章　失踪的公孙屠

　　说起来张松还是没有看透席应真，或者说是他没有把所有的底都交给公孙屠。寻常的法器大术士或许真的不放在眼里，不过这件天上地下的第一法器，就连徐福那样的大方师也要派出自己的神识亲自看守。如果不是担心帝崩在海上遗落，那位大方师出海的时候已经直接带走了。

　　最后说起来，归不归、张松没落一个好，席应真各打五十大板，每人都给了一个小嘴巴，帝崩姓了席。原本他就是除徐福之外的第一修士，现在有了这件传说中的法器，术法第一还是徐福莫属，不过真动手的话，已经和术法高低没有太大关系了。

　　因为这座洞府已经暴露在神祇面前，为了确保小任叁的安全，席应真要在这里等到吴勉、归不归他们找好新的洞府之后，才可以放心地离开。不过天下虽大，像这样隐秘又方便的洞府不是一时半会能找到的。虽然之前小小地闹了一下，不过三天之后这些人就好像什么事情都没有发生一样，该吃就吃该睡就睡什么都没有耽误。

　　席应真也不想仿制帝崩，老子手里抓着一件就可以了，再仿制一件的话，谁知道会不会有人拿着仿制的帝崩来轰自己？这一下原本信心满满的公孙屠便坐蜡了，他哭丧着脸去找归不归、张松，让他们俩去劝说大术士。说当初你们俩可不是这么说的，现在不让我仿制了，你们俩要把事情说清楚。

　　对于公孙屠，归不归完全不搭理。你和张松一起来坑老人家我，还要我老人家给你想办法？呸！做你奶奶的梦去吧……

张松虽然感觉有一点亏欠公孙屠，不过现在他设计席应真在前，这个时候怎么还敢去招惹自己这位昔日的老师尊？于是趁着没人的时候，张松给公孙屠想了一个办法。他用胡萝卜一样的手指头指着那个守在席应真身边整天嘻嘻哈哈的人参娃娃说道："看见了他没有？这世上如果还有能说动大术士的人，一定就数这个人参娃娃莫属了。不管你用什么方法，说动这个小娃娃，大术士还有松口的可能。毕竟有没有那件法器他也是陆地术法第一人，应真先生并没有那么看重法器。"

张松的话让公孙屠听在了心里，原本他比这个胖子要更早认识这个人参娃娃。不过当时公孙屠的心思完全不在小任叁的身上，虽然知道他和大术士席应真以父子相称，但实在没有想到会好到何种程度。

当下公孙屠开始打人参娃娃的主意，知道这个小家伙贪酒好色之后，便时不时地出去一趟，回来的时候都会带上两坛合小任叁口味的上好美酒。一来二去的，这一人一妖的感情也好了起来，在小任叁的眼里，这个年纪看着不小的方士真是越来越顺眼了。人参娃娃也拍着胸脯打了包票："现在老头儿天天抱着帝崩睡觉，等着再过几天他过了新鲜劲儿，我们人参过去给你拿过来，不就是一个破铜疙瘩吗？山下娼馆的小姐姐他舍不得送人，一件破法器我们人参就给他做主了。"

有了小任叁的保证，公孙屠便如释重负一般。第二天一大清早，公孙屠就出了洞府，说他早年知道一大户人家窖藏了不少美酒，算着也有二百多年了，现在过去看看能不能给小任叁弄回来两坛尝尝鲜。

不过公孙屠这一离开，三天都没有再回来。按照他的术法水准，最晚大半天也应该回来了。小任叁还在等着二百多年的美酒解馋，当下开始撺掇着众人下山去寻找。

公孙屠怎么说也是方士，虽然他的术法一般，不过仗着自己炼制的法器犀利，一般的修士远不是他的对手。不过三天未归，加上前些日子张松将洞府的位置泄露给了谷元秋、伊秋，担心这个方士出了什么事情，不好向徐福交代，归不归也开始撺掇着席应真一起出去找找，看看公孙屠到哪里浪去了。

席应真本来就是个闲不住的，在洞府待了这么多天，索性借着这个因由出去走走也是好的。

公孙屠离开之前，曾经把藏酒的大概位置告知了归不归和张松等人。当下吴勉、归不归等人带上席应真，一起前往那个地点。临走的时候给公孙屠留下了一封信笺，让他回来以后不要乱走动，也不要去找什么帝崩，席应真临走的时候已经将它贴身带着了。

众人当中有多人没有去过那个位置，无法使用遁法直接赶到那里。当下众人先到了四十里外的洛阳城。此时正值乱世，洛阳城归了拓跋魏国（史称北魏），虽然也是一国之都，不过比起来汉、晋两朝还是逊色了不少。原本大街上兴旺发达的商铺，这个时候也萧条了起来。街上都是身穿胡服的胡人，对待汉人轻则打骂，重则直接砍杀。所谓杀人的理由也不过就是这个汉人看了我一眼，那边的贱汉敢从我的身边走过。

第一个被惹火的是百无求，虽然他是妖物也受不了这个。当下他冲过来连打带骂，将那些胡乱杀人的胡人打倒在地。一旁的席应真本来也为胡人乱杀汉人的行径而气恼，不过听到百无求骂人的话，这个老术士的眼睛眯缝了起来。席应真有听骂街的瘾头，只是寻常的村妇骂街又怎么能和百无求相提并论？就说他连打带骂半个小时不重样，就不是一般老百姓比得了的。

不过这么一闹，吸引了越来越多的胡人胡兵围拢过来。众人还要去找公孙屠的下落，不想横生事端，最后归不归使用术法，在洛阳城中施展幻术，降下了伸手不见五指的漫天大雾。归不归还让百无求趁此顺走了两辆官家的马车，他们坐上马车在大雾当中离开了洛阳城，向着城外四十里的柯阳县城行驶过去。

公孙屠去找酒的地方就在柯阳县城当中。因为在洛阳城耽误的时间太久，两辆马车赶到柯阳县城的时候，天色已经完全黑了下来。

不过就在他们赶到县城大门的时候，发现县城城门大开，里面黑漆漆的看不到一点灯光。看着阴森森的不说，空气里面还隐隐弥漫着一股腐臭和血腥的气味。一般人见到这样的场面，未必还有进城的胆子，不过这对于吴勉、席应真这些人说来不值一提。

当下，众人乘坐马车进城。刚刚进入城门，一行人便看到大街上横七竖八地躺着几百具尸首。这些人应该死了有几天了，尸体已经开始慢慢地腐烂，越往城中心走，这股气味便越浓烈。

小任叁看着大街上出现的尸体越来越多，捂着鼻子说道："这里是被屠城了吗？距离国都这么近，连这座小县城都保不住吗？"

"就是国都里面的胡人做的，他们在屠本国的县城。"张松收敛了和归不归类似的嬉皮笑脸，冷冰冰地说道，"这个国家是胡人统治的，他们胡人太少，担心有朝一日会被汉人反扑，这才开始屠汉的。天下率兵屠自己国的城池，我活了这么久了，也是第一次遇到。"

这个时候，百无求瞪着眼睛说道："等一下，老子反应过来了，公孙屠那么久都没有回来，是不是在这里倒霉了，胡人屠汉把他也屠了？"

第四十章　屠城

"能屠了公孙屠的胡人还没有出生，除非胡人的军队当中有巫师、修士这样的人。"整个县城看不到一个活人，归不归的脸色也阴沉了下来，再说话的时候已经不苟言笑了。

随着马车一路向前，大街上的死人也越来越多。想是屠城的胡人杀红了眼，竟然连善后的汉人都没有留。屠光了一座城池之后，大军便离开了这里。继续前行，只见街道上开始出现衣冠不整的女尸，看样子是被人先奸后杀，更显得整个县城都是一片凄然之景。

公孙屠当初只说藏酒之地就在这座县城中，却没说确切的地址，众人不知从何找起。而且整个县城当中都是孤魂野鬼的气息，就连席应真都察觉不到公孙屠的气息。沿着县城大街转了一圈之后，依然没有找到公孙屠，他是生是死谁都不知道。

转了一圈之后，他们前后两驾马车回到了最早经过的城门口。归不归吩咐自己的便宜儿子停下了马车，随后对席应真说道："看来这里不只是胡人屠城，一开始我也以为是屠汉，现在看来似乎不是那么简单了。"

说到这里，归不归深深地吸了口气，随后冷笑着说道："有人设局指使胡人屠城，他想要收集亡魂，不是修炼邪法，就是炼制诡邪的法器……"

没等席应真回话，坐在前面赶车的百无求忍不住说道："老家伙你怎么知道有人要收集亡魂？刚才走了一圈，到处都是孤魂野鬼。这屠城也不是一天两天了，真要想收集亡魂的话，还会给你留下这么多的鬼魂吗？"

"傻小子，你只看见这里有数不清的孤魂野鬼，那么看没看到阴司鬼差？"归不归的脸上终于露出了一丝笑意，说道，"你刚才也说了这里屠城不止一天两天了，这么大的事情，照理说下面的阴司鬼差已经乱成一锅粥了。但现在也没有看到有一个阴司鬼差在忙乎，这可就说不过去了。"

这个时候，还是有些不明白的小任叁说道："老不死的，照你这么说，这么多天了，这些孤魂野鬼应该被人收走才对。你自己看看，整个县城的死鬼都在大街上转悠，哪有一点被人收走的样子？你可别说那个幕后下黑手的人把这么多死鬼忘了。"

"那个人在等着收厉鬼。"这次说话的竟是平时不怎么爱说话的吴勉，他主动开口替归不归回道，"整座县城都是无辜惨死的亡魂，本来就满是怨气，又等不到阴司鬼差前来接收。等到他们戾气通天的时候再收走，不管是炼术还是炼器都是最上乘的……"

听到这里，百无求再次打断了吴勉的话："等一下，小爷叔你刚才说炼器了，是吧？那你们猜猜这缺德的事情会不会是公孙屠干的？不是老子背后说他，怎么就那么巧？他偏偏这个时候下山来取酒？起码这个时间正好对上。老子给你们分析分析啊，之前这小子和胡人商量好就这几天来屠城的，他是算好了时间出来的。之所以这么多天都没有回山，就是因为这些亡魂还不够戾气。怎么样？老子说得有道理吧？"

归不归上下打量了一番自己这便宜儿子，嘿嘿一笑之后，开口说道："再过两年，傻小子你真的继了妖王的大位，就你这个心眼差不多你爸爸我也就不怎么担心了，总算爸爸我这么多年没有白疼你。"

"也不看看老子整天都守在谁的身边。"听到自己的"亲生父亲"的话，百无求得意扬扬地哈哈大笑起来。随后他对面前这些一个赛一个的人精说道："你们就说说看，老子说的有没有道理？现在八成就是公孙屠那小子干的，没错了。他要收集无数的亡魂炼制法器，就是这个缺大德的玩意儿了……"

吴勉慢悠悠地抬头看了这个二愣子一眼之后，继续说道："不管是谁做的，都不得好死……"

这时候，和两只龙种坐在后面马车上的张松赔着笑脸说道："想要知道是谁做的这造孽事，也不是那么难。不是我说，既然那个人在等着亡魂戾气爆发出来，那么我们就帮他这个忙。这也不是什么难事，对吧？"

"好主意，要不是张松你就守在老人家我的身边，这缺德事儿还以为就是你做的。"归不归嘿嘿一笑之后，扭头看了一眼他们当中最大的席应真。想了一会儿，老家伙才笑嘻嘻地对大术士说道："张松这次难得说了句人话，您老人家如果觉得可行，那么剩下的事情我们几个来做，保证风雨不透……"席应真看了归不归一眼之后，又有意无意地扫了一眼吴勉，说道："你们去办吧，办得不好别让方士爷爷我笑话你们……"

用亡魂炼制术法、法器本来就是修道之士的大忌，这样的人是被视作邪道的。如果有修士遇到这样的事情，能当场灭之的绝不留情，就算自身的修为不够也要马上回去禀告本门师长。如果遇到有了道行的邪门歪道，几家修道之士联手灭除的也不是少数。曾经有过不止一次修道之士找到方士一门，要求时任大方师主持大局，共同消灭邪魔。

这天夜里，两辆马车又围着城中街道转了一圈，驾车的百无求嚷嚷了一路公孙屠的名字，直到快天亮都没等到有人回应，这才无奈地离开了这里。

又过了一天一夜之后的清晨，从城外走来七八个身穿修士服饰的男女。这些人见城门口没有官兵把守，觉得不可思议，进城之后，见到满城的男女老少已经死光之后更是惊愕得无以复加。

当下，这些修士派人去附近的官府报案。他们则开始找干净的床单、大衣之类的物件，盖在这些死尸的身上。等到官府派仵作验尸之后，才可以将这些尸体掩埋。只是蒙盖死尸的活，七八个修士便干了整整一天。

眼看太阳就快下山的时候，也没有等到报信的人带着官兵前来查看。不过城中到处都是戾气越来越强盛的亡魂，如果再不设法超度的话，这些亡魂便会戾气冲天。到时候即使是大修士出手，也不一定能制住这些亡魂。

看到无数的亡魂在街上游荡，带头的修士也是豁出去了。他开始招呼几个同门高搭法坛，准备施法消除这些亡魂身上的戾气，再打通阴阳两界，请下面的阴司鬼差上来带这些亡魂下去轮回转生。

就在这些修士将法台搭好，开始念咒施法的时候，城门楼上两个身穿黑衣、头戴斗笠的人正居高临下地看着这些修士。片刻后，满城的亡魂都试图向着高台这边飘过来。

一个胖一点的黑衣人摇了摇头，对身边的同伴说道："是吴勉、席应真那些人假扮的，怎么那么巧，他们几个人前脚刚刚离开，这几个修士马上就到了？他们在使计诱使我们出去……"

另外一个黑衣人说道："难道我们就这么眼看着不管吗？殿下将这里的事情交给你我二人，可不是让我们来这里看着他们行事，自己却一动不敢动的。不管是谁搅了殿下设计好的大事，我们兄弟首先逃不开干系。在殿下没有赶到之前，不能让他们超度亡魂。"

第四十一章　采摘亡魂

那些正在超度亡魂的修士们进行得并不顺利，原本万试万灵的法咒施展出来之后，并没有超度多少魂魄。而且这里和地府的通路似乎彻底被断开，众修士试了几次也没有打开这条通路。

虽然数道术法都没有施展出效果，不过这些修士并不死心。当下他们开始尝试和亡魂通灵，让这些死了的人说出到底发生了什么事情。远处城门楼上两个黑衣人见到之后，其中一个人冷笑了一声，说道："这些修士胆子真大，敢在数千亡魂堆里施展通灵之法。就不怕这些亡魂疯癫起来，他们自己控制不住吗？"

"那样不是正好吗？"另外一个戴着斗笠的黑衣人接着说道，"我们不就是在等着他们疯癫起来吗？他们动手还省下了我们不少的事。看样子不用我们动手，一会这些魂魄的戾气暴涨不算，还要多出几个魂魄供殿下练法了……"

这人说话的时候，修士那里已经发生了变故。原本通灵之法施展得还算顺利，其中一名修士用自己的肉身找来亡魂附体，其他的修士询问，亡魂借这修士的肉身回答。开始还有问有答一板一眼的。没有想到片刻之后，舍出肉身的修士嘴里突然发出忽男忽女的声音。一时之间，男女老少数十人的声音从一张嘴里发出来。即便天下最有名的口技师傅也不可能同时学几十个人一起说话。

"坏了！如安被几十个魂魄上了身……"为首的修士大叫了一声，

急忙使用控火之法，将鬼上身的修士周围的空地点着。这样一来，起码不会再有更多的魂魄前来骚扰这具肉身，不过也断了修士体内的几十个魂魄的去路。他们这时候出去便会立即被大火灼伤，运气不好的话，损伤了魂魄下辈子就只能去做畜生了。

原本已经有数百亡魂向着修士这里冲过来，但见到抢夺肉身的去路被大火挡住，这些亡魂瞬间被激怒，随后冲到了旁边已经腐烂不堪的死人身上。也不管这些死尸是谁，附身之后，这些亡魂指使这几百具死尸向着高台上面的修士们扑了过去。

能再次控制肉身，这些亡魂们也没有想到。虽然是已经开始腐烂的身体，不过自打从这些死尸上面分离出来之后，这些魂魄便再也不能回去重新操控这些尸体。

除了这些死尸之外，远处城门楼上的两个黑衣人也惊愕不已。能够借尸还魂正是这些亡魂的戾气已经到了可以利用的程度，本来最少还要再过二十一天才能有这样的成效，想不到才过去短短几天，这些魂魄的戾气已经到了这种程度。看起来应该是这些修士们弄巧成拙，激怒了这些亡魂。

"你回去禀告殿下，就说这些魂魄已经成熟，殿下可以回来采摘了。"黑衣人对身边同伴说话的时候，就见几百具腐烂不堪的尸首冲过了那一圈火焰。随着几声惨叫，守着高台的几位修士瞬间便被撕咬成了碎片。

原本这些亡魂只是想要抢夺几位修士的身体，现在占了这些尸体之后，便开始嘶吼着相互撕打起来。这时候，几乎整个县城里面的死尸都摇摇晃晃地站了起来。熟悉了对身体的操控之后，亡魂指使这些尸体向着城门外走去。

这时候，就算前去向那位殿下复命也来不及了。当下两个黑衣人从城门楼上跳了下来，匆匆忙忙将早已经准备好的法器取了出来，在城门口结成了法阵，暂时拦住了这些死尸的去路。好在四个城门只有这里是打开的，只要守住了这里，城中的死尸便没有办法逃出去。

当下，一个黑衣人看守城门，另外一个急急忙忙使用遁法离开，去向他们俩口中的殿下复命，请他过来采摘这些已经成熟、可用的魂魄。

差不多半个时辰之后，城门外凭空出现了几十个身穿黑衣的壮汉，簇拥着一个身形相对瘦小一点的男人出现在这里。

男人身穿华服，二十多岁的年纪，相貌当中带着一丝轻狂的表情。和吴勉不同，这年轻人的轻狂看着有些刻意和做作。如果有见过吴勉的人，会有一种此人在模仿白发男人的感觉。

看到这个年轻人出现，留守在这里的黑衣人有些意想不到。不过他还是走过去向年轻人施礼，说道："辛苦总管大人，现在城中的亡魂都已经成熟，不知道殿下什么时候亲自过来采摘？"

"这一点点小事，惊动殿下做什么？我就是代替殿下过来采摘亡魂的。殿下不在，这里我做主……"男人说话的时候，竟然带出来几分雌音，听上去不男不女的，加上他走路时有些阴柔的动作，谁看到都会疑惑这到底是男是女。

男人说话虽然傲气，不过还是不想得罪面前看守城门的黑衣人。缓了口气之后，他解释了一句："殿下新收了一名弟子，正在教授他术法，不方便前来，便派了我们和这些人代他老人家前来采摘亡魂。江奎，你现在可以把门打开，剩下的事情便和你无关了。"

被称作江奎的男人犹豫了一下，才说道："既然这样，那么麻烦总管大人了。里面都是戾气很重的活尸，万望小心，不要被他们伤到。"说话的时候，江奎收了法器。原本聚集在城门前的几十具活尸瞬间冲了出来，向着年轻的总管等人扑了过来。

"刚才还以为你们在说大话，这才几天的工夫亡魂竟然真的成熟了。江奎，回去以后，我要在殿下驾前给你请功！"说话的时候，年轻人的手里凭空出现了一根足有丈余的软鞭。随着他上下舞动这根软鞭，凡是被软鞭抽到的活尸瞬间倒在地上一动不动。这个时候，跟随年轻人一起前来的黑衣壮汉们各自从身上取出了一个小小的葫芦。每当有活死人倒地以后，这些黑衣人便用葫芦嘴对着活死人摆弄了几下。随后，这些活死人便好像再死了一次一样，倒在地上一动不动，原本那一点点生气再次消失得无影无踪。

转眼之间，堵在城门前的几十个活尸便都被年轻人解决掉。看着已经空出来的城门，为首的年轻人对身后众黑衣人说道："里面还有几千具这样的活尸，你们自己小心一点，一旦染到了尸毒，我也只能亲手了结你们。"

众黑衣人答应了一句以后，便再次簇拥着这个年轻人进了城内。

原本以为城内满街都是活尸，谁知别说活尸了，就连地上的死人都没有看到一具。走了半晌也没有发现一具活尸，年轻人发觉有些不对劲了。当下他叫来刚才守在城门前的江奎，说道："你不是说这里还有几千具活尸吗？江奎，那些活尸呢？"

这个时候的江奎也是满脸的惊讶，他几步走到了年轻男人的身边，说道："不可能，我明明亲眼看到的，几千具活尸，满街……"

说话的时候，他们一行人已经到了修士们被活尸撕咬而死的位置。法台还在，但是原本满地的碎尸不知道哪里去了。

一瞬间，江奎已经反应了过来，冲年轻人喊道："中计了！吴勉、归不归他们到了……"

他的话还没有说完，空气当中突然传来了一个带着刻薄语气的声音："现在才明白过来？晚了……"

第四十二章　男人　女人

说话的时候，一个白头发的男人从对面的民居里面走了出来。他出现的同时，这条大街上的两处民房也打开了大门，从里面分别走出了一个老得不像样子的老头子，还有一个黑铁塔一样的大汉。正是一天前在县城里面转了一圈就离开的吴勉、归不归和百无求。

这二人一妖呈品字形将这些人围在中间。看了一眼黑衣人身上的葫芦之后，归不归嘿嘿一笑，对吴勉说道："是问天楼纵鬼的路数，两位楼主的余孽还是未清。小娃娃们，是谁派你们来的？"

那个有些阴柔的年轻男人回头看了一眼目瞪口呆的江奎，冷笑着对他说道："废物，连真的假的都分辨不出来，你这样活着还有意思吗？你自裁吧，我会和殿下求情宽待你的魂魄。江奎，你真的要我动手吗？"

江奎直愣愣地看了年轻男人一眼，随后缓缓地将自己的腰刀拔了出来，深深地吸了口气之后将刀锋对着自己的脖子抹了过去。不过就在他将腰刀举到自己脖子附近的时候，腰刀突然变了路数，对着那个年轻男人甩了过去。

这个动作做出来的同时，江奎身子一窜，向着吴勉的方向飞奔了过来，同时大喊："只要你们饶了我……他们的事情我都告诉你，我是江都五品立节将军江奎，受制于……"

他的话还没有说完，就见身体突然直挺挺地僵住，一根软鞭的鞭梢从他的嘴巴里面刺了出来。江奎向着吴勉飞奔过来的同时，他身后的年轻男人已经出手。年轻男人躲开了飞来的腰刀的同时，对着江奎的后脑甩出了软鞭，鞭梢直接打进了他的后脑当中。随后这人手腕一抖，又甩出了软鞭。"啪"的一声脆响，江奎的脑袋已经消失在一片血雾当中。

"这条路是你自己选的，本来你的魂魄还是可以保住的，现在只能等着魂飞魄散了。"说完之后，年轻男人手腕再次一抖，随着第二次鞭响，江奎的上半身被打得粉碎，只留下两条腿还孤零零地站在原地。

瞬间解决了反叛的江奎之后，年轻男人收回长鞭，对吴勉咯咯一笑之后，说道："还以为你会救下这个叛徒的，没有想到你连动都没动。是被吓傻了？还是不屑去搭救这个叛徒？听说你的术法很高，让我看看高到什么程度了……"

说话的时候，年轻男人舔了舔嘴唇，随后猛地将手里的长鞭对着吴勉甩了过去。

吴勉眼看着男人出手，却没有一点要躲避，或者伸手去抓鞭梢的动作。眼看鞭梢就要打中面门的时候，吴勉轻轻地对着前方吹了口气。这口气吹出来的同时，"嘭"的一声巨响，男人手里的长鞭碎成了粉末，同时口里喷出了一口血。后面的人见势不好，急忙过来搀扶，却和男人一起向后飞了出去。

"你是女人……"看到这个有些阴柔的男人飞出去之后，吴勉皱了皱眉头。随后他对归不归说道："老家伙，他们归你了。你来解决吧。"

"怎么看出来这小子是女的？"这时候，百无求看了自己的"亲生父亲"一眼，有些莫名其妙地说道，"老家伙，老子怎么看不出来？就说这小子娘们唧唧的，老子不信他裤裆里面没有那话儿。小子，你死了没有，没死说一声你是公是母？说句话，要是天生的，不丢人……"

这个时候，满脸涨红的女人晃晃悠悠地站了起来。吴勉的名字她早就从自己师尊的嘴里听到过，不过她一直没有拿这个白发男人当回事。自从学法修道以来，同道中人见到她都会夸她是不世出的人才。在她的心目当中，白发男人只是浪得虚名，并没有什么大不了的。现在被他的一口气制服，她才知道自己和这个男人之间的差距有多大。

刚才抢着搀扶她的手下已经气绝身亡，女人没有理会说话不干不净的百无求，她将腰后别着的匕首拔了出来，对吴勉说道："我是女人又怎么样？吴勉，今天死在你的手上，他日一定会有人给我报仇的……"

说话的时候，她已经脚步踉跄地向着吴勉冲了过来。白发男人皱着眉头看了她一眼，随后对还在看热闹的归不归说道："老家伙，你是故意的，是吧？"

吴勉说话的同时，女人的身影突然消失，转瞬便出现在白发男人的身后，她手持短剑对着男人的后心扎了下去。眼看吴勉没有一点防备，她心中窃喜：成了！吴勉又怎么样？还不是一样死在我的手中吗？

不过就在剑尖刺进吴勉身体的一瞬间，女人突然感到剑尖刺进去的地方没有一点阻滞，就好像刺进了空气一样，没有一点刺进人身体的感觉。这时，她的身后传来了吴勉刻薄的声音："我不喜欢有人站在我的身后……"

这句话响起来的同时，女人的后脑一阵剧痛，随后眼前一黑，便什么都不知道了。

动手的并不是吴勉，而是老家伙归不归。他一早便看出这个使长鞭的是女人，不过他一直没有拆穿，等着看吴勉的笑话。后面听到白发男人的语气不对，他这才出手打晕了这个女扮男装的人。

首领没有任何悬念地被打倒之后，跟着她一起前来的几十个黑衣人也没有心思再战。当下他们转身便向着城门口的方向跑去，而这个方向正有百无求在等着。自打小任叁跟了归不归学术法以后，他们这小队伍当中便是百无求的本事垫底了。对付广仁、谷元秋这样的大人物，百无求基本上靠嘴，现在终于到了他显本事的时候。

仗着自己妖物的天赋和妖法，百无求直接冲到了黑衣人的队伍当中。这些黑衣人在他面前没有一点还手的能力，瞬间便有七八个人被打倒在地，其中大半都已经气绝身亡。剩下的人则分散着向城门口的位置跑了过去。

眼看着他们就要跑出城的时候，百无求又再次扑了过去。二愣子瞬间又干掉了五六个黑衣人，不过还是有几个人趁乱逃出了城门，离开了禁制的区域之后，急忙施展遁法离开了这里。

等到逃出生天的黑衣人全部消失之后，百无求这才回头对吴勉、归不归说道："就是这个意思吧？放他们回去报信。不过你们怎么知道大头一定会来？都知道你们是谁了，还敢来招惹咱们？真以为你们是讲理的人？"

归不归看了一眼倒在地上的女人，嘿嘿一笑，说道："傻小子你等着看热闹吧，真以为做了什么殿下，就不知道他是谁了吗？广仁当初的祸根，这次顺便给他断掉。"

天亮之后，城门口行驶过来一辆金碧辉煌的马车。马车停下后，从上面走下来一位身穿官服的老人，他站在大开的城门前，高声喊道："吴勉、归不归两位先生安好，在下主人和几位先生有少许误会，还请各位多多海涵……"

看到城中无人回应，老人顿了一下以后，继续说道："不久之前，海外方士公孙屠来到我家主人府上做客，现在公孙先生不胜酒力，正在府中休息。请几位先生将我府总管少卿放出，她会将公孙先生带……"

这人的话还没有说完，城中一阵微风吹过，老人突然住口，随后脑袋从脖子上面分离，滚落到了地面上。

第四十三章　酒神显圣

人头落地的同时，城门当中传出来一个冷冰冰的声音："回去和元昌说，公孙屠不要了。让他把人头直接送给广仁，算是大方师这么多年一直救他的谢礼了。这次是公孙屠，下次就是火山。什么时候轮到广仁大方师，记得说一下，周年头上我去他坟头烧纸。你还在装傻吗？"

赶车的车夫深吸了口气之后，将自己车夫的外衣和帽子脱了下来，露出光头和藏在里面的僧衣。他恭恭敬敬地对着城门方向高诵了一声佛号之后，说道："小僧一定将先生的话告知元昌大师，如果先生没有别的训教，小僧这就回去了。"

说完之后，和尚再次坐上马车，调转车头驶向来时的方向。看着这辆马车走远之后，城门楼上出现了归不归和百无求的身影。二愣子有些疑惑地看了看马车的背影，对自己的"亲生父亲"说道："老家伙，你叔叔是怎么看出来那个老家伙是幌子的？要不是知道他是你们家亲戚，老子还以为你叔叔和元昌是一伙的，起码也是知道底细的……"

"很难看出来吗？"归不归嘿嘿一笑之后，继续说道，"车夫的脸上都是油泥，脖子却白净得好像女人一样。而且一个大活人死在眼前，一般人不怕不叫不跑的有几个？"

"那就这么把他放了？直接弄死啊。你们还指望着元昌会来吗？"听到归不归的话之后，百无求的眼睛瞪得更大，指着马上就要跑远的马车说道，"昨晚弄死那么多了，也不差这一个。别怕没有报信的，元昌那个小王八蛋会再派人来的。"

"放这个和尚走是让他回去传话，谁也没想过元昌还有胆量亲自过来。"归不归打了个哈哈，继续说道，"元昌敢在距离洛阳这么近的地方屠城，说明他有什么紧急的事情，需要用上这么多魂魄。傻小子，如果你是元昌，现在打算怎么办？"

"呸！你怎么不拿老子比作好人？"百无求啐了一口。随后，他歪着脑袋想了想，继续说道："老子我是元昌的话，这个时候赶紧换一个地方，再屠一座城，把里面的魂魄养肥之后，拿来过年。"

说到这里，百无求顿了一下，眨巴眨巴眼睛之后，对自己的"亲生父亲"说道："别光说老子，老家伙你呢？你是元昌那个小王八蛋的话，你会怎么样？"

"可惜傻小子你不是元昌，你要是元昌那该多好？那就省了我们不少的麻烦。"说到这里，归不归倒背着手向城门下走去。他一边走一边头也不回地对百无求说道："如果老人家我是元昌，想办法把你们撵走，继续回来收集我要的魂魄……"

从城楼上走下来之后，这父子二人向着城中最大的一座宅子走去。这几天小任叁天天在地底下折腾，终于在这座宅子里发现了公孙屠嘴里的窖藏美酒。索性把那个不男不女的总管也关在这里，不过这女人被老家伙打晕之后，直到现在还没有醒过来，归不归还等着她醒过来有话要问她。

确定了这里和神祇没有关系之后，担心这里的魂魄吓到这一世叫作戴春桃的妞儿，归不归请席应真师徒带着妞儿隐藏在洛阳附近的一座农庄里。对付一个元昌，还用不到这位大术士出面。

还没等这父子俩推门进去，就见小任叁从里面跑了出来，差一点撞在归不归的身上。百无求哈哈一笑，说道："任老三，大清早的你又喝多了是吧？老子怎么和你说的？就菜啊……"

"你以为我们人参天天都泡在酒瓮里面吗？"小任叁一把推开了百无求。随后，他向归不归招了招手，说道："老不死的你进来，看看我们人参在酒坛子里发现什么了？酒神显圣了，你快点跟我们人参下去看看。一会你给我们人参想个国号，快点……去得晚了就要便宜那个姓张的胖子了……"

说完之后，小任叁不由分说，拉起归不归的手就向宅子里面走去。现在整个县城都被归不归布置了阵法，也不怕元昌等人杀过来。当下，归不归、百无求被小任叁一路带着向酒窖的位置走了过去。

他们进到酒窖里面的时候，看到张松和饕餮正蹲在地上，盯着地面上的酒渍，正嘀嘀咕咕地说着什么。看到归不归被小任叁带下来之后，张松笑嘻嘻地说道："看看你们家少爷在这儿发现了什么，归不归，我们都小看公孙屠了，他能在这里留下法器……"

说话的时候，张松将手边酒坛里的酒对着地面泼洒了一些，就见酒水落地后在地面上滚个不停，最后竟然排成了八个汉字：元昌屠城，炼魂夺法。

不过看到这几个字之后，小任叁的眉头却皱了起来。小家伙指着地面上另外一摊酒渍说道："不对，张胖子你动了什么手脚？刚才不是这几个字，明明是'受命于天，既寿永昌'嘛……张胖子，你是不是趁着我们人参不在的时候做了什么手脚？刚才是谁说的，这是酒神显圣，打算传大位给我们人参的？呸！"

昨晚小任叁已经在这里喝了一晚上，刚刚不小心将酒坛里面的酒水洒了出来，酒水流在地上就变成了这几个字。当时正巧张松带着饕餮、睚眦从门口经过，听到了小任叁的惊呼之后，急忙进来查看。当时他还编了一个瞎话，说什么这是酒神显圣，示意天下将会大一统在任叁的手中，要不然的话为什么会出现这几个传国玉玺上面的字？

当下把小任叁美得屁颠屁颠地去找吴勉、归不归算自己登基的大日子，没有想到回来之后便变成这八个字了。

归不归将张松手里的酒坛子接了过来，掂了一下之后，将里面剩余的酒水一股脑儿全倒在了地上。就见这些酒水又滚来滚去，最后自动排成了一行字迹：妖僧元昌勾结胡人，屠杀百姓取生魂炼制邪法。屠不幸被俘，如有高士发现酒中玄妙，请将酒坛送与某某高山，在山中高喊公孙有难，便会有仙人赠与万金……

归不归顺着坛口向里面看了几眼，没有发现什么玄机之后，开口说道："原来公孙屠还真的被元昌抓走了，不过这个小方士还真的有些手段，被俘也能把这酒坛变成法器。"

"不对，刚才明明是'受命于天，既寿永昌'的，现在怎么变了？"小任叁想到自己建国的梦想是一场黄粱梦，便不甘心地继续说道，"一定是你们见不得我们人参做皇帝，这才变了里面写的东西。老不死的，你快点把酒神显圣的字变回来。我们人参登基之后，封你一个宫中内侍大总管，让你专门服侍娘娘……"

"都宫廷大总管了，还服侍娘娘有什么用？"归不归笑着啐了小任叁一口。随后，他取来另外一坛美酒，将这坛子美酒倒了一点在地上，并没有发生任何事情。随后他又将这坛子美酒灌进之前的酒坛当中，灌满之后再泼出来的酒水又变成"受命于天，既寿永昌"八个字。

"看到了吗？这是公孙屠的手段，就是防着有人无意当中将酒水洒出来的。"归不归将剩余的酒水找了一片空地倒了出去，就见酒水再次变成了刚刚出现的那一大段话。只是这次酒水充裕，还有公孙屠的落款——屠绝笔。

这个时候，吴勉也走了进来，看着地上的酒渍说道："邪法？元昌还不够邪吗？"

第四十四章　高僧殿下

　　吴勉、归不归、张松等人在柯阳县城中翻来覆去地研究酒坛，这样过了大半天，天色完全黑了下来。这时候，四十里外洛阳城的皇宫当中，一群身穿崭新袈裟的和尚在一个年轻和尚的带领之下，一遍一遍地背诵着经文。

　　这群和尚的中间，半卧着一个身着黄袍三十岁左右的壮年男子。男人的脸上时不时露出一丝痛苦的表情，每次男人面露痛苦之色的时候，和尚们诵经的声音便高亢起来，连带着宫殿里面的烛火都开始升腾起来……

　　每次和尚们诵经的声音高亢起来，黄袍男子脸上的表情便舒缓了许多。不过经文终有念完的时候，一整篇《四十二章经》背诵完毕之后，为首的年轻和尚对着黄袍男人一鞠躬，说道："陛下，今夜我与众弟子彻夜诵经，但求陛下可以安心入眠。"

　　"算了吧，朕这是十多年的老毛病了。当年朕带兵误闯了鬼地，如果不是你，十二年前拓跋宏便已经归天了。"说话的正是此时半壁天下之主，鲜卑族北魏皇帝拓跋宏。孝文帝有些艰难地笑了一下之后，继续对年轻和尚说道："元昌，朕与你是异姓手足，你保朕残喘了这么多年，已经劳烦你了。今天开始，你与诸位高僧白天诵经就好，能保朕有一丝清醒以处理政务，至于其他的时间便听天由命了。"

　　"元昌谨遵陛下圣旨……"这年轻的和尚正是当年吞噬了问天楼

楼主姬牢的术法之后，一直不声不响的妖僧元昌。上次吴勉、归不归见到他还是妖山大乱的时候，元昌带领着上百名高僧和修士一起，打退了地府的冥军。那次前去助战的和尚死伤大半，不过战后元昌并没有和吴勉、归不归、广仁等人有什么交集，只带着幸存的几个和尚一起离开了妖山。

想不到多年之后，他会出现在北魏皇宫当中，和鲜卑皇帝称兄道弟起来。十二年前，这位北魏出类拔萃的皇帝，狩猎之时，带兵误闯了前秦的皇陵鬼地。当时皇陵崩塌，百鬼咆哮而出，要将拓跋宏撕成碎片。

千钧一发之时，一名游方和尚将拓跋宏从鬼地中救了出来。虽然这位北魏皇帝最后保住了性命，不过还是因为之前被鬼惊到，伤了元气，落下这么一个病根。后来还是这个和尚，请来当时北地有名的高僧一起念经祈福，才让这位北魏皇帝拓跋宏苟延残喘了十二年。

此时的拓跋宏已经一时一刻都离不开元昌和尚了。这十二年来，拓跋宏对元昌和尚的封赏从未间断过。开始只是封了他一些大庙的僧职，后来直接和元昌结拜成了异姓手足，还册封了他一个释王的王爵，不过元昌宁死不受王爵。拓跋宏最后只能妥协，收回了王爵封号，不过每年还是按照诸侯王的俸银发给元昌。外人见到元昌要尊称一句大师，亲近的人对他直接称呼殿下。

从宫殿里离开的时候，元昌的嘴角出现了一丝不易察觉的微笑。他带着众僧刚刚从宫殿大门走出去，身后便传来了拓跋宏的呻吟声。元昌好像没有听到一样，继续向着皇宫大门的位置走去，只是脚下的步伐变得稍微慢了一些……

不过拓跋宏这里只是呻吟了一声，一直等到元昌众僧从皇宫里走出去，也没再发出什么异常的声响。

从皇宫里面走出来之后，元昌和其他众僧作别。他派了软轿将众僧送往洛阳城中的寺庙。目送着这些和尚一个一个乘轿离开之后，元昌这才坐上了自己的金色大轿。

就在轿夫起轿向着元昌府邸行进的时候，大轿当中凭空出现了一位中年和尚，正是清早假扮成车夫的那名僧人。

和尚用只有他和元昌能听清的声音，将清晨发生在柯阳县城门前的事情重复了一遍。他说话的时候，元昌的脸上没有任何表情，一直等到和尚说完，元昌才开口说道："那么说他们是不会把少卿放回来交换公孙屠了，是吧？"

"吴勉亲口说的，公孙屠他不要了……"和尚低头说了一句之后，又继续补充道，"少卿的本命符纸没有变化，想来是没有大碍的。"

元昌盯着轿外的风景，顿了一下之后，对和尚说道："那么谷元秋、伊秧两位神祇呢？有他们的消息吗？"

"他们俩最后一次在合阳出现过，距离柯阳三千里。"和尚答道。过了一会，他突然想到了什么，继续说道："弟子刚刚收到一个消息，有人在洛阳城外的乡下见到了一老一少，老的像极了大术士席应真，小的是个小女孩，好像是大方师广仁最近新收的弟子戴春桃。弟子已经派见过席应真的人前去查探了，如果证实的话，那么现在柯阳县城里没有席应真……"

"席应真不在他们身边又怎么样？有区别吗？"元昌冷冷地看了这名弟子一眼，他脸上的表情就差没说出来：有区别吗？老术士不在他们的身边，我就不会输吗？当初自己师尊死前和吴勉相斗的一幕，好像噩梦一样，时不时就要在他的脑海当中出现一次。现在元昌最不想当面发生冲突的人也只有一个吴勉了。

说话的时候，马车已经停在了元昌的府邸门前，两个和尚一前一后下了马车。元昌一边向自己的房子里面走去，嘴里一边继续吩咐这个跟了自己一路的弟子："机缘，你再替我去办两件事，第一，将公孙屠的七窍封住，最少让他三天说不出话来。然后明天一早把这个哑了的公孙屠扔到柯阳县城里面……"

说到这里，元昌顿了一下。他脸上的表情变得冷峻起来，冷笑了一声之后，继续说道："柯阳县城往西六十里还有一个县城是吧？你去找建安将军，就说需要一万生魂为陛下祈福延寿，让他们连夜就将那座县城的百姓屠个干净。机缘，你再暗中将百姓往柯阳城里赶。务必要让吴勉、归不归知道胡人在其他地方屠城……"

"是，弟子明白了。"这名叫作机缘的和尚对着元昌行了释门之礼，随后转身消失在夜色当中。

看着这名弟子的身影彻底消失之后，元昌这才转身进了府中。原本他想去府中佛堂清修的，不过眼看就要走到佛堂门口的时候，突然改了主意，转身走到了自己的寝室当中。

遣退了跟在自己身后的众仆人之后，元昌打开了密室，顺着楼梯走下去不久，便到了一个暗无天日的地下室。室内坐着一个人。听到有人下来的声音之后，这人挣扎着从地上站了起来。

"元昌？你还有胆子来看我吗？"说话的正是几天之前，误打误撞遇到了胡人屠城，在奋力搭救百姓的时候，被混在里面的元昌生擒的公孙屠。这些天他一直被关在这座暗室当中，还是第一次和元昌面对面说话。

"公孙屠，原本我打算封了你的七窍之后，再把你送回去的。不过我实在不放心，好像你还知道很多有关我的消息。衡量再三还是死人不会乱说话……"说话的时候，元昌已经走到了公孙屠的身边，慢慢地从腰后拔出短剑，向着公孙屠走了过去……

"等一下……"眼看元昌就要走到公孙屠身边，一剑刺死他的时候，一个声音从外面传了进来，"你杀了他，那事情就真的一团糟了。"

第四十五章　纵横捭阖

　　密室位于元昌的寝室当中，极为隐秘，能找到这里的人也不会是寻常之人。听到这个声音之后，元昌的眉头微微皱了一下，回头冲密室门口的方向说道："留着他才是祸端，原本我也想留他一条性命，不过仔细想想现在已经得罪了广仁、火山，这人不管是生还是死，他们两位大方师都不会放过我们的。"

　　元昌说话的时候，外面的人已经走进了密室当中。进来的也是一个和尚，竟然是当年反出方士一门之后，便与两位大方师势同水火的广孝和尚。和元昌身上的华丽袈裟相比，广孝已经不能用简朴来形容了。他穿着一件破旧的黑色僧衣，脚上的僧鞋也是破旧不堪，已经可以从鞋面的破洞里看到他的脚趾了。

　　比起百年前，广孝、元昌二僧的身份、地位已经调转。现在元昌是天子御弟，也是天下释门弟子的领袖。而广孝除了之前妖山大战时露过一次面之外，这些年一直隐居在一间乡间小庙当中，再次露面便是为这位方士求情，这让元昌的心中颇有些不以为然。

　　广孝微微笑了一下，说道："他和寻常方士还是不能比的，自从百里熙死后，这位公孙方士便是天下炼制法器的第一人。如果大师因为他与方士们交恶，那得罪的就不止广仁、火山这两位大方师了。或许因大师一念之差，引得另外一位大方师回到陆地也未可知……"

　　广孝的几句话让元昌开始犹豫起来。思量再三之后，他还是将手里的短剑收了起来。随后，他对着公孙屠虚点了一下。见公孙屠应声而倒之后，他回过头来，冲广孝淡淡一笑，说道："那就应禅师的意，饶了这方士一次。这里不是讲话的地方，还请广孝禅师移驾，我们到上面的禅堂说话。"

说完之后，元昌引路，两个和尚一前一后地从密室当中走了出来。到了府中的禅堂，两个和尚先对佛像参拜，随后分宾主坐下。元昌叫来小沙弥送上茶点，这才对广孝说道："多年未见，禅师突然造访，不会只为了一个公孙屠吧？难道公孙屠还为禅师您炼制法器未成吗？"

"广孝一个乡野和尚，哪里用得着什么法器？当年我还是方士的时候，手里也积攒了一些，当中不乏徐福大方师的恩赐，足够和尚用的了。"广孝说着拿起一杯香茶喝了一口。随后他继续说道："这次也是巧了，我原本是想来京城拜望几位朋友的，听说元昌大师成为当今皇帝的御弟，这才急忙前来拜见。广孝没有经过通禀，便自行前来内府，还望元昌大师不要怪罪。"

"别人要通禀，广孝禅师自是不用。"元昌微微地笑了一笑之后，说道，"不过广孝禅师不会就是来说两句话的吧？几年不见了，也不止这么两句话吧？"

"原本广孝确实没有什么事，只是来见见老朋友的，不过既然看到了，那么和尚索性再卖卖老脸……"广孝和尚冲元昌一欠身，说道，"怎么说广孝也是方士出身，和公孙屠有那么一点香火之缘。元昌大师能不能看在和尚的面子上，放过公孙屠这一次？"

广孝说完之后，元昌没有任何反应，只是似笑非笑地看着面前的茶盘。抓过来一块点心放进嘴里咬了一口，也不知道是点心的味道不好，还是广孝说的话不中听，元昌将点心咽下去之后轻轻地摇了摇头……

广孝也不急，微笑着说道："一个公孙屠算不了什么，不过他也是徐福大方师门下的弟子，算起来和广仁是同辈相称的。公孙屠活着的话，元昌大师你和广仁、火山两位大方师还不至于结下死仇。如果公孙屠死了，就算为保全徐福大方师的面子，广仁也要做点什么。到时候再被归不归那个老家伙一掺和，万一危及元昌大师的法体，那就真的是因小失大了。"

广孝说话的时候，一直紧盯着元昌脸上的表情。看到他脸上的皮肉瞬间抽动一下之后，广孝不动声色地继续说道："如果和尚我猜得没错，元昌大师后面应该还有图谋。因为一个公孙屠，惹来广仁众方士，坏了大事，也是不……"

广孝本来要说"不上算"的，不过他的话还没有说出来，元昌已经站了起来。他不冷不热地看着面前衣着破烂的和尚，说道："禅师不用再说了，公孙屠我不杀也不放。他知道我不少事情，留这人活命已经是我佛慈悲了。再放虎归山的话总是要伤人的……如果禅师没有别的事情，那么请回吧……"

元昌说完之后，已经有小和尚从禅堂外面走了进来。广孝看到微微一笑，对着元昌行了半礼，随后跟着小和尚出了禅堂，一路离开了这座和尚府邸。

广孝出来的时候，停靠在对面街道上的一辆破旧马车急忙赶了过来。车夫小心翼翼地将广孝扶上车，随后才赶车离开了这里。马车行驶了一段距离之后，车夫变了一个表情，对身后的广孝说道："师尊，元昌答应放过公孙屠了吗？用不用晚上我再给他加把火……"

"他嘴上虽然没有答应，心里已经想要扔掉这个烫手的火盆了。"广孝微微一笑，对车夫说道，"这么多年以来，元昌的野心越来越大。他已经给自己挖好了坟墓，只可惜他的眼睛被野心蒙住了，看不到自己的一条腿已进了坟墓，却还在不停地给自己填土。"

说到这里，马车正要拐过街道。广孝最后看了一眼身后的和尚府邸，摇了摇头之后，说道："你把火烧到了自己身上，还不知道疼吗？"

　　眼看广孝的马车就要赶到白马寺的时候，一队胡兵拦住了马车的去路。为首的胡兵下马之后拔出刀架在车夫的脖子上，让他停下马车，说什么一会有佛爷的旨意要送到。

　　广孝和车夫也不反抗，静静地等着后面佛爷的圣旨。差不多一顿饭的工夫之后，另外一辆马车行驶过来。赶车的是一个壮年和尚，看到对面马车里面的广孝之后，他恭恭敬敬地跳下马车，说道："是广孝大师吗？车里是元昌大师送给您的礼物。他老人家说了，车里人的生死都在您的一念之间……"

　　说话的时候，和尚将车帘拉开，露出里面有些萎靡的公孙屠来。随后和尚喊来两个胡兵，将车上的公孙屠搀扶下来，小心翼翼地送到了广孝的车上。

　　第二天傍晚，一辆有些破旧的马车停在了柯阳县城城门前。马车停好之后，广孝将公孙屠搀扶下来，随后让马车在这里等着。广孝、公孙屠二人慢慢地向城中走去。

　　他们俩刚刚穿过门墙中的瓮城的时候，有人嘿嘿一笑，说道："今天刮的什么邪风？竟然把广孝大和尚你吹进我们这小小的县城当中。怎么样？老人家我就说这事和广孝你脱不了干系吧？这是后悔了，打算投案了？"

　　"归师兄，多年未见你还是老样子。"广孝冲着声音发出来的位置笑了一下。随后他扶着公孙屠继续行走，边走边说道："和尚我这么多年都没有在世上走动。上次见面的时候，还是领了徐福大方师的法旨，前去相助广仁大方师捉妖除祟的。这次我无意当中在洛阳城见到了公孙屠师弟，便将他领过来……"

第四十六章　目的

广仁说话的时候，面前已经走过来一个老得不像样子的老头子和一个胖乎乎的男人，正是修道之士中的两只狐狸——归不归和张松。

"张松你还记得吗？当初他要拜在徐福大方师门下的时候，还是你引的路。"归不归笑眯眯地看了一眼广孝身边的公孙屠之后，继续说道，"想不到这么多年过去，咱们四个人当中就只剩一个方士，还和我们三人无关。"

广孝正色说道："如果能再入方士门墙，我宁愿舍弃身上的术法，只求能在徐福大方师身边做一个提灯引马的小方士。"

"广孝你提的灯谁敢借这个亮？你来引马的话，那徐福大方师还不知道要被你引到什么地方去。"归不归说着哈哈一笑，随后摆了摆手继续说道，"不开玩笑了，这次广孝你纡尊降贵来到这里，不会就是为了一个公孙屠吧？"

广孝看着归不归说道："如果我说，这次是专程来拜望归师兄你和张松先生的，你会相信吗？"说到这里，他顿了一下，随后淡笑着说道："除了看望师兄和送还公孙屠之外，广孝的确还有一件小事要麻烦归师兄你。不知道师兄你和吴勉先生那里，还有没有多余的长生不老丹药……"

归不归嘿嘿一笑，说道："多余的丹药是没有的，这个也瞒不过你，当初你们家徐福大方师出海之前是将炼制丹药的法门和长生炉都交给了吴勉。不过广孝你也知道，当年徐福大方师一共也没有炼制出多少颗长生不老药。"

说到这里的时候，归不归回头向城中心看了一眼，确定没有看到那个白头发男人的身影之后，他这才继续说道："这个你是知道的，还有你不知道的。徐福当初也没有想到他千挑万选的人，最后竟然没有一点炼药、炼器的天赋。天下的天材地宝他自己就能废了一半……"

听到归不归的话，广孝脸上虽然露出了失望的神情，不过还是将公孙屠向归不归的方向推了一把。看着公孙屠向归不归和张松走过去之后，广孝这才微微一笑，随后说道："现在公孙方士已经送到，广孝也该功成身退了……"

说完之后，广孝冲归不归的方向行了半礼，随后转身向着城门外走去。眼看就要走出城门的时候，张松看了笑眯眯的归不归一眼，高声对着广孝的背影说道："广孝老兄，我倒是有那么一颗药丸，不过原本那是当作传家宝的。虽然张松这辈子是没戏了，不过谁知道我的儿子、孙子和重孙子有没有那个长生不老的福气……"

这几句话一出口，广孝马上停住脚步回了头，冲着远处的张胖子说道："如果张松先生肯割爱，那需要广孝拿什么来交换？请直接说出来就好。是要什么珍贵的天材地宝，还是别的什么？张松先生请直说。"

张松说道："不是我说，这颗药丸原本是打算便宜我那些不孝的后世子孙的。这么多年了，我也找到了几支子孙遗脉。不过这些小王八蛋也真是不争气，吃喝嫖赌的一个不如一个。这个倒也罢了，最可恼的是他们的血脉已经乱了，压根就不是我留下来的种儿。孩子们既然不争气，还不如便宜别人……"

说完，张松掏出一个小小的蜡丸，远远地对着广孝抛了出去。这胖子虽然术法一般，不过将这颗蜡丸抛到大和尚身边还是没有问题的。广孝伸手接住蜡丸以后，有些疑惑地将蜡皮捏碎，放在鼻子下面闻了一下，随后不解地对张松说道："你还没有说用什么交换……"

"一个我也用不上的药丸，没什么大不了的。广孝先生你喜欢，拿走就是了。"张松很大方地摆了摆手，继续说道，"要是以后你看到张松我在外面被欺负了，能过来搭把手就好，不是我说，在家靠父母，在外靠朋……"

"那就多谢张松先生了。"广孝轻轻地对着张松的方向鞠了个躬，说道，"广孝还有事情要办，这就告辞了……"说完以后，广孝再次转身向着城门外走去。这个时候，车夫已经将马车赶了过来，广孝在城门的瓮城当中上了马车，随后马车消失在归不归和张松二人的视线中。

"老家伙，真不是我说你，下次你要给药丸的话自己给，别让我来给你当枪使。"张松说完，有些无奈地看了归不归一眼。随后，他哈哈一笑，好像变了个人一样，继续说道："不是我说，听到你的传音之法，我就明白了这是怎么回事。怎么样？你怎么也要再拿出三五颗的当作谢礼吧？"

刚刚就在归不归一口回绝广孝的时候，张松的耳朵里传来了归不归的声音，让他随便找个办法将老家伙暗中给他的药丸送给广孝。

"老人家我只是好奇，广孝到底想要做什么。"归不归嘿嘿一笑之后，对走到身边的公孙屠说道："老人家我还以为你八成死在元昌手里了，说说吧，到底出了什么事情，你怎么就落到元昌手里了？"

公孙屠苦笑了一声之后，说道："别说你们了，我也以为自己死定了。元昌两次都想要杀我灭口，想不到最后是被广孝大师救了性命……"

公孙屠那天来到那户人家，提出要用黄金购买两坛陈年美酒。虽然家传的美酒珍贵，不过也不比黄澄澄的金子更珍贵。当下这户人家的主人高高兴兴地命家人去取来两坛美酒，正打算与公孙屠手里的马蹄金交换的时候，大街上忽然传来有人大喊大叫的声音："救命啊……杀人了……"

就在大家不知道出了什么事情的时候，一队胡兵杀了进来。公孙屠刚刚反应过来，眼前这户人家的家人已经被胡人砍翻了三四个。看着这些人痛苦呻吟的场景，公孙屠勃然大怒，当下用术法打倒了这些胡人。

公孙屠的术法只是一般，不过对付这些胡人是足够了。当下他一路冲到了大街上，和这些胡人士兵厮打在一起。冲进来屠城的胡人有数千之众，不过公孙屠施展了法器之后，成片成片的胡人士兵都被他打倒在地。

眼看数千胡人顶不住一个公孙屠的时候，从胡人士兵当中突然冒出了几个和尚。公孙屠没有想到会有修道之士跟着胡人们一起屠城，猝不及防之下被这些和尚打落了法器而就擒。被生擒之后，他见到了指挥屠城的人竟然是那位元昌和尚。

因为公孙屠修士的身份，这些参与屠城的和尚封了他的术法，暂时将他关在酒窖当中，等着元昌和尚日后审问。公孙屠担心自己也会遭到屠杀，当下使用自己巧夺天工的法器在酒坛当中做下手脚，如果后世有人发现这个，也好知道他公孙屠是怎么死的。

没有想到等到整座县城的百姓都被杀光之后，和尚们将公孙屠从酒窖当中带了出去，押解到了洛阳城中的元昌府邸。

公孙屠一连被关了多日，如果不是顾忌他方士的身份，他已经被杀多时了。等到元昌终于下定决心要杀了他灭口的时候，匆忙赶过来的广孝救了他的性命。

听完公孙屠的述说之后，归不归皱了皱眉头，说道："那你的意思是说，你也不知道元昌杀那么多的人想要做什么，是吧？"

"本来我是不知道的，不过不久之前有人碰巧告诉了我……"

第四十七章　渊噬

在带着公孙屠回来的路上，广孝一直跟他闲聊着。只不过公孙屠不明白和尚救他的用意，除了开始回应了几句，后来也不说话，只是默默地听广孝说。

没有人回应，广孝便好像自说自话一样。他没有丝毫的尴尬，这一路上就没有停过嘴。他一开始天南地北的什么都说，还客套地询问公孙屠的伤势，当中也问了一些有关徐福大方师在海外的事情。

眼看快到目的地柯阳县城的时候，广孝突然话锋一转，说到了天下功法上面。他说到一种叫作渊噬的术法，这种术法是用来扩充施法者的丹田之源的。据说修炼渊噬的修士需要大量吞噬充满戾气的亡魂，吞噬的亡魂越多，修士的丹田便会扩充得越大。

丹田是修炼术法的源泉，丹田越大，可以存储的术法也就越多。理论上刚刚入门的小方士得了一枚储金的话，里面存储的术法对他来说就好像是大海一样无穷无尽，小方士这一辈子也未必能抽取里面一成的术法归自己使用。而对于归不归这种有了相当道行的修士来说，一枚储金也只够他们数次挥霍的，这就是丹田大小的差别。

广孝这话隐隐地引到了元昌的身上，公孙屠更加不敢插嘴。就好像经过了计算一样，广孝说完的时候，正赶上马车到了县城。现在归不归说起这个，公孙屠便直接将广孝说的渊噬重复了一遍。

"渊噬……"听到这两个字的时候，归不归的眼睛眯缝了起来。看老家伙的表情，他似乎是想起了什么，他的眼珠上下转动，寻思着广孝把这个底牌透露给自己是什么意思，看来那个和尚今天可不是为了一颗长生不老药来的。

一边的张松本来就是以术法见长的，看着归不归琢磨起来没完，当下也不顾会不会打乱老家伙的思路，对他说道："老家伙你先回回魂，不是我说，这渊噬听着可是挺耳熟，好像之前在哪里听说过，你不打算说说吗？还是一会我去找应真先生打听一下？"

"老人家我马上就要想明白了，胖子你一句话就全打乱了。"归不归有些无奈地看了张松一眼。他不想惊动现在最大的靠山席应真，于是一边沿着街道向前走去，一边继续说道："原本老人家我想的是元昌要用亡魂来炼制法器，想不到他的野心这么大。看来上次元昌吞噬了两位楼主的术法，已经吃顺了嘴。也是，不用千百年的勤修苦练，只要吞噬了别人的术法就是自己的。傻子才不会有想法……"

说到这里的时候，看着张松眼里充满了调侃的目光，归不归嘿嘿一笑，这才继续说道："你我的丹田都是随着术法强大而慢慢充盈起来的，不过渊噬讲究的是不需要你修炼术法，就能将丹田扩充到惊人的地步。"

"渊噬是商末时期一位叫作王谷的方士前辈创出来的。他当时想得挺好，用充满戾气的魂魄将自己的丹田打开，只要丹田足够大，便可以积攒出庞大的术法。虽然他的术法一般，但是从理论上说，只要积攒的术法够大，便可以施展出遮天蔽日的控火术。想想看，一个方士的一个控火之法便可以毁掉一座城池，这和帝崩又有什么区别？"

听了归不归的话，张松做了个鬼脸，说道："不是我说，那样的丹田包住这个天下都没有问题吧？老家伙，说点实在的，我怎么没有听说过这个渊噬和王谷方士？照你这么说，什么徐福、席应真的还出什么头，古往今来第一修道之士应该是这个叫王谷的修士。"

"古往今来第一修士王谷做梦都做不上。他想得挺好，先把池塘挖深挖大，等到下雨天就能积攒雨水了，不过王谷可没有想过，他头上的那块云彩是真不怎么下雨。"说到这里，归不归哈哈一笑，随后继续说道，"商末的时候，天下比现在还要乱，那个时候收集一些充满戾气的魂魄也不难。虽然王谷花了三十年的时间，将自己的丹田扩大到天下第一，但到这时，他才发现自己无论如何积攒，术法连丹田底部都铺不满。丹田太大，临敌的时候调动术法很麻烦，就好像一个面口袋里面只装了一颗豆子，运气不好的话，要抓几次才能抓到那颗豆子。"

"王谷死在一个对头的手里，原本那个对头并不是他的对手，不过就是因为王谷使用术法不便，被人家钻了空子，这才死得不明不白。就连渊噬也是那个对头在王谷的遗物当中发现的，这世上明白的人太多，也不会有谁再去修炼那种白日做梦的术法。"

张松点了点头之后，说道："这么说来，还真像老家伙你说的那样，元昌是上次吞噬了俩楼主的术法，已经上瘾了。不是我说，这就好比一个穷小子平白无故得了这么一大笔遗产，他吃惯了嘴，现在眼里正盯着家里，看有没有快要死的富亲戚。看吧，看看这次谁倒霉。上次吞了俩楼主的术法，现在你和广仁这样的术法他八成还看不上眼，徐福和我们家应真先生就看谁倒霉了。"

说到这里的时候，他们三人回到了大宅当中。这个时候，房子里面飘出了一股沁人心脾的香气。饕餮在门前支了一口大锅，锅里煮着从城中酒肆里面找到的腊羊肉和风干的鸡、鸭。饕餮将这些肉食一锅煮了，一股香气惹得百无求和小任叁正扒着锅沿直流口水。

饕餮皱着眉头看了看这两只妖物，用手里的勺子敲了敲锅沿，说道："你们俩看归看，别把口水流进锅里。你们妖物的口水是酸的，进了锅里就废了我这些好吃食。"

"你做饭你最大，行了吧？老子什么都听你的，老饕，一会肉熟了记得把那块肥的给老子，带点边上的油汤啊……"百无求手里端着从酒肆里面找出来的大海碗，一边冲饕餮赔着笑脸，一边继续说道，"老子第一次看见你就觉得你不一样，不是老子捧你，和你比起来，什么徐福、席应真都算个球。别的都不说，就比比胆子……你连你们家大爷和表亲都敢吃，别人行吗……熟了？就那块肥的……你扔了它干什么？还在上面吐痰……你还敢踩一脚！老子和你拼了……"

没有另外一个百无求，二愣子只是一个二流的妖物，完全不是饕餮的对手，被龙种骑在身上，一个嘴巴一个嘴巴地抽着。就在饕餮骑在百无求身上抽嘴巴的时候，小任叁不声不响地拿起百无求掉在地上的大海碗，拿起大勺盛了满满一大碗肉块。随后他一边笑眯眯地捧着大碗向宅子里面走去，一边头也不回地对身后正在厮打的百无求、饕餮说道："都别下死手啊，大家都是朋友，干一架是正常的，给我们人参一个面子，干完架了都不许翻脸啊……"

"都看我的面子……"张松见状之后，急忙过去将两只妖物拉开。归不归看到自己的便宜儿子满脸的鲜血，当下苦笑着给他擦了擦脸，说道："傻小子，你爸爸我早就知道你这破嘴要惹祸，挨打了吧？别说话……门牙都打掉了你还闭不上嘴吗？你说的话老人家我都听到了，若我老人家是饕餮，单揍你一顿就是给你爸爸面子了……"

第四十八章　公孙屠的担心

张松、归不归不劝还好，这么一劝，百无求和饕餮好像疯了一样。饕餮也没有了之前对二愣子的惧怕，就好像遇到了杀父仇人一样，胳膊轻轻一晃便将张松远远地甩了出去。

这个时候，百无求身上的皮肤也开始慢慢变得漆黑一片。在饕餮冲过来之前，他先一步反扑过来。虽然和龙种的妖法相差巨大，不过百无求占了先机，一时之间两妖纠缠在一起，难分胜负。

眼看他们俩打得鼻青脸肿，张松已经不敢靠前，而归不归对这两个兽性大发的妖物、龙种也有些束手无策。就在这个时候，白头发的吴勉慢悠悠地从大宅里面走了出来，有些不屑地看了还在拼命厮打的百无求和饕餮一眼，随后双手一翻，他手心里突然出现了两把闪着寒光的短剑。

"空手有什么意思？这个借你们……"说话的时候，吴勉已经将短剑扔在了百无求和饕餮的面前。短剑是吴勉之前炼制的还算像样的法器，虽然锋利的程度和菜刀差不多，不过用来抹脖子切断气管还是不成问题的。

短剑掉落在地上的一刹那，二愣子和龙种同时松开了手。这时候张松和归不归才敢再次冲上去拉开他们俩。百无求和饕餮虽然还是一脸不服的表情，不过眼睛都瞟向吴勉丢在地上的两把短剑，心想能被这个白发男人随身携带的一定是什么了不起的法器……

"下次再动手，我给你们判定胜负，两个必须死一个……"看了一眼老实下来的百无求和饕餮之后，吴勉又看了看站在张松和归不归身后的公孙屠。随后吴勉冲他点了点头，说道："不错，你还能保住性命，本来张胖子和老家伙已经开始给你准备白事……"

"其实老人家我早就看出公孙屠这孩子大难不死，必有后福了。"归不归抢在吴勉说出更难听的话之前，赶紧插嘴说道，"要不然当初那么多跟着徐福的小方士，我老人家也不会劝说吴勉单单给了你一颗丹药的。"

"老家伙你劝说你叔叔？老子那个时候也在船上，好像你还想要省一颗丹药吧？"百无求到底是妖物，虽然刚才被饕餮一顿好打，但擦血的时候已经缓了过来。他想起当年海上的那一幕，当下继续说道："老子记起来了，当初你还想着拦住不给的，你叔叔没搭理……"

听着百无求嘴里没遮没拦，归不归只好转移话题："什么味道那么香？这一大锅是饕餮的手艺吧？给老人家我来一碗，到底是传说中的龙种饕餮，这味道就是不一样。来一大碗……"

"还有先来后到吗！"看到归不归站在了锅台边上，百无求马上就急了。当下他也不顾什么父子纲常了，一把将自己的"亲生父亲"推开，指着大锅里面起起伏伏的肉块，对已经再次抢起勺子的饕餮说道："老子还是要那块肥的……带油汤……"

百无求本来就是没有什么心眼的，一口肥肉加汤下肚就什么不好的事情都想不起来了。而饕餮这边，刚才冲天的怒火被吴勉两句话灭掉之后，心里又开始隐隐出现了对百无求的敬畏之心。于是他主动给二愣子的碗里盛进肥肉、油汤。还没等二愣子一碗肉汤吃完，第二勺子肉已经给他盛到碗里了。百无求连连称赞，于是饕餮看着他也越来越顺眼了。

看着他们俩和好如初，归不归这才有机会将公孙屠拉到吴勉身边，让他将之前和自己说的话又对着白发男人说了一遍。从头到尾吴勉的脸上都没有任何表情，一直等到公孙屠说完之后，白发男人才用他招牌的方式笑了一下，随后对归不归说道："元昌、广孝本来不是穿一条裤子都不嫌挤的吗？什么时候这么生分了？"

"元昌这两年不是长胖了吗？那条裤衩经不住两个人穿了。"看了对面一起吃肉喝酒的百无求和饕餮一眼之后，归不归笑了一下，随后继续说道，"他们俩还能为了块肉闹起来，那俩和尚看中的肉可要肥得多了。"

"广孝、元昌如何不是当务之急，元昌要用亡魂修炼渊噬才是大事吧？"看着两个人说来说去还在广孝为什么卖了元昌这件事上，公孙屠有些急躁，缓了口气之后，对他们俩说道，"不行！不能任由元昌这样残害生灵。我要回去向徐福大方师禀告……"

"元昌把丹田扩大，他还有吞噬术法的本事，你想想看，现在这个和尚最想打谁的主意？"归不归古怪一笑之后，继续说道，"现在徐福那个老家伙躲都躲不及，你还想要把他往岸上拉？给元昌一个机会，他就是天下术法第一人了。"

听了归不归的话，公孙屠的冷汗瞬间便冒了出来。这个时候，吴勉说道："元昌的野心太大，广仁真是瞎了眼睛。如果最后他被这条中山狼咬死，那就真是太有意思了。"

这个时候，反应过来的公孙屠突然想起了什么，对身边的两个人说道："现在你们守在这里，就是在防着元昌回来吞噬了这些魂魄吧？毕竟就算这样的乱世，像这样的屠城也不会太容易的。"

"这里的魂魄戾气太重，数量又多，加上此地与地府的通道被堵着，下面的阴司鬼差都上不来，一个一个地超度又太麻烦……"归不归难得地摇了摇头，随后继续说道，"而且之前因为妖山的事情，和地府闹得太僵，也不好生拉硬拽一个大阴司上来，只能慢慢消解这些魂魄的戾气之后，再带去其他地方超度。"

他们正在说话的时候，突然听到门外面传来一阵喊杀声。随后便看到有无数的百姓被一大群胡人驱赶着，后面有跑得慢的妇孺已经被胡人当场砍杀。跑在前面的百姓见到大宅这里有人影晃动，便向这边跑了过来。

"救命啊……官兵杀人了！"这些百姓边呼救边向这边冲了过来。归不归眉头一皱，刚刚想要打发自己的便宜儿子去搭救百姓的时候，吴勉身子一闪，已经出现在百姓和胡人军马当中。也没见他有什么动作，就见天空中突然出现了一道道好像蜘蛛网一样的雷电。

"轰隆"一声巨响，随着这道雷电落下，在后面追杀百姓的胡人兵马瞬间被雷电打成了焦炭，而跑在前面的百姓则没有丝毫的损伤。看到这一幕之后，众百姓惊愕得嘴巴都合不拢。反应过来之后，在几个机灵的人带头之下，众百姓齐刷刷跪在了吴勉的身边，都以为这个白头发的男人是从天上下来保护他们的神仙。

"大家伙都起来吧，你们现在称呼我们神祇，那就是在骂人……"走过来的归不归哈哈一笑，随后亲自搀扶起几个百姓，又拉过刚才带头下跪的半大老头，向他打听这是出了什么事情。

半大老头怯生生地说道："老神仙，我们都是三十里外穹县的老百姓。这些年来他们胡人轮着坐江山，我们也只能闭着眼瞎混。不管是谁来征粮饷、征徭役，我们都咬着牙活下去。谁能想到今天早上来了一队官兵，见人就杀，杀了万儿八千人，我们是一路跑着才逃到了这里的……"

第四十九章　身边的人

　　穹县叫"穷"，事实上一点都不穷，它是洛阳城附近的第一大县。鲜卑人不许汉人在京城摆集市，洛阳城周边的百姓也为了躲避鲜卑人的劫掠，便将集市迁移到了穹县。事发当天正赶上初一大集，洛阳城加上周边的百姓足有几万人聚集在穹县。就在集市刚开始不久，从穹县东南北三座城门同时冲进来无数的鲜卑官兵，三队官兵见人就杀，城中幸存的百姓慌乱了一阵子之后，从唯一没有官兵的西门逃了出来。

　　这些百姓一路被官兵们赶到了柯阳县城，丝毫没有注意到近几日一直守在通往柯阳县城要路的官兵们此时已经消失得无影无踪。等到了柯阳县城，他们才发现一丝古怪的苗头，整个柯阳城中只有这几位老神仙在此，原本在这里居住的数千居民竟然消失得无影无踪。

　　听了百姓们的述说之后，已经将睢眦叫到身边的张松冲归不归古怪地笑了一下，说道："四道城门偏偏留了最靠近我们这里的西门……老家伙，元昌这一步棋有点太显眼了吧？"

　　"你我都在柯阳城中，那个小和尚这步棋不管怎么走都显眼。"归不归回头看了张松一眼。随后，他又笑眯眯地对吴勉说道："不过话说回来，这一步棋也是最好的走法。穹县现在也有过万的亡魂，我们只要一去穹县，这里的亡魂就归了元昌。我们不理会的话，穹县的万把亡魂便让小和尚炼了渊噬……"

　　归不归刚刚说到这里，张松又替他补充了一句："就算你们再有本事，分出人去平了穹县的事情，可保不齐还有什么福县、半福不穹县再被元昌屠了城。现在不比大汉的那会，屠城这样的事情鲜卑人做了也不是一次两次了。到时候你们疲于奔命，最后他还成了气候。不是我说，现在看起来这步棋虽然看着显眼，却进可攻退可守。"

"都死了那么多人，你们俩怎么还和没事人一样？"这个时候，看到哭哭啼啼的百姓，再想到不久之前这座柯阳县城那么多死人的惨象，百无求便蹿了过来，说道，"老子不是人都看着他们可怜，你们还有心思说闲话，好像和你们没有关系一样！老子去找人参他们家席应真老头儿，让他直接弄死那个元昌和尚，一了百了……"

"傻小子，你又怎么知道元昌不是奔着应真先生去的？"归不归嘿嘿一笑之后，继续说道，"刚才公孙屠说的什么你都听到了吧？现在说不定元昌就在打席应真那个爸爸的主意。你去找他出头，说不定才是最麻烦的。"

刚才公孙屠对吴勉说的话，百无求倒是听得一清二楚，只不过当时没往心里去，现在被归不归这么一提醒，好像真的有那么一点点不妥。不过百无求还是不死心，哼了一声之后，说道："那么你们就眼看着元昌和尚一个城一个城地屠下去？"

"谁说眼睁睁地看下去了？"归不归看了身边的吴勉一眼之后，继续说道，"不过根子不在我们身上，当初可不是我们这几个把元昌养得这么肥的，是吧？当初谁造的孽，现在就应该谁来还。傻小子，你爸爸我说得没错吧？"

"你说广仁、火山爷俩？现在都火烧眉毛了，谁知道他们死哪去了？"百无求虽然听明白了归不归的话，不过还是有些不以为然。

"这个我知道……"站在一边的公孙屠看到归不归正在笑眯眯地看着自己，当下点头说道，"我有办法知道他们两位大方师在什么地方，你们稍等我片刻……"说话的时候，他头也不回地进了大宅当中。

看着公孙屠走进大宅之后，百无求一脸不解地向归不归说道："老家伙，他不是说知道那俩大方师在哪吗？什么都不说又进去是什么意思？"

张松笑了一下，将他的胖脸凑了过来，对百无求说道："归家的少爷，你让他拿什么说？公孙屠仗着法器厉害，他的法器当初藏在这里，现在他去取法器了。"说到这里，张胖子回头对归不归做了一个古怪的表情，随后说道："不过话说回来，这件事你们真的不打算通知应真先生吗？不是我说，你们不说的话我可要去找应真先生了。大家身份不一样，怎么说张松我也是管应真先生叫过几天师尊的。这样的大事，我可不敢瞒着他老人家。"

归不归看了张松一眼，说道："张胖子你在这里，就没有瞒得住席应真爸爸的东西，不过老人家我若是你的话，就先看看再说。反正叫他师尊的又不是我老人家，现在局势未明，后面的话就不用老人家我多说了吧？"

张松狡黠一笑，正想再说点什么的时候，公孙屠已经拿着一个小小的袋子走了出来。走到吴勉、归不归跟前之后，他从袋子里取出一面小小的铜镜，和一张写着符咒的黄表纸。

当着众人的面，公孙屠将黄表纸烧掉，将烧出来的烟雾在铜镜上面熏了一下。随后铜镜当中的影像发生了变化，变成了某个阴暗的房子。铜镜的视角变换了几次之后，竟然出现了吴勉、归不归和这座大宅的景象。

归不归没有丝毫的犹豫，转头看向铜镜当中显现的位置，说道："原来这么多天了，两位大方师一直都在我们这些人的身边，老人家我竟然一点都没有发觉。别在屋子里面待着了，两位大方师，请出来晒晒太阳吧。"

片刻之后，屋子里面传来那个还算熟悉的声音："归师兄真是太客气了，你早就猜到我们师徒二人就在附近，要不然的话也不会将大术士支开了。"话音刚落，归不归目光注视的屋子大门打开，广仁、火山两位大方师一前一后地走了出来。

广仁还是老样子，脸上永远挂着淡淡的笑意，一副人畜无害的样子。只是他身后的火山皱着眉头，眼睛盯着公孙屠手里的铜镜法器，脸上一副对这个方士不满的表情。

"两位大方师来得正好，正好有这些百姓求你们二位给他们做主。"看到广仁、火山现身之后，归不归便收敛了笑容。他指着身边不知道出了什么事情的百姓们继续说道："这座柯阳城，还有他们那里的穿县，都是被元昌祸害的。算着怎么也死了一两万的无辜百姓，按理说我们这个时候应该去除了那个和尚为民除害。不过天底下的修士都知道元昌是广仁大方师您的人，我等投鼠忌器，实在不敢得罪两位大方师。"

归不归说完之后，广仁还没有怎么样，火山已经火冒三丈了："归不归！什么时候元昌是我和广仁大方师的人了？他是方士吗？"

火山本来还要继续争辩，无奈被广仁拦住："火山，你不要再说了。元昌的根源在我身上，不过当时也是情非得已……想不到短短数年，元昌的野心已经到了这般地步。他虽不是方士，确实是和我有关。"

说到这里的时候，广仁对着面前的百姓施了大礼，起身之后正色说道："当初广仁行事不周到，犯下了这样的大错，处置了元昌之后，我自会向天地谢罪，万万不会狡辩推卸的。"

看到广仁这样说，一边的张松嘴巴动了动，他似乎有什么话要说，不过想到之前看到的百姓被屠杀殆尽的景象，这个胖子还是把话咽回到肚子里了。

第五十章　一码归一码

"说得真是好。"归不归嘿嘿一笑之后，继续说道，"也别说向天地谢罪那么大的事情，先说眼前的。大方师，柯阳和穹县两地死难的亡魂就交给你了。元昌是你用来了结姬牢楼主的，现在两位楼主死了这么多年，这后面的事情也该算在两位大方师的身上。这个两位总是要认的，是吧？"

广仁看了一眼逃生过来的百姓之后，说道："我们先想办法送亡魂去地府转生，元昌的事情也应该有个了断……"

这个时候，突然有人拍起了巴掌，随后吴勉那熟悉的刻薄声音响了起来："真是难得，死了这么多的人，大方师你总算是明白过来了。原本我还以为天下人要死一半，大方师才能明白元昌是你喂不熟的白眼狼。想不到才死了几万人你就想通了，真是老天爷开眼……"

"吴勉你放肆！你们有脸说大方师，你们为什么不去了结元昌！"听到白发男人话里话外都在嘲讽广仁，视师尊为神明的火山当即便涨红了脸颊，对吴勉大声叱责道，"当初如果不是元昌吞噬了姬牢，现在天下还会糜烂十倍百倍！广仁大方师忍辱负重……"

"好了，火山你不要再说了，无论如何祸事的根源在我身上。"广仁一句话拦住了自己的弟子之后，继续说道，"解决姬牢楼主之后，没有及时处理元昌，现在成了这个局面，我难辞其咎。各位，元昌的事情着落在我的身上。"

广仁最后一句话说得没有什么底气，平心而论，没有吴勉、归不归二人相助的话，他几乎没有能赢元昌的机会。今时不同往日，现在的元昌已经吞噬了两位楼主的术法。虽然当中有不少的术法已经流失，不过也不是广仁对付得了的。

看到吴勉、归不归都没有什么多余的话要说，广仁顿了一下之后，继续说道："不过当务之急，是要先将这些魂魄送往地府转生。两城的魂魄数量太过庞大，我们师徒二人也没有能力一次将他们送走。能在这里巧遇几位，也是上天之意……"

"广仁，不是老子说你，不能换一家折腾吗？你自己算算，我们被你坑了多少次了？每次都不重样，用完了我们几个你就翻脸，翻脸比脱裤子都利索……"一听到广仁话里带出来要请吴勉、归不归帮忙的意思，一边站着的百无求不干了，他一边骂骂咧咧一边踹翻了已经吃了一大半的肉锅，旁边的饕餮心疼得一咧嘴。顿了一下之后，二愣子继续骂道："老子几个到底欠了你什么？就算真的上辈子把你们家孩子扔井里了，哪怕我们缺德，一人扔了一次，现在也还清了吧？"

"这辈子帮你帮得老子现在看见广仁你们俩都怕。就怕你客气，老子都摸出规律来了。刚才说到上天之意，下句话是不是要说还请你们几位帮忙？老天爷哪句话说了我们几个豁出命帮你，完事你们俩还要在背后捅一刀的？还不许还手，老天爷是你们家邻居王叔叔？这么向着你们俩……"

"百无求你活够了吗！"已经快气炸了的火山一声大吼之后，便向着二愣子冲了过来。就在这一瞬间，末代大方师的手臂被自己的师尊抓住。随后他听到广仁没有丝毫火气地说道："百无求先生说得是，之前的确是广仁做得不周到，寒了几位先生的心。不过就算不看在我们师徒的面子上，也要替这些惨死的亡魂考虑一下。他们不应该是你我恩怨的牺牲品……"

"好，亡魂的事情单说，那么元昌呢？送走了亡魂，是不是接下来大方师又要说顺手去了结元昌？"这时候，吴勉用他特有的带着三分刻薄的语气继续说道，"元昌怎么算？还是现在说清楚更好。"

"老家伙，你叔叔就是嘴硬，老子这是品出来了，这几次被广仁爷俩坑的，都是你叔叔带头跳下去的。"听到吴勉已经松口，百无求有些无趣地撇了撇嘴，随后对自己的"亲生父亲"继续说道，"完事你劝劝你叔叔，再看见广仁、火山爷俩咱们躲着走，就算咱们爷四个怕了那俩大方师行吗？老家伙回去和你叔叔说说，别怕得罪人，大不了他翻脸的时候，老子陪你一起同归于尽。"

"傻小子你心里盼着你小爷叔翻脸吧？"归不归冲自己的便宜儿子笑了一下。随后，他转头对两个白发男人说道："老人家我说句公道话吧，我们几个帮着两位大方师一起将柯阳、穿县两城的亡魂带去转生。亡魂转生之后两位大方师安心去处理元昌和尚的事情，他一天还活在世上，大家还是不要见面的好。如果两位大方师觉得尴尬，这样，我们几个躲着两位。见到两位大方师我们绕着走……"

说到这里，归不归将目光停留在吴勉的身上，嘿嘿一笑之后，再次说道："我们多少委屈一点，什么时候世上没有了元昌和尚这个人，我们和两位大方师该如何还如何。一起喝酒吃肉也好，翻桌子怒目相对也好。"

"没有什么委屈，我们这样被从方士门中踢出来的人，原本碰到两位大方师就应该绕着走的。"吴勉冷笑了一声之后，继续说道，"就听老家伙你的，送走了亡魂大家各走各的。元昌的事情不了结，我们以后躲着点两位大方师就好。"

两位大方师本来是奔着那件帝崩法器才隐身在附近的，后来被公孙屠的法器逼着现身。广仁的本意是想借着这个机会将吴勉、归不归二人拖下水的，没有想到最后会是这样的结果。话已经说到这里，广仁也不好继续厚着脸皮请他们助拳，只能走一步算一步了。

当下，广仁和归不归开始商量起如何送走这些亡魂的事情。原本大方师也是邀请吴勉、张松一起商量的，无奈他们俩一个嫌麻烦根本不理会，另外一个还是夺舍的状态，正想着带两只龙种一起离开。送亡魂转生的时候一个不小心，就会弄伤了他夺舍状态的魂魄。

而公孙屠则开始向小任叁打听那位大术士席应真的去向，什么亡魂转生、诛灭元昌的，在他心里都没有那件帝崩法器重要，如果让他仿制出一件两件来，也不用担心一直没有出现的二神了。听小任叁说席应真并不在附近，这位方士便有些失望，只能守着小任叁，等到再次见到席应真的时候，好让这个小家伙给他说好话。

归不归、广仁商量了半晌之后有了结果。两位大方师先行去到穹县，将那里的亡魂聚集到一起，等到天黑之后，他们同时将柯阳、穹县二地的亡魂带到距离此地六十里开外的长谷。数月之前北魏与前秦在长谷大战，有数万军士死于战场，现在还有阴司鬼差在那里收集亡魂，将这些亡魂带过去正好让阴司鬼差一起带走。

商量好了计划之后，两位大方师先行离开前往穹县。看着他们走了之后，张松凑到了归不归的面前，似笑非笑地说道："不是我说，老家伙你们俩好像没把元昌算进去，他会这么安安稳稳地让你们把那些魂魄送走吗？还有那俩神祇，你不会以为他们俩对帝崩已经死心了吧？现在法器是在我们应真先生的身上，二神不敢动应真先生，还不敢动我们吗？"

第五十一章　戾气

归不归上下打量了张松一眼之后，笑眯眯地说道："不用绕来绕去的，老人家我知道你想要说什么，死了这个心吧。张胖子，要么你带着龙种一起留下，要么你走，两只龙种留下，你自己选吧。你也可以试试带着两只龙种一起走，如果你觉得你争得过我们家傻儿子的话。"

张松绕来绕去的就是想从这件事情上脱身，现在的队伍当中，他算是最弱的一个。原本小任叁和百无求是垫底的，不过他们俩一个有个谁也惹不起的干爹，另外一个身体里还藏着另外一个不知道是妖还是神的存在。人家都是有后台的，不是张松这种靠着夺舍才活到现在的修士可比的。

张松现在这副皮囊本来就不是他的，魂魄也不像其他人那么稳定，一旦送这些亡魂转生的时候发生了什么偏差，说不定他自己的魂魄也有危险。到时候饕餮和睚眦八成就要便宜有个好儿子的归不归了。不过说了这么多还是被归不归这只老狐狸一眼看穿，张松知道再说什么都没用了，只能将两只龙种叫到身边，希望他们俩一步不离地守着自己，不至于伤到皮囊里面的魂魄。

在处理亡魂之前，趁着时间尚早，归不归让自己的傻儿子带着从穹县逃过来的百姓们离开这里，从柯阳城往东走，走得越远越好，一直走到亥时之前，将这些百姓安顿好了再回来。

现在元昌没有心思对付这些百姓，一般的官军也不是百无求的对手。一旦运气不好遇到谷元秋和伊秧的话，就让百无求吹响归不归给他准备的哨子。另外一个百无求，就算二神联手，也未必是他的对手。

剩下的就是归不归自己的活了。归不归使用术法招来无边无尽的乌云遮住了太阳，随后把藏匿在柯阳城中的数千魂魄都召唤了出来，在带走这些魂魄之前要先消除他们身上的戾气。之前几天，归不归一直都在做这件事，为了使后面的事情不出什么纰漏，归不归还在临走之前再次施法，费了些气力才将这些亡魂身上的戾气消除了大半。

折腾了大半天，天色开始慢慢变黑。归不归数次使用传音之法和广仁联络，相互得知对方一切顺利便放了心。

时间刚刚到了亥时，百无求便使用妖法回到了柯阳城中。这时，广仁和归不归通了消息，各自带着两地的亡魂向着长谷进发。好在带着的不是什么大活人，几十里路不用一个时辰便可以赶到。

当下吴勉、归不归众人分工，将数千亡魂都聚集在城门口，老家伙带着小任叁、百无求带头领路，张松、公孙屠带着两只龙种断后，吴勉隐住身形混在了亡魂当中。如果当中出现什么意外的话，吴勉会突然出现，杀对方一个措手不及。

整理好之后，柯阳、穹县两地的亡魂队伍开始向着六十里外的长谷开拔。虽然有公孙屠固魂的法器，也不用担心路上会不会有亡魂掉队，但一路上仍走得小心翼翼。这一路归不归这些人随时都在提防元昌会从什么地方杀出来，让人颇感意外的是，他们一直走到了长谷，也没有发现元昌的一点蛛丝马迹。

刚刚过了子时，吴勉、归不归这支队伍便已经到了长谷。这里不久之前还是一片战场，现在还能看到时不时有身穿甲胄的亡魂在周围游荡。这里的大多数亡魂已经被带到地府，现在阴司鬼差只是在天亮之前才会赶过来，清理一下遗漏的几个亡魂。稍后他们赶过来的时候，发现这里凭空又出现了一两万的亡魂，不知道会不会抓狂。

穸县距离长谷较远，不过广仁也还是很快就带着数量更多的亡魂赶到了这里。两支亡魂的队伍们会合之后，归不归还特意打听了一下穸县的情况。广仁、火山赶到穸县的时候，原本以为会在那里和鲜卑人动手。没有想到他们师徒二人赶到之后，穸县里面竟然一个活人都没有看到。除了万余百姓的尸体之外，竟然还有数千鲜卑军士的尸体。这些尸体上没有任何外伤，火山查看了一遍之后，发现他们都是心脉尽碎而死。看来元昌一开始就打算杀人灭口的，不能因为这些人而坏了他一代高僧的名声。

广仁还是起了慈悲心的，他没有因为这些都是屠城凶手的魂魄便把他们扔下不管，而是把这些鲜卑人的亡魂一起带上。而看到广仁带着亡魂队伍赶到的时候，归不归还吓了一跳，他们那支队伍当中就差不多有两万的亡魂。

因为亡魂的队伍当中夹杂了鲜卑人，让柯阳城那些还没有完全消除戾气的亡魂们愤怒不已。担心他们两拨魂魄大打出手，归不归又用术法将他们两拨魂魄隔开，等着天亮之前就要来到的阴司鬼差。

当下，吴勉、归不归这些人隐藏在魂魄附近，只要看到阴司鬼差出现，他们便可以功成身退了。广仁、火山师徒如何与元昌交手，便不是吴勉、归不归考虑的事情了。无非就是几天之后消息传出来，这一场大战谁胜谁负了。

眼看着时间慢慢过去，马上要过丑时了，只要再熬一个时辰天就要亮了，却一直都没有看到阴司鬼差出现。就在这个时候，天空中突然同时升起百余个红色的孔明灯。这些糊着红纸的孔明灯瞬间便飞到了众魂魄的头顶上。看到孔明灯升起来的时候，归不归、广仁和张松的脸色马上就变得难看起来。

还没等他们几个人做出动作，天上百余个孔明灯突然同时爆炸。一连串的巨响过后，从碎裂的灯中飘散出来无尽的红色烟雾。下面的魂魄接触到这烟雾之后，马上变得暴躁起来。汉人百姓和鲜卑人官军的魂魄开始向着对方的阵营中冲去。

这些魂魄就好像疯了一样，完全不在乎归不归给他们设下的屏障。连续不断的冲击之后，数百个魂魄身上已经伤痕累累，其中伤势严重的魂魄下辈子转世只能做白痴了。

就这样，两边的魂魄就好像不要命一样继续向对方的阵营里冲去。随后在一阵类似房屋倒塌的声音当中，归不归摆下的屏障终于被毁掉，将近两万汉人百姓的魂魄已经冲到了数千鲜卑军士的阵营当中。

原本安安静静的亡魂们瞬间便打成了一团。之前鲜卑士兵仗着自己勇猛，汉人百姓懦弱不敢反抗，才大肆屠杀汉人百姓，现在这些汉人亡魂和鲜卑魂魄都是一样的疯狂，数千鲜卑军士的亡魂片刻便淹没在汉人魂魄当中。

一时之间，亡魂的惨叫声此起彼伏。广仁、归不归纷纷从藏身的位置冲了出来，正打算使用术法平息亡魂戾气的时候，空气当中传来了一个熟悉的声音："你们不用费心了，这些魂魄闹够了自然就会停手。不过我还是要感谢几位，能将两个城的亡魂都集中到一起，还送到了我的嘴边。你们自己说，让元昌我怎么感谢你们？"

说话的时候，一个穿着大红僧衣的妖僧出现在了众亡魂当中。看着这些眼睛发红、已经开始相互厮打的亡魂，元昌狂笑起来。

这时候，吴勉也从藏身的位置走了出来。白发男人一边走，一边慢慢地对元昌说道："一会你就和他们一样了，等到你也变成亡魂之后，再和他们一起笑吧……"

第五十二章　元昌的后台

　　几年不见，元昌好像变了个人一样，他身上再也看不到之前对吴勉的那种谨小慎微。吞噬了两位问天楼楼主术法的元昌，这几年来除了之前领了徐福大方师的法旨，前去妖山相助广仁之外，基本上再没有露过头。

　　他专心致志地将从姬牢身上吞噬过来的术法融会贯通，现在的元昌已经可以熟练地使用那股惊人的力量了。现在在他心里，自己的术法已经隐隐在吴勉、广仁这些人之上。只是妖僧防着老谋深算的归不归，这才没有亲自杀到柯阳城去。

　　虽然和尚没有亲自杀到柯阳城，不过还是想好了计策。他找了几位帮手，还设计在穷县屠城，让吴勉、归不归两头为难，只是没想到这个时候广仁、火山师徒会突然出现在吴勉等人的身边。

　　好在元昌早就做好了准备，他让几名弟子混在逃难的百姓当中，听到了广仁、归不归之间的对话。等到百无求将他们送出城的时候，这几名弟子趁机回到了元昌的身边，将广仁、归不归计划好的事情原原本本地告知了元昌。

　　于是元昌带着自己的帮手早早地埋伏在了这里，就等着数万的亡魂到了之后突然发难。到时候这些亡魂可以供他修炼渊噬，他还可以一举了结吴勉、归不归和广仁这些眼中钉。他心里还在计划一件更大的事情，只要解决掉这些人，事情成功的几率便会大大增加。

　　听着吴勉充满讥讽和不屑的声音之后，元昌却没有马上发难，他想到近来有关吴勉弑神的传闻。但他不信这些事情会是吴勉做的，应该是把当时也在现场的大术士做的事情算在了这个白发男人的头上。

左看右看这个白头发的男人都不像是能够弑神的样子，元昌冷笑了一声，对吴勉说道："广孝和公孙屠把我要亡魂的用途都和你们说了吧？吴勉，你的魂魄也要为我来扩充丹田，你的魂魄天生带着戾气，正好合我用……"

他的话还没有说完，就见远处的吴勉突然消失。元昌心知不妙，当下没有丝毫犹豫，身体瞬间快速向后退去。几乎就在妖僧后退的一瞬间，他刚刚所在的位置突然出现了一道宽大的裂缝。缝隙上面插着那把贪狼法器，吴勉站在离贪狼不远的位置上。

这个白发男人一上来就将这件法器向着元昌甩了过去。好在妖僧的反应快，如果再慢一拍的话，这个时候元昌就算有长生不老的身体也要跟着这些亡魂一起去转世了。看着那冒着寒气的贪狼，元昌的心里也一个劲地发寒。

虽然知道面前这个白头发的男人脾气古怪，不过还是没有想到他说动手就动手。路边的小混混动手之前还要说几句狠话壮壮门面的，想不到身份几乎和广仁差不多的吴勉竟然连个小混混都不如。

吴勉之前就是仗着手里的贪狼犀利，才在以往的争斗当中无往不利。现在他最依仗的法器已经出手，当下元昌便以为最好的机会到了。妖僧的身体瞬间化成了一道烟雾，一阵狂风吹过，这股烟雾借着风势向白发男人扑了过去。烟雾当中充满了密密麻麻的紫黑色的电弧……

烟雾借着风势向吴勉扑过来的同时，白发男人正伸手去抓插在地上的贪狼。看到他的这个动作之后，元昌更加确定吴勉只是仗着法器犀利，当下更加肆无忌惮地向着白发男人扑了过去。

眼看这股烟雾就要将吴勉笼罩在内的时候，白发男人去抓贪狼的那只手突然变了方向，向着烟雾的中心抓了过去。他的指尖接触到烟雾的一刹那，一声惨叫响起，从烟雾的中心突然喷出一股血雾。随后烟雾瞬间凝结成元昌和尚的模样，倒着向后飞了出去。

什么时候吴勉有这样强大的力量了？倒地之后的元昌觉得胸口一阵血气翻涌，随后便喷出了一口鲜血。这口鲜血吐出来之后，和尚反而觉得舒服了不少。当下他连退几步，一脸不可思议地看着吴勉。上次白发男人在妖山斗阎君的情景，元昌是亲眼看到的，那个时候的白发男人本事还在自己之下，这么短的时间，吴勉怎么有了这么惊人的精进……

"现在还要我的魂魄给你扩充丹田吗？小心你的丹田经不起这一下。"吴勉冷笑着看向面露惊恐之色的元昌，再次伸手将贪狼拔了起来，说道，"既然你不过来拿，那我就过去给你送……"一句话还没有说完，他已经再次对着元昌的位置甩出了贪狼。

元昌和尚还是不敢硬接，身子向左边躲了过去。几乎就在他躲闪的同时，白头发的吴勉已经先一步等在了这里，伸手对着元昌的胸口抓去。他的手指尖接触到和尚的一瞬间，众人便听到"嘭"的一声巨响。随后就见元昌和尚的身体闪电一般飞了出去，连续撞倒了几棵大树之后才摔落在地。落地的一瞬间元昌的身体在原地消失，随后出现在距离吴勉数十丈远的地面上。

"你什么时候有了这样的术法？为什么和你之前术法的路数不一样？"第三口鲜血喷出来之后，元昌直勾勾地盯着吴勉，一脸不可思议地说道，"短短数年之间，你不可能练成如此精深的术法……"

"因为他现在的术法是用来弑神的，不是用在你身上的。"没等吴勉说话，两个黑漆漆的身影已经出现在元昌和尚的身后。看清了人影的相貌之后，远处观战的广仁、归不归变得紧张起来。来人正是谷元秋、伊秧两位神祇，什么时候他们俩和元昌掺和到一起了……

看着自己的靠山到了，元昌这才松了口气，恭恭敬敬地对两位神祇说道："元昌见过两位神祇，此人和两位有旧怨，还请神祇出手了结了此人……"

"元昌，我与元秋先生是神祇，并不是你养的狗，别给我们下什么命令，听明白了吗？"伊秧对元昌的话有些不以为然。随后他将目光转到已经再次将贪狼拔起来的吴勉身上，说道："你这样的术法是为了专门对付我与元秋先生的。还记得那句话吗？相同的术法不要对神祇使用两次，没有用的，能破你第一次，就能破你第二次。"

谷元秋、伊秧二神是被元昌主动找来的，这些日子和尚一直将二神供养在自己的府邸中。原本他以为自己能轻松搞定吴勉、广仁众人，只是担心他们联手，自己一个不小心可能会吃亏，这才请了神祇前来。想不到这一步棋竟然走对了，什么时候他和吴勉的实力差距这么大了……

"你们找错人了……"看到两位神祇出现之后，归不归说话的同时将哨子塞在了自己便宜儿子的嘴里，看着百无求鼓着腮帮子随时都能吹响哨子，唤出另外一个有起床气的二愣子，这才松了口气。他笑眯眯地对二神说道："你们二位应该知道那件法器在席应真大术士的手里，他老人家贴身放着……"

"帝崩的事情稍后再说，我与元秋先生前来是为了给其他两位神祇报仇的。"伊秧淡淡地笑了一下之后，继续说道，"我们一起下来，现在却不能一起回到天界，那就带着白发男人的命离开……"

第五十三章　规律

　　看到两位神祇到了，元昌这颗心才安稳下来。只是到现在他都想不通，为什么短短数年不见，吴勉的术法已经精进到了这种匪夷所思的程度。和他同样惊诧的还有广仁，不过这位大方师知道缘由。原本造成现在局面的种子是属于他的，如果不是他承受不了种子的力量，什么时候轮得到吴勉这么猖狂……

　　"我的命就在这里，过来拿吧……"吴勉说话的时候，再次将贪狼握在手中。顿了一下之后，他继续说道："看样子今天一定要留下几条命了，我活着，那就是你们死。神仙的命也是命，是吧？"

　　伊秧看着吴勉说道："不要拿我和元秋先生跟赤胆、冬凤比较。我们都是方士出身，你想做什么我都知道，你是怎么做到的我也知道……"伊秧一边说话，一边向着吴勉的位置走了过去。

　　"你身体里面的种子，徐福并不是它的第一个主人，只不过他确实有些门道，能将种子培育到那样神鬼莫测的境界，徐福的确是第一人……"一句话还没有说完，伊秧已经到了吴勉身前数丈。两个人对视了一眼之后同时消失，随后便听到一阵连续不断的爆响。

　　这个时候，就连归不归也什么都看不到。当下他只能不断地叮嘱身边的便宜儿子，说道："傻小子，一会看到事情不对，你小爷叔吃亏了什么的，你就赶紧吹哨子，千万别犹豫。"

　　已经将哨子叼在嘴里的百无求皱着眉头看了自己的"亲生父亲"一

眼，说道："老家伙你实话实说，周围是不是还埋伏了谁？是人参他们家老头儿？老子一吹哨那个老术士也跑过来对他们俩神下黑手，是这个意思吧？"

"差不多，是有个人会出来打他们一个冷不防……"归不归说话的时候，还是有些紧张地盯着不断发出爆裂声音的位置。一句话还没有说完，归不归突然用力地拍了一下百无求的肩膀，喊道："吹——谁让你咽下去的……"

二愣子被归不归吓了一跳，将本来一直含在嘴里的哨子咽了下去。就在他蹲在地上抠嗓子眼的时候，归不归已经从怀里抓出另外一个哨子塞进了自己便宜儿子的嘴里。二愣子顺势吹了起来，一阵尖厉的哨声响了起来。

几乎就在哨声响起来的同时，吴勉、伊秧刚才消失的位置突然爆发出一阵巨响。随后就见一个满身是血的男人从空气当中飞了出来，与此同时，另外一个男人从同一个位置慢慢凭空走了出来。满身是血被打出来的是吴勉，慢悠悠没事人一样走出来的那个人是伊秧。就这片刻之间，胜负高下便已经分了出来。吴勉虽然仗着种子和术法的结合创出了新的力量，无奈正如伊秧刚刚说的那样，吴勉使的都是方士的招数，对身为第三任大方师的伊秧来说，破解这些术法不在话下。虽然说徐福创出了不少新的术法，不过从根本上却难不住燕哀侯、姬牟和伊秧这样的早期方士高手。

如果不是那一阵尖厉的哨声惊到了伊秧，刚才他从空气当中走出来的时候，已经顺手了结了吴勉。百无求能用哨声召唤出另外一个神祇，这事伊秧是知道的。现在对于他来说，那个和二愣子一模一样的神祇，要远比吴勉更有杀伤力。

伊秧现身之后，第一时间已经向着哨声响起的位置看过去，就见一个百无求站在原地，眼睛一眨不眨地盯着自己。和上次一样，这次他的出现还是没有一点征兆，连百无求的气息都没有一点改变。

伊秧正在小心翼翼地提防这位神祇的时候，百无求自己先开口说道："老家伙，席应真那个老头儿怎么还不出来？你们俩是怎么商量的？"

这句话说出来，归不归的脸色一变，从怀里掏出一把哨子，挨个塞进自己便宜儿子的嘴里，让他一个接一个地吹响。伊秧本来要阻止的，不过看到一连吹响几个哨子都没有任何变化之后，他微微地笑了一下，转身向满身是血、已经爬起来的吴勉走了过去。

"看来你最后的救命稻草没有出现，现在把你的命留下来，应该没有什么好说的——和尚！你在做什么？"伊秧的话说到一半的时候，突然发现四周的亡魂向着元昌和尚的位置集结。

这些亡魂好像烟雾一样，一个接着一个不由自主地飘进了元昌的身体里面。而这个和尚的身体好像是个风口一样，将周围的亡魂源源不断地都吸了进去。元昌一边吸收亡魂，一边在运用渊噬炼化这些亡魂，以扩充自己的丹田。

伊秧再怎么说也是做过一任大方师的，眼里最见不得这个。他对着元昌大声训斥了一句之后，见到这个和尚一点收敛的意思都没有，当下脸色骤变。他竟然暂时放过了吴勉，伸手对着还在不停吞噬亡魂的元昌虚抓了过去。

就在这个时候，谷元秋突然向前一步，挡在了元昌的身前，对伊秧说道："不要管他，你解决了吴勉之后，我们还有要事要做。伊秧，你要分得清轻重缓急。"

谷元秋本来就是伊秧在方士门中的前辈，他的话伊秧不能不听。伊秧愤愤地看了元昌一眼之后，又将目光对准了白发男人。这时候伊秧脸上充满了厌恶的表情，他也不想再和吴勉废话，向前几步冲着白发男人走了过去。

看着伊秧再次向自己走过来的时候，吴勉先是吐了一口血痰，古怪地冲伊秧笑了一下，随后身体再次消失。看到白发男人消失之后，伊秧微微皱了皱眉头，嘴里嘀咕了一句："还是不死心吗？"一句话说出来的同时，他的身体也在原地消失。随后一阵一阵的爆炸声再次响了起来……

这次二人消失的时间不长，也就是片刻的工夫，在一阵巨大的爆炸声中，两个人影同时出现在刚刚消失的位置。这一人一神出现之后，身体都不由自主地向后退去。伊秧不由自主地退了三四步之后，便稳稳地停下了脚步。

而吴勉则一连倒退了十几步之后，还是没有站稳，直接摔倒在地。好在白发男人仗着自己长生不老的身体并没有什么大碍，略微缓了一下之后，便摇摇晃晃地站了起来。

"想不到这么一点点的时间，你就能抓到我这个神祇的规律，好，那就让我看看你能抓到多少规律。"最后一个字说出来的同时，伊秧的身体先一步瞬间消失。与此同时，满身鲜血的吴勉也同时消失。

紧接着，之前那一阵一阵爆炸的声音再次响了起来。这次的爆炸声当中出现了雷鸣的声音，吴勉、伊秧二人消失的位置也不停地出现了各种颜色的电弧。一时之间，电弧的七彩光芒将这里照耀得绚丽多姿。

这次二人消失的时间较长，一顿饭的工夫过去。在一声巨响之后，吴勉、伊秧一人一神凭空出现在他们俩刚刚消失的地方。这一次他们俩依旧同时向身后退去，退出五步之后同时站住。白发男人的嘴角流出了鲜红的血，而伊秧终于没有躲过去，他的嘴角也有淡金色的血慢慢流了下来。

看着吴勉身上没有任何变化，伊秧咬着牙对他说道："我真是小看你了……"

第五十四章　双败

吴勉用他特有的眼神看了伊秧一眼，似笑非笑地说道："还来吗？"伊秧冷笑着说道："来……"

一个字刚刚出口，吴勉、伊秧二人再次在原地消失。只不过这次空气中再没有那种不断爆裂的声音响起来，其余人的眼睛都紧紧盯着他们俩消失的位置。这时，仍有无数的亡魂被吸引到元昌的身边，被他吞噬掉。除了他那里发出来的一点沙沙声之外，再没有一点多余的声音。

时间慢慢地过去，就连谷元秋都有些不安的时候，空气当中突然闪过一道电弧。一个人影随着电弧出现在众人面前，这人出现之后，身子一软便倒在了地上。随后从他全身的毛孔当中不停地有金色的鲜血冒出来——倒在地上，露出败相的竟然是伊秧……

对于这个结果，在场所有的人都吃惊不小。原本对吴勉最乐观的归不归也以为他们俩能打平手就是最好的结果了，想不到伊秧竟然会输得这么难看。现在就算另外一个百无求不出现，胜负的天平也已经向着吴勉这边倾斜过来了。

不过还没等归不归高兴完，就在伊秧倒地不远处再次闪过一道电弧。满身是血的吴勉从电弧当中跌落了出来，现身之后的白发男人已经没有任何知觉，倒在地上之后，鲜血还源源不断地从他的身上流淌出来。这一场人、神之争竟然没有赢家，双败……

看到吴勉倒地之后，百无求和小任叁同时冲了出来，将一动不动的白发男人抱了回来，现场只留下倒在金色血泊中的伊秋。而另外一位神祇就好像什么都没有看到一样，他没事人一样看着已经乱作一团的众人，淡淡地说道："现在赤胆、冬凤的事情已经结束了，该说说我们的事情了……"

说到这里，谷元秋顿了一下，目光在对面这些人的脸上扫了一圈之后，停在归不归的脸上。他微微地笑了一下之后，继续说道："归不归，请你的儿子去找席应真，然后让他带着帝崩来交换你们。我给大术士六个时辰，六个时辰后每过一个时辰我就送你们当中的一个人去转生。不过请他放心，那位人参娃娃我会留到最后的，不过你们的人数实在不多，经不起几个时辰的耽误。"

没等归不归回答，老家伙身边的百无求已经大怒，指着谷元秋说道："老东西，席应真那个老头儿亲自带着帝崩过来，你敢借吗？别以为神仙就了不起了，以前你们四个一起，他照样打你们的嘴巴。现在就剩下一个半了，你以为那个老头儿会像老子这么客气，还和你讲道理吗？老东西，别以为老子只会骂街不会讲理……"

"所以说是让你带着帝崩来换人。"看了一眼百无求身后一言不发的归不归之后，谷元秋也不生气，慢悠悠地说道，"而且帝崩也不是给我的，你把帝崩交给元昌和尚。他平安无事地把帝崩带回来，我才会放人。这个你们可以放心，我要那件法器只为打开人世与天界的通道，并没有其他的意思……"

看了一眼还在不断吞噬亡魂的元昌，张松咽了口口水，随后抢在归不归说话之前，说道："元秋神祇，这里没有张松我与龙种的事情，我们只是路过的，被那个老家伙拉过来帮忙运送亡魂的。不是我说，不看我也要看看两位龙种的面子，要是他们俩的爸爸知道现在的事情，元秋神祇您也不好交代。"

"你不说话的话，我还差点把你忘了。"谷元秋冷冷地看了张松一眼之后，继续说道，"当初是你将法器偷偷藏匿起来的吧？然后又设计陷害我与伊秧，带着我们俩差点落入席应真的手中。既然你主动说话了，那很好，你便排在第二位。八个时辰之后，帝崩法器不到便送你先去轮回。"

"张松排在第二位，那么不用说了，老人家我怕是排在第一位的，是吧？"归不归苦笑了一声之后，终于找到了说话的机会。顿了一下之后，老家伙继续说道："不过元秋先生你真的以为胜券在握了吗？你把广仁、火山两位大方师忘了吗？当初徐福敢将帝崩法器留在陆地上，单单指派了一个神识看管就万事大吉了吗？我老人家可不相信他没有嘱咐广仁大方师什么。老人家我说得对吗？"

最后一句话是对着广仁、火山的方向说的。老家伙说出这几句话的时候，两位大方师的脸色都变得难看起来。在帝崩法器这件事上，当初徐福是提防着他们师徒俩的。要不然的话，徐福当初也不会将另外半张地图交到归不归的手里，他宁可指派自己的神识看管，也不和他们师徒俩透露半个字。现在归不归将祸水引了过来，除了动手，他们师徒俩似乎再没有别的办法。

"归不归，你不要拖延时间了。我不是伊秧、赤胆和冬凤，你们几个人、妖就算一起过来，也没有一点胜算。"说话的时候，谷元秋伸手对着广仁、火山的位置虚点了一下。

一声剧烈的爆炸声响过之后，广仁、火山浑身是血地向后飞了出去，同时他们刚刚所在的位置被炸出一个黑漆漆的大坑。两位大方师在这位神祇的面前，竟然连还手的余地都没有。而且谷元秋这一下还断了归不归再次挑拨广仁、火山师徒对抗他的念头。

一下打飞了两位大方师之后，谷元秋不再理会归不归、张松等人。他看着面前稀稀拉拉的亡魂，原来看着无边无际的亡魂队伍这个时候已经有大半都被元昌吞噬掉。现在这个和尚的身体已经和一块烧红了的木炭一样，皮肤竟然泛出一种带着火光的赤红色。

看着元昌现在的样子，谷元秋露出了一丝厌恶的神情。不过他马上又收敛了这种神情，对已经睁开眼睛的元昌说道："记得你答应我的事，带回帝崩，打开天界的通道之后，我帮你寻找可以吞噬术法的对象。计划是你定的，如果没有成功，你的肉身、魂魄也不用存活在这世上了。"

"是，元昌拼尽全力，也会带着帝崩回来的。"和尚缓了口气之后，擦了擦额头上的汗水。随后他对谷元秋说道："席应真、任叁情同父子，只要神祇拿捏得当，就算是惊天动地的法器，大术士也不会不舍得的……"

说话的时候，元昌摇摇晃晃地站了起来，随后向着伊秋倒地的位置走了过去，想要将那位还昏迷不醒的神祇拖回来。就在这个时候，谷元秋对他说道："不要去触碰伊秋，你要做的事情不是这个，还是静下心来等着百无求将法器带回来吧。"

说完之后，谷元秋转身对归不归说道："席应真在什么地方你们知道，现在开始算时间了。让你的儿子快去快回，将法器带到元昌在洛阳城的府里。六个时辰之后，我没有见到法器，第一个死的是你，第二个是张松……"

"元秋先生，刚才元昌说的话你也听到了，应真先生和人参情同亲生父子，那你猜猜为什么他那么放心地把自己的儿子放在老人家我的身边？"归不归突然说了这么一句。从这句话里，谷元秋已经嗅到了一丝危险的味道。

这时，归不归伸手在背后摸了一把，等到他的手转回来的时候，手里已经多了一个好像圆筒一样的青铜法器……

第五十五章　露脸的事情

看到法器的一瞬间，谷元秋的脸色变得古怪起来。他竟然下意识地向左退了一步，躲开了法器正对着的位置。

"席应真竟然把帝崩交给你们……"谷元秋直勾勾地看着老家伙手里的法器。顿了一下之后，他继续说道："既然有这样的法器，刚才你为什么不用？一定要看到吴勉和伊秧两败俱伤吗？"

"老人家我可不敢肯定一个帝崩能对付两位神祇，只有让吴勉受点委屈了。"归不归虽然说得轻松，攥着法器的手指已经发白。顿了一下之后，他笑眯眯地对谷元秋说道："元秋先生，也别去麻烦应真先生了。帝崩就在这里，您就一位神祇……"

归不归的话还没有说完，谷元秋突然对着他手中的帝崩虚抓了一把。老家伙还没有明白出了什么事情，只是感觉手中一下空了，随后法器便到了神祇的手里。这个时候，归不归已经明白自己和神祇之间的差距了，看来不是每个人都有吴勉那样能弑神的本事……

帝崩到手之后，谷元秋脸上的表情才放松下来。他一边轻轻地摸索着这件法器，一边冷笑着对归不归说道："席应真给你帝崩的时候，就没有告诉你外面的只是一层铜套吗？帝崩在铜套里面……"

一句话还没有说完，刚刚放松一点的谷元秋又开始变得紧张起来。他在这件铜套的机关上按了数次，铜套都没有打开。数次之后，他将青铜圆筒拿在手中仔细地看了几眼，随后深深地吸了口气，抬头看了一眼正在冲着他嘿嘿直笑的归不归，将手里的青铜圆筒扔了过去，说道："这是假的，你用它来套我的开启之法。你们知道帝崩外面是护套，却没有本事打开它。好算计，你们早就算到元昌已找到了我，是吧？"

"神祇您猜对了，不过这都是归不归的主意，和张松无关……"说话的是躲在饕餮和睚眦身后的张松。这个时候的张胖子手里已经多了一块用石头打造的，黑乎乎又古古怪怪的龙形石条。除了龙形之外，石条再没有什么特殊的地方。

张松将大拇指按在石龙背麟上一块凸起的位置，将龙嘴对准了躲躲闪闪的谷元秋。做着这个动作的时候，张胖子还不忘苦着脸说道："元秋神祇，您老人家不要误会，我是被归不归那个老家伙胁迫的。您是知道张松是靠着夺舍才活到了现在，如果我不按归不归说的去做，他和吴勉就会让我魂飞魄散。他弄了一个假的法器，故意落到您的手里，然后逼着我偷看您开启法器护套的手段。您别看我现在用帝崩指着您，其实我心里是盼着用这件法器轰了那个老家伙的。您老人家放心，我这就是装装样子，心里不敢有一丝一毫伤害您神体的妄念。"

信你还不如信鬼！谷元秋心里大骂，脸上却没有丝毫的表现。连续躲了几次都没有躲开帝崩，他索性微微一笑，站稳了，对张松说道："我知道此事的根结都在归不归身上，和你无关。你是不是先把帝崩放下，小心误启之后方圆百里都要变成焦土了。"

"神祇你可千万不要误会，这都是那个老家伙逼我做的。他说法器离开神祇您之时，便是张松我魂飞魄散之日。您老人家看我夺舍活到现在不容易，别和我一般见识……"张胖子愁眉苦脸的，却丝毫没有要将法器移开的意思。

现在谷元秋已经在后悔为什么要在这里摆下禁制了，当初是防着这些人逃走，现在却害得他自己想逃都逃不了。他甚至不敢有任何异动，担心那个叫作张松的胖子一紧张，突然开启法器……

"元秋先生您可不要有轻举妄动的念头，不瞒您，这都是席应真大术士交代的。"这个时候，归不归又将屎盆子扣在了大术士的头上。老家伙嘿嘿一笑之后，继续说道："您老人家是神祇，天底下也没有几个像吴勉这样拿弑神不当回事的。元秋先生您放心，只要您答应一句以后不再打帝崩的主意，不再找我们的麻烦，应真先生那里老人家我去说，还有，元昌和尚麻烦您留下来……"

看到场面瞬息万变，站在谷元秋身后的元昌已经惊呆了。和尚的眼睛紧紧盯着神祇，心已经到了嗓子眼，就怕谷元秋点头同意，用自己来换取他的平安。

不过神祇就是神祇，再怎么样也不会做出这种卖同伴的事情来。谷元秋轻轻地摇了摇头，说道："我以前不想放弃赤胆和冬凤，道理都是一样。谷元秋所做或许有欠妥的地方，不过都是为了大事所迫。元昌做人有亏欠，不过他既然站在我的身后，我这个神祇便要保他的周全。"

说到这里，谷元秋顿了一下，目光从帝崩的龙嘴转移到归不归的脸上，继续说道："看来我的大事注定是成不了的，既然这样，我与元昌索性就用身体来祭法器。能死在帝崩之下，也算是死得其所了。来！张松你动手吧……"

说完之后，谷元秋整理了一下衣冠，随后继续说道："今日之事是我所思不密，我死之后希望你们不要为难伊秧，放他回到天上吧。经此之后，有他口中传说今日之事，天上便再无神祇下凡继续我的错事了。"说完之后，谷元秋正色看着端着帝崩法器的张松，就等着他启动帝崩了。

这个时候的张松也开始纠结起来。本来他和归不归做戏，商量好的是制住谷元秋或者伊秧，逼迫他们俩说出类似回到天界、永不下凡的誓言。没有想到吴勉竟然会超水平发挥，和伊秧斗了一个两败俱伤。只剩下谷元秋这么一位神祇，原本以为会更好处理，没有想到这位神祇竟然犯起了犟脾气，一心要寻死。

弄死一个元昌无关紧要，如果谷元秋也被杀死的话，万一他有个什么神祇朋友下凡来报仇的话，那真是受不了。这个时候，张松想起吴勉的好来，如果那个白头发的小白脸没晕倒，这个时候说不定已经抢过帝崩，先一步将他们俩解决掉了。

事到如今，说什么也不能将这祸事惹到自己身上。张松看着谷元秋，嘴里却对老家伙说道："归不归你过来一下，我有事和你说……"

不过老家伙也是人精，早就看穿了张松的心思。听到叫他，老家伙反而向后退了两步，边退边说道："有什么说的不背人，你就说吧。张松你说完之后赶紧送元秋先生上路，别耽误他老人家的时间。要不是老人家我年纪大了，这事就亲自干了。你自己想想，弑神，用神祇祭法器帝崩，这传出去就是流芳百世的事情，我老人家都替你感到露脸，张松你还等什么……"

这个时候，看到他们俩磨叽个没完的百无求犯了脾气。二愣子一把将归不归推开，拍着胸脯说道："老子我来！不就是送个神仙回天上吗？这有什么？你们的胆子出门的时候落家里了，没带出来是吧？你们俩以后出门别说认识老子，老子是妖丢不起那个……"

百无求说话的时候，已经走到了张松的身前，正好挡住了谷元秋的位置。张胖子大惊，一把推开了百无求，而这个时候那位神祇已经消失得无影无踪……

第五十六章　不敢动手

　　谷元秋消失的同时，张松已经一把将帝崩塞进了归不归的手里。而老家伙这个时候也傻了眼，他想不到自己辛辛苦苦算计神祇，眼看到了最后一步，却坏在了自己便宜儿子的手里。

　　已经抓住了先机的谷元秋这个时候不会遁走，他的目标现在就在归不归的手上。为了这件法器已经有数位神祇亡故了，现在帝崩就在眼前，他无论如何也不可能放弃这个机会。

　　就在老家伙思量下一步应该如何的时候，他身边四面八方同时传来谷元秋的声音："归不归，你拿着法器那就是我的敌人。你考虑一下，要么现在将帝崩放下，你或许能活命，要么我等你死后再将帝崩拿到手上。不管你死不死，帝崩都是我的……"

　　这句话还没有说完，归不归已经将手里的帝崩放在了面前的石头上，随后恭恭敬敬地说道："帝崩本来就是为了元秋先生您准备的，之前一点误会还请您老人家不要介意。都是张松……"说到这里的时候，归不归才发现张胖子已经带着两只龙种顺着刚才来的方向逃走了。刚才张松举着帝崩对着谷元秋半天，现在自然没有胆子继续留在这里。

　　张松逃走那就更好办了，就在归不归准备把屎盆子都扣在这个胖子头上的时候，放在他身前地面上的帝崩突然消失。随后谷元秋的声音又响了起来："归不归，我有大事要办。原本是要拿你的性命来祭法器的，不过稍后会有天神临凡的大事，杀生不祥。你记住，不是我不杀你，只是将你的人头暂寄在你的脖子上……"

　　说完之后，谷元秋不再理会归不归和两只妖物，他抬头看着天空。顿了一下之后，他突然后倾，随后猛地对着天空喷出了一个赤红色的巨大火球。这个火球的速度奇快，飞到天空中的同时还发出刺耳的风鸣之声。

　　只是片刻的工夫，火球已经直冲云霄。现在天色未亮，已经到了云霄之上的火球看着还是格外清楚。眼看火球就要冲破天际的时候，这枚巨大的火球突然爆裂，变成无数个小火球在夜色中翻滚，将地面照耀得如同白昼一般。

　　这个局面持续了半晌，眼看所有的小火球慢慢熄灭的时候，云霄之上传来一个若有若无的声音："谷元秋……你竟然真的找到了打开弥留路的方法……好，既然你做到了，那么我们便按照约定……你打开弥留路，我等众神便降世临凡……"

　　"众神尊稍等片刻，谷元秋这就打开弥留路……"说话的时候，他将帝崩举了起来，龙嘴的位置对准了刚才发出声响的地方。随着谷元秋按下机关，一股巨大的力量从龙嘴当中喷出。片刻之后，黑漆漆的夜空好像被这股力量撕开了一道口子。一道巨大的光柱从撕开的口子当中照射了下来，随后在一阵谁都没有听到过的礼乐声当中，无数个人影伴随着七彩霞光顺着光柱慢慢降了下来。

　　看到这个场面的时候，谷元秋脸上的表情变得很是兴奋。他抬头朗声说道："方士谷元秋恭请众神尊降世临凡！从今日起，天下万物皆归神统。从此以后，再无天界、凡世之分……"

　　这时候，谷元秋全部的精力都放在降世的天神身上。他身边的归不归等人完全对他造不成威胁。唯一能阻止这件事情的两个人，一个在东海钓鱼，另外一个虽然离得不远，不过他赶过来也阻止不了什么了。帝崩在手，他一个老术士又能做什么？

　　就在谷元秋踌躇满志的时候，两个人影突然悄无声息地到了他背后。其中一个人影身上闪过两道寒光，一道寒光对着神祇的后脑，另外一道寒光对着他手上拿着的帝崩射了过去。

与此同时，另外一个人影已经快速窜到了谷元秋的面前，举起一把冒着大火的长剑对他的脑袋砍了下去。而这位神祇的注意力都在天上那无数的人影上，似乎完全没有防备这个时候会有人前来偷袭。

眼看二人就要得手的时候，谷元秋的身上突然迸发出一道火光。这道火光闪现的同时，谷元秋的身上好像出现了一道看不见的屏障一样，二人手中的法器接触到火光后便寸进不得。随后，原本只是浮现在神祇身上的火光突然暴涨，一股巨大的冲击力将二人瞬间顶飞了出去。

动手的是广仁、火山二人，之前这两位大方师被谷元秋的神力所伤。好在他们俩仗着长生不老的身体，很快便恢复了过来。原本看着吴勉、归不归等人胜券在握，以为可以松口气的时候，形势突然发生了变化，帝崩到了谷元秋的手上。这位神祇真的将弥留路打开，开启了天界通往凡间的一条通路。

看到这里，两位大方师再也没有心思装死，趁着谷元秋的注意力都在天上的时候同时发难。原本广仁也没有想过能一鼓作气了结这位神祇的，只要趁着他慌乱的时候，将那件帝崩法器抢过来。这件法器在手，或许还有扭转乾坤的机会。但是二人都没有想到会输得这么彻底……

"广仁、火山，我们都是方士一脉，这次我就放过你们。再动手的话，我用你们俩来祭帝崩……"说话的时候，谷元秋还是紧紧盯着天空中那数十个人影。

"谷元秋，此事已经与方士无关。"广仁起身之后，盯着还在看着天空的神祇，继续说道，"你们既然已经飞升，便不要再来干预凡间的事情。当初方士不得干预国运，还是你和燕哀侯大方师一同提出来的。方士尚且不能干涉国运，神祇怎能统治凡间……"

一句话还没有说完，广仁身后再次飞出两道寒光，眨眼之间便射到谷元秋的身上。寒光闪现的一瞬间，谷元秋身上的火光再次出现。将化身寒光的两把短剑崩飞，这时候，谷元秋终于暂时将目光转移到了广仁的身上，皱了皱眉头之后，说道："当初徐福送你罪、罚双剑的时候，就没有告诉过你，当初这两把短剑是谁的法器吗？"

最后一个字落下的时候，两道已经崩飞的寒光瞬间飞了回来，不过这次不是冲着谷元秋去的，而是对着它们的主人广仁射了过去。大方师没有想到会这样，躲闪不及之下，被短剑射中了双肩。广仁被短剑带了起来，随后身子落地，被钉在了地面上。

火山见状急忙去替自己的师尊拔出短剑，不过他的手指接触到短剑的一瞬间，一声巨大的爆炸声响了起来。红头发的男人被炸得飞出去数丈，落地的时候已经再次晕倒，人事不知……

解决了两位大方师之后，谷元秋再次将目光转移到天空中正在徐徐降落的人影身上。他眼睛看着天空，嘴里却继续说道："归不归，是不是轮到你们了？你不比广仁、火山，一个出了门墙的人，我不用照顾周全的。"

"元秋先生您误会了，帝崩都到了您的手里，就算徐福、席应真来了又如何？老人家我是带着俩孩子的孤老头子，怎么敢和元秋先生动手？"听到归不归说完，谷元秋却感觉自己身后有一点异样，目光扫过的时候，就见刚才斩钉截铁说不会和他动手的归不归，已经到了他身后。老家伙的两只胳膊举在胸前，正在左右拉开手臂……

第五十七章 弑众神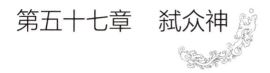

　　归不归要比广仁、火山二人聪明一点，老家伙没有距离谷元秋太近，他一边说着客气话，一边对着这位神祇使用了破空之法。等到谷元秋发现苗头的时候，再想躲避已经来不及了。归不归已经对着他拉开了手臂，一股排山倒海的力量对着他席卷而来。

　　谷元秋伸出另外一条手臂，挡在自己的胸前，单靠这一只手臂的力量硬生生扛住了破空。一阵天崩地裂的声响之后，谷元秋只是向后退了两步，随后稳稳地站住了，看着正准备逃离的归不归说道："我刚刚说完，你是出了门墙的外人，我不需要护你周全……"

　　说话的时候，谷元秋伸手对着归不归虚点了一下。就在这个动作做出来的同时，一个冷冰冰的声音说道："你不需要护他周全，我却不能不护归不归的周全。谷元秋，大事当前，你真的想要再树强敌吗？"

　　说话的是百无求，只不过这个时候他脸上的表情已经变了，他又变成刚才无论他怎么吹哨都召唤不出来的另外一个百无求。这句话救了归不归的性命，谷元秋的手指偏了一分，避开了老家伙的头颅，向着他的胸口点了下去。

　　一阵沉闷的声音响了起来，归不归的胸口瞬间被打出一个窟窿。仗着自己长生不老的体质，老家伙虽然伤重却好歹保住了性命。小任叁急急忙忙地跑了过来，将归不归的身体拖到了角落里。

　　这个时候，看到归不归保住了性命，"百无求"冲谷元秋轻轻地点了点头，再次说道："你这一下饶了他的性命，也救了你自己。看在刚才这一下的面子上，谷元秋，我提醒你一句，你的脸上已经浮现出了死气，现在放手还来得及……"

"放手？"谷元秋说着冷笑了一声。看了一眼天上被帝崩打通的通道当中有数不清的人影正在慢慢降落，他回头对"百无求"继续说道："我看不到我的败相在哪里，死气是凡人的浮浊之气，我千百年前已经不是凡人了，神祇你不要危言耸听。我也奉劝神祇一句，你还是尽早离开吧。等到稍后天上的众神下凡，浮现死气的或许就是神祇你也不一定了。"

"该说的我都说了，听不听由你。""百无求"慢慢地摇了摇头，走到了小任叁的身边，将已经昏迷不醒的归不归抱了起来。随后他看了一眼还晕倒在地的吴勉一眼，犹豫了一下之后竟然没有理会这个白头发的男人，将归不归扛在肩上，一手拉着小任叁向着夜色中走去。片刻之后他们三个便消失在了黑夜当中……

这个时候的谷元秋已经没有心思去关心"百无求"是怎么回事了，他继续眼睛一眨不眨地盯着天上的众神。虽然打开了这条弥留路，不过那条路太长，就算是天上的众神也需要一段时间才能降世临凡。

这时候谷元秋的心已经到了嗓子眼里，这件事谋划了这么久，还搭上了几位神祇的性命，眼看就要大功告成，他兴奋得两耳轰鸣，飞升之后这还是第一次遇到这种情况。

就在这个时候，站在他身边不远处的元昌突然大喊了一句："元秋神祇！小心吴勉……"这句话还没有说完，就见被"百无求"留在这里的白发男人慢悠悠地站了起来。他手握着那把谷元秋都有些忌惮的法器贪狼，正摇摇晃晃地向着谷元秋这边走来。

谷元秋这才将目光转到了吴勉的身上，看到这个白发男人连走路都费劲，这样了还要过来阻拦他吗？当下，谷元秋叹了口气，对吴勉说道："归不归已经走了，我不难为……"

他的话还没有说完，刚刚醒过来的吴勉突然有了动作，猛地将贪狼对着谷元秋甩了过去。谷元秋皱了皱眉，轻松地将贪狼接在了手上，随后冷笑了一声，刚刚想要说话的时候，面前人影一闪，吴勉已经到了他的面前。白发男人鬼魅一般伸手对着他的脖子抓了下去。

谷元秋身体表面再次浮现出将广仁、火山逼退的火焰。不过能将两位大方师逼退的火焰，到了吴勉这里却没有了效果。白发男人好像没有任何感觉一样，手指继续前进，已经接触到了他的脖子。

谷元秋这才感觉到有些不妙，在吴勉掐住自己脖子之前，身体向后退了出去。他的神力在伊秧之上，这个白头发的男人和伊秧打了一个两败俱伤，又才刚刚醒过来，怎么会有这样大的力量……

之前谷元秋和吴勉交过手，他自以为已经摸准了这个白发男人种子的力量。让他没有想到的是，现在还没有完全清醒的吴勉竟然会打破他的屏障，这当中似乎有什么他不知道的事情。

原本谷元秋并不打算将吴勉如何，不过现在大事当前，唯恐这个白发男人阻挠众神下凡，谷元秋只能痛下杀手了。当下他一把将吴勉甩过来的贪狼抓在手上，对着白发男人的脑袋劈了下去。

“谷元秋，你真的把我忘了吗？”一个不属于吴勉的声音从这个白发男人的嘴里发了出来，惊得谷元秋瞬间出了一身的冷汗。徐福的神识！他为什么会在这里……

就在谷元秋惊愕的时候，他手中的贪狼脱手而出，竟然到了“吴勉”的手上。随后，徐福神识的声音再次响了起来：“我不是这个刻薄鬼，对弑神不感兴趣。不过如果什么都不做，你也不会记住这个教训——你还想要对我使用帝崩……”说完之后，“吴勉”对着谷元秋已经举起来握着帝崩的那只手挥下了贪狼。

一道金色的血光闪过，谷元秋握着帝崩的那只手被“吴勉”砍了下来。随后白发男人将那件传说中的法器捡了起来，看着捂着伤口正在地上翻滚的谷元秋，说道："原本我只想要斩断你的一根指头，是你自己把整条手臂送过来的，那就不要怪我了……"

说完之后，"吴勉"不再理会脸色惨白，几乎就要昏厥的谷元秋。他抬头看了正在徐徐下降的天上众神一眼，随后将手里的帝崩对准了刚刚被谷元秋打通的通道，按动了帝崩上面的机关。龙嘴再次喷发出一股巨大的力量，这股力量咆哮着向根本没有躲避余地的众神扑了过去。

之前谷元秋只是使用帝崩轰开了天界和凡间相接的弥留路，众神下凡只能通过谷元秋打出来的通道。不管向左还是向右只要偏离了这条通道，都会进入两边弥留路的迷雾当中。现在看到帝崩的力量袭来，除了少数几个咬牙躲到了弥留路的神祇之外，绝大多数的神祇都被帝崩这难以置信的力量打中。他们的身体瞬间气化，直接化成了虚无……

谷元秋见到自己费尽千辛万苦，原本已经成功了九成九的大事，最后竟然毁于这个白发男人之手，重伤之下再也承受不起这个打击，当下喷出了一大口金色的鲜血，随后彻底晕倒。

看到天上的通道开始慢慢合拢，"吴勉"微微摇了摇头，他不再理会晕倒的谷元秋，转身慢悠悠地走进了黑夜当中。

片刻之后，谷元秋被自己的伤口疼醒。回想刚才的景象，这位神祇还是一阵恍惚。就在这个时候，一个光头和尚走到了他的面前，轻轻地笑了一声之后，对他说道："我得了神祇您的神力，不知道会如何……"

第五十八章　谁来办？

第二天一早，居住在附近的百姓向官府报告了凌晨发生的异象。这些百姓天不亮的时候便被一阵礼乐之声惊醒，出门便看到头顶上的天空被撕出了一道缝隙。这道缝隙闪烁着耀眼的光芒，有无数的神仙从天上缓缓地降落下来。

这样的场景之前只是在神话故事当中出现过，开始这些百姓还以为他们是在做梦，不过眼前这一切真实得不能再真实，当下，这些百姓们开始对着天上徐徐降落的神仙们下跪叩拜起来。

谁也没有想到，没过多久，一道光柱从地上射了过去，随后无数的神仙便化成了烟雾。不一会儿，天空中出现的缝隙也慢慢闭合，就好像什么事情都没有发生一样。

天光大亮之后，成群的百姓到了官府报官。一个两个是妖言惑众，几百名百姓都堵在县衙门口说出一样的景象，那可就不好说了。这样的大事发生在国都附近，当地的官吏不敢怠慢，当天便派出大批衙役到现场查探。

查来查去最后在长谷战场发现了问题，在这里发现了一具已经完全干瘪的人尸。这具尸体已被人斩断了一条胳膊，诡异的是从伤口位置能够看到金色的血迹。而且这具尸体里面的血肉好像被抽空了一样，完全就是皮包骨头，而尸体过度收缩已经辨认不出他生前的模样了。

就在衙役们啧啧称奇的时候，国都洛阳城传来廷尉的钧命。有人在长谷之地借天神下凡之说妖言惑众，意图不轨，有叛国谋反之心，应立即收押。当下，衙役们将所有报官的百姓收押，并按照廷尉之令记录下这些百姓所在的村庄。

当天晚上，一队鲜卑人官兵赶到了衙门。就在官吏们起床更换官衣准备迎接鲜卑人官兵的时候，这队官兵突然发难开始杀人。不管男女老少见人就杀，除了那些早上来报官的百姓之外，连官府的官吏、差人也杀得干干净净。

随后，鲜卑官军又分成几路。其中一队官军开始屠城，另外几个小队冲到早上报官百姓的村庄里面，将村庄里的百姓杀了个精光，临走之前确定没有活口之后，再一把火将县城和几个村庄都烧得干干净净。

事后，各地衙门都接到了洛阳廷尉的钧命，如有谣传洛阳城附近有天神下凡者都将视为谋逆，无须审讯立即处死。几天之后，再也没有人听到过洛阳城有天神下凡的传言。

十几天之后，归不归的洞府当中又开始热闹起来。天神下凡的第二天早上，吴勉和剩下半条命的归不归带着两只妖物找到了大术士席应真和小妞儿戴春桃。这个时候的归不归已经没有了说话的力气，被自己的便宜儿子背着，有气无力地听着小任叁述说昨晚发生的事情。

碍于百无求的本尊就在身边，小任叁比较隐晦地说出了昨晚另外一个百无求出现，救了归不归。不过他们走了之后又发生了什么事情，为什么后来帝崩又到了吴勉的手上，天上的众神为什么这么久都没下来，小任叁又说不清楚了。

这个别说小任叁，就连后来赶上他们的吴勉都说不出来发生了什么事情。为什么原本在谷元秋手上的帝崩会在他的手上，吴勉自己都说不清楚。他只记得自己和伊秧斗得两败俱伤，等到他恢复意识的时候，已经走在官路上了，前面就是百无求、小任叁和归不归他们……

不过不管怎么样，帝崩回到了他们的手上，天上的众神也没有下凡。现在归不归的伤势太重，要回去休养。当下百无求找到了当地泗水号的商铺，亮明了自己的身份之后，蹭了两辆马车载着他们这些人回到了洞府。

仗着自己长生不老的身体，归不归没有两天便恢复了正常。老家伙找了个机会，拉着吴勉坐到了另外一辆马车上，一起回忆当时的情景。这两个本来就是顶聪明的人，结合小任叁说的话，没过多久便猜到了八九成。

老家伙靠在车厢上，笑眯眯地对吴勉说道："看来就是徐福那个老家伙的神识不放心你我，最后是他解决了这件事情。人参说了帝崩是用过第二次的，就是这一下了结了这么多的神祇。如果不是那个老家伙的神识，又不是席应真那个爸爸，老人家我可不相信广仁、火山能做到……"

归不归说话的时候，吴勉正看着车外的风景。听着老家伙说到了广仁、火山爷俩，他抬起眼皮看了归不归一眼，说道："你我现在都在猜测，想知道出了什么事情就要去问他们俩，还有公孙屠……"

没过多久，他们便见到了公孙屠本人。这位取代百里熙成为当世炼器第一人的方士就等在归不归的洞府门口。那晚元昌露面的时候，他感到了危险，先一步偷偷离开了长谷。他只是一个小角色，元昌看到他离开也没有如何为难。

公孙屠虽然离开了长谷之地，不过他也是有好奇心的人，在当地留下了一个可以窥视的法器。因而当天晚上的事，除了元昌之外，知道来龙去脉的也只有他一个人了。

见识了那一晚帝崩前后两次开启的效果，公孙屠心里更加坚定了要仿制一两件帝崩法器。和帝崩相比，其他的法器也不叫法器了。为了讨好吴勉、归不归这些人，公孙屠将自己的法器取了出来，将那晚自己看到的景象给这些人（除了百无求之外）也看了一遍。

前面发生的事情和归不归猜想的一样，后来发生的事情让归不归脸上的笑容凝固了。就见元昌和尚和上次吞噬问天楼楼主姬牢之时一样，将一只胳膊被"吴勉"斩断，没有丝毫抵抗能力的谷元秋的神力吞噬干净。

和之前被吞噬的姬牢不同，随着神力被元昌吞噬，谷元秋的身体也发生了巨大的变化。原本高高大大的身体慢慢萎缩了，最后变成皮包骨头的样子，被元昌扔到了地上。

不过这神力也不是元昌轻易就消化得了的，吞噬神力之后的和尚全身开始渗出鲜血来。红色的鲜血到最后变得和黄金一个颜色，这个时候的元昌还想要去吞噬伊秧的神力。无奈刚刚吞噬得太多，已经没有余力再去吞噬伊秧了。他连走路都晃晃悠悠的，更不用说带走伊秧。而且此时他没有能力抵御外敌，他需要一个静修之所去消化自己吞噬的神力。

虽然不舍得那一块大肥肉，不过权衡利弊之后，元昌还是放弃了依旧昏迷不醒的伊秧，晃晃悠悠地离开了那里。

元昌离开之后不久，火山醒了过来，将自己师尊身上的短剑拔了出来。随后两人耳语了几句，火山将昏迷的伊秧背在身上，跟着自己的师尊离开了那里。

看到后面的景象之时，归不归已经将自己的便宜儿子叫了回来，二愣子跟着一起看完了最后发生的事情。等到法器彻底没有了影像之后，百无求瞪着眼睛说道："想不到我们忙乎一通，这锅肉最后便宜了元昌这个不要脸的。怎么什么好事都是他的，你们不是就这样放着他修炼什么渊噬吧？人家不光炼成了，还吞了谷元秋。老子早就看这个小子不是东西，从他在姬牢手下当弟子那会就看出来了……老家伙，你说现在该怎么办？"

"怎么办……"归不归怪异地笑了一下之后，说道，"广仁大方师不是亲口说了嘛，他去办……"

第五十九章　成亲

　　没有了谷元秋，席应真也没有了待在这里的兴趣。虽然他还是一如既往地喜欢那个蹦蹦跳跳，没有一点正形的小任叁，不过他是个坐不住的性子，和这几个人待在一起久了，他自己也有些烦了，最终在一天早上不告而别。

　　众人知道老术士的脾气，当下也没有感到意外。只有小任叁闷闷不乐，不过小家伙没有常性，过几天也就好了。席应真也大度，走之前连提都没有提帝崩。他也看出来那件法器到了吴勉的手上，八成也要不回来了。这个白头发的小白脸酸脸猴子似的，一个没谈好也许直接掏出帝崩先给他来一下。

　　席应真虽然不再打帝崩的主意，不过另外一个人却不打算就这样放弃。公孙屠赖在这座洞府里面，只要看见吴勉便有事没事地献殷勤。一连两三个月，白发男人终于被方士说烦了，竟然真的将那件龙形法器交到了他的手里，说道："帝崩给你，嘴闭上……"

　　"不是给，是借！"一边的归不归被吴勉的大方吓了一跳，当下瞬间冲到他和公孙屠中间，说道，"咱们有什么话说在前面，别事后再说老人家我坑你。这件法器借给你，不过不可以带出洞府，不可以拆解，不可以使用。炼制出来的法器第一件是你的，第二件归我们。这个没有问题吧？"

　　这时候公孙屠已经看到吴勉将帝崩取了出来，他的眼睛直勾勾地盯

233 —

着那件法器，完全听不清归不归在说什么，只是木讷地点了点头。

公孙屠除了痴迷于炼器一道之外，并没有什么坏心眼。不过归不归还是不放心将这么重要的法器交给他，当下和公孙屠商定，他琢磨法器的时候归不归必须要在场。没有老家伙的允许，公孙屠不得私自触碰法器。

为了能仿制出一件一模一样的帝崩，公孙屠连这么不讲理的条件都答应了。当下他只能在归不归的陪同之下，才能近距离观察帝崩。就算要看某处比较隐秘的位置，也要归不归亲自拿着让他观看。除非是龙尾、龙腹这样基本不可能接触到机关的位置，归不归才勉强让公孙屠上上手。

最后还是吴勉实在看不过去，说了话："就算是百里熙复生，你让他这么看，能看出什么来？"

说话的时候，吴勉从归不归的手里将帝崩取了过去，放在公孙屠的手里之后，说道："拿在手里看，你有本事拆开，就有本事重新合拢。拆开、合拢一次还我一个帝崩作为利息，可以做到吗？"

将帝崩捧在手里，公孙屠的手都开始微微颤抖起来。这个时候，他除了点头之外什么都做不了。捧着这件传说中的法器，他激动得眼泪差点流了下来。看着公孙屠要哭出来的样子，吴勉翻了翻白眼，指着归不归说道："需要什么天材地宝就管这个老家伙要，洞府有的你拿来就用，洞府没有的自然由他去张罗。"

吴勉说完之后，头也不回地走进了自己的洞室。归不归苦笑一声之后，自言自语道："拆开、合拢一次就要一件新帝崩作为利息。老人家我才明白过来，这里算得最精的是这个白头发……"

有了吴勉的话，公孙屠终于可以名正言顺地拿走这件传说中的法器了。看他一门心思要仿制出帝崩的架势，归不归也不再怀疑他，当下又给他找了一间空置的洞室，让他安心在里面钻研起来。

安置好了公孙屠之后，这些人又开始继续以往的生活。和往常有些不一样的是，现在洞府当中除了多一个公孙屠之外，又多了一个和小任叁差不多大小的戴春桃。这个小女娃自从认识了吴勉、归不归之后，几乎就没遇过什么好事。她刚刚拜在广仁大方师的门下学道，广仁便开始到处奔波。好在这个小女娃的适应能力极强，加上一个看似和她差不多大的小任叁，两个小娃娃也能玩在一起。老家伙归不归还隔三差五地教授他们俩一些术法，算是代替广仁成了她的半个师尊。

小女娃戴春桃自己都不明白，为什么这几个人对她这么好，好得完全不像是对外人。戴姑娘都有一种回到家里，和久未蒙面的家人待在一起的感觉。小半年过去，戴姑娘自己都有了就算待在这里一辈子也不错的想法。

这样一晃过了两年，戴春桃到了发育的时候，归不归、小任叁这几个才感觉到有些别扭。原本和人参差不多高的戴姑娘两年时间便高出小任叁大半个头，而洞府里面就她一个女人。剩下的不是男人就是雄妖，连百无求这样的二愣子都开始把马桶放进自己的洞室里，再也不像以前那样半夜被尿憋醒之后脱裤子就尿了。

看着慢慢长大的戴春桃，归不归开始有事没事便和吴勉嘀咕："再过两年就要给她找婆家了……你说要是她男人以后欺负她，那可怎么办……妞儿出嫁的时候，咱们给多少陪嫁合适？老人家我倒是在长安城存着几十万两的金子，你说会不会吓着她婆家人？"

就在吴勉受够了归不归，准备给他来点什么，让老家伙清醒一点的时候，解决妞儿大事的人到了洞府门口。一天中午，两个人影出现在洞府门口，正是差一点死在谷元秋手下的广仁、火山两位大方师。

"吴勉、归不归两位可在洞府里？广仁、火山师徒特来拜访。"广仁站在洞府门口喊道。淡淡一笑之后，他对里面继续说道："小徒春桃在府上叨扰久了，这次我这个做师尊的是来接她回去的。春桃虽然是我的弟子，不过她家中还有亲人长辈。她幼年时期定下过一门亲事，年后她就要成亲做他人的新娘了。广仁要带她回去了……"

虽然吴勉、归不归这几个人打心眼里厌烦这师徒俩，不过听了广仁大方师的话之后，归不归还是有些无奈地打开了洞府的法器。但凡有第二个理由，归不归就算死在洞府当中，也不会再开洞府让他们俩进来的。

看到好像没事人一样的广仁进了洞府，吴勉直接回到了自己的洞室。留下来的归不归、百无求和小任叁都没有什么好脸色，只有戴春桃小心翼翼地走到了广仁的面前，对广仁行了师徒之礼，随后规规矩矩地走到了广仁身后，和火山并排站在一起。

看着这个小丫头到了广仁的身后，归不归心里开始别扭起来。但老家伙脸上没有什么表情，他平静地对广仁师徒俩说道："两年多不见大方师了，想必两位大方师一直在为元昌和尚的事情烦恼。今日能到老人家我这小小的洞府里面，那元昌和尚一定是被两位大方师解决掉了。"

广仁微微一笑，说道："这个归师兄你猜错了，元昌已经失踪了两年，我们师徒俩寻找未果，正巧遇到春桃徒儿的家人。如果不是遇到他们，我差点忘了这孩子都快到嫁人的年纪了。"

"元昌失踪了？"归不归微微怔了一下，那个和尚已经得了谷元秋的神力，现在应该正是不可一世的时候，怎么说失踪就失踪了。不过想起从公孙屠的法器中看到吞噬了神力的元昌和尚离开之时脚步踉跄的样子，难不成元昌这两年都没有将神力消化干净吗？

第六十章　最合适的人选

元昌失踪的同时，北魏皇帝拓跋宏也因为旧疾突发而身亡。据说他临死之前都在寻找元昌和尚的下落，死前最后一道旨意是废除这个和尚的一切特权。拓跋宏死后，官府还在洛阳城的大小寺庙当中搜捕过元昌，这在当时也算是一段奇景。

"看来元昌也知道自己得罪的人太多，有了神力也不敢待在洛阳。"归不归嘿嘿一笑之后，继续说道，"不过这个和尚虽然不见了，可不等于说广仁大方师你之前答应的事情就算完了。老人家我是你的话，就赶紧去联络在海上钓鱼的徐福。现在元昌已经尾大不掉了，席应真那个爸爸大概不能听大方师你的号令，现在也只有你们家徐福大方师能对付得了他。"

"这个也是广仁前来的目的之一。"广仁点了点头，继续说道，"徐福大方师之前下过法旨，广仁、火山不可离岸，所有的沟通都要其他方士来做。现在陆地上能委以重任的也只有公孙屠师弟了，我记得他一直在各位的身边。"

"公孙屠……有这么一个人吗？"归不归有些夸张地看了广仁、火山师徒一眼之后，回头冲自己的便宜儿子说道，"傻小子，你认识这位方士吗？"

百无求这么多年守在归不归的身边，别的没有学会，胡说八道的本事已经炉火纯青了："谁？公孙屠？听名字就不像好人。老家伙，老子是正经妖，你别什么不正经的人都要问老子。"

听到这父子俩不说人话，火山瞬间便沉下了脸，咬牙盯着面前的父子俩说道："你们都得了失心疯吗？前几天在柯阳城谁和你们在一起的？没有他，你们又怎么能发现我与广仁大方师的？"

"不是你们自己走出来的吗？"没等归不归说话，百无求已经瞪着眼睛继续说道，"你不说，老子还不好意思提。你们爷俩躲起来看热闹是什么意思？要不是被我们家老家伙看穿了，你们俩是不是就等着看我们的笑话了？今天咱们把话说清楚，那些枉死的百姓有一大半都要记在你们爷俩的身上。当初若不是你们袒护元昌的话，他们怎么可能死得那么惨？死了魂魄还要被元昌……"

百无求的话还没有说完，就听见里面一间洞室里发出一阵大吼："怎么可能有人炼制得出来！这个算是什么法器……根本就拆解不了……"话音落时，就见一个披头散发的半大老头从洞室里面跑了出来。

出现的正是刚才众人还为之争执的公孙屠。这方士也不知道多久没有洗脸、洗澡了，脸上满是油泥，身上散发出一股恶臭。不过这个时候广仁、火山已经没有工夫注意这些了，两位大方师的眼睛正一眨不眨地盯着公孙屠手里抓着的那件龙形法器。

两位大方师都是亲眼看到过法器威力的，两个人都有一种冲过去将它拿在手里的冲动。不过两个人还是慢了一拍，公孙屠出现的同时，白头发的吴勉已经站在了他的身边，抢先一步接过了公孙屠手中的帝崩。

看到吴勉将帝崩拿在手里，广仁、火山心里都在暗暗后悔，早知道刚才就先动手了，有了帝崩在手，就算那个吞噬了神力的元昌又怎么样？可惜，就差了那么一点点……

好不容易将目光从吴勉手中的帝崩挪开之后，火山冷笑了一声，对归不归和百无求说道："刚才是谁说的没有见过公孙屠的？那么我要请问这个人是谁？"

"这个人是来偷取帝崩法器的。"归不归脸上看不到一丝尴尬的表情，顿了一下之后，继续说道，"本来看在你们两位大方师的面子上，老人家我不想说的。不过既然你们问了，那么说说也好。你们都看到了他手里拿的是什么，如果是你们两位大方师，会把这么重要的法器让外人保管吗？是吧？吴勉……"

白发男人压根就没有理会归不归的话，他将帝崩收好之后，对还在纠结的公孙屠说道："刚才你说的什么？什么叫作法器拆解不了？"

公孙屠失神地看了吴勉一眼之后，摇了摇头说道："原本我以为这件法器是由几块灵石拼接而成，所有的机关都在内部。我翻来覆去地找了两年，用尽了各种办法，都找不到拼接的缝隙。原本有一处纹理让我看到了一点希望，刚才证实这只是石头的纹理……当初炼制这件法器的是什么人，他是怎么炼制出来的……不对，炼制帝崩的一定不是人，是天上的神……也不对，我见过的那几位神不可能炼制出这样的法器……"

看着公孙屠浑浑噩噩的有些不大正常，广仁叹了口气，走到了他的身边，拍了拍他的肩膀之后，说道："既然知道了不可能拆解这件法器，你又何必再去想呢？正好我有一件事情要劳烦你跑一趟，去海外寻找徐福大方师……"

广仁说了几句话，公孙屠都好像没有听到一样。他的眼睛仍然直勾勾地看着吴勉收藏帝崩的位置，没等大方师说完，他突然开口说道："你再把帝崩借我看几天，我马上就能找出打开它的办法。就差一点……你信我，再有两年我一定可以打开帝崩的。不用两年，一年……一年就行……"

"我改主意了，一眼都不行。"吴勉看了看公孙屠之后，继续说道，"你跟广仁、火山离开这里，帝崩这辈子都不要再想了。"

现在的公孙屠已经有些疯癫，他竟然拉住吴勉的衣袖，不停地嘀嘀咕咕："半年……一个月就行，要不三天……我一定可以拆开帝崩的。只要看明白里面是如何炼制的，我就可以炼制出十个、二十个，甚至一百个一模一样的帝崩……"

"你们可以带着他离开了。"吴勉不再理会公孙屠，转头直接对两位大方师说道，"还有，去找徐福的事情你们还是另派他人吧。现在让公孙屠出海，他能不能活着见到徐福还是一个问题。"

看到公孙屠疯癫的样子，广仁也皱起了眉头。大方师伸手在他的脑后抹了一下，疯疯癫癫的公孙屠便失去了知觉。后面的火山过来将公孙屠扛在了肩上，和自己的师尊对视了一眼之后，他先一步将这个方士带出了洞府。

看着火山离开之后，广仁回身对归不归说道："归师兄你也看到了，现在公孙屠这个样子，已经不能再委以这样的重任。广仁、火山不便出海，可能还要你们几位辛苦一趟。毕竟大家都是方士出身，还望归师兄你看在往日的情面上……"

"看在往日的情分上，我老人家一定给你们找一个最佳出海的人。"没等广仁大方师说完，归不归已经抢先打断了他。顿了一下之后，老家伙嘿嘿一笑，继续说道："广仁大方师，徐福还是看老人家我不顺眼的，这样的事情我老人家也是不适合去干的，不过天底下这么多人，一定会找到一两个你们家徐福大方师待见的人。"

看到归不归没有丝毫回转的意思，广仁苦笑了一声之后，说道："那么此人就由归师兄你来找了，如此，我也不再打扰。如果找到此人，归师兄你是有办法找到我们的。"

说完之后，广仁带着有些不舍的戴春桃离开了洞府。看着他们的背影消失之后，吴勉慢悠悠地对归不归说了一句："还真有一个适合去见徐福的人……"

第六十一章　罪孽之地

席应真还没走的时候，和归不归聊天，曾经说过前些年他路过一个小山村，见到过他那位新拜的师尊邱芳。老术士这辈子收的弟子不计其数，多得连他自己都记不清有多少了。不过他正经拜过的师尊就那么两位，其中一位正是这莫名其妙就收了大术士为徒的邱芳。

当时的邱芳住在一间破旧的土坯房中，靠着两亩薄地过活。如果不是他身上的气息未散，靠面相席应真是完全认不出来这是自己的师尊。当初拜了邱芳为师之后，席应真为他消除了身上的疾患，随后便不辞而别，想不到时隔多年会在这个只有十几户人家的小山村里再次见到这位师尊。

自从拜了邱芳为师之后，席应真便没打算在师尊膝前尽孝。老术士这么多年一直都是躲着自己这位师尊走的，谁能想到邱芳也没有找他的打算。邱芳应该是想在这个小山村里终老的。

席应真并没有去打扰自己这位师尊的打算，远远地看了一眼之后便离开了。如果不是说闲话的时候说到这里，他自己都快忘了还有个师尊活在世上。

现在公孙屠已经被帝崩折磨得疯了，而广仁、火山二人又被徐福拘在了陆地。看起来最适合代替公孙屠往来徐福、广仁之间的信使也就是这位邱芳了，之前这样的事情就是他在做。

为了截住广仁请他们去对付元昌的话头，吴勉、归不归带着百无求和小任叁准备辛苦一趟，也给了邱芳一个再见徐福的机会，让他亲自在大方师面前请罪。不管事后如何，起码给了这位方士了却心愿的机会。

戴春桃离开之后，小任叁和百无求也没了精神，当下二人二妖一拍即合，借着这个机会出去走走也好，留在这里睹物思人也不舒服。

第二天一早，百无求带着归不归的亲笔书信下了山，在山下找到了专门为他们设立的泗水号货栈。几个时辰后，吴勉、归不归带着小任叁下到山脚时，已经有两辆马车连同十几个人的车队在等候他们了。

邱芳所在之处位于南朝管辖之地福州附近的一处小山村。这里比起鲜卑人统治的北朝要安全很多，起码街上的老百姓不用担心身边会突然冒出一个鲜卑人来砍杀自己。只是在过南北边界的时候有些麻烦，好在车上坐着的是吴勉、归不归这样的奇人异士，过几个重兵把守的关卡还是不成问题的。

就这样，也走了二十多天才到达福州。在这里稍作休整之后，车马队又开始向着席应真所说的小山村行驶过去。到了这片山村之后，才发现这里比席应真描述的还要贫穷数倍。

原本以为邱芳怎么说也是方士出身，当年还被大方师徐福所青睐，所住之地再差也差不到哪去。没曾想到了这里，吴勉、归不归才见识到什么叫作真正的穷人。车马队进了小山村之后，发现稀稀拉拉围观的人身上的衣服满是补丁，有的衣服只能挡住前面，随便一转身就能看到从衣服破洞里露出来的屁股。而且这些人面黄肌瘦、皮包骨头的，好像生下来就没有吃过饱饭一样。

村子里面的房屋也简陋得可怕，有的房子倒了一半，一家人蜷缩在另外半间屋子里，好像一场大一点的风便能将房子吹塌。这里的村民不只穷，还怯生。泗水号的人刚一下车去打听邱芳的事情，村民们便一哄而散。

"不用打听了，这村子才多大，一直往前走吧，左右不过十几间房子，总能找到我们要找的人。"归不归看着泗水号的人打听不到，便笑呵呵地将他们叫了回来。这个时候，他的便宜儿子看着重新围过来看热闹的村民，对自己的"亲生父亲"说道："老家伙，老子怎么看着褂子还是这几件破褂子，可衣服里面好像换人了？是老子看错了吗？"

"没错，衣服还是那几件衣服，不过人不是刚才的人了。"归不归古怪地笑了一下之后，继续说道，"这里太穷，两三个人才一件褂子，平时谁出门谁穿。咱们进了村子，他们都想出来看看热闹，这才换了衣服轮着出来瞧热闹。"

这些年来，他们这些人走南闯北的什么地方都去过，不过像这么穷的村子还是第一次见到。按理说南朝富庶，可现在这么穷的村子连北朝都找不到，想来也算是稀奇了。

当下，在周围村民的围观之下，车马队一直向着村子的纵深处驶去。最后经过一间还像样的房子前，归不归突然叫住了赶车的百无求，指着那间土坯房说道："傻小子，就是这里了。那个谁你去叫门，就说旧友吴勉、归不归前来拜访邱芳先生。"

归不归叫的是泗水号的管事，当下这人一溜小跑，到了房门前，拍打了房门之后，将归不归交代的话重复了一遍。不过门里面并没有什么人回应。管事又连续叫了几次门，始终不见有人应门，只能回到归不归的身边禀告。

"老人家我都看到了，不是没人，是在等着我们亲自去请……"说话的时候，归不归嘿嘿一笑，看了坐在身边的吴勉一眼。见到这个白头发的男人没有什么不悦的表情，他这才笑眯眯地说道："坐了这么久的马车，也该下去走走了。我们亲自去请，看看屋子里面的人是不是还那么不讲情面。"

说完之后，归不归第一个下了车，随后，吴勉、百无求和小任叁也都下了车，跟在老家伙的身后。没有几步一行人便到了那间土坯房的门口，归不归轻轻地拍了拍门板，说道："开开门，看看谁来看你了。能让老人家我亲自来请的，上次是徐福那位大方师，这次就是你邱芳了……"

归不归喊了几句，也不见屋子里面有人应答，于是嘿嘿一笑，回头冲自己的便宜儿子说道："傻小子，来，你来和他讲道理。"

归不归的话刚刚说完，已经等不及的百无求冲过来一把推开了老家伙，说道："里面有喘气的吗？老子拖家带口地来看你了……"说话的时候，二愣子也不等里面的人回应，直接抬腿将两扇房门踹碎。只见在这间简陋的房子里面，一个穿着相对干净一点的男人面朝里躺在一张土炕上。

听到大门被人踹开，这人叹了口气，从床上爬了起来，对走进屋来的几个人苦笑了一声，说道："本来我已经和村长说好了，我死之后这房子归他，他得管全部的村民一顿饱饭。现在门没有了，他还不知道要往粮食里面掺多少麸子。"

说完之后，这人下了床，走到床前的破陶盆前，用已经看不出颜色的毛巾擦了擦脸。擦干净了脸上的油污之后，邱芳的那张脸显露出来。多年不见，这位方士也苍老了不少。就算他有驻颜的术法，也经不起这样的折腾。

"想不到我住在这里，你们还能找到。这里没有什么茶水，食水碱气大，你们喝不惯，我也就不折腾了。"说话的时候，邱芳不小心将自己的长袍撕了个口子，他有些无奈地叹了口气，从墙上取下一个小小的布袋，从里面取出针线开始缝起衣服来。

看着邱芳一针一线地缝衣服，一直没有言语的吴勉突然开口说道："这个村子还真是适合你，都是犯过大罪孽的人，生前在这里消减罪恶，死后的惩罚也会小一点，是吧……"

吴勉说话的时候，邱芳的身子一颤，手里的针尖扎到了手指上，鲜血顿时冒了出来……

第六十二章　传话之人

归不归笑眯眯地看了一眼邱芳手上的鲜血，说道："能看到红色的鲜血很好，最近老人家我看到的都是金色的血，看得都烦了，还是红色的血好看……"

邱芳擦了擦血迹之后，也没有心思去缝补衣服，看着归不归说道："血当然是红色的，怎么可能会有金色的血？归老先生您这是话里有话。"

"邱芳你待在这里太久了，真是什么都不知道。"归不归嘿嘿一笑之后，将几年前发生的事情原原本本地说了一遍。

老家伙说话的时候，邱芳低头听着，从头到尾都是一副波澜不惊的样子。直到归不归说完，他才抬头看了老家伙一眼，说道："这几年我一直待在这里，想不到外面竟然连天神都下凡了。如果不是今天听归老先生所说，我还以为神仙和凡人一样，都是红色的鲜血……"

"重点不是红的、金的血。"站在归不归身后的百无求忍不住开口说道，"姓邱的，老子替他们说！现在广仁、火山他们俩需要找个人告诉徐福这里发生的事情。说白了，他们对付不了元昌。孩子在外面受欺负了打算回家找大人出头。以前你就是干这活的，说你干不干吧……"

"你们找错人了，我现在不是方士了。"邱芳淡淡地说了一句，随后继续低头缝补起自己的衣服。他一边穿针引线，一边好像喃喃自语一般说道："以前还是方士的时候，该做的不该做的我都做了，该我承受不该我承受的也都承受了。现在我不是方士了，就不要再来为难我了吧？再熬几年赎清了罪过之后，我就可以安心去投胎了。你们就当我已经死了，请广仁、火山两位大方师更换人选，不可以吗？"

邱芳这几句话直接堵住了吴勉、归不归这几个人的嘴。当初这位方士是如何一步一步变成现在这样的，他们看得清清楚楚。和当年的鲸鲛一样，邱芳也只是徐福的弃子。从头到尾他背了一路的黑锅，最后徐福良心发现将他召回到身边。不过也因为长久积累的怨气，让邱芳一时糊涂犯下了大错。

这么多年以来，邱芳都在惩罚自己。原本他有数次机会可以自我了断的，不过因为死后无颜面对被自己害死的无辜同门，他才躲在这个专门为了给人赎罪而建立起来的村落里。

村子里面的居民都是犯过大错的人，他们当中有前朝的大臣、富贾，甚至还有南北两朝的皇室贵族和几个修道门派的修士。这些人都是死后没有脸去面对被他们害死的亲友，不知道从哪里听说了住在这里可以赎清自身的罪孽，便放弃了各自的富贵荣华，躲到这里来过这样半隐世半赎罪的生活。这些人相信，只要在这个村子里清苦地待到死，便可以消除他们生前大半的罪恶。

场面有些尴尬和冷清。片刻之后，归不归终于再次开口，对邱芳说道："老人家我知道你也是代人受过，原本最应该待在这里的人是徐福那个老家伙。那个老家伙躲到了海上，还在操控陆地上的事情。不是他瞎搞也没有这么多的事情……"

"归老先生请自重，邱芳是邱芳，大方师是大方师。不要将邱芳的过错安在大方师的身上。"邱芳冷冰冰地抬头看了归不归一眼之后，继续说道，"如果几位没有其他的事情，那就请回吧。稍后我还要去田间耕种，乡间简陋，便不留各位了。"

听到这两句话，归不归也找不到应对的话了。老家伙臊眉耷眼地看了吴勉一眼，正想征求这个白发男人的意思时，吴勉突然坐在了邱芳的面前，看着他说道："如果到死也没有减轻那几个被你害死的人对你的怨念，那么你怎么办？死后敢面对他们吗？到时候连死都不敢死了，这些年的自赎是不是就白费了？"

邱芳愣了一下，半晌才对吴勉说道："连死都不能死，那该怎么办……"

"该怎么办不能问我们几个，邱芳，不是老人家我说你，你问错人了。"这个时候，瞬间明白过来的归不归笑嘻嘻地走了过来，对邱芳说道，"你是徐福大方师的弟子，他们几个也是他的弟子。有的事情你说得喉咙冒烟，也没有你师尊说一句话好使。找到徐福，问他这件事怎么办，他一句话就可以消除那几个人对你的怨念。"

一说到这里，邱芳又沉默起来。这个时候归不归已经看出来他动摇了，当下又在火上加了一把柴："老人家我吃的盐比你吃的饭都多，听我老人家一句劝。去求徐福说句话，那几个人对你的怨念也就消了，你也不用自己和自己过不去了。"

"你们请回吧……"沉默了半晌之后，邱芳还是摇了摇头。看起来要他再去见徐福，比去面对那几个死在他手上的同门也容易不了多少。犹豫再三之后，邱芳拒绝了吴勉的提议："多谢各位的好意，邱芳自己的事情还是自己做主的好，不劳各位费心了，请回吧。"

无论归不归怎么劝说，邱芳死活就是不松口。他们只能从这间土坯房中走了出来，回到马车上之后，他们开始商量起如何说服邱芳去见徐福。

"你们费那个心思干什么？老子给你们出个主意。这样，现在你们就去把邱芳绑了，让刘禧派一条大船，载着邱芳去找徐福。"看着自己的"亲生父亲"说不到重点，百无求瞪着眼睛继续说道，"老子知道刘禧、孙小川他们和徐福走买卖，他俩鬼精鬼精的，一定知道怎么才能找到徐福。到时候元昌见也得见，不见也得见。"

"傻小子，邱芳在船上动手的话，你猜猜，谁能拦得住他？"归不归嘿嘿一笑之后，继续说道，"邱芳也傻，都什么时候了还替那个老家伙说话。宁可躲在这里受活罪，也不去给自己的师尊添乱。这么好的弟子，当年老人家我怎么碰不到一个呢？"

说话的时候，就见对面土坯房的大门打开，邱芳扛着个破锄头从里面走了出来。他好像没有看到停在家门口的马车一样，从从容容地走到了不远处的田地里，当着马车上这些人的面，开始劳作起来。

归不归吩咐马车驶到邱芳的田地旁，车上这些人连同泗水号派来的随从共几十号人就这么看着他如何耕作。

百无求闲得无聊，趴在车窗上看着邱芳。突然他想到了什么，回头对归不归说道："不对，他在干什么？就是用锄头刨坑，再用锄头把这个坑填满是吧？老子就算不是人，也知道要撒种子什么的。你们谁看见这个邱芳下种子了？"

"他就是自己给自己找活干。"归不归嘿嘿笑了一下。看着邱芳忙碌的样子，他继续说道："他是辟谷的，不需要这点吃食充饥。也不知道谁和他们说的，遭点罪就算是赎罪了，那样的话还要刽子手干……他怎么来了……"

这个时候，归不归的眼睛突然发直，就见一个熟悉的身影出现在邱芳的身边……

突然出现的是一个中年人，这人一身方士打扮，正是那位徐福大方师留在陆地的神识。他出现之后也好像没有看到吴勉、归不归这些人一样，径直走到了邱芳的身边，轻轻地叹了口气之后，对好像被雷击中一样的邱芳说道："我是来传话的……"

第六十三章　唇语

　　听到这句话的时候，归不归、百无求都竖起了耳朵。不过神识说到后面的时候声音突然消失，老家伙只看见他的嘴唇上下抖动，却听不到一个字发出来。而邱芳的眼泪瞬间便流了下来，跪在神识面前已经不能自已。

　　"嘿！是不是在背后说我们的坏话？说你们俩呢！鬼鬼祟祟的，琢磨什么呢？你爸爸生你的时候没讲过好话不背人，背人没好话吗……"看他们两个嘀嘀咕咕的样子，而自己什么都听不到，百无求便受不了。当下这妖物站在车辕上，指着他们俩一顿大吼大叫。

　　而田里的神识和邱芳就好像没有听到一样，一个嘴巴继续抖动，另外一个依旧跪在地上抽泣，惹得周围那些衣衫褴褛的村民们都围过来看热闹。百无求看得气闷，正要过去讲道理的时候被自己的"亲生父亲"一把拦住："别着急，该你知道的时候，自然就知道了。让他们俩再说一会儿，什么时候邱芳哭痛快了什么时候再说。"

　　足足过了一顿饭的工夫，神识终于闭上了嘴巴。直到这个时候，围在外面看热闹的人才听到邱芳不断抽泣的声音。徐福的神识叹了口气，自言自语道："燕哀侯的神识、姬牢的神识都可以自己做主，为什么我还要听本体的调遣？我哪里不如他们吗？邱芳你起来吧，反正你要跪的那个人也不是我……"

　　神识说完之后，邱芳还是没有要起来的意思，依旧跪在这个和自己师尊一模一样的神识面前，不断地抽泣着。

这个时候，看到禁制解除之后，归不归带着百无求一前一后走了过来。老家伙冲着神识嘿嘿一笑，说道："老人家我就说你哥哥不会这么扔下邱芳不管的，怎么样？你哥哥有什么话要劳烦你亲自跑一趟？"

"归不归，不要给我们排大小，我也是徐福，你会管镜子里的自己叫兄弟吗？"神识有些无奈地看了归不归一眼之后，继续说道，"那个徐福的话，只能让邱芳知道，你想打听的话直接去问他。我是被本体控制的神识，我做什么本体都会知道的。"说话的时候，他竟然翻了个白眼，看着竟然和吴勉有几分相像。

可能是在墓里面看守法器待得太久的缘故，这位神识虽然长相和徐福一模一样，但他身上没有一点那位大方师的庄重，反而言行间带着一丝轻佻。从他话里话外都能听出来，他已经被海外的徐福本体控制住了。比较之前燕哀侯、姬牢二人控制神识的能力，高下立见。

一句话说完，神识也不打算继续留在这里。他饶有深意地看了还在马车上的吴勉一眼，随后对归不归说道："老家伙，本体还给我派了些活，就不和你们废话了。希望下次见面的时候，我还是我，没被另外一个徐福接走。"

说完以后，神识不再理会这几个人，转身便要离开。看着他要施法离开，归不归急忙最后问了一句："徐福让你去对付元昌吗？"

"你们的事情，凭什么要我来做？"神识有些不悦地回头看了归不归一眼，随后继续说道，"那个和尚终有了结他的人，别什么事情都推到我一个神识的身上。偶尔你们也要出点力，天上的神你们说弑也就弑了，一个小小的元昌难不倒你们的。"

说完之后，抢在归不归问第二个问题之前，神识催动五行遁法，消失在众人的面前，只留下一个还在不停哭泣的邱芳。

"老家伙，老子今天再看这个神识顺眼多了。"看着归不归难得眉头紧锁的样子，百无求凑过来继续说道，"不过他后面的话是什么意思？元昌的事情他和徐福都不管了？他不管，广仁、火山爷俩又管不了。老家伙，老子和你打个赌，弄不好这次咱们又要被广仁算计，给他白白卖命了。"

百无求难得有句话说到了归不归的心坎里，老家伙苦笑了一声。他回头看了一眼还在马车当中稳坐的吴勉，见吴勉和小任叁都没有下车的意思，这才慢慢走到邱芳的身边，装模作样地安慰了几句之后，便说到了正题："老人家我刚才就说徐福大方师不会看着你不管的，怎么样？他连自己的神识都派来传话了。刚才神识和你说了什么？他哪句话你没有听明白，你说说，我老人家给你破破。"

"不劳归老先生你费心了，大方师所传之话，请恕邱芳不敢私自外传。"说话的时候，邱芳已经站了起来。他擦了擦眼泪之后，也不管地上的锄头了，直接回到自己的屋子里，紧闭大门。

"看不出来你的嘴倒是挺严，那老人家我就不问了。"看着土坯房紧闭的大门，归不归嘿嘿一笑，随后将目光停留在那几个看完热闹正要离开的村民身上。看着这些人要离开，归不归用手指了一下其中一个四十多岁的半大老头子，说道："这位朋友留步，老人家我有句话要问问你。"

"老爷，我就是一个种地的，您老人家就不要为难我了。"这个人听到归不归叫住自己，脸色变得难看起来。顿了一下之后，这人继续说道："我和老邱做邻居也有十几年了，这样，老爷你要是相信我的话，您有什么要问的，我替老爷去问……"

"别那么客气，既然能在这里种地，那就不是普通人。"归不归笑眯眯地盯着这人的眼睛，顿了一下之后，继续说道，"你因为什么来这里种地的，老人家我的确不知道。不过我老人家知道你读得懂唇语，是吧？"

归不归几句话说完，这人的脸色已经有些发苦。这个反应正是老家伙想要的，他嘿嘿一笑之后，继续说道："你现在可能也知道了邱芳的来历，现在老人家我自报家门。我是方士一门徐福大方师座下弟子归不归，刚才邱芳嘴里的归老先生，不客气地说就是指的我了。老人家我不算什么，你看到车上那位白头发的男人了吗？他就是方士一门另外一位大方师广仁。你为什么要藏身在这里，说出来让我们听听，或许广仁大方师还会帮帮你……"

这人当年是细作出身，专门修习过唇语之术，后来也是因为这个本事立下了大功，一步一步熬成了北魏少有的汉人高官。之后因为在任上杀了将他提拔起来，数次对他有活命之恩的恩人，他承受不了心里的压力，数次自杀，但都被身边的人救回。最后他被人提点，这才到了这里来赎罪。

现在听到车里坐着的就是广仁大方师，他便有些激动。刚才他是见识了神识的本事的，这些人前来寻找邱芳也一定是有所图谋。

看着面前这人脸上表情的变化，归不归笑了一下，继续对他说道："能在这里的都是罪人，不过如果你能向广仁大方师透露刚才看出了什么的话，老人家我与大方师便用术法解开你的心结。不管你和谁有什么样的恩怨，都交给我老人家与大方师替你化解……"说话的时候，归不归的身后有无数虚幻的人影晃动，当中就好像有被他害死的恩人的魂魄。

当下，这人不再怀疑，跪在了归不归的面前说道："我说，刚才你们称为神识的人，对邱芳说的是，你的罪孽我已经替你化解了，剩下的就是你自己的事了……"

第六十四章　元昌的下落

　　根据此人所转述，徐福通过神识的口已经转告邱芳，当初被他害死的几个人的确是戾气不散，一直在地府等着邱芳下去的时候向他报复。为了邱芳，徐福亲自到地府见那几个亡魂。在他的劝说之下，几位弟子的亡魂消除了戾气，三天之前已轮回转世。徐福让邱芳也放下执念，重新生活。

　　听了这人的转述之后，百无求有些不解地对自己的"亲生父亲"说道："老子就纳闷了，这有什么背人的？当初邱芳给他做牛做马，现在当师尊的替弟子平事儿，传出去很丢人吗？老子要是有这么个弟子，巴不得整天嚷嚷：这就是给老子当徒弟的好处！弟子出事老子给他平了，说出去也露脸啊。"

　　"傻小子，这次不是老人家我替徐福说话，你爸爸我都没有想到徐福会亲自下去替邱芳向那几个弟子的亡魂求情。"归不归古怪地笑了一下之后，继续说道，"以徐福的身份，即便是他下个法旨，让广仁、火山代他去找那几个弟子的亡魂谈谈也不是不可以。不过现在是他自己亲自下去，那传出的话就是他以大欺小，对待弟子亲疏有别。他如果不好脸面的话，当初也不会把你爸爸我关了整整一百年。"

　　归不归的话刚刚说完，百无求便堵了回去："那是一回事吗？不是因为老家伙你在背后造谣你师尊小时候看邻居家姑娘洗澡，才被关起来的吗？别以为老子什么都不知道。"

这时候，那位会读唇语的人前来央求归不归，去查看那位死在他手里的恩人魂魄的下落。归不归倒是没有失言，要了那人的生辰八字和死亡的时间，施展术法去查看那魂魄的下落。不过他在地府找了一圈也没有发现这人的下落，最后断定魂魄已经投胎转世。

这人对归不归的话还是有些半信半疑，说道："您再受累查看一下，或许有什么地方没有看到。他死前诅咒发誓，说在地府等着我的。我就是死后没有脸去见他，这才一直在这里赎罪。"

"你以为谁随便说句话都叫发誓吗？"归不归嘿嘿一笑之后，压低了声音对他说道，"真有那么灵验的话，这世上就没几个人了。你听老人家我说，除非生前是有些根基的修士，或许能做到赖在地府不去投胎，等着你们下去之后同归于尽。一些什么根基都没有的凡人说这话就是吹牛皮，你把心放肚子里，可以安心地去………"

听到这里，这人如释重负一般，突然一翻白眼倒在地上。周围的人眼睁睁地看着他就这样无牵无挂地去了。

周围其他来这里赎罪的人看到之后，都向着归不归这边冲了过来。这时候，天空中一道炸雷响了起来，随后一道雷电打在这些人和归不归之间的地面上。还没等这些赎罪之人明白过来，马车上面传来一个带着刻薄语调的声音："你们自己造的孽自己去赎，该挨饿的继续挨饿，该光屁股的继续光屁股。自己的屁股自己擦……"

这些人大多犯下了无可弥补的大错，地下等着他们的亡魂是他们无论如何都没有脸去面对的。刚才看到归不归有这个本事，他们原本以为看到了曙光，结果还是被这位"广仁"大方师断了念想。于是，这些人只能拖着营养不良的身体，继续游荡在村子里面。

归不归回到马车上之后，对吴勉说道："看来徐福这次是真不要脸了，帮弟子去和其他弟子的亡魂谈判，现在还要把广仁的黑锅扣在我们头上，不是老人家我在背后说他，真是什么样的弟子，就有什么样的师尊。"

吴勉看着邱芳那间土坯房被关上的大门，慢悠悠地说道："就算徐福不说，我也要了结元昌。"

听到吴勉要把这个烫手的山芋揽在自己的怀里，归不归叹了口气，说道："老人家我也知道元昌不是个东西，不过这是广仁喂出来的白眼狼。你这样揽在身上，那仁大方师一个谢字都不会说的。现在广仁手里还有底牌，小心他躲起来等着看我们两败俱伤……"

归不归的话还没有说完，邱芳的土坯房门再次打开，如同换了个人一般的邱芳从里面走了出来。他走到了马车前，对着车上的人微笑了一下，说道："自今天起我不用继续待在这里了，如果方便的话，请几位载我一程。邱芳想在大限到来之前，到处走走看看，顺便还有一件心愿要去了结。"

"你就那么一个弟子，真的不想要了吗？"归不归马上便明白邱芳的心愿是什么，当下嘿嘿一笑，继续说道，"如果那个弟子不想要的话，你考虑考虑过继给老人家我……"

"他敢给，你真的敢要吗？"吴勉冷冰冰地说了一句。随后，他指了指身后的马车，对邱芳说道："上车之前我还有件事要问，你能说就说，回答不了我也没有什么说的。刚才有个会读唇语的人把神识说的话转述了一遍，不过他没有说全。神识一共说了五十一句话，那个人却只重复了四十六句话。我想知道除了徐福告诉你下面的魂魄已经转世之外，还有五句话交代了你什么。这个你能说吗？"

邱芳愣了一下，他没有想到自己回到房中之后，外面竟然发生了这样的事情。和他同样吃惊的人还有老家伙归不归，刚才神识嘴巴抖动的时候，他被那个会读唇语之人的反应吸引住了，完全没有注意到神识说了多少句话。

缓过来之后的邱芳几乎没有丝毫的犹豫，摇了摇头说道："不瞒吴勉先生，徐福大方师的确还另有事情交代。不过没有大方师的法旨，邱芳不敢透露分毫。"

这个回答在吴勉的意料当中，白发男人点了点头之后，不再说话。随后，在归不归的示意之下，邱芳上了马车。归不归吩咐车马队启程离开这里，先回到之前路过的县城休整一下，再考虑后面的事情。

就在车马队离开这个小村落的时候，小任叁突然想到了什么。小家伙扒在车窗上向后面看了一眼，突然对归不归说道："老不死的，你说好端端的，我们家席应真老头儿到这个鸟不拉屎的地方来做什么？"

归不归古怪地笑了一下之后，对小家伙说道："谁这辈子没做点亏心事……"

到了县城之后，泗水号包下了一座客栈。刚刚侍奉他们这些人吃喝、休息之后，车队的管事拿了一封信给归不归，说道："归老神仙，这是我们刘禧东家给您的亲笔信。送信的说了，您几位看完之后要给我们东家一个回复。"

归不归拿到信笺之后，并没有马上查看，而是送到了吴勉的手上。看着这个白头发的男人没有兴趣的样子，老家伙这才打开信笺，笑眯眯地看了一遍，随后让管事将送信人叫了进来，说道："回去和你们两位东家说，能找到那个人的话，老人家我一定把话带到。不过他们也要帮我做件事，帮我老人家打探一下元昌和尚的下落。"

送信的人愣了一下之后，才继续说道："您老人家说的是元昌禅师？我知道他的下落，之前小人是搭波斯商船回到中土的，元昌禅师和小人同船回来。小人当初在洛阳城见过禅师，绝不会认错人的。"

第六十五章　障眼法

"元昌去了波斯？还和你同船回来……"归不归听到都有些诧异，他看着送信人，继续说道，"你们泗水号不知道几年前就开始通缉元昌了吗？"

"这个当然知道，泗水号就是靠着消息灵通出的名，小的怎么可能不知道？"送信人听到归不归的语气当中带着几分不悦，当下急忙解释道，"因为后来又出了一些诡异的事情，小的心里也开始怀疑，在事情没有弄清楚之前，也不敢肯定那个人就是元昌禅师。"

听了送信人的话，百无求的眼睛当场便瞪了起来，怒道："小子，你这话说得不地道，刚才还拍着胸脯说绝对不会认错人，怎么现在又不敢肯定了？你到底哪句话是真的？还是说小子你压根就是在说梦话？"

"老爷您听我说完，现在想起来小的还是想不明白到底出了什么事情。"送信人擦了一把冷汗之后，将他后来遇到的不可思议的事情原原本本地说了一遍。

送信人是刘禧、孙小川的亲信，他也从两位东家平时的谈话当中听出了一点吴勉、归不归和元昌之间的恩怨。而且近几年元昌和尚的形势急转直下，从皇帝的结拜兄弟突然变成了通缉要犯，还差点连累了洛阳城的众释家子弟。如果能得知这个和尚的下落，不管是从广仁、吴勉这些修士手里，还是上报北魏朝廷，泗水号都能捞到很多好处。

当下，送信人想方设法开始跟踪元昌。他知道吴勉、归不归的下落，两位东家给的时限还有多日，耽误十天八天的也不会有什么问题。不过事实和送信人想的差了不少，就在他跟着元昌和尚进了东海郡所属的一座县城之后，他亲眼看见了一个诡异的场景。

就见元昌进客栈的同时，一个和他一模一样的和尚从里面走了出来。里外两个元昌都好像没有看到对方一样，一个面无表情地走了出来，另外一个什么事情都没有发生一样走了进去。

开始送信人还以为自己看花了眼，不过他反应过来之后也跟着进了店里。只见账房先生和伙计也诧异地看着进来的和尚，伙计还不由自主地来了一句："大师父你忘了什么东西吗？您前天进店的时候可没带什么行李。"

"两位施主认错人了，和尚是来住店的，麻烦要一间干净的客房。"元昌客客气气地回答了一句，随后便被伙计们带到了上房。送信人看着和尚进了房间之后，这才悄悄从客栈当中走了出来。他吩咐随从守在店门口，他则去了泗水号的商铺，找这里的管事一起商量应该怎么处置这个和尚，顺便也要向两位东家报告。

不过见到泗水号在这里的管事之后，送信人又得到了关于元昌和尚的另一个惊人的消息。就是最近半个多月里，整个北魏境内有多地上报发现了元昌和尚的下落。有时，一天之内元昌和尚在四郡十三县都出现过，因为元昌早年经常在各地讲经，见过这和尚的人着实不少。于是，有官兵前去捉拿，不过明明见到那个和尚就在眼前了，却怎么也追不上。不管官军们如何追赶，始终距离元昌和尚十几丈的距离。最后连追赶的官军们都怕了，眼睁睁看着和尚越走越远，再也不敢追赶了。

这些还是报上来的，那些僧众私下见到元昌而没有上报的还不知道有多少。这件事通过泗水号的渠道已经上报给了两位东家。随后，送信人不敢再耽搁，这才急急忙忙地赶到了这里。

听了送信人的述说之后，归不归和吴勉对了一下眼神，随后老家伙嘿嘿一笑，说道："看来元昌和尚这次是动了心思的，难得他想了这么一个办法。过不了几天，北魏境内便要传遍了这件事情。弄不好他还能再得一个圣僧的名号，只是可惜了那位白白死掉的皇帝。"

自言自语地说完之后，归不归从怀里掏出一个拇指大小的金锞子扔给了送信人。随后，老家伙继续说道："老人家我知道你不缺这个，这就算是我老人家给你的零花钱。回去和你们两位东家说，就说信上写的老人家我会尽力去办。让他替我们去打听元昌和尚的下落，有任何消息都要马上告知我老人家。"

送信人得了金锞子之后，千恩万谢地离开了。等他的背影彻底消失之后，百无求这才开口说道："老家伙，元昌的事情咱们先放放，咱们先说说刘禧、孙小川给你的信函上面都写了什么。"

"那哥俩托我们去找广悌，然后想办法劝她回去。"归不归笑了一下之后，继续说道，"泗水号这些年都靠着广悌给他们壮胆，上次妖山大战之后，广悌就算是失踪了。没有一个女方士坐镇，那哥俩也不知道怎么办了。元昌也好，广悌也罢，最近的事情真是越来越多了。"

吴勉、归不归这些人在县城当中休整了几天之后，开始继续赶往他们的洞府。没过几天，他们便离开了南朝之地。刚刚回到北魏之地，他们便看到经过的城镇都张贴着告示。上面写着先帝误听谗言，误会了元昌禅师，现在皇帝已经惩治了奸臣，为元昌和尚昭雪平冤。看来朝廷张贴这样的告示，是等着元昌和尚看到之后主动去皇宫。

"老家伙，你这嘴真是灵得很。"百无求哈哈一笑之后，继续对自己的"亲生父亲"说道，"咱们是不是要改道去洛阳城了？就算都是假的，总有一个真的要去洛阳城受封赏。"

"那个不是我们操心的事情，我们都把事情干完了，广仁、火山他们俩做什么？"归不归嘿嘿一笑之后，对自己的便宜儿子继续说道，"只要这个和尚不杀生，他爱做什么就做什么。看见广仁、火山，和他们俩说一声就好。"

就在他们继续赶往洞府的时候，突然看到一个和尚从远处走了过来。随着这人越走越近，就连马车夫都看到了这个人的相貌，正是那位妖僧元昌。

元昌走到马车附近之后，微笑着说道："好久不见了，不知道各位近况如……"

元昌的话还没有说完，感觉眼前刀光一闪，随后那把非刀非剑的法器贪狼已经到了他的面前。一道血光闪过，就见元昌的脑袋从脖子上掉了下来。随后那个刻薄的声音响了起来："不用你操心了，还是考虑一下你自己吧。"

看到元昌和尚倒地，归不归有些诧异，对吴勉说道："下次这么干之前，你还是留个活口的好，起码能知道真正的元昌想要干什么。"

"想要见到元昌？别急，这是第一个，可不是最后一个。"吴勉无所谓地笑了一下之后，继续说道，"打个赌吧，再走五十里见不到第二个元昌就算我输。"

不用五十里，差不多行进了十里地之后，就看见一个和尚远远地走了过来。可能是知道了之前那个元昌的结局，这个和尚犹豫了一下，走到车队前面十丈左右的位置，先是高诵了一声佛号，才说道："元昌见过几位了。"

归不归趁着吴勉没有翻脸，急急忙忙开口说道："一共有多少个和你一模一样的人？"

第六十六章　还俗

"一个皮囊而已，相貌如何有什么区别吗？"元昌微微一笑，随后看着吴勉继续说道，"吴勉先生少安毋躁，和尚这次前来有要事和几位……后面那辆马车上的是邱芳先生吗？"

说到一半的时候，元昌突然看到后面一辆马车上坐着的邱芳。他迟疑了一下之后，继续说道："不知道邱芳先生可不可以回避一下，和尚要单独和吴勉、归不归两位先生说件事情。如有冒犯的话，还请邱芳先生原谅。"

邱芳犹豫了一下之后，正要吩咐马车夫将马车退后的时候，突然听到前面马车上传来了吴勉的话："邱芳你别动，那个和尚，想说什么现在就说，现在不说以后也不要再说了。"

和尚苦笑了一声之后，不再理会邱芳是否离开，恭恭敬敬地对着吴勉那辆马车说道："之前我与各位有些误会，现在弥留路已经关闭，再没有什么神尊的威胁。元昌想与各位化解干戈，从此之后几位先生有什么需要的，元昌一定尽力帮忙。就算广仁、火山两位大方师得罪了几位先生，元昌也会尽力相助。"

"谁得罪了我们，元昌都会替我们出头？"吴勉用他特有的方式笑了一下，说道，"那好极了，和尚你去和元昌说，他可以去自杀了。"

吴勉一句话说完，坐在车前的百无求哈哈大笑起来。二愣子边笑边说道："小爷叔你越来越合老子的脾胃了，说得好，好极了。和尚你听到了没有，不管你和元昌是什么关系，回去和那个秃子说，说的话要认，现在他得罪了我们这一家子，想个法子自杀去，抹脖子、上吊、吃毒药什么都行……"

这时候，那个和元昌一模一样的和尚脸色变得难看起来。他默默念了一句佛号之后，冲吴勉、归不归的马车说道："和尚明白几位的意思了，既然这样，那元昌也不叨扰了，归、吴两位先生，我们后会有期。"

"等一下，元昌你慢些走，老人家我有句话要说。"看见和尚转身要离开，一直笑眯眯看热闹的归不归开口叫住了他。见和尚转身面对他们之后，老家伙继续笑眯眯地说道："我老人家没有猜错的话，和尚你是元昌的傀儡。除了你之外，还有成百个像你这样的傀儡。为了方便你们行事，元昌在你们身上都种下了一丝魂魄，还分了一点点术法。是吧？这个和夺舍差不多，肉身相貌随着魂魄走。所以你们都是元昌的相貌，没错吧？"

这是一眼就能看穿的事情，而归不归说出这样的话，和尚不知道是什么意思，当下也不作声，只是默默地看着归不归，等着他后面的话。果然，老家伙嘿嘿笑了一下之后，继续说道："老人家我再受累问一句，你们都是心意相通的，他造出这么多分身傀儡，也要分出魂魄来操控。这么麻烦不单单就是为了造出几个神迹吧？造神迹有很多种，最无聊的就是万身法相了。"

听了归不归的这几句话，这个和元昌一模一样的和尚微微一笑，对老家伙说道："请恕元昌无法相告，我们既非同盟，也没有欠你们人情，实在找不到相告的理由。如果没有别的事情，那元昌就要告辞了。"

说完之后，和尚转身就要再次离开。就在这个时候，看着他背影的归不归突然嘿嘿一笑，说道："一下子搞出这么多和他一模一样的和尚，元昌这是要扰乱世人的耳目。元昌还是元昌，只不过没有元昌和尚了，是吧？"

归不归这几句话说出来的时候，已经转身离开的和尚身体微微僵了一下，随后没事人一样继续前行。就这么一个小小的细节被老家伙看在眼里，这个反应在归不归的意料当中。老家伙冲吴勉微微一笑，说道："看来和尚动了凡心，要还俗了。"

"元昌，你还没说是不是要去自杀。"吴勉不理会归不归的话，直接对着远去的和尚背影继续说道，"我当你默认了……"说话的时候，贪狼突然出现在白发男人的手上。随着他一挥刀，已经走远的和尚身体被分成了两半，连声音都没有发出来便转世投胎去了。

"吴勉先生，知道你不喜欢这个和尚，不过好歹放他回去传个话。"看着远处地面上的死尸，邱芳皱起了眉头，叹了口气之后继续说道，"他只是元昌的傀儡分身，元昌做的事情不能算在他们的身上。"

"邱芳你什么时候这么心软了？老人家我劝你一句，你应该去做个和尚。"归不归嘿嘿一笑，代替吴勉说道，"他是个傀儡分身不假，之前也许是个几世的大善人，不过既然被元昌种下了魂魄，他就是元昌和尚。"

因为失手误杀同门那件事，邱芳的性情有了变化，对这样的事情有些看不过去，虽然他知道归不归的话没错，不过看到官道上的死尸，他心里还是有些不舒服。不过吴勉完全没有把他的话当回事，当下也不理会这个刚刚脱离苦海的男人，吩咐百无求继续赶车前行。

归不归一路从各地泗水号商铺管事的口中打听到现在洛阳城派出人马在到处寻找元昌和尚。只不过各地上报的消息不少，却始终找不到元昌的下落。经常是找人的官兵刚刚到，而居住在城中某地的和尚突然消失得无影无踪。

"老不死的，你说元昌这是想干什么？看中了谁家的小寡妇打算还俗？"吃饭的时候，小任叁还在琢磨这件事，喝了酒就借着点酒劲跟老家伙在胡说八道了。

"任老三，你就那点出息了，眼里只有酒和小寡妇。看看你那个没有出息的样子。"百无求看了小任叁一眼之后，继续说道，"不是老子说你，当初他就是大和尚，庙里的小尼姑还少了？要老子说，元昌这是和尚当够了，他有了本事打算当皇帝了……"

"傻小子，你现在就可以去继承妖王的大位了，老人家我也不用再替你担心了。"归不归笑眯眯地看了一眼自己的便宜儿子，笑了一下之后，继续说道，"他之前是不得不做和尚，现在吞噬了神仙的神力，也不用夹着尾巴做和尚了，索性让祖坟冒一次青烟——他这是想要终结乱世，做天下之主。不过元昌还是有些忌惮的，相比较什么都不关心的席应真大术士，他更加担心我们手里的帝崩。那可是能弑众神的神器……"归不归说话的时候，眼睛一直没有离开在旁陪席的邱芳。

邱芳好像没有听到一样，手里把玩着一只小小的酒杯，只是眼睛有意无意地向着吴勉这边瞟来瞟去。

"既然他还知道忌惮我们，那么我们干脆杀过去得了。"百无求看着自己的"亲生父亲"，顿了一下之后，继续说道，"估计他当了皇帝，你们老百姓也落不着什么好，干脆咱们直接过去，你叔叔掏出帝崩米崩了他。不用废话，这样多好。"

"那你要先找到他。"归不归的目光从邱芳转移到了吴勉的脸上，嘿嘿一笑之后，继续说道，"他这么鱼目混珠，就是不想有人现在找到他。现在是乱世，他随随便便找一座诸侯府邸躲起来，说不定下次改朝换代的时候就能不声不响地冒出来，改名换姓做了皇帝，我们或许都不知道。"

第六十七章　礼单

现在已经被元昌搅成了乱局，就连归不归这样的老狐狸都猜不出那个和尚下一步会怎么样。元昌给自己留的后路太多，除非他有所动作，要不然的话谁也猜不出他下一步会怎么走。

原本这一行人是想去洛阳城碰碰运气的，不过归不归猜到了元昌的图谋之后，也就没了再去洛阳的心思。不过好不容易出来一趟，谁也不想现在就回洞府。当下，他们几个商量了一下，还是决定天南地北地到处走走。虽然现在处在乱世当中，不过他们几个人到哪里都能畅通无阻。

接下来的两三个月里，这一行人在南朝各地转悠了起来。他们一边到处游玩，一边从泗水号那里打探和元昌和尚有关的消息。和之前一样，现在南北两朝不断传出元昌和尚出现的消息，不过没有一条消息是真的。用归不归的话来说：现在元昌不主动出来，除非用占祖，否则谁都找不到他。

虽然时逢乱世，不过比起鲜卑人的北朝来，南朝这里要繁荣、富庶得多。在建康、江陵一带游玩了一趟之后，百无求这样的粗货都有了乐不思蜀的心思，竟然联合小任叁劝说归不归在这江南水乡置办一套宅子，住上个二三十年，什么时候腻了再回洞府。

置办宅子这样的事情对动不动就拿马蹄金吓唬人的归不归来说，真的不算什么。而且自家的洞府虽说叫府，实则就是一个小小的山洞。归不归当年就是讲排场的，最后真被自己的傻儿子说动，开始带着泗水号的人在建康附近找看得顺眼的宅子。

找了半个多月之后，归不归在建康城中找到了一处大宅子。此宅的主人是家道中落的官宦之子，年过半百却无儿无女，平时笃信佛教，将大半的家业都送给了庙里的和尚。原本想着将这间祖产也送给庙里，又担心宅子破旧没有面子，于是将这座大宅子里里外外地翻新了一遍。可惜这人在翻新大宅完工的这一天突然身亡。

主人一死，家里便彻底乱了。几个侄子为了争这点家产差点闹到了南朝的朝廷，最后好不容易将金银细软分干净，只剩下这处房产。因为早年传说这宅子闹鬼，建康本地人都不想买，外地人又买不起。最后被路过这里的吴勉、归不归一行人看中，老家伙非常巧妙地对当地泗水号管事透露了一点自己要买房子的心思。三天之后，泗水号的人便将房契和钥匙送到了归不归的手里。老家伙假模假样地客气了几句之后，也就笑纳了。

他们这几个人搬进来的时候，泗水号的管事已经安排好了管家、佣人等侍奉他们起居的人。怕吴勉、归不归这些人觉得以前主人的东西晦气，管事将所有锅碗瓢盆之类的器皿全部扔掉，先在市面上买了一些普通的凑合用一下，稍后会有一批上等的陶器、漆器和铜器送来。管事已经在货物中截留了一部分，要两三个月之后才能送到。

不过就在十天之后，管事脸色怪异地找到了归不归，打发走了身边的下人之后，恭恭敬敬将一张礼单送到了老家伙的手里，随后赔着笑脸说道："这是今天早上我们泗水号的商队送来的，指名道姓要送到您老府上。我斗胆看了一眼，里面都是一些贡品……"

管事说话的时候，归不归已经看到了礼单上面写的东西：鎏金兽足铜杯，龙纹浮雕的红玛瑙碗，黑底描金漆器食盒，白玉金底铜镜……这样逾制的物件竟然有二百三十多件。一般人家里随便拿出一件摆出来，那都是掉脑袋的罪过。

趁着归不归的注意力都在礼单上，管事继续说道："南朝宫廷的贡品是我们泗水号经营的，就算整个南朝宫廷也找不齐礼单上面的这些宝贝。您老人家想想，您是不是得罪了什么人，他们知道您几位都是大修士的身份，不敢面对面动手，想了这么一个借南朝之手来……"

"你想多了，他借谁的手都没用。"归不归笑眯眯地将礼单收了起来，随后无所谓地对管事说道，"如果那个人想借我们几个人的手灭了南朝还差不多。想用南朝那几十万凡人之躯来对付老人家我，那他这点心思也不值一提了。"

说完之后，归不归嘿嘿一笑，对正在点头附和的管事继续说道："人家好心好意送来的，该摆在哪里就摆在哪里。那个琉璃的夜壶送到我老人家的房里，鎏金铜杯给小任叁送去……"

这番吩咐之后，归不归突然话锋一转，继续说道："一会你出府门的时候，去街道对面那几户人家家里看看，如果有这几天新搬来的，回来和老人家我说一下。还有，你找的这些下人们也要盯紧一点。看看他们下工之后，是不是和什么陌生人见面去了。"

听到归不归后面几句话的时候，管事以为这个老头子怀疑自己，急忙解释起来："这些人都是小人找的，身家都是清白……"

"没说你，把心放回肚子里。"归不归嘿嘿一笑，随后重新掏出礼单，看也不看将它撕成了两半，并将其中半张礼单交到了管事的手上，继续说道，"按老人家我说的办，办好了这一半的东西都是你的。你就是做这个的，出手了也够你花几辈子了吧？"

礼单上的东西管事想都不敢想，现在听到老家伙要把里面一半的宝贝送给自己，当下他已经感到一阵眩晕，拿着半张礼单的手也开始颤抖起来。看着管事的样子，归不归嘿嘿一笑，随后继续说道："本来我老人家是想让你去查最近建康城来了多少新面孔的，不过这个有点难为你们泗水号了。就按刚才老人家我说的来做，查清周围的邻居和府里的这些人，你的儿孙就算是受了你的祖荫了。"

听了归不归的话之后，管事不再犹豫，对着老家伙行礼之后，急急忙忙地跑了出去。看着他的背影，归不归嘿嘿一笑，正想要回去找自己的傻儿子胡说八道解闷的时候，突然听到身后吴勉说话的声音："谁的眼瞎了，会用这些东西来拍你的马屁？"

"天底下的人那么多，总会有一两个瞎眼的。"归不归笑了一声之后，转身看了吴勉一眼。随后他将手里另外半张礼单递给了吴勉，顿了一下之后，继续说道："这张礼单也是有趣，上面漆器之类的是当今的东西不假，不过其余的东西可就有不少汉前之物了。你猜猜这些东西是从哪里来的？"

吴勉看着礼单冷笑了一声，说道："和尚庙里来的，这些都是捐给寺庙的贡品。"自司马氏立晋起，佛教便在东土盛行起来。到了后来的乱世更甚，有皇亲贵胄、诸侯重臣都深信将自己的财产送到庙中礼佛，便能修一个锦绣来生。要不然吴勉、归不归也不会得了这处宅子。

吴勉说完之后，一把火将手里的礼单烧成白灰，说道："那个人还是不死心，以为这几件东西就能把恩怨化解吗？"

"未必是你说的那个人。"归不归嘿嘿一笑之后，说道，"他没有那么傻……"

第六十八章　发难

　　到了第二天傍晚的时候，泗水号的管事匆匆忙忙地赶到了宅子。他脸色有些古怪，将身边侍候的下人都屏退之后，面露怯意地说道："您老人家都算到了，对面一条街上的十二户人家都换了新面孔。我请衙门里的官差帮忙，去查了他们的户籍。结果没有一个是本地人，都是三五天之内搬来的。"

　　说到这里，管事回头张望了一下，确定附近没有什么人在偷听之后，继续说道："小人失察，招的这些帮佣、下人也有问题。按您老人家交代的，昨天晚上，我派人跟踪了家里的这些帮佣和下人。他们都是本地人，其中管家、门房和两个下人没有直接回家，他们在外面绕了一圈之后都去了建康城外的凤瑕寺。和他们前后脚出来的就是对面十二户人家的新面孔。"

　　看着归不归脸上依旧是笑吟吟的表情，管事深深地吸了口气之后，继续说道："小人已经联络了泗水号的护队修士，加上我们在本地的人手有三百多人，打算趁着今晚天色黑下来之后去凤瑕寺……"

　　"那你就把你们两位东家陷入万劫不复之地了。"归不归笑眯眯地打断了管事的话，说道，"平时看你也算是个小心谨慎的人，想不到半张礼单就把你变成这样的人了。把你们的人都撤了，你能查到这里就不容易了，礼单上面的东西你拿走吧，剩下的事情就不用你来操心了。"

　　见管事还有什么话要说，归不归轻轻地摇了摇头，说道："有命花的那才叫钱，这点东西都是你的了。你知道怎么把它们都变成钱，别的话老人家我不和你说了，拿着东西远远地躲了吧……"

能在泗水号做到管事的没有笨人，他马上便明白过来，跪在地上对着归不归磕了个头，随后急急忙忙地离开了这里。回去之后，他将礼单上面的宝贝装车，带着自己的老婆、孩子连夜离开了建康城。

管事的离开之后，归不归好像没事人一样到了大厅。这时候，晚饭已经摆好。吴勉、百无求和小任叁没有等他吃饭的习惯，正悠闲地吃喝着。邱芳虽然修炼过辟谷，不过也在陪席。百无求、小任叁说上几句，偶尔喝上两杯水酒。

管家将一只熟鸡送到了归不归的身边，归不归嘿嘿一笑之后，说道："你这一只鸡够谁吃的？看到百无求少爷了吗？他吃鸡都是论对的，去，下次你记得这样的鸡要用瓦盆来盛。别对我们那么小气，就知道对佛祖大方……"

开始管家还赔着笑脸，听到归不归最后那句话的时候，笑容瞬间便凝固在脸上，黄豆大小的汗珠顿时冒了出来。

归不归看着管家的反应，嘿嘿一笑，说道："你这是怎么了？怎么吓成这个样子？老人家我没说你私吞公账，再说了，买下这宅子和雇你们的都是泗水号。吞了泗水号的钱那是你的本事，和我老人家有什么关系？"

听到归不归好像并没有看穿自己的底细，当下管家擦了一把冷汗之后，继续赔着笑脸说道："老爷您说笑了，现在虽然流行将家财充作庙产，不过小的只是一个下人，哪有什么钱去敬佛？只要能将老爷们侍候好，换一个温饱那就是烧高香了。对小的来说，几位老爷堪比佛祖……"

"管家你这话老子爱听，来个鸡脖子……"说话的时候，百无求已经撕下鸡脖子塞在了管家的手里，他自己则将没有脖子的鸡整个塞在嘴里大嚼了起来。

二愣子将整只鸡都塞进了嘴里，片刻之后将一块一块的鸡骨头吐了出来。这些天的饮食都是泗水号的管事在这里侍候，管家也是第一次看到这样吃鸡的，看得他心里开始犯恶心。

"你去准备一下，明天早上我们在建康城找家寺庙上香去。"归不归笑眯眯地看着管家，顿了一下之后，继续说道，"你说说看，都说南朝四百八十寺，我们去哪一家拜菩萨的好？"

刚刚缓过来这口气的管家顿时又紧张起来，结结巴巴地说道："有鸡鸣寺……还有……栖霞寺，都是建康城的大庙，平时香火也是极旺盛的。老爷您要去上香的话，我推荐您去栖霞寺……"

"你知道老人家我要去哪座寺庙，我老人家不去了，让你们家大和尚亲自来一趟吧。"没等管家说完，归不归已经打断了他的话。顿了一下之后，老家伙继续说道："原本以为点了一下，你会识相一点的，看来我老人家高看你了。去，把老人家我房里的夜壶带走，哪里来的送回到哪里去。可别说你也不知道哪里来的。"

见归不归的表情没有再说话的余地，管家只能行了个礼，随后转身出了大门。看到周围的下人都是一脸懵懂的样子，归不归嘿嘿一笑，说道："你们都走吧，顺便替老人家我带个话，有什么事情亲自过来当面说。"

看着府中几乎所有的下人都匆匆忙忙地离开之后，归不归冲好像什么事情都没有发生一样的吴勉说道："本来还想继续和他耗一阵子的，不过他做得太过了，弄得我们身边里里外外都是这人的眼线，老人家我也没有什么心思继续耗下去了……"

这个时候，百无求才反应过来。二愣子看看空荡荡的大宅子，对自己的"亲生父亲"说道："老家伙，谁那么大的胆子，敢在咱们身边安插细作？你就这么放他们走了？起码也要弄死俩吧？要不然他们没有记性。亏得老子刚刚看管家还挺顺眼的。"

管家以及众下人离开之后，这宅子的大门敞开了整整一晚。第二天清晨的时候，百无求被一阵礼乐之声吵醒。就在二愣子光着膀子出来骂街的时候，看到自家大门口左右已经站了两排和尚。

看到里面有人出来，为首的一名胖大和尚赔着笑脸走了过来。赶在百无求骂街之前，和尚开口说道："凤瑕寺住持方丈元鸣，携凤瑕寺众僧前来拜见吴勉、归不归、百无求、任叁及邱芳五位先生。这位一定就是百无求先生了，这些日子元鸣处事不当，给百……"

"老家伙，他不说人话就是找你的。"百无求完全没有搭理这个叫作元鸣的和尚。打了个哈欠之后，百无求一边揉着眼睛向自己的寝室走去，一边说道："这一大早上的，老子还以为谁家的大人死了，门口站着一堆孝子过来报丧，原来是来化缘的和尚。老家伙一会你少给点，还要留给老子当遗产……"

百无求的话让后面大半和尚的脸色都变得难看起来，只有那位元鸣和尚好像没有听到一样，依旧微笑着等吴勉、归不归他们几个人出来。这位元鸣和尚在南朝身份显赫，像这样亲自登门拜访的事情，就是极其重佛的南朝皇帝都没有碰到几次。

元鸣没想到百无求回去之后，这座大宅子就好像空了一样，始终没有见到吴勉、归不归出来迎接自己。眼看到了中午，才有一个七八岁的小孩子蹦蹦跳跳地走了出来。他走到和尚的面前之后，奶声奶气地说道："你庙里就没有什么标致一点的小尼姑吗？没劲……"

第六十九章　元鸣和尚

　　元鸣和尚微微一笑，蹲在地上对小家伙说道："和尚修行的禅院里面是没有比丘尼的，建康城倒是有两家比丘尼修行的庵堂。不过你可能要失望了，那两家庵堂里面真的没有什么好货色。不过建康城中还有几家不错的娼馆，比起庵堂里的比丘尼要顺眼得多。"

　　小任叁咯咯一笑，摸了摸和尚的光头，说道："你这个和尚真是有趣，说吧，来这里想要做什么？要是不麻烦的话，我们人参就给你做主了。"

　　"没什么大事，和尚听说建康城当中住进了各位这样了不起的大人物，这才专程前来拜访。"和尚低了低头，方便小任叁继续摸下去。顿了一下之后，他继续说道："贸然前来拜访有些唐突，原本和尚想先表示一下心意的，循序渐进地和几位先生拉近关系。不过看样子好像归不归老先生有些误会，和尚这才不得不一大早就来惊扰各位，真是罪过……"

　　"昨晚老不死的说送礼的傻子就是你啊！下次记住了，直接送几个标致的小姐姐给我们人参讲故事，你的那点事情我们人参就给你办了。"说完之后，小任叁笑嘻嘻地回头冲房子里面喊道，"老不死的，这和尚慈眉善目的，看着不像是坏人，你自己出来和他说吧。"

　　"让你撵人的，你还把人留下来了。"一声叹息之后，归不归慢慢地走了出来。看了一眼这个正在赔笑脸的元鸣和尚，老家伙站在石头台阶上，继续说道："和尚你的法号叫作元鸣，老人家我问你，你和元昌和尚是什么关系？和问天楼楼主姬牢又是什么关系？"

对归不归行了半礼之后，元鸣和尚说道："不瞒归不归老先生，元鸣和尚正是元昌的师弟。元昌师兄代师收徒，已将元鸣纳入恩师姬牢的门下。师兄讲过您老人家和吴勉先生做过的种种大事。"

"他是咬着牙说的吧？"归不归哈哈一笑之后，看着元鸣继续说道，"你那位师兄也是术法通天的人物了，他收几个弟子老人家我不在意，想不到他还能代师收徒，更加没有想到他代表的师尊是姬牢。元鸣，你那师兄就没说你们俩的老恩师是如何归天的吗？"

"有关恩师归天的事情元昌师兄是说过的。"说到这里的时候，元鸣收敛了脸上的笑意，带着几分庄重说道，"两位恩师为了成全元昌师兄，转授了自己多年的术法。元昌师兄能有今日的成就，都是拜两位恩师所赐。"

"他是这么说的？老人家我真是有点小看你家元昌师兄了。"归不归嘿嘿一笑之后，盯着不远处元鸣的眼睛，继续说道，"你是元昌的师弟，那么说来他的下落你是知道的。正巧老人家我也想他了，你带我们去找你家师兄，大家一起围坐畅谈畅谈佛法如何？"

"真是不巧，元鸣与师兄多年未见，如今他在哪座寺庙中修行，和尚我也说不清楚。"元鸣的脸上露出一丝难色，不过马上又恢复了正常。顿了一下之后，他说道："如果归老先生想要见我家元昌师兄的话，那和尚现在就派人去找。找到师兄之后，让他前来拜望您和吴勉先生。"

"嗯，这也是个办法。"归不归看着元鸣，古怪地笑了一下之后，突然站了起来。就在老家伙站起来的一瞬间，一股惊人的狂风吹了过来，将面前这些和尚吹得东倒西歪。站在最前面的元鸣虽然高大白胖，不过在这狂风当中也没有占到什么便宜。他的身体直接飞了出去，倒地的时候砸倒了四五个小和尚。

看着元鸣的身体被吹飞，归不归也有些意外。和尚进来的时候，老家伙在他身上没发觉有术法的气息。元昌的师弟不会术法，归不归说什么都不相信。开始老家伙还以为他是有意隐藏住了自己的气息，便使用控风之法来试探他，没想到一阵狂风竟然能将他刮走。元昌这位师弟竟然真的一点术法都没有，老家伙怎么也没有想到。

"元鸣和尚，你没事吧？想不到你们建康城会有这样的怪风。"就在众小和尚合力要把元鸣拉起来的时候，归不归走到了元鸣的身边，伸手将这个胖大和尚拉了起来。就这个身体接触的片刻工夫，归不归已基本断定这和尚真不是装的，他竟然真的一点术法都没有。

"是吧，建康虽然地处江南，不过偶尔也会出现这样的怪风。像和尚这样庞大的身躯都能被大风刮倒，那就不要说别人了。"元鸣和尚好像什么都不知道一样，一边拍打着身上的尘土，一边继续说道，"前几天和尚无意之中冒犯了几位先生，实在是无心之举，还请归老先生不要介意。元鸣只是怕贸然进府拜访太过失礼，这才送了几件不值钱的小玩意。向尊府的管家、下人打听几位的喜好，也让归老先生误会了……"

"元鸣和尚你也误会了，老人家我送他们走，是因为管家那些人面目可憎，留在身边看着心里不舒服，与和尚你没有关系。"归不归嘿嘿一笑，继续说道，"而且我老人家着实喜欢那些不值钱的小玩意，和尚你那里还有的话，再送我老人家千儿八百件的，等我们玩够了再还给你。"

说话的时候，归不归看着元鸣一瘸一拐的样子，便笑着说道："和尚你今天行动不便，还是早早回去休养的好。等你好利索了，再来老人家我这里，我老人家认识一个好厨子，有机会你一定要来尝尝。"

当下，元鸣和尚千恩万谢地离开了归不归的府上。看着他上了软轿之后，百无求走到了自己"亲生父亲"的身后，看着这群和尚说道："老家伙，咱们不是说好了吗？直接抓进去严刑拷打啊。老子菜刀、锥子、剪子的准备了一大堆，现在你做好人，说放就放了？"

"傻小子你知道什么，这个元鸣有点门道……"看着元鸣和尚乘坐的软轿，归不归竟然皱了皱眉头，随后喃喃自语道，"真的一点术法都没有，元昌凭什么认他为师弟？故意露出破绽，又借着破绽前来赔罪，小家伙这一招不错嘛。"

听了归不归的话之后，小任叁也愣了一下。他抬头看了一眼归不归，说道："这个胖和尚真的没有术法？他肚子里面都是胆子？真以为咱们家里都是好人？大侄子，下次这个元鸣什么的再来，你把他生吃了……"

"任老三！别拿老子开心，老子吃熟的……"

两人正在斗嘴的时候，归不归的目光还停留在和尚的软轿上，说道："今天见过面了，老人家等着你后面的招数。"

软轿之内，元鸣长长地松了口气，顿了一下之后，他好像自言自语一样说道："你说得对，归不归的确不好对付。"

"元鸣，你怎么知道归不归不会隐身在周围偷听？"这个时候，软轿里面传来了元昌的声音。顿了一下之后，这个声音继续说道："如果现在吴勉、归不归就隐身在周围的话，这个时候你已经被他们抓回去，拷问我的下落了。"

元鸣轻轻地笑了一声之后，说道："那么做的话，他就不是归不归了。你比我更了解他，是吧？殿下……"

第七十章　佛诞

接下来的一段时间里，元鸣和尚时不时便派小和尚送来一些吃的喝的和日常用品。相比较之前那种奢华的用具，之后送来的物品实用多了，甚至每天都有鲜肉、活鱼送过来。虽然换了一批下人，不过府中大小事务依旧瞒不过元鸣的眼睛。经常是上午府中缺了什么，下午便悄无声息地补上了。不用猜也知道是元鸣和尚搞的花样，不过看起来这个和尚似乎也没有什么恶意。这样的次数多了，吴勉、归不归他们也就见怪不怪了。

这样的日子一晃就是两三年，这当中元鸣最初来府里探望过一次，接下来的几年除了逢年过节之外，也只来过几次。不过元鸣倒是经常派小和尚送来请柬，邀请他们几个前往凤瑕寺，只是归、吴二人一次都没有去过。

这几年里，归不归也向建康城中泗水号的新管事打听有关元昌和尚的消息。和几年前一样，这个和尚还是只闻其传说不见其人。除了建康城几乎所有的城镇都有他出现的传闻，甚至也出现了用元昌名头行骗的骗子。曾经一月之内，各地请到了二十三位"元昌"大师。结果派了认识元昌的和尚前去辨认，发现这些和尚中没有一个是元昌本人。北朝皇帝大怒，下旨斩杀了这二十三个骗子，至于真正的元昌一直没有露过面。

和元昌一起失踪的还有广仁、火山师徒。当初这师徒俩将妞儿戴春桃从吴勉、归不归身边带走之后，归不归还特意找了泗水号去打听他们的消息。戴春桃的确已经被两位大方师送回了家，这两年正在备嫁。而广仁、火山就好像从这世间彻底消失了一样，和他们俩一起消失的还有唯一一个活下来的神祇——伊秧。

既然这些人都隐藏了行踪，吴勉、归不归便有闲心在建康城继续逍遥下去。虽然时逢乱世，却是他们二人二妖近几百年来难得的逍遥日子。逍遥日子过得几个人都产生了一丝错觉，似乎他们已经远离了修道这个圈子，就在建康城舒舒服服地生活下去了。只是邱芳再过几年大限就要到了，这个人毁誉参半，不管怎么样也一起搭伙了几年，如果他真走了，倒是多少让人唏嘘一下。

到了第三年四月初的一天早上，凤瑕寺的小和尚带来了住持和尚元鸣的一封请柬。四月初六是佛诞，元鸣请吴勉、归不归等四人前往凤瑕寺过节。这两年佛诞，元鸣都送过请柬来，不过吴勉、归不归对这个没有兴趣。小任叁倒是去年去过一次，回来之后还向百无求夸了几句："今天真是热闹，建康城里面的漂亮姐姐们都去庙里上香了。吃的也好，皇帝都送来成桌的酒席贡佛，就是敬佛的酒差点……"

小任叁几句话将百无求的心思提了起来。看到今年凤瑕寺又送来了请柬，没等归不归开口婉拒，二愣子已经主动接了请柬："和你们当家的元鸣和尚说，我们几个当天一定早到。让他弄得热闹一点，神供人吃老子我懂，有皇帝上贡礼佛的酒菜咱们一家一半。"

打发走了小和尚之后，百无求这才瞪着眼睛对自己的"亲生父亲"说道："老家伙，老子给你做回主。初六咱们去庙里看看，老子倒要看看佛诞什么的有没有任老三说的那么好。"

也是闲来无事，百无求最后竟然连吴勉都说动了。于是，四月初六一早，加上邱芳，他们一行早早地到了凤瑕寺的山门前。这时候，建康城包括周围州县的百姓足足有数万人，将凤瑕寺里里外外挤了个水泄不通。

吴勉、归不归和邱芳没有和凡人争抢的兴趣，只是百无求和小任叁就喜欢往人多的地方凑热闹，看哪里人多就往哪里挤。此时，凤瑕寺门前已经有数拨百姓因为排队、争挤而恶语相向，甚至动了手。

就在庙门口人满为患，里外的人都动弹不得的时候，远处突然响起了一阵礼乐之声。随后有官军开路，后面紧跟的十余辆马车上面都装满了食盒。这些应该就是皇帝给佛祖进贡的酒席。

因为庙门口的百姓太多，官军一来直接抽出鞭子，对着人多的地方一顿猛抽，生生抽出了一条路来。这时候，一个不长眼的官军将鞭子抽到了百无求的身上。二愣子什么时候吃过这样的亏，直接翻腕子抓住了鞭梢，抢过鞭子。随后二愣子抓起那个已经傻眼了的官军，顺手将他扔到了后面的马车上，将车上的食盒砸得散了一地。

看到这个黑大个竟然敢还手，后面的官军都冲了过来，眼看好好的佛诞就要变成一场闹剧。就在这个时候，山门当中传来了元鸣的声音。高诵了佛号之后，这位住持和尚高声说道："今天是佛诞喜事，各位不要冲撞了佛祖。吴勉、归不归两位先生请看在元鸣的面子上，饶了这些官军吧。他们也是上指下派……"

"傻小子住手吧，你把东西都打烂了，一会佛祖吃完可剩不下什么了。"

看到百无求骂骂咧咧地住了手，元鸣马上命小和尚们开出一条通道，请了吴勉、归不归这些人和皇帝钦赐的礼官进了庙。一开始，礼官还在恼怒这几个外地人。如果不是看在他们是元鸣大师朋友的分上，这个时候已经命人将他们抓起来了，等到佛诞之后再让他们几个人头落地。只不过元鸣和尚在礼官的耳边小声说了几句之后，这才让他以不可思议的目光看着身边这几个修士，再不敢招惹他们几个人。

将这些人请到佛堂之中，正巧赶上吉时，礼官急急忙忙地命官军将剩下的酒水和敬佛的吃食一一端了出来。将所有的东西摆好之后，礼官取出皇帝敬佛的文书，当着门外众香客的面开始宣读。

不过礼官刚刚读了几句，空气当中突然传来了一个冷冰冰的声音："你们头顶上明明有仙有神，为什么还要向西方的佛陀去跪拜？这样舍近求远，真的以为西方的神佛会保佑你们吗？"

说话的时候，一个人影缓缓出现在佛堂之中。这人冷冷地笑了一声之后，对已经呆愣在当场的元鸣说道："和尚，听说你是元昌的师弟，现在把他的下落告诉我，我可以饶你——为什么你们也在这里？"

来人正是那位被广仁、火山救走的神祇——伊秧。他不知道从哪里听来的消息，得知面前这个和尚是妖僧元昌的师弟，并且知道元昌的下落。这几年来，伊秧也在找元昌给谷元秋报仇，只是一直不得其法，没有找到。现在听说有这么一个可能知道元昌下落的人在这里，他便赶了过来，不过没有想到会在这里遇到吴勉、归不归这些人。

"我们为什么在这里？"吴勉刻薄地笑了一下之后，继续说道，"因为天上已经没有还能保佑我的神仙，这才来这里见识一下，说不定他们还真有点本事。"

"那你们敬你们的西方神佛，我来对付这个和尚！"

第七十一章　搜魂

　　一句话说完，元鸣的身体突然离地，被一股强大的吸力吸到了伊秧的手上。还没等他挣扎，脖子已经被这位神祇牢牢地掐住。他的两只脚悬空，无力地一下一下蹬着。

　　"说！元昌在什么地方？"伊秧掐着元鸣的脖子，盯着这个胖大和尚的眼睛，说道，"现在不说，那就等你死了之后，拷问你的魂魄。和尚，你做好舍弃这副皮囊的准备了吗？"

　　这时候元鸣的脸色已经变成了黑紫色，他的舌头都伸了出来，眼看就要没命了。就在这个时候，一个人影到了伊秧的面前，在神祇反应过来之前，将元鸣的身体从他手上抢了过来，随后顺手扔到归不归的手里。如果这人再晚一步，这个和尚恐怕已经咽了气。

　　"吴勉！你还要坏我的事吗？"看到抢夺元鸣的人是吴勉之后，伊秧阴沉着脸继续说道，"现在我不奢求什么再开天路了，只要除了元昌为谷元秋报仇。元昌形神俱灭之后，我便回到天界永不下凡。你我之间的恩怨也一笔勾销……"

　　"我什么时候和神祇有恩怨了？你们是高高在上的神，我这样的凡人怎么敢和神有恩怨？"吴勉讥笑着看了一眼脸色难看的伊秧，顿了一下之后，说道，"要回天上现在就回，晚了恐怕你想回都回不去了。"

　　"那我要看一下你凭什么能留住我，你的招数我已经看穿……"一句话说完，伊秧突然对着吴勉喷出一团血雾。这团血雾聚而不散，神祇向前一步穿过了血雾，一瞬间他全身上下都变成了血红色。看到伊秧竟然还留着后手，吴勉的眉头微微皱了一下。

"本来这是众神下凡之后，和他们争位的撒手锏，想不到最后会用在你的身上。你死在我这神体之下，也算是死得其所了。"一句话说完，伊秧猛地对着刚刚亮出贪狼的吴勉挥出了一拳。白发男人当场喷出一口鲜血，身体被高高地打飞了。

还没等吴勉做出反应，伊秧的身体一闪，瞬移到了半空中，伸手将白发男人怀里的龙形法器抢到了手中。随后，半空中红光一现，伴随着一声巨响，吴勉的身体直挺挺地向着庙外飞射出去。

吴勉被打飞之前，归不归也已经到了半空中。原本这个老家伙是想要接应吴勉的，他看出伊秧变了神体之后，已经不是自己这几个人能对付得了的，想着先把吴勉救下来，拖延时间，再让白发男人趁机用帝崩发难。想不到这一瞬间，帝崩已经到了伊秧的手中，吴勉也生死未卜，而他现在的位置也尴尬了起来。

"归不归，你也想要弑神吗？"帝崩在手之后，伊秧再没有忌惮的人。当下他狞笑了一声，将法器龙口的位置对准了老家伙的脑袋，随后继续说道："还有什么要说的吗？不说的话，我就要用你们来祭奠那几位神祇了。"

"有！我有话要说……"归不归盯着黑洞洞的龙口，急忙大声说道，"元鸣这就交给神祇处置！傻小子，把元鸣和尚送过来……"

"老家伙你怕个屁！不就是个死吗？老子已经准备好和你同归于尽了。你先走一步，老子这就拿蜡扦穿心。那个什么神，带种的话你现在就弄死这个老家伙。下手慢了，老子骂你祖宗……"说话的时候，百无求已经将一根铜胎蜡扦上面的牛油蜡烛拔掉，将蜡扦的尖头对准了自己的心脏，就等着那边归不归一咽气，他这里就用蜡扦自杀。

不过伊秧眼里只有一个元昌，不想这个时候把另外一个百无求招惹出来，而且那个人参娃娃的后台也不好招惹。为了一个归不归，一旦不小心功亏一篑那就得不偿失了。当下伊秧冲归不归冷笑了一声，说道："你的人头暂且寄在你的脖子上，带着这两只妖物一起滚吧……"

这句话说出来之后，归不归如释重负，当下落到了地上，带着很不甘心的两只妖物匆匆忙忙地离开了凤瑕寺，向着吴勉落地的方向奔去。如果这个白发男人命大，还是能保住性命的。

这时候，来凤瑕寺进香的百姓和官兵们早就一哄而散。因为场面太混乱，这些人奔走的时候，还有数人被踩踏而死。只有元鸣两三个还算忠心的弟子留在原地，他们倒不是想要去救自己的师父，现在这样只能等着稍后给元鸣收尸了。

"你还是什么都不说吗，元鸣？那我只能和你的魂魄去谈了。"说话的时候，伊秧徐徐降落，站在连逃走的勇气都没有的元鸣身前。上下打量了一番这个和尚之后，他伸手将刚才百无求扔在地上的蜡扦拿了起来，顶在元鸣的心口，说道："想好我的问题，一会让魂魄来回答……"

话音未落，伊秧的手轻轻往前一送，元鸣只觉得自己的心口一凉。随着蜡扦从他的心口被拔出来，和尚才感觉到了一点点疼痛，心口随之不停地有微热的液体流出来。和尚无力地倒在地上，抽搐了起来。他眼前的景象开始一点一点模糊起来……

片刻之后，元鸣感觉自己从身体里面飘了出来。他已经能看到地面还躺着另外一个自己……

"现在你可以回答我的问题了。"一个冷冷的声音从他的背后响了起来。随后，元鸣不由自主地转过身来，看到了那位刚刚杀死自己的神祇。此时他脑中一片空白，心里好像有一个声音在不停地和自己说：快点说……我是魂魄了，不能再瞒下去了，魂飞魄散那真的什么都没有了……

看着元鸣魂魄痴痴呆呆的样子，伊秧再次说道："元昌现在在什么地方……"

"我……不知道，我们有数年未见，我不知道他在哪里。"元鸣迷迷糊糊地回答了一句之后，继续说道，"原本我以为吴勉、归不归他们知道……还想要向他们打听的……"

伊秧皱了皱眉，他想不到这个胖和尚竟然真不知道元昌的下落。不过神祇还是不死心，冷冰冰地说道："既然魂魄都这么嘴硬，那么你就魂飞魄散，直接化为虚无吧……"

神祇说话的时候，手上突然发力。随后元鸣的魂魄开始不停地哆嗦起来，他感到一阵头晕目眩，似乎什么都看不到了，好像要化成烟雾一般。

就在元鸣以为自己的魂魄已经化为虚无的时候，他耳边突然传来了一阵清脆的声音。随后他的眼前一亮，身边竟然聚集着刚才那些上香的香客和皇帝派来的礼官。

"元鸣大师你没事吧？刚才你突然一动不动的，吓了我们一跳。"礼官皱着眉头上下看了和尚一眼，随后继续说道，"大师，如果劳累的话还请到一边休息，佛诞的事情交给其他的禅师来做……"

礼官说话的时候，元鸣看到了站在他背后的吴勉、归不归几人，再看四周，哪里还有一点打斗过的痕迹？当下，元鸣马上明白出了什么事情，苦笑了一声之后，对礼官说道："大人，刚才我在恍惚间遇到了佛祖……"

"佛祖怎么和你说的？"归不归笑眯眯地凑了过来，"他老人家是不是想你那元昌师兄了？找大师你来打听一下他的下落？"

第七十二章　幻术的破绽

　　刚才佛诞进行到一半的时候，住持和尚元鸣突然一动不动，呆呆地盯着面前的释迦牟尼佛像，任由礼官、众僧询问，他始终一言不发。就在礼官准备派人去找大夫的时候，元鸣突然回过了神。听到这位大和尚是受到了佛祖的感召之后，众信徒纷纷下拜，向元鸣和他身后的佛像磕头。

　　而元鸣脸上的表情却很是怪异，他苦笑着冲不远处几个古怪的信众点了点头，随后继续主持法会。等他好不容易将佛诞的法会做完，想要去找吴勉、归不归他们几个的时候，才发现几个人早已经走了。其中一个大个子和小孩子还将皇帝礼佛的贡品都带走了，以致最后谢恩的贡品只能随随便便找了一些供果代替。

　　当天晚上，送走了礼官及信众之后，元鸣和尚匆匆忙忙到了吴勉、归不归的府上。没等下人通禀，他直接到了中院，看到这里已经摆下了酒席，正是白天皇帝送去礼佛的贡品。当地的风俗是用上等的食物敬佛，而且这次又是佛诞，皇家准备得格外精细，怕是皇帝平时都吃不到这样丰盛的食物。想不到最后竟然都进了这几个人的肚子里。

　　看到元鸣和尚到了，这几个人都没有什么意外的表情。百无求还冲元鸣招了招手，说道："和尚，就等你了。刚才老家伙说你能来，一开始老子还不信，你今天忙得四脚朝天了，怎么还有闲心到我们家里来做客？那个谁，给大和尚让个座。"

　　"和尚这次不是来吃酒的，归老先生，你这次是什么意思？"元鸣哼了一声之后，继续说道，"今天是佛诞大节，你们为什么故意在今天给和尚难看？今天的善男信女前来庆贺的足有万人，你们让和尚难看是为了什么？"

"出了什么事情？看把元鸣你急得，到底怎么了？"归不归一脸惊讶地看着面前的和尚，顿了一下之后，继续说道，"白天的时候看你就不对，念经念得好好的突然就不言不语了。老人家我那傻小子还说你是被比丘尼掏空了身体，那是在回神。怎么？不会真的被傻小子说中了吧？"

"和尚我是六根清净之人，怎么会做出这样的事情来？"元鸣有些气急，也顾不上他大和尚的风度了。他看了一眼这几个人之后，再次对最可疑的归不归说道："归老先生，元鸣之前说过如果知道元昌师兄下落的话，一定会告知几位的。你们就算不信和尚，也不用在佛诞之日摆弄这样的玄虚吧？"

"等等，元鸣你到底出了什么事情，老人家我只是让傻小子带了皇帝的酒席回来，怎么又牵扯到元昌和尚身上了？"归不归皱了皱眉头，对元鸣说道，"这样，看在这一桌酒宴的分上，我老人家给你发个誓，你听好了。如果老人家我做了什么干扰你佛诞法会的事，那就让老天爷收了我这长生不老的神通。怎么样？这个够毒了吧？"

"真不是你们几位做的？"元鸣变得疑惑起来，半信半疑地对归不归说道，"天底下除了你们之外，还有谁有这样精妙的幻术？我从头到尾几乎都没有发现是假的。"随后，元鸣将白天他经历的事情原原本本地说了一遍。

听了他的述说之后，归不归一拍巴掌，对元鸣说道："广仁！这只有那位大方师做得出来。和尚，想必你也知道，我们都是方士出身，我们会的术法，那位大方师自然也会。而且你说的那个神祇，现在就在他身边。我们当天就在你身边，怎么可能当着你的面使用幻术？这不是站在那里让你指认吗？你认识老人家我也不是一两天了，我老人家会做那样的傻事吗？"

听了归不归这几句话后，元鸣也变得疑惑起来。不过不管怎么样，他也没有抓住他们的把柄，而且幻境当中的事情，又不能拿出来作为证据。如今他也不想因为这件事情就得罪吴勉、归不归这几个人，不管是不是他们几个做的，当下只能先咽下这口气。

这时候，百无求过来拉他吃酒。元鸣哪里还有闲心留在这里，当下推说自己庙中还有事情要办，便匆匆忙忙地离开了这里。

看着和尚离开之后，百无求将身边侍候的人都打发走了，随后对自己的"亲生父亲"说道："老家伙，这事到底是不是你干的？咱们爷俩搭伙这么久了，你那点路数老子早就摸清了。这装神弄鬼的像是老家伙你的手笔……"

"没听到你爸爸我已经发誓了吗？"归不归嘿嘿一笑之后，继续说道，"这件事真不是老人家我干的……"说话的时候，老家伙笑眯眯地看了一边不言不语的吴勉一眼，顿了一下之后，对这个白头发的男人说道："那种幻术老人家我八成都要中招的，元鸣能坚持到最后，差不多真的不知道元昌的下落吧？"

"说这话之前，你先问问自己，你会信吗？"吴勉慢慢地喝下一杯酒之后，继续说道，"他能咬牙坚持到最后，就说明这个和尚已经看穿了我的幻术。这个人确实一点术法都没有，却有本事可以看穿幻术。老家伙，现在知道元昌为什么会收他做自己的师弟了吧？你是他，也能做到这一步吗？"

"老人家我不是元鸣，不过你的幻术我老人家也确实看不出来破绽。"归不归说完嘿嘿一笑。随后，他给身边的邱芳倒了杯酒，又笑眯眯地对邱芳说道："和元鸣同城而居几年，以为他已开始松懈下来，还想着今天这一下就能知道元昌的下落，想不到这个和尚居然能看穿吴勉的幻术。"

"如果这个元鸣和尚不是看穿了幻术呢？"邱芳将杯中酒喝了下去之后，继续对归不归说道，"如果他只是看出了什么破绽，而不是看穿了幻术呢？比方说幻术当中有什么不应该出现的人出现了，或者说幻术当中有谁哪一句话说错了，让他瞬间明白过来自己就在幻术当中，眼前的一切都不是真的……"

邱芳说话的时候，已经走出大宅回到软轿上的元鸣轻轻地呼出一口气，随后他自言自语道："这次他们还不会信我，你的事情也要抓紧了。"

软轿里又响起了另外一个人的声音："我的事情你不要操心，既然他们还是不信你，稍后还会再试探，你自己小心吧……"

说话的声音是元昌发出来的，不过他又明显不在眼前。听到元昌说到稍后吴勉、归不归还会有什么手段来试探自己的时候，元鸣不由自主地出了一身冷汗。如果不是自己事前知道伊秧的近况，或许已经着了吴勉、归不归的道了。而且那种魂魄被"蒸发"的感觉太真实了，如果不是吴勉收了幻术，可能片刻之后，元鸣已经哭着喊着将元昌的下落说出来了。一想到这里，元鸣心里便一阵后怕……

佛诞的事情结束之后，又过了两年。其间北朝的拓跋氏有了衰败的迹象，各地权阀开始动乱。这个时候，闹了多年的高僧元昌突然出现在洛阳，和他一起出现的还有一个十多岁的少年。

第七十三章　尔朱荣

　　元昌只是带着这个少年在洛阳城中走了一圈，让城中一半的人见到了他。就在皇帝准备亲自出迎的时候，这位来来回回闹了几年的和尚竟然在皇帝的面前消失得无影无踪，只留下那个看似怯生生的少年。

　　当天见过元昌的人当中，不乏当年和他打过交道的官吏、僧侣，这些人都一口咬定当天出现在洛阳城中的就是高僧元昌本人。不过他只是在洛阳城里转了一圈，留下这个少年之后便消失在众人的面前。元昌是什么意思，让众人都有些费解。

　　当天夜里，北朝皇帝元恪（拓跋恪）将这个少年带到了皇宫当中，仔细询问了他和元昌大师的关系。这个少年名叫尔朱荣，是契胡人某部酋长的长子。三个月之前，一个自称元昌的和尚出现在他们契胡人所辖之地。元昌看到尔朱荣后，异常喜爱这个酋长之子。

　　元昌喜欢这少年的方式也算是特别，竟然收他做了自己的义子。当时佛教传入中土已经有三四百年，大小教义早已定下。和尚从来都是只收弟子的，还从来没有听说过哪位高僧收干儿子的。

　　不过元昌带着尔朱荣逛街，是大半洛阳人亲眼看到的，由不得皇帝不信这个契胡人的话。既然元昌大师都收了此人为义子，那这少年身上一定有什么过人之处。于是皇帝也凑个趣，将这少年收为义子。

　　元昌带着干儿子出现的消息很快便传遍了南北朝，建康城中的吴勉、归不归等人也得到了消息。泗水号的管事将这件事告知吴勉、归不归的时候，百无求也在场。当下二愣子便对自己的"亲生父亲"说道："老家伙，你猜猜这个叫作尔朱荣的是不是元昌留在契胡的种？依老子看，这就是当初元昌这小子留的崽子。人家亲爹看着这儿子怎么长得越来越不像自己，亲妈怕露馅才让元昌带走的。他带着个拖油瓶嫌麻烦，这才带着去了洛阳，本来想的是谁看好归谁的，想不到捡了一个这么大的便宜……老家伙，这话说回来，你和老子也不怎么像啊……"

"呸！好好的拿我老人家和元昌比什么。傻小子你别胡思乱想，你娘冰清玉洁的，绝不会给你爸爸戴绿帽子。"归不归这次没有在"爸爸"后面带着"我"，好在百无求也没有乱想，继续胡说八道几句也就算混过去了。

这时候，一直默不作声的邱芳突然开口说道："这都是元昌算计好的，他不会无缘无故送个孩子到北朝皇帝身边。不过他这是什么意思，的确让人有些费解。"

"元昌吞噬了神仙的力量，现在凡间已经容不下他了。他做和尚也做腻了，准备做皇帝了。"看了一眼好像没有听到一样的吴勉，归不归继续说道，"不过他这一步棋走得巧妙，再过几年才能看出这步棋的下法。看吧，没有那么简单。"

百无求听了有些不以为然，当下说出了自己的想法："要老子说，弄不好这个小崽子就是元昌，他利用这个少年的身份留在皇帝身边，混熟了之后先把他的兄弟姐妹们一个一个都宰了，等到皇帝死了他就是继承大位的人了。"

"这一套是你们妖山的路数，放在人世未必合用。再说出了这样的大事，你以为广仁、火山会没有动作吗？现在那两位大方师没露头，已经说明那个少年并非元昌本人。"说到这里，归不归突然想到了什么，当下对自己的便宜儿子说道："傻小子你要记住，以后继承妖王大位之后，千万别乱收干儿子。"

元昌这次出现之后，归不归还专程去找过凤瑕寺的元鸣和尚。不过这个和尚一问三不知，听到元昌师兄出现在洛阳城的消息后，还向归不归一个劲地打听自己师兄的下落。

两年之后，元昌这步棋的路数慢慢表现了出来。当时北朝戍边的沃野六镇发动叛乱，联络南朝向拓跋氏发动袭击。一时之间，南北夹击大破北朝数郡。北朝皇帝拓跋恪连派几路兵马前去迎敌，都被叛军和南朝兵马杀得大败。眼看叛军兵马就要杀到洛阳城下的时候，拓跋恪决定御驾亲征，带领仅剩的十余万人马外出迎敌。当时朝中领兵的将军消亡殆尽，原本皇帝定下的三路大军，最后连一路主帅都挑选不出来。

这个时候，年仅十六岁的尔朱荣毛遂自荐，担任最后一路主将。如果这一战败了，北朝的拓跋氏将会彻底灭亡，不过现下也的确找不到还能带兵的将军。最后北朝皇帝也是豁出去了，许了尔朱荣为最后一路兵马的主将。尔朱荣毕竟是高僧元昌的义子。元昌当初不会无缘无故地将人送到洛阳城，或许早就预料到了有今天。

当下，北朝皇帝亲率几路兵马迎战叛军。两军交战之后不久，朝廷的兵马便被叛军杀得大败。无数叛军将北朝皇帝围了起来，皇帝眼看身边的御林军慢慢消耗殆尽，已经做好了自杀殉国的打算……

就在这个时候，一直隐而不发的尔朱荣突然率领三万兵马从侧翼杀了过来。他这支奇兵将以为大胜就在眼前的叛军杀得大败，成功将皇帝救出来不算，竟然还将北朝的残兵收拢，直接攻击叛军的要害，将已经稳占上风的叛军打败，活捉叛军主帅葛荣。

眼看几乎亡国的灾难被这个十六岁的少年平定，北朝皇帝惊讶不已。王师回京之后，北朝皇帝将自己这干儿子封为太原王，命尔朱荣率军继续迎战南朝大军，当时北朝的大半兵马还要护卫京畿，严防六镇叛军死灰复燃。尔朱荣只带了五万兵马，在荆山打退了南朝主将王神念。就此，两年前被元昌带到洛阳城的少年几乎以他一人之力，拯救了北朝拓跋氏的天下。

南朝大军败退之后，担心尔朱荣乘胜追击，数十万大军都龟缩在建康城下。好在当时尔朱荣担心六镇叛军，只将南朝大军打退之后，便回到了洛阳复命。

当下，死里逃生的北朝皇帝不吝对尔朱荣加以封赏。太原王的王爵封赏之后，诸如都督中外诸军事、尚书令、大将军这样的官职也都加在了尔朱荣的身上。其中有老臣劝解皇帝，这样的不世之恩不能加在一个十六岁的孩子身上。不过拓跋恪认准了尔朱荣是元昌留给自己的国之栋梁，非但不听这些人的劝阻，还给劝谏的大臣罗织了罪名，将其下到了监牢当中。

消息传到建康城之后，归不归嘿嘿一笑，对身边的吴勉、邱芳二人说道："现在老人家我明白元昌是什么意思了，他这是在给北朝的拓跋氏找了一个掘墓人。尔朱荣少年成名，救国于危难之中，现在又是一人之下、万人之上，等到时机成熟他只要振臂一呼，北朝的天下就要易主了。元昌好算计啊……"

邱芳听完之后，沉吟了片刻，还是对归不归说道："如果是这样的话，我倒建议归老先生你解决了元鸣和尚。那和尚虽然没有术法，不过也是心思过人，能看穿吴勉先生幻术当中的破绽，我还没有见过第二个这样的人。"

"元鸣……"归不归顿了一下之后，冲邱芳嘿嘿一笑，随后继续说道，"留着他吧，老人家我要看看他到底有什么能耐，让元昌收他做师弟……"

第七十四章　鹿肉宴

　　自从尔朱荣出现之后，元鸣和尚便显得格外低调。原本他初一、十五还要去建康周围各郡县去讲经说法的，这两年几乎都待在凤瑕寺中，除非是南朝皇帝请他去宫中讲经，否则他只待在寺中，不肯轻易出来。不过对吴勉、归不归府上的各种供应却丝毫没有减少，反而比以往还有所增加。

　　元鸣不出寺门，吴勉、归不归他们几个也不打算去招惹他。除了凤瑕寺送的那些东西之外，这几年他们双方几乎没有什么交集。

　　这样的日子又过了两年。初秋的一个早上，天刚刚亮，凤瑕寺的一个小和尚便送来了住持和尚元鸣亲笔所写的一封信笺。只是小和尚来得太早，老家伙还没有起来。元鸣吩咐了，信笺要亲手送到归不归的手上，当下小和尚只能在门房等着。直到快午时了，小和尚才被管家带着来到了正堂。

　　这个时候，吴勉、归不归和邱芳正坐在这里闲聊。百无求和小任叁这些日子天天晚上喝到后半夜才睡着，每天都是过了午时才会醒。

　　说明了来意之后，小和尚将元鸣的亲笔信取了出来，恭恭敬敬地交到了归不归的手上。老家伙看了一眼之后，交到了吴勉的手上，随后笑眯眯地对送信的小和尚说道："你们家师父请我们几个今天去庙里吃秋食，不过这几年不见了，元鸣和尚怎么想起老人家我了？还有，最近你们和尚开始时兴吃素，你们那里不会也开始吃素了吧？你们师父知道老人家这里有几个离开肉食就活不了的。"

小和尚赔着笑脸说道："归老施主请放心，现在虽然天下庙宇大都开始戒荤腥，不过我们凤瑕寺还是天竺佛教的道统，施主们布施什么我们和尚是不可以挑剔的。昨天有位施主布施了一头野鹿，是昨天在山上打到的。我们元鸣方丈亲自为这头死鹿超度。皮囊不可以浪费，就请建康有名的厨子烹煮了，请几位施主到寺里品尝。"

"你们家师父倒是有趣，自打南朝皇帝下了圣旨，天下的和尚都开始吃素，就你们凤瑕寺这般抗旨不遵。"归不归打了个哈哈之后，看了吴勉、邱芳二人一眼。看到他们俩没有拒绝的意思，老家伙这才继续说道："好，看在他抗旨也要请客吃肉的分上，老人家我们就给他这个面子。让他把鹿肉煮熟，我们晚上一定到。这个你拿着，没事的时候带个帽子去城里的娼馆逛逛，可有意思了……"

说话的时候，老家伙往小和尚的手里塞了一个金锞子。小和尚本来说什么都不要，不过归不归说到娼馆里面的种种好处之时，小和尚拒绝得便不那么彻底了，最后红着脸半推半就地收下了。

看着小和尚好像做贼一般离开了这里，邱芳苦笑了一声，对归不归说道："归老先生你这是何苦，好好的为什么要坏了他的修行？他们出家人不容易，或许这些年的修行就被你这块金子毁了。"

"修行到了谁也毁不了，修行不到的话别说金子了，随便给俩子儿就能毁了他的修行。"吴勉替归不归说了一句之后，继续对老家伙说道，"元鸣终于坐不住了……"

"管他坐不坐得住，这么多年了，差不多也该露出马脚了。这么多年他都守在建康城，还真的以为他和元昌一南一北守着两个朝廷吗？"说到这里，归不归嘿嘿一笑。随后，他喊过不敢靠前的管家，说道："去把那俩少爷叫起来，顺便准备好马车，他们醒过来后我们就出发去凤瑕寺。"

一个多时辰之后，吴勉、归不归的马车到了凤瑕寺。元鸣好像算准了这些人会到来一样，已经穿上了迎接皇帝时才会换上的袈裟。在一阵佛乐声中，元鸣将这几个人迎到了寺中。

"原本以为几位要晚上才能过来，现在鹿肉正在外面烹煮，和尚已经让人去催了，很快便可以做好。"元鸣请众人坐到了佛堂之中，随后继续说道，"虽然凤瑕寺不用像其他寺庙那样遵旨茹素，不过也不好在这庙中烹煮肉食。我请了城里有名的厨子烹煮，多少还是有些路途的，不是那么方便，还请各位见谅。"

"元鸣和尚你这话说的，让我们这几个来吃肉的倒有些不好意思了。"归不归嘿嘿一笑，对和尚说道，"趁着肉还没熟，老人家我正好还有一件事情要和你说说。听说北朝那边你侄子尔朱荣出了大风头，二十岁不到便封了大将军、太原王。前朝大将军霍去病在他这个年纪，可都没有立下这么大的功劳。怎么？你那侄子就没说要接你去洛阳享享清福？"

听到归不归说起尔朱荣，元鸣摇了摇头，说道："归老先生你是知道的，这么多年以来，我和元昌师兄没有什么联络。而且天下都在传他出现的消息，依照元鸣看来，这次出现的元昌师兄也未必就是真的。什么时候和尚亲眼看到了，才敢肯定出现的元昌是真是假。"

"元昌是元昌，元鸣是元鸣。不管元昌如何得罪了我老人家，看在这么多年和尚你供我们衣食住行的分上，元昌的罪过老人家我不会算在你头上的。"归不归嘿嘿一笑之后，继续说道，"不过如果有一天我们几个人和你家师兄剑拔弩张的时候，不知道和尚你会向着谁？"

"元鸣没有术法，连自保都是问题，哪里还敢相帮一方？"元鸣苦笑一声，说道，"如果你们双方有什么误会解不开的话，还请几位放元鸣一条生路。归不归老先生您刚才说的话，和尚已经当真了。"

看着归不归和元鸣说起来没完，饥火上蹿的百无求当下拍了一下桌子，对归不归和元鸣说道："你们说话就饱了吗？和尚，你不会除了鹿肉之外什么都没有准备吧？老子连早饭都没吃就赶过来了，没有鹿你杀只鸡炖上总没有问题吧？连鸡都没一只，你还好意思说请客？"

"百无求先生稍等，原本是准备了一些菜肴的，不过都委托给了一个厨子，稍后会一起送来的。"当下，元鸣回头让小和尚去催鹿肉，顺便端来了一碟子敬神的糕点。虽然糕点吃起来没什么滋味，不过总还是能填饱肚子的。这个时候，就连饿极了的小任叁都过来抢食。

又过了将近两个时辰之后，终于看到几个小和尚提着几个大号的食盒走了进来。打开食盒之后，小和尚们将里面香气扑鼻的各色鹿肉都一一端了出来。和尚还没开始客气，两只妖物已经抓起鹿肉大嚼起来。

"元鸣，说吧，这次你让我们进来，不会就是为了吃块肉吧？"吴勉冷冰冰地看了一眼元鸣之后，继续说道，"刚才你一口咬定没有和元昌联系，那么这次和你那位师兄没有关系了，是吧？"

"还是吴勉先生目光如炬。"元鸣和尚苦笑一声，说道，"今天除了请各位前来品尝鹿肉之外，确实还有一件小事要麻烦几位。三天之前，庙门外面有人留了一封书信，上面除了提到元鸣之外，还提到了你们几位的姓名。"

第七十五章　古怪的信函

说话的时候，元鸣从怀里掏出一张被油布包裹着的信函，恭恭敬敬地交到了归不归的手上，随后继续说道："信函虽然是三天前发现的，不过里面的信纸已经发黄变脆。我怀疑信写完已经有些时日了，不过发信之人一直都在犹豫，直到三天前才下定决心，将信函发了出来。"

这边元鸣在说话，那边归不归已经打开了油布。和尚说得没错，油布里面的信纸已经发黄变脆。元鸣在信纸下面垫了一片薄薄的木板，如果不是这样，信纸恐怕早就成碎片了。

信函当中只有十几句话，大概的意思是吴勉、归不归弑神，元昌吞噬神力等事情，天上的神明已经知道了。这是古往今来从来没有出现过的大罪过，现在天上的神主已经震怒，之后会亲自打开天路，送煞神下凡诛灭众人。写这封信的人让他们早做打算，否则就算是海外的徐福也保不住众人。

归不归看完信函之后，便将信函递给吴勉。看到白发男人没有接过的意思，老家伙嘿嘿一笑，顺手又递给了他身边的邱芳。随后他转过头来，对元鸣说道："和尚，信你也是看过的。老人家我有件事情不明白，那个写信的人为什么不把信函直接给我们送去，偏偏要送到你这里来？还有，信是三天前送到你这里的，你足足看了三天才交到我老人家的手上，这三天里和尚你做了什么？"

元鸣和尚苦笑了一声之后，说道："信函的确是三天前送到庙门前的，当时我被陛下请到了皇宫讲经，回来时已经是两天前的事情了。当时信函已经碎成无数片了，等到拼凑好之后又浪费了一天。此事传出去非同小可，和尚只能借请各位进庙尝秋食的机会，将此信函交到各位的手中。"

这时候，百无求以为找到了破绽，说道："那也不对！元鸣，老子问你。我们几个也在这建康城里，那人直接送到我们府上就好，何苦还要多费一道手续，假借你的手来传递信函？你这庙里也没有年轻貌美的小尼姑，他何苦跑这一趟？"

"想来是元鸣与信中所提到的这几个人都有些渊源。"元鸣看了一眼邱芳手里的信函，顿了一下之后，继续说道，"和尚和元昌是师兄弟，和各位也有些渊源。那人以为送到和尚手里你们双方便都可以知晓，谁能想到我现在也不知道元昌师兄流落到什么地方了。"

元鸣和尚的话滴水不漏，归不归也没有从中找到什么疑点。当下老家伙嘿嘿一笑，从邱芳手中再次拿过信函。这次他仔仔细细地看了一遍，对元鸣说道："那么说起来，这个送信的还算是个好人了。邱芳，这信函你也看过了，你怎么看？"

邱芳犹豫了一下之后，回答道："信里并没有提到广仁、火山两位大方师，也没有提到那位大术士席应真。这我就不明白了，事情是你们一起做的，他只提醒你们，不管两位大方师和席应真，又是什么意思？"

"这个和尚我是想过的。"没等归不归说话，元鸣抢先一步说道，"或许送出来的信不止这一封，这人知道我与各位是邻居，便送到我这里来。这个时候广仁、火山两位大方师和大术士可能也收到了类似的信函。"

"也有和尚你这么一说。"归不归嘿嘿一笑，随后继续说道，"不过今天我们是来尝秋食、吃鹿肉的，不能被这一封信就扫了兴。今天就当没有这封信，吃饱喝足之后还有什么话，我们明天再说。傻小子，把那块腱子给你爸爸我留下……"

看到归不归故意转开了话题，元鸣也不好再说什么。当下他开始不停地给众人布菜添酒，时不时还开一两句玩笑，没有一点建康城大庙有道高僧的模样。

百无求这两只妖物本来就是没心没肺的，信函上也没有提到他们俩的名字。当下百无求、小任叁放开了肚皮吃喝，一只野鹿做成十几道菜，被他们两只妖物吃了一大半。吴勉、归不归也好像什么事情没有发生一样，照常吃喝。只有邱芳眉头紧锁，还在为刚才看到的信函发愁。

吃喝完之后，天色已经黑了下来。小任叁和以往一样又喝多了，在元鸣和尚的盛情之下，吴勉、归不归几个人当晚就住在了寺庙当中。和尚给他们安排了几间干净、宽敞的寝室休息。

众人进了各自的寝室之后不久，归不归的寝室外面响起了一阵敲门的声音。老家伙开门之后，看到元鸣和尚端着一个装满果子的托盘站在门口。和尚笑着对归不归说道："这是外地进贡给陛下的果子，陛下体恤我们出家人辛苦，便赏了几个让和尚尝尝鲜。刚才和尚看到归老先生没有怎么动筷，想请老先生尝尝这南朝果子的味道——吴勉先生您也没睡……"

说话的时候，和尚看了看坐在归不归寝室当中的另外两个人影——吴勉和眉头皱了一晚上的邱芳。客气了几句之后，和尚端着托盘走了进来，主动坐到了三人的身边，继续说道："既然各位都在，那么和尚再说两句信函的事情，各位不会介意吧？"

屋子里除了元鸣和邱芳之外，吴勉和归不归的名字都出现在信函当中。现在这两个人反倒没事人一样，好像说的就不是他们俩，而是面前的和尚和邱芳似的。

"和尚你想说就说，吃着果子听故事，也算对得起这么好的月色了。"吴勉从托盘里拿起一个梨子，放在鼻下闻了闻之后便拿在手里把玩着。

元鸣点了点头之后，再次说道："如果信上说的是真的，那么各位就要早做打算了。天神下凡非同小可，一旦有什么差池，受连累的会是人世间这些无辜的百姓。元鸣妄言，各位如果也没有什么好办法的话，还是出海去找徐福大方师。有那位活神仙在的话，或许还有应对的法子。"

"和尚你这么上赶着，是怕会连累你家元昌师兄吧？"归不归嘿嘿一笑之后，继续对元鸣说道，"或许这信就是元昌和尚写的，他吞噬了天神的神力，或许天上的神主传令的时候，元昌也听到了吧？弑神他也算一个。煞神真的下凡，谁也没有好处。所以他才让你来送信，有什么黑锅我们几个先背着，没事之后他再出来，是这个意思吗？这一手他是向那两位大方师学的吧？"

"老施主你误会了，元鸣真是多年未和师兄有联络。"元鸣和尚苦笑了一声之后，继续说道，"和尚再说一句心里话，不管是各位施主也好，还是我那位师兄也好，被煞神追杀，一定会连累到周围的百姓。现在的世道刚刚有一点安稳的迹象，和尚实在不想看到天下再起争端，百姓生灵涂炭了。"

"那么和尚你除了让我们去找徐福之外，还有什么好办法能避开这次祸端吗？"邱芳实在忍不住了，主动开口向元鸣和尚说道，"我等也不想去给徐福大方师添麻烦，如果你有好主意还请赐教。如果只有去找徐福大方师这一条路的话，我宁可劝说他们二位找一艘大船，在海上漂泊，就算被煞神找到也不至于连累到百姓。"

第七十六章　泄露天机的代价

　　关于信笺上面所说的，几个人争论了一晚都没有结果。不过相比较信笺上面提到两个人，争论最多的还是邱芳和元鸣。原本有些话痨的归不归，到子时便差不多住了口，更别说从头到尾都没怎么说过话的吴勉了。

　　两个人争论的重点，是应不应该将那位从天上下来的煞神，引到海外徐福的身边。只不过说了一晚上，还是没有达成一致意见。

　　第二天一早，在庙里吃罢早饭之后，元鸣和尚亲自将吴勉、归不归这些人送上了马车。元鸣是肉身凡胎，不比吴勉、归不归这些人，从得了信笺之后便一直没有休息好，又熬了整整一个晚上，这个时候也是头重脚轻。不过总算将肩上的包袱卸了下来，他长长地出了口气，便回到自己的禅房里休息去了。

　　原本元鸣打算只睡半个时辰的，之后还有早课，要他去讲解《四十二章经》的佛法。不过这大和尚也是困乏极了，竟然睡过了时辰。整个凤琊寺的大小和尚在佛堂等了半晌，都不见住持出现，监寺便亲自到了住持的禅房来请，这才把睡得迷迷糊糊的元鸣叫醒，拉着他向佛堂走去。

　　就在这凤琊寺中身份最高的两位大和尚快到佛堂的时候，天空中突然传来一声巨响。随后，元鸣和监寺和尚二人都清楚地看到天空当中冒出了一只金色的巨手，这只大手径直对着佛堂压了下来。

　　两个和尚顿时蒙了。随着另外一声巨响，偌大的佛堂被这只大手压得倒塌了，两个大和尚直接吓得瘫软在地。就在他们俩反应过来，准备前去救人的时候，半空中传来一阵声音："这就是尔等泄露天机的惩罚。从今往后，如有再敢藐视天界之人，一律诛杀，绝不容情。"

随着最后一个字音落下，原本已经倒塌的佛堂再次传来一阵阵巨响，坍塌的废墟竟然一点一点被谁也看不到的东西压平。最后废墟差不多和地面保持一个水平线之后，巨响才彻底消失。

这时候，侥幸生还的一些小和尚面露土色地跑到元鸣身边。虽然已经知道不可能还有生还的和尚，不过他们还是在好像疯了一样的元鸣和尚的带领之下，跑到被压平的废墟之上，拼命寻找已经被砸成肉酱的同门。只是这些和尚将自己的双手都磨得血淋淋的，也不能从地上挖出一块砖石。

那几句来自天边的话，当天几乎建康城所有的人，包括皇帝在内，都听得一清二楚。这是凤瑕寺遭了天谴，还有谁敢前来帮忙？当天晚上，皇帝派御林军直接将凤瑕寺所有幸存的和尚抓到了天牢当中。据宫中传出来的消息，皇帝为了平息天神的震怒，准备用这些和尚的人头来祭天。

只是一天的工夫，元鸣这个炙手可热的高僧便成了阶下囚，几天之后还可能会掉脑袋。不过这个时候的元鸣已经什么都顾不上了。从他亲眼看到佛堂里的众僧被活活压成肉酱的那时起，这位高僧便浑浑噩噩起来。他的十指已经磨得见了白骨，在关入大牢前他几次晕倒，被人救醒之后马上又去了废墟当中。

不管怎么说，这和尚也是建康城的名人，牢头给他找了一个单间居住。怕他死在牢中，还特意关照他，给他准备了上好的饭食，只是元鸣一口都吃不下，进了大牢之后便面壁打坐，嘴里叨念着谁也听不懂的梵语经文。

转眼到了子时，元鸣的身后突然发出了一阵声响。元鸣没有任何反应，还在痴痴呆呆地背诵着经文。这时，牢房里面响起了一个苍老的声音："还真是风水轮流转，本来以为元鸣你是来找人背黑锅的，想不到第一口锅就归了你。"

听到这个声音的时候，元鸣的身子颤抖了一下，随后他慢慢地回过神来，转身看了面前的归不归一眼。深深地吸了口气之后，这个已经脱相的和尚说道："如果是天谴，直接惩罚我就好，泄露天机的是元鸣和尚，为什么要这些无关的弟子们代我受过？这就是天道吗？"

"你是和尚，信什么天道？"归不归有些无奈地笑了一下，随后继续说道，"不管怎么样，这个黑锅都有我们一半。跟老人家我走吧，你出去也别做什么和尚了，还俗找个小媳妇过日子去吧。这一世转眼便到头了，等到下一世你什么都忘了，也不用再为这个烦恼了……"

归不归说话的时候，元鸣发现牢房的大门已经打开，原本在牢外把守的狱卒不见了，旁边几个牢房关押的犯人也都不见了踪影。就在元鸣诧异的时候，看出他心思的归不归开口说道："毕竟你没有术法的根基，如果老人家我单单放了你，目标太大，说抓回来也就抓回来了。除了一些杀人放火不像好人的人之外，剩下的我老人家一股脑儿都放了。说起来这些人还托了和尚你的福气。"

"早上等我去讲经的僧众有一百五十九人，无一生还。他们都往生极乐了，我这样活着又有什么意思？老人家你不要管我，元鸣是佛教释迦牟尼的教徒，死后就算再入六道轮回，也比这样逃生的好……"说罢，元鸣转过身来，再次对着墙壁坐了下去，不再理会身后的归不归，又开始背诵起梵文的佛经来。

"老家伙你和他废什么话？他被吓傻了，你也被吓傻了吗？"这时候，满身是血的二愣子从外面跑了进来。见归不归瞅着自己身上的鲜血直皱眉头，二愣子解释道："刚才老子送走的那几个不要脸的死混蛋，出去的时候还想杀狱卒泄愤。老子也没客气，把他们的人头一个一个掰了下来。在外面等你们老半天了，你还有闲心和这个胖秃驴磨叽？再不走的话，天就亮了。这可是你亲口说的啊，天亮胖秃驴就要变成死秃驴了……"

"这不是在等你和元鸣和尚讲道理吗？"归不归嘿嘿一笑，随后继续说道，"老人家我能和他讲到天亮，还是傻小子你来吧。这个和尚今天突遭大难，看在昨晚那顿鹿肉的分上，你下手轻点，别让这个和尚死在你的手上……"

"老子就受不了你们磨磨叽叽的，一个老娘们一个肥尼姑……"说话的时候，百无求一把将元鸣和尚扛在肩头，随后没等元鸣挣扎，一阵风一样带着这个胖大和尚出了天牢。

百无求奔跑的速度实在太快，元鸣和尚眼前一花，百无求已经出了大牢。到了大街上，二愣子加快了速度。元鸣感觉到眼前一阵大风吹过，吹得眼睛都睁不开。片刻之后，他感觉到风声小了之后，这才试探着睁开眼睛，发现自己已经在一条官道上了。

现在除了归不归、百无求这一对父子俩，还有一辆马车和七八个骑马的护卫。马车上面坐着一个十六七岁的妙龄女子，女子看到他们几个人出现之后，急忙下车，将脚软得站不起来的元鸣和尚搀扶了起来，说道："老爷，您到车上来，往后的日子就靠您疼我了……"

就在元鸣躲避女人痴缠的时候，归不归指着马车上面的一口箱子说道："里面是五千两黄金，不用太省，够你活后半辈子的。老人家我在北朝给你准备了一座宅子，就当是还了这么多年白吃白喝你的人情了……"

第七十七章　人影

"我是出世之人，不可能再入世了。既然归老先生你想要我活着，那和尚活着就好，不过娶妻生子过日子是不敢想的。元鸣也不能误了别人的终身大事。"元鸣说话的时候，打开了马车上面的几口箱子，露出里面黄澄澄的金子。

和尚好像没有看到箱子里面是什么一样，指着这些黄金，对女人说道："这些金子都是你的了，找一个老实本分的男人嫁了吧。听和尚一句规劝，这些黄金足够你几辈子用了，不要轻易露财，否则就算是你为他生儿育女的男人，最后也可能是要你性命的刽子手。"

这时候女人已经愣住，她是归不归白天从人市上买来准备服侍元鸣起居的。刚才听到老家伙说车里有五千两黄金的时候，女人并不在意。现在亲眼看到了这么多黄澄澄的金子，女人的目光几乎在这些黄金上生根。周围保护他们的护卫们也跟着直了眼。

"不用看了，也不用去什么北朝大宅。"这时候，邱芳从后面走了出来。看到元鸣不经意之间可能给女人惹来杀身大祸，邱芳微微皱了皱眉，随后对还在呆呆地看着车上黄金的女人说道："我会跟车一起到泗水号的商铺，你这些金子处理得不好，就会给你招惹天大的麻烦，还是寄存在他们泗水号的商铺最好，每隔一年取个十两黄金，足够你这些年的用度了。"

女人这才明白过来，急忙向邱芳称谢，随后将几口箱子盖好。看不到那些黄金，周围护卫们的眼珠总算能转动了。而听到自己辛辛苦苦忙活了大半天，结果都被邱芳和元鸣送了人情，归不归脸上没有一点不悦的表情，反而一直笑眯眯地看着面前这几个人，没有半分要留人和保住黄金的意思。

"多谢邱芳先生，刚才和尚思虑不周，差点害了这位姑娘。"元鸣反应过来之后，马上向邱芳称谢。看着邱芳护送着女人离开这里之后，元鸣对归不归说道："归老先生，你的好意和尚心领了。不过元鸣自出世以来，就没有想过再入世还俗。况且我的门人弟子遭受这样的劫难，元鸣身为住持不可以一走了之。"

归不归看着邱芳带着马车离开，古怪地笑了一下，喃喃自语道："你们一个两个的会做好人，一个替我老人家散尽了黄金，另外一个直接带着女人走了。什么时候你们都这么好说话了？"

自己痛快痛快了嘴之后，归不归再次对元鸣说道："和尚你不一走了之，那有什么打算？找一家小庙忍着，后半辈子就一直念经，为死去的弟子们祈福？"

元鸣沉默了片刻之后，点了点头说道："除了日夜为死去的弟子们祈福之外，我也想不到还能再做些什么了。不过今夜之后，元鸣势必会在南朝遭受通缉。如果可以的话，还请归不归老先生能帮助元鸣寻一座乡间小庙，找一处清净的所在，了此残生。"

归不归笑眯眯地点了点头，说道："本来老人家我还想着你还俗去好好过日子，既然和尚你打定了主意，那么老人家我也不好劝阻。这样，你先委屈一下，老人家我给你建一座家庙，你在家庙当中委屈一下。等到再过几年事情平息之后，随便选一座大庙继续做你的和尚吧。"

"老子刚才带着元鸣到处跑，就算白跑了？"这个时候，百无求瞪着眼睛看向元鸣。顿了一下之后，二愣子继续说道："早知道这样，刚才就带着你回家去了，省得这一路奔波了。"

"傻小子你知道什么，如果不带和尚出来转一圈，就算皇帝最后饶了他一命，元鸣现在和死人也没有什么区别了。"归不归笑了一下之后，继续说道，"自从和你小爷叔搭伙以来，从来都是我们替别人背黑锅的，现在冷不丁看到这黑锅背到了别人的身上，老人家我还真有点不适应。"

从这天晚上起，元鸣就算住在吴勉、归不归府中了。老家伙在后院给和尚找了一间清净的房间，随后不知道从哪里弄来一尊鎏金的佛像，这个家庙就算"开张"了。整个后院除了管家每天去送饭食之外，不允许任何人进去。这管家本来就是元鸣的人，自然也不会出卖他。

元鸣进驻后院的家庙佛堂之后，便再也没有出来过。元鸣和尚从来不进内院，只有归不归时不时来这里一趟，找他说两句闲话。这当中，元鸣和尚请老家伙弄来一些木料，他亲自打造出一百五十九个牌位。这些牌位将本来就不是很大的家庙挤得满满当当。

这样两不相扰的日子又过了两三年，元鸣就这样藏身在吴勉、归不归的大宅当中。当年的凤瑕寺因为天谴的缘故再也没有兴旺起来，如果不是南朝皇帝信奉佛教，这个时候早就将整个凤瑕寺夷为平地了。就这样，当初被埋在地下的众僧人依旧没有重见天日，还在地下埋着。而当年存活的和尚也都趁着混乱逃到了他乡，因而现在偌大的凤瑕寺破败不堪，找不到一个和尚。

到了第三年年初，南朝皇帝亡故，新帝登基之后大赦天下。这时候，当年从天牢逃走的元鸣和尚的名字终于从朝廷的悬赏通缉名单上撤下来了。眼看三年前的事情快要被众人遗忘的时候，一天傍晚，三年前的噩梦再次席卷建康城。

这天傍晚，太阳慢慢下山的时候，天空中突然出现了一个巨大的人影。片刻之后，人影便到了吴勉、归不归府邸的正上方。这个人影让建康城百姓将几乎快遗忘的某起事件再次想了起来："你们看看天上，像不像当年毁掉凤瑕寺的那位天神？""上次那位天神身穿七彩仙衣，看着可是差不多……"

就在众百姓议论纷纷的时候，天空中的人影突然大吼了一声，随后说道："吴勉、归不归！你们当初弑神大罪尚未结清，现在竟然还敢收留元凶元鸣！快快将此人放出来，好好等着，日后会有其他的神明来取你们的性命！"

一句话说出来，府邸附近的百姓吓得四散奔逃。就在人影还要继续说话的时候，从府中飞出一把非刀非剑的法器，直奔人影的要害。不过天上的这位毕竟是神明，贪狼从他的身体中穿过之后，并没有伤到他。

"明白了，这就是你们的回答！好，那我便越俎代庖，替那位神明了结你们！"一句话说出来，人影的手掌迎风暴涨，转眼间便大得可怕。随后三年前的一幕又发生了，人影的手掌对着整个府邸拍了下去。

一刹那，前院几乎所有的房屋同时倒塌。就在天上的人影准备碾压倒塌的房屋时，这个人影突然大叫了一声，随后向后飞快地退了开去。等到人影握着手臂退出半个建康城的时候，只见他刚才手掌所压的位置站着一个白头发的年轻人——吴勉。

见人影向后退去，吴勉腾空而起，像离弦之箭一样向着人影飞了过去。白发男人和人影接触的一刹那，人影再次大喊了一声，随后不再理会房子里面的元鸣，瞬间消失在众人的眼前。

第七十八章　煞神降临

吴勉打退了人影的同时，身处后院佛堂里面的归不归回头看了一眼脸色发沉的元鸣，嘿嘿一笑之后，说道："老人家我就不明白了，你到底哪里得罪天上的这些神仙了？连信上提到的老人家我和吴勉都不管，怎么就和你拼上了？元鸣，你是不是还有什么话忘说了？"

"知道的，和尚都已经对你们说了，我也想不到这位神祇这样执着。"元鸣苦笑了一声之后，继续说道，"不过听他所说，这次不是一位神祇下凡，有专门对付元鸣的，还有那位煞神是对付你们几位和我师兄的。看来之前的众神陨落，让天界震怒了。"

元鸣说完的同时，吴勉已经回到了宅子当中。这时，死里逃生的管家才出来清点人数，发现府中六个下人被埋在了倒塌的废墟当中。因为邱芳抢救及时，其中四人没有生命危险，只是腿断胳膊折是免不了的。

确定了天神不会再出现之后，归不归这才从后院的佛堂当中走了出来。他看着前院的满地狼藉，说道："看来泄露天机这个罪名真的不小，或者说还有什么天机，元鸣和尚没有说出来。"

"归老先生，那封信函你是亲眼看到的，和尚我怎么可能会造假？"跟着归不归一起出来的元鸣听了老家伙的话之后，皱着眉头解释道，"那信纸虽然破损，不过也是我一点一点拼接好的，严丝合缝，你们也是亲眼看到的。我看到了什么，各位知道的便是什么。"

归不归笑眯眯地看着面前的元鸣，慢悠悠地说道："就是破损了才容易造假，随随便便剔除一两句话，只要做得巧妙，外人看到的只是破损，压根不会注意到会不会缺少一句与前后没有关联的话。"

元鸣还打算争辩几句的时候，救人回来的邱芳走过来对他说道："不管是不是信函那里有问题，刚才那神祇是冲着你来的，这总没错吧？就算天神都是各司其职，分别有对付你和吴勉、归不归两队的，为什么你连续两次被神明追杀，而吴勉、归不归他们什么事情都没有呢……"

"因为煞神正在对付我们……"邱芳的话还没有说完，就见两个浑身是血的男人凭空出现在他们的身前。二人正是广仁和火山两位大方师，只是火山已经陷入昏迷，广仁的胸口塌陷，露出里面碎裂的肋骨和一个拳头大小的窟窿。从这个窟窿里还可以看到正在跳动的心脏……

看到是两位大方师之后，邱芳第一个反应是回避。他的身份本来就有些尴尬，不过看到这两个人都身负重伤，这才回身去查看他们俩的伤情。邱芳的术法一般，于疗伤一道却颇有建树。他查看之后，发现胸口被打了一个窟窿的广仁没有什么事，仗着其长生不老的能力便可以恢复过来。

棘手的是昏迷不醒的火山。这个红头发的男人好像是魂魄受到了伤害，任凭邱芳用什么方法，始终不能将火山从昏迷的状态中唤醒。

"没用的，他是被煞神震伤了魂魄。我与火山的魂魄连在了一起，有我在，他不会出事的。"看着这个火山昔日的弟子，广仁脸上的神情多少有些尴尬。叹了口气以后，他又对邱芳说了一句："当初的事情你不要放在心上，左右都是天命使然，你我都避不开的。"

"还是大方师会说话，当年的屎盆子就这么扣在老天爷的头上了。"出来看热闹的百无求撇了撇嘴之后，继续冷嘲热讽，"老家伙，过两天老子不孝顺了，打你骂你都是天命使然啊，你别怪在老子头上，要怪就怪老天爷不长眼……"

"就好像你天天惦记着和老人家我同归于尽是在尽孝一样。"归不归笑呵呵地看了广仁一眼，随后继续说道，"大方师你别和这傻小子一般见识，孩子年纪小说话不会拐弯抹角。好好的说什么大实话？傻小子下次不许这样了啊……"

"当初有什么事情吗？邱芳已经不记得了。"邱芳脸上没有任何表情，异常平静地对广仁说道，"大方师还是说说你们两位到底出了什么事情吧。两地同时遭到神明袭击，此事非同小可，大方师还是快些说明白的好。"

邱芳也是心智过人的，当初徐福曾经代火山收徒，隐隐有过将最后一任大方师传到他手上的意图。无奈后面的事情谁也控制不住，最后一任大方师还是火山，而邱芳则成了替罪的羔羊。这也种下了他后来性情大变、犯下大错的根苗。

看着吴勉、归不归的目光都在自己身上，广仁深深地吸了口气，说道："差不多是两三年前，我和火山在居所门口发现了一封信笺。上面写着当初众神坠落，天神震怒，派下煞神要诛灭我等。写信的人让我们早做打算……"

说话的时候，大方师从怀里掏出一个卷轴。卷轴打开之后，只见上面密密麻麻地贴着重新拼接好的碎片。归不归和吴勉对了一下眼神之后，也取出从元鸣那里得到的信笺。两相对比，笔迹一模一样，确实是一个人所写。里面的内容也都差不多，只是从元鸣那里得到的信笺中没有广仁、火山的名字，广仁手里的信笺中也看不到吴勉和归不归的名字。

"这个写信的人也是有趣，一封信要送给两拨人。"归不归古怪地笑了一下之后，对皱着眉头的广仁说道，"大方师你接着说，后来又遇到了什么？你们爷俩怎么变成这个样子了……"

"收到信笺之后，我、火山一直都在小心防备。不过一晃两三年过去了，始终不见有什么煞神找过来，慢慢地我们也有些松懈了。"说话的时候，广仁身上的伤势开始慢慢愈合。大方师看了一眼自己的伤口之后，继续说道："就在今天早上，我与火山居住的城镇突然天崩地陷。随后一位神祇从天而降，我与火山在这位神祇面前，几乎没有还手的能力。如果不是之前被人警示，早早做了准备，恐怕已交待在那里了。那位神祇被之前早早摆下的阵法阻拦了一下，我和火山便利用这个机会，使用五行遁法遁走。只是遁法初成的时候，火山替我挡了一下那位神祇的攻击，便成了这个样子。"

听了广仁的话之后，在场几乎所有人的目光都集中在唯一有能力弑神的吴勉身上。顿了一下之后，广仁看着这个白头发的男人说道："吴勉先生，这位煞神万万不可小觑。他的神力不在谷元秋之下，遇到他你千万不要心存侥幸，一定要在第一时间便使用帝崩……"

"我一个小修士，用不着广仁大方师教我什么时候使用法器。"吴勉翻着白眼说了一句之后，继续说道，"该用的时候我自然会用，不该用的时候，就算煞神跪在我的面前，我也不会使用法器对付他。"

"帝崩在吴勉手中存放，大方师你放心就是。"这个时候，归不归出来打圆场。老家伙嘿嘿一笑之后，冲着一边的元鸣行了半礼，说道："刚才老人家我冤枉和尚你了，不过现在线头太多，谁也说不好，元鸣你不要怪罪我老人家。现在我们要准备一下，等着那位煞神降临了……"

第七十九章　法器易主

现在除了远在海外的徐福那里之外，几乎没有比待在吴勉身边更加安全的了。为了不牵连到建康城的百姓，归不归和吴勉商量了一下，还是决定暂时离开住了多年的建康城。

建康城往东一百二十里有一座叫作东魁的小城，五年之前南北两朝数十万人马在这里有过一次激战，结果双方死伤数万人仍未分胜负。当地居民为了躲避战火早已逃离家园，直到战乱结束才回到东魁城。此时的东魁城每到夜深人静都能听到凄惨号哭的声音。

除了鬼哭之外，东魁的居民晚上还能见到一些模模糊糊的人影在大街上转来转去。这些人影除了在大街上转悠之外，还经常穿墙进到这些居民家中。没有几天，刚刚搬回来的居民又全部逃出了东魁城。从此之后，这座小城就成了一座没人的鬼城，再也没有人敢回到这里居住。

也是因为东魁城闹鬼的传言，方圆十里的村落也慢慢迁移到了别处。这里也最适合吴勉、归不归等人暂时居住，只不过这座城池五年没有人居住，早已破败不堪。城里几乎找不到还能居住的房子，最后还是泗水号的人在城中的空地上搭建了几座帐篷，安排了一些生活用品。

除了帐篷之外，泗水号还挑选了几个胆大的人侍奉这几位老爷。吴勉、归不归大修士的身份已经在泗水号传开了，而且又有广仁、火山这两位传说中活神仙一般的人物在，一般的鬼怪应该都是避着他们走的吧……

　　住进东魁城的当天晚上，火山便醒了过来。只不过这位末代大方师伤了魂魄，虽然醒了过来，还是神志不清，看着周边的景物和人一个劲地傻笑。广仁当下开始使用术法为火山固魂。有这样的师尊，火山不用多久便会痊愈。吴勉、归不归等人也用不着操心。

　　不知道是不是东魁城的恶鬼怕了吴勉、归不归这几个人，自他们进驻到这里的第一天起，一连一个多月始终没有见到过什么孤魂野鬼。只不过待在这样一座破败的城镇，难免会感觉到有些无聊。小任叁和百无求闹了几次，想要回到建康城的大宅子居住，都被吴勉、归不归拦了下来。

　　一个月之后，火山也恢复了正常。这个红头发的男人每每想起被神祇打伤的经过，就惊出一身的冷汗。趁着火山清醒过来，归不归问这两位大方师，那天救了他们俩的到底是阵法还是另外一位神祇。不管怎么说，那位伊秧是许久都没有出现过了，当时广仁、火山可是带着他一起离开长谷之地的。

　　两位大方师没有直接回答，火山则脸色阴沉地看着归不归。广仁终于微微一笑，说道："归师兄，那位伊秧也是神祇，他怎么可能以神祇的身份去阻拦煞神？那不是要和天界为敌吗？"这位大方师也不说到底是不是伊秧，一句话便将这个老家伙怼了回去。

　　这当中，归不归也将众人召集到了一起，开始商量如何对付那位煞神。这里面唯一和煞神交过手的就是两位大方师了。不过他们俩都被煞神打怕了，张口闭口就劝说吴勉不要轻易和煞神交手，应该第一时间便使用帝崩。如果白发男人被煞神打败，帝崩也被他抢走的话，就算他们这些人躲到徐福大方师的身边，也只会给徐福大方师招灾惹祸。

　　而吴勉似乎对直接使用帝崩的意愿并不大，对这个白头发的男人来说，他已经有了诛灭几位神祇的经验，而且他已将种子和术法的力量融合到了一起，正想找个更强大的神祇来试试身手。不到万不得已的时候，他是不会轻易使用帝崩这样的大杀器的。

广仁猜出了吴勉的心思，看到劝说没有什么作用之后，又改了策略，开始游说白发男人将帝崩交给归不归保管。如果他和煞神动手的时候有个意外的话，还有归不归手里的帝崩作为后备。知道吴勉不相信他们师徒，两位大方师一开始就没有说让他们来保管帝崩，而是劝说将其放在归不归那只老狐狸手里，这样总没有什么问题吧？不管怎么说，自打秦末以来，吴勉和那个老家伙都是穿一条裤子一路走过来的。

除了两位大方师之外，邱芳、元鸣和归不归也都认可这个建议。吴勉现在虽然强大，不过总有失手的时候。如果让煞神得到帝崩，那天下苍生就真的没有还手的机会了。最后被众人说得烦了，吴勉将帝崩交到了归不归的手上。看着老家伙拿着帝崩两眼放光的样子，广仁心里还是不托底："归师兄，你这一身的术法都是得自徐福大方师，你不会拿着帝崩去得罪大方师吧？"

归不归哈哈一笑，随后表情古怪地对两位大方师说道："看看广仁大方师你说的，就好像老人家我会去找泗水号的两位东家，借着他们和徐福门人交易物品的时候，摸到他们的船上去，然后趁着徐福一个不小心用帝崩去射杀他吗？你们当老人家我是什么人了？那样的事情我老人家想都不敢想的……"

听了归不归这话，广仁、火山师徒俩的背后开始冒凉气，二人开始后悔出了这样的主意。等到煞神的事情告一段落之后，说什么也要鼓动吴勉再把那件大杀器收回去。不管怎么说，帝崩放在吴勉的手中，总比让和徐福大方师有仇的归不归拿着好。

帝崩到了归不归手上之后，又过了一个多月，却始终没有见到那位将两位大方师打伤的煞神。就在众人都开始怀疑煞神是不是正在找席应真麻烦，无暇分身的时候，煞神终于出现在众人的面前。

一天傍晚，就在众人等着泗水号的厨子做晚饭的时候，天空中突然出现一道闪电。随后在一阵惊天动地的雷鸣声中，一个黑色的人影从城门口缓缓走了过来。看到这个人影的一刹那，广仁、火山二人立即站了起来。两位大方师阴沉着脸，紧紧盯着远处慢慢走来的人影。

　　"这个就是煞神，你们几位千万不要小看这个神祇。归师兄，你看准时机马上动手，千万不能失手……"广仁低声和归不归说了两句。随后，广仁又提醒吴勉："吴勉先生，听我一句劝告。千万不要小看这个神祇，他不是你招惹得起的。"

　　"广仁，你顾好自己吧，别拿我和你们俩比……"说话的时候，吴勉已经开始向着人影慢慢走了过去。他一边走一边对人影说道："煞神？这么久才来？你迷路了吗？"

　　"你就是吴勉？当天就是你弑了众神的，那天我都看到了，就是你无疑……"这个人影不像之前出现在建康城上空的那个巨大的人影，此时是正常人的身高，一副儒生的模样。吴勉走得越近，看得越清楚，这个煞神长着一张二十多岁男人的脸。如果不是他浑身上下都散发着神力，怎么看都不像一个神祇。

　　"我奉神主之命，下凡来取你的性命。吴勉，你身边没有神祇撑腰，今天不会让你逃掉了。"说话的时候，人影已经将他身上的外衣脱了下来，对着吴勉扔了过去。

第八十章　百里熙的遗产

外衣扔出去的一瞬间，煞神已经在原地消失。就在吴勉侧身躲开外衣的同时，刚刚消失的煞神突然从衣服当中冒了出来，一拳打在吴勉的胸口上。"嗙"的一声巨响，将白发男人远远地打飞了出去。

看到吴勉被打飞出去之后，煞神并没有乘胜追击，而是缓缓地转头看了一眼归不归和两位大方师，说道："吴勉是第一个，当初弑神的名单里面还有谁？广仁？归不归？还是你们一起来……"

他的话还没有说完，突然猛地一转身，对着身边的空气打出一拳。又是"嗙"的一声巨响，刚刚现身的吴勉再次被煞神一拳打飞。广仁、火山原本以为吴勉仗着种子的力量，怎么也可以和煞神僵持一段时间，给归不归创造出用帝崩偷袭的机会。想不到他们俩的实力差距这么巨大，吴勉竟然连还手的机会都没有。

"这就是你弑神的力量吗？能死在你手中也不……"这话只说了一半，煞神便再次对着面前的空气挥出一拳。不过此时，煞神的脸上突然变了颜色，已经挥出的拳头猛地收了回来，随后身子倒仰。与此同时，那把明晃晃的贪狼贴着煞神的头皮飞了过去。

还没等煞神站起来，白头发的吴勉已经再次到了他的身前，对着身子几乎贴在地面上的煞神挥拳打了下去。吴勉这一拳，直接将这位神祇背后的地面砸出一个深坑。就在他准备继续打出第二拳、第三拳的时候，深坑里突然冒出一股巨大的力量，将吴勉的身体向后冲撞过去。

　　吴勉向后倒退的同时，满身尘土的煞神从深坑里面飞了出来。他的胸口刚刚被吴勉打中的位置一片血肉模糊，不停地有金色的鲜血渗出来。煞神低头看了看自己的伤口之后，抬起头来对吴勉说道："原来你靠的不只是术法，有趣，刚才的话我收回去。你的力量很古怪，可惜你好像只是刚刚窥探到一点点门道。"

　　最后一个字出唇的同时，煞神身子一晃，瞬间到了吴勉的面前。后面的归不归、广仁等人甚至都没有看到他是如何出手的，就听见一声巨响，吴勉的身子被打得高高地飞了起来。他落地的时候，不偏不倚正好落在了刚刚他自己打出来的深坑当中。

　　这时候，看着吴勉挨打却没有人上去帮忙的百无求，眼睛已经快冒火了。他冲着以他"亲生父亲"为代表的这几个人啐了一口，随后说道："呸！你们就看热闹吧！老家伙，广仁他们习惯占便宜了，你也看着你叔叔被打死吗？出去别说老子是你的儿子，老子丢不起那个妖……今天老子和你叔叔同归于尽了，没老家伙你的份了……"

　　百无求哇哇大叫了一通之后，一边脱衣服一边向着煞神那边冲过去。就在这个时候，归不归踩住了二愣子脱了一半的衣角，将自己这便宜儿子弄摔倒之后，便没有再理会这二愣子。他慢悠悠地从怀里掏出那件龙形法器，将龙口对准了马上就要对着吴勉下手的煞神，随后嘿嘿一笑，说道："神祇且慢动手，有件好玩的玩意儿请神祇您鉴赏一下。您慢慢抬头，动作千万别大。一旦神祇您吓到了我老人家，不小心触动了法器，那可就是您误杀了自己，算不得老人家我弑神。"

　　"帝崩……原来是这个样子的……"看到归不归手里的法器之后，煞神慢慢地向后退了几步。他边退边说道："你想好了再动手，你只有一次机会，一击未中的话你便活不成了……还有，就算你杀了我，天界还会派下其他的神来为我报仇。你们的运气不会每次都这么好的……"

　　"老人家我还等得了下次？现在海上的徐福已经开始成批成批地打造

这样的法器。"归不归笑眯眯地看着脸色已经沉下来的煞神，顿了一下之后，继续说道，"有弓箭之前人也是怕虎的，后来又怎么样？老虎也招架不住十几二十个猎人用弓箭射杀。神祇你想想后面的场景，几十几百个修士人手一件帝崩。你只要一露头……元鸣，你这是什么意思？"

归不归的话还没有说完，手里本来紧握的帝崩法器突然脱手，还没等他反应过来，这天字第一号的大杀器已经到了元鸣的手上。就见这个和尚手里除了帝崩之外，还有一根细细的红绳，绳头上绑着一支满是青锈的铜爪。就是这件法器将帝崩抓到了元鸣的手上。归不归全神贯注地盯着弑神的一举一动，完全没有防备身边的和尚会来这么一手。

现在帝崩的龙嘴对准了归不归、广仁和火山这几个人。元鸣微微笑了一下，慢慢地向着煞神的方向走过去。他一边走一边小心翼翼地盯着他们这几个人、妖，说道："归老先生，刚才你说的话别忘记了。你们几位大修士千万别有什么大动作，现在你们都在帝崩的口中。有一个人轻举妄动，我便会发动帝崩。到时候可能会有一两个人逃脱，不过剩下的大部分人可就死定了。"

归不归的笑容已经凝固在脸上。沉默了片刻之后，老家伙的目光已经转到了那位"煞神"的身上。叹了口气之后，归不归苦着脸说道："既然元鸣你挑这个时候动手，那么就是说这位也不是什么煞神了。元昌，你吞噬了神力之后，连身上的血都变成了金色的吗？"

归不归说话的同时，煞神脸上的相貌突然发生了变化，那个二十多岁的男人瞬间变成了元昌的模样。没等元鸣走到他身边，元昌和尚已经急不可待地瞬移到了自己师弟的身边，伸手将帝崩抢到了手中。

看着元昌拿到了帝崩，归不归目光转到了元鸣和尚的脸上，说道："这么说起来，当初凤琊寺那出神祇闹庙也是元昌和尚代劳的，是吧？元鸣和尚你真是好手段，那一百多个和尚都是你的弟子。为了演这场戏，你连弟子的性命都不要了，难怪你会是元昌和尚的师弟，真是实至名归。最后再多嘴问一句，你手上那是什么法器？刚才帝崩对着你家师兄，你真的不怕动手的时候，老人家我错按机关要了你师兄的命吗？"

"归不归你不要挑拨离间，元昌师兄不吩咐的话，我又怎么敢这么做？"说话的时候，元鸣将手里的红绳卷成了一个小球，随后将这个绳球在归不归的面前比画了一下，这才继续说道，"这是当年那位炼器第一人百里熙炼制的法器，就是趁人不备夺取法器用的。自打炼制成功之后，这还是第一次使用。不瞒你们说，刚才我夺取法器的时候，手心里面也都是汗。不过炼器第一人也不是浪得虚名……"

"元昌大师，这就是百里熙留给你的遗产吧？"归不归看着拿着法器有些兴奋的元昌，继续说道，"老人家我还是闹不明白，就算是谷元秋亲自对付吴勉，也不会像你这么轻而易举。你吞噬了他的神力不假，除去流失掉的那部分，怎么看你也不可能会有这样强大的神力。元昌，就算要我老人家的性命，也要让老人家我死得明白一点吧？"

第八十一章　二重神力

　　这件法器是元昌当年从炼器第一人的手里得到的。当时百里熙就是太信任这个和尚，最后才会把命都送到他手里。那件铜爪法器就是元昌那个时候从百里熙那里偷走的。当时元昌从百里熙那里顺走了不少法器，想不到最有用的会是这件当初连他都看不上的铜爪。

　　"师兄，不要废话，我们还有大事……"看着归不归故意拖延时间，元鸣皱了皱眉头，开始催促起元昌来。不过他这位师兄仗着自己满身的神力，加上手里的大杀器，已经完全不将这些人放在眼里了。

　　元昌伸手制止了元鸣，冲着面前聚在一起的这些人说道："归不归，你也看到了，刚才吴勉在我面前连还手的能力都没有，你以为我吞噬的只有一位神祇的神力？记得那张拼凑起来的信笺吗？那也是我写的，原本真的有一位煞神奉神主之命下凡……"

　　当初元昌吞噬了谷元秋的神力之后，便偷偷躲藏起来，准备一点一点消化神力。他之前已经知道谷元秋的神力不同于两位楼主的法力，因而也是冒着极大的风险去吞噬神力的。如果他在消化神力的时候遇到外界的干扰，处理不好就会给自身带来极大的损害。好在他的运气不错，大概花了大半年的工夫，终于将从谷元秋那里夺来的神力彻底消化掉了。

　　随后元昌开始故弄玄虚，将自己之前有术法根基的弟子都召集了起来，使用异术将他们都幻化成自己的模样，随后让他们出现在各地，造出他万身法相的传说。这之前，元昌已经尝试用各种方法来改变国运，无奈天下已经乱作一团。五胡乱华，朝代瞬息更替，元昌几次都做了无用功。最后他只能暂停自己的小动作，等到时局稳定之后再做图谋。于是，元昌先将自己得道高僧的名声散播出去，说不定什么时候便可以利用上。

就在各地都散播高僧元昌的传说的时候，他的真身却遇到了那个能改变北朝命运的半大小子尔朱荣。元昌三次给尔朱荣测算命格，都算出这个十几岁的少年有乱朝之相。为了扰乱朝局，元昌将尔朱荣带到了北朝国都洛阳。虽然他什么都没做，不过却将一颗乱朝的种子留在了北朝。

按照元昌的计划，他原本是要将尔朱荣一步一步带到位极人臣的地位。不过就在元昌刚刚将尔朱荣带到洛阳的当日，他突然感觉到洛阳城中出现了一股和谷元秋、伊秧一样的气息。

元昌当下也顾不得什么尔朱荣了，用障眼法逃出了洛阳城。没曾想连续三次使用五行遁法，都被那个神秘的力量追到。最终在南海郡的某座高山上，元昌被这股力量的主人追到。

一路追踪元昌的是一个看似二三十岁的壮汉。抓住元昌之后，壮汉却疑惑了起来："你不是谷元秋，为什么却拥有他的神力？那次引诱众神下凡，在半路击杀的人当中有没有你……"

当时元昌已经明白他就是天界派下来为众神报仇的神祇，能做这样事情的神祇一定比当天被轰杀的众神要强大得多。元昌身体里面的神力和这位神祇的相互有感应，他能感觉到这是一位神力和谷元秋相仿的神祇。那么谷元秋传到他身上被打了折扣的神力，一定抵不过这位神祇的神力。

为了保命，元昌编造出自己是谷元秋徒子徒孙的谎话。还谎称当天弑神者之一的吴勉打伤了谷元秋神祇，是他将已经快不行了的师祖救走。无奈元秋先生的伤势实在太重，于是临死之前元秋老人家使用方士一门的不传密法，将自己满身的神力一股脑儿传给了他。

　　神祇听完后，对这个叫作元昌的和尚还是半信半疑。他和谷元秋
虽然都是天上的神明，不过各有不同的术法，也不清楚谷元秋那个滑头
会不会真的有本事将神力、术法传给后人。如果真能传给别人，也能说
明为什么人世间的徐福会有那么强大的术法了。以徐福大方师的强大程
度，就算是天上的神祇也不敢轻易招惹他。当下神祇又向元昌询问了谷
元秋、伊秧和其他几位神祇到底出了什么事情，元昌和尚将黑锅扣在了
吴勉、归不归和两位大方师，以及大术士席应真的头上，却谎称他和谷
元秋、伊秧两位神祇是一伙的。

　　事实本来也是如此，虽然最后出现的反转让元昌瞒了下来，不过这
样基本上也找不出这和尚的破绽，神祇勉强算是信了和尚的话。当下，
他表明了自己的身份。这位神祇是天界神主座下的煞神，奉了神主的旨
意，下凡将谷元秋等亡故众神下凡的痕迹抹掉，顺便解决掉那些弑神的
凡人。杀死了神祇还逍遥自在地活在人世，不能有这样的先例。

　　相信了元昌是谷元秋的传人之后，煞神让这个和尚去找吴勉、归
不归和当天所有参与弑神的人。元昌担心这样找下去，他自己吞噬谷元
秋术法的底早晚泄露出来。当下，他趁着煞神不注意的时候，给吴勉、
归不归和广仁、火山两边分别留了一封信。本意是让他们这些人避开煞
神，以防他们露了他的底。

　　好在元昌几年前培养的万身法相还在各地游走，他找到了一个冒充
自己的弟子，让他将两封信都交到健康城凤瑕寺的元鸣方丈那里。元昌
虽然什么都没交代送信的弟子，但他相信以元鸣的才智，看到他所写的
信函，便能明白他的意思。

　　让元昌意想不到的是，元鸣得到信之后，并没有按照他师兄设想的
那样去做。元鸣想的是吴勉、归不归和他同城而居，就算元昌真的带着
神祇赶过来，他也有办法化解，却正好可以利用煞神除掉广仁、火山。
在元鸣的心目中，一直十分忌惮这两位大方师。吴勉、归不归虽然术法

强大，终究不会像两位大方师那样掀起大风浪来。而且另外一个肘腋之患——伊秧，和广仁、火山在一起，正好可以利用煞神灭掉这位神祇。

元鸣将两封信藏起来之后，开始盘算起如何利用煞神来诛灭异己。但他没有想到元昌竟然利用诡计又吞噬了煞神身上的神力。煞神虽然神力强大，但他身上也是有弱点的。

煞神飞升之前是已经消亡的修道门派盘天宗的宗主。盘天宗的门人每次遇到日食，术法都会暂时消失片刻，等到日食结束之后才会恢复。虽然煞神已经成神，不过这个破绽依旧存在。在天上遇到日食之时，煞神总会提前找地方躲避起来，防止有对他不利的神祇趁机下手……

和煞神天南地北"追寻"弑神之人的时候，元昌无意当中得知了煞神飞升之前的门派，从中推断出煞神的这个破绽。事也凑巧，两个人转悠了大半年之后，恰逢日食，煞神躲藏了起来，让元昌在藏身之地附近给他护法。

让煞神没有想到的是，正当太阳被完全遮挡起来的时候，元昌突然发难，将煞神的四肢斩断。等到日食结束，煞神的神力回归之后，丧心病狂的元昌竟然将这位神祇的神力也吞噬了。

现在元昌身兼两位神祇的神力，在他看来，吴勉、归不归和广仁，就算那位大术士席应真，都已经不再是威胁。他现在所忌惮的只有一个人和一件法器……

第八十二章　机关算尽

　　除了还在海外钓鱼的徐福之外，元昌忌讳的只有法器帝崩了。当初他可是亲眼看到过帝崩发出那恐怖的力量，现在想起来还有些微微哆嗦。不过如果那件法器在他的手上，那么就算徐福大方师回到陆地，他也有把握随时诛杀这位大方师。

　　不过在这之前，元昌要赶紧想办法将吞噬掉的神力消化掉。于是，元昌和尚鸠占鹊巢，就在煞神亡故之处开始将这些本不属于他的神力一点点消化掉。不过让元昌吃惊的是，他这次吞噬掉的神力几乎已经是他身体所能承受的极限了。

　　当初元昌吞噬了数万魂魄来修炼渊噬，就是为了打开丹田，可以吞噬更多的术法、神力。没有想到谷元秋和煞神二神的神力会强大到这种程度，几乎将元昌已经扩大几百倍的丹田填满。而且自打神力进入他体内之后，因为神力的影响，使丹田固化，他再也不能使用渊噬之类的术法来扩充丹田了。

　　之前元昌依仗的吞噬之法现在对他来说已经算是禁术了，只要他再吞噬一点点的术法、神力，他便会身体爆裂而亡。

　　不过不管怎么说，元昌也是同时拥有两种神力的人，只要消化了神力，他便是徐福、席应真这样高度的大人物了。半年之后，元昌彻底将煞神的神力消化之后，便在建康城找到了他那位心智过人的师弟元鸣。两个人开始商量起如何将帝崩法器弄到手里。

如何取得帝崩这件事不能有一丝大意，吴勉、归不归都是一等一的聪明人。而且白发男人的脾气怪异，不能从常人的角度去揣度。一旦吴勉直接发动帝崩，即便元昌已经吞噬了两位神祇，也挡不住帝崩发出的巨大力量。

最后还是元鸣想出了这样一个主意：吴勉、归不归不都是人精吗？那好，我便再给你们添几个聪明人。有的时候，多个聪明的人并不是什么好事……

为了把戏做足，元昌、元鸣提前做了一场戏热场。元鸣请吴勉、归不归前来庙里吃鹿肉，等到他们刚走，在建康城百姓的见证之下，元昌假扮天神压塌了佛堂，要了正等着元鸣讲经的一百多名弟子的性命。元鸣则做足了戏份，在十根手指上留下了残疾。

后面的剧情几乎也都按着元鸣设想的走。归不归带着百无求连夜将元鸣从天牢里面救了出来。元鸣婉拒了归不归让他带着金子和女人还俗过日子的好意，而为死掉的一百多名弟子超度便是元鸣最好的借口。

然后就是广仁、火山被假冒煞神的元昌逼到了这里。两位大方师的藏身之处，元鸣早已调查清楚。还是元昌冒用了煞神的名号，杀到了两位大方师的藏身之处。一直被两位大方师收留的神祇伊秧奋力相护，才让广仁、火山从元昌的手中死里逃生。伊秧自己也在最后一刻使用遁法离开，如果他晚走一步的话，恐怕也要死在元昌的手上。

果然还是和元鸣算计好的一样，广仁、火山到了之后，想法便多了起来。有元鸣在旁边敲边鼓，最后竟然说动吴勉将帝崩交给了归不归保管。就在老家伙使用帝崩威胁元昌的时候，元鸣突然发难，使用元昌从百里熙那里得到的法器，瞬间便将帝崩抢了过去。一直到现在，完全就是照着元鸣和尚定好的"戏本子"走的，几乎没有一点偏差……

将这几年发生的事说完之后，元昌有些肆意地大笑了几声，随后对归不归、两位大方师说道："归不归，现在你是不是可以安心去死了？

这件法器曾经让天上的众神陨落，能死在帝崩的轰击下，也算是你的福气了。"

说完之后，元昌和尚学着当年的谷元秋和被神识控制住的吴勉一样，按动了帝崩上面的机关。只要归不归、广仁这些人死于帝崩的轰击之下，元鸣当初设定好的计划便算是完美落幕了。不过这最后一下按动机关，终于出现了偏差。

元昌按动了几次机关，帝崩都没有任何反应。这一瞬间，两个和尚都明白出了什么事情。只不过元昌、元鸣二人的反应各不相同。元鸣脸色大变，主动拉开了和自己师兄的距离，远远地躲开了元昌。

而元昌和尚则向着归不归几个人的位置冲了过去。不过与此同时，那个老得不像样子的老家伙手里已经好像变戏法一样，多出一个龙形法器。随着归不归按动机关，法器发出一阵震耳欲聋的巨响，随后一道耀眼的光柱对着元昌的方向射了过去。元昌大惊之下已经来不及使用遁法逃离，眼睁睁地看着自己被帝崩发出的光芒打中。这一瞬间，元昌闭上了眼睛，已经做好了必死的准备。

不过元昌却没有什么异样的感觉，难道这么快就死了？这和他想象的完全不一样。刚刚消化的神力，还没有真正使用过，便被帝崩要了性命，临死前的元昌还是不甘心……

就在元昌睁开眼睛，看一眼死后世界的时候，他看到的却是和刚才一模一样的景象。只见远处的归不归几个人还站在原地，那个老家伙刚才不是使用了帝崩吗？那刺耳的声音，还有耀眼的光芒，都和当初谷元秋使用的时候一模一样啊，为什么他会死里逃生？

就在元昌有些恍惚的时候，他身边响起一阵古怪的声响。他向着发出声音的位置看过去，就见元鸣跪在了地上，脑袋已经消失不见，直挺挺的腔子正不停地往外冒着鲜血。而这没有脑袋的腔子旁边站着一个男人，正是原本应该和归不归站在一起的大方师广仁……

虽然不知道归不归手里的帝崩为什么没有发挥作用,不过这个时候的元昌已经吓破了胆。当下他没有心思去想为什么归不归手里的法器会失去作用,而是第一时间施展五行遁法,消失在这些人的面前⋯⋯

看着元昌逃走,百无求气得直跺脚,瞪着眼睛对归不归吼道:"老家伙你什么意思?怎么别人用这件法器都是山崩地裂的。轮到你,却像小孩放屁。你上辈子做了什么缺德事儿?轮到你来用,这法器就不灵了⋯⋯"

"老人家我做过最缺德的事情,就是和你妈生了你这个小王八蛋!"这个时候,归不归也是一肚子邪火。他盯着手上的法器看了半天之后,一拍大腿说道:"公孙屠!这个法器就在他手里捣鼓过!广仁,你们方士把这件法器弄坏了!你说怎么赔吧⋯⋯"

"归师兄,先不说帝崩是不是被公孙屠损坏的。这件法器本来就属于我方士一门,就算真的损坏了,也和归不归大修士你没有什么关系吧?"广仁微微一笑。他想的是,虽然帝崩损坏了不是什么好事,不过起码比放在吴勉、归不归这类人的手上要好得多。除了还给徐福大方师之外,这也算是最好的结局了。

这个时候,小任叁对广仁说道:"广仁大方帅你怎么看着还挺高兴的?我们人参问一句,现在元昌逃了,等他回过味来发觉自己是被吓跑的,那他会先对付谁?"

第八十三章　疯子和傻子

广仁刚才死里逃生，没有想到小任叁会问出这样的问题来。愣了一下之后，他缓缓说了一句："元昌不确定帝崩到底出了什么状况，等他反应过来之后，势必会抓住我们当中的一个询问。现在看起来，我和火山的机会是大一点……"

刚才广仁看到归不归手里出现帝崩的时候，瞬间明白了一切。老家伙对着元昌动手的同时，他担心诡计多端的元鸣逃走，当下亲自出手了结了这个没有丝毫术法的和尚。不过后面的事情也有些出乎大方师的意料，归不归手里的帝崩竟然失效，眼睁睁地看着元昌和尚从眼皮底下遁走。

等到元昌反应过来，第一个倒霉的恐怕就是广仁了。如果知道是现在这样的结局，不知道当初他还会不会一次又一次地袒护这个妖僧……

广仁心里发苦的时候，归不归还在皱着眉头盯着手上的帝崩。老家伙到现在都没有想通，威力那么巨大的法器为什么到了自己的手上便不好使了。公孙屠这一辈子都在和法器打交道，哪会那么不小心就把这件帝崩弄坏了？还是说必须要有神力才能操控这件法器？不过弑众神那天，操控吴勉的神识也没有神力，他又是怎么使用的帝崩……

七窍玲珑心的归不归难得钻进了牛角尖，平时眨眨眼睛就能想明白的事情，现在竟然把他搞蒙了。老家伙紧紧盯着手里的帝崩，心里一团乱麻，却找不到可以解开的线头。

看着几个人都是眉头紧锁的样子，小任叁开口说道："有什么想不明白的大家换个地方再想吧。不是我们人参说你们，就不怕人家元昌反应过来，跑回来和你们拼命吗？大侄子，过来帮你三叔把你小爷叔挖出来。"

小任叁和百无求张罗着要把吴勉挖出来的时候，白发男人已经自己走了出来。看样子吴勉并没有什么大碍，他虽然不是元昌的对手，不过刚才的大败应该也是和归不归做好的局，为的就是引元鸣出手。

吴勉从深坑里面走出来之后，皮笑肉不笑地看了一眼远处还在琢磨帝崩的归不归之后，慢悠悠地说道："还没有想明白吗？帝崩不是帝崩，疯子也不是疯子……"

一句话让走进了死胡同的归不归彻底明白过来。老家伙瞬间恢复了他往日嬉皮笑脸的样子，将手里的帝崩扔给了广仁，笑眯眯地说道："既然是你们方士的法宝，那么老人家我还给大方师你，以后别出去说我们占方士一门的便宜。"

这个时候，看不得自己师尊受委屈的火山走了过来，对老家伙说道："归不归你们占的便宜还少了吗？宗门崩塌之前，将近一半的天材地宝都归了你们。"

"对，最不值钱的那一半天材地宝。"归不归嘿嘿一笑之后，不再搭理那位末代大方师。他回头冲吴勉做了一个鬼脸之后，吩咐远远躲开的泗水号众人赶紧离开。担心元昌找他们的后账，归不归还特意嘱咐这些人不要回健康城，每人给了一块马蹄金，让这些人直接回老家过日子。看着这些人都离开之后，吴勉、归不归两个人才带着两只妖物使用遁法离开这里。

走之前本来打算带上邱芳的，没想到他微微摇了摇头，说道："看来我与几位的缘分到此为止了，徐福大方师还交代过几句话。邱芳的时日不多了，再不去做的话恐怕就来不及了……"说完之后，邱芳对着吴勉、归不归行了半礼，对两位大方师只是点头示意。他也不使用遁法，直接步行出了东魁城，沿着官道一直走了下去。

看着一座空城只剩下他们两个人，广仁回头看了自己的弟子一眼，说道："我们去找伊秧，要把元昌弑神和吞噬第二个神力的事情告诉他。神主不会善罢甘休的，希望不会牵连到徐福大方师。"

"那么帝崩呢？刚才吴勉说的话明显是冲着公孙屠去的。帝崩被公孙屠掉了包，真帝崩就在他的手里。"火山听到广仁有些主次颠倒，当下小心翼翼地继续提醒了几句，"只要我们比吴勉、归不归先找到帝崩，就算术法有所欠缺，主动权也在我们的手里。"

"你还想把那个烫手的火盆端在自己手里吗？"广仁回头冲自己的弟子古怪地笑了一下，随后继续说道，"为什么吴勉刚才根本不避讳你我就在身边，几乎直接向归不归明说了帝崩和公孙屠的事情？火山，不管是吴勉还是元昌，现在都已经不将你我师徒放在眼里了。现在的帝崩已经不是我们能染指的法器了，让他们去争斗吧，你我只要看着帝崩最后落在谁手中就可以了。"

说到这里的时候，广仁顿了一下，深深地吸了口气之后，继续说道："现在你我师徒要想办法提升术法，就算不如元昌、吴勉等人，总不能被他们落下太远。至于帝崩，就让他们去争去夺，事情闹得越大，最后越难收拾。我们静观其变就好……"

差不多一刻钟之后，已经空无一人的东魁城中凭空出现了一个身穿华丽僧衣的和尚。正是刚才被归不归用假帝崩惊走的元昌。和老家伙一样，逃遁之后他一时也没有明白过来帝崩为什么没有发射，还一直在庆幸自己在那件大杀器之下能全须全尾地回来。只是可惜元鸣死在了广仁的手里，那么聪明的脑袋瓜，真是可惜了……

不过没过多久，元昌便回过味来了。他能在帝崩之下偷生，压根就是那件法器出了问题，而不是自己的命大。他太傻了，竟然放弃了那么好的机会……

当下元昌小心翼翼地回到了东魁城，看到这里已经空无一人，而且吴勉、广仁他们居住的帐篷都没有撤掉，人却已经彻底地消失了。这更加证实了他的猜想，他不是命大，是蠢……

随后，元昌又去查看了吴勉、广仁两拨人马之前的藏身位置，果然空无一人。元昌又去泗水号找了当时侍候吴勉、归不归等人的伙计。想不到他们一个都没有回来，好像彻底从这世上消失了一样。

不过元昌还是不死心，从建康城周围招来一名弟子，让他专门监视泗水号的商铺，如果发现那几个失踪的伙计回来，就马上抓起来送到他那里去。这么做本来只是预备着，想不到最后还是这名监视泗水号的弟子帮了元昌的大忙。

被归不归赠金遣散的伙计当中有一人舍命不舍财，这人就住在建康城附近的村子里。将马蹄金和之前从归不归那里得到的金锞子送到老家之后，他便开始忙着盖新房、娶媳妇这样的大事。等到新房子盖起来，就等新媳妇过门的时候，他想到自己还有两年的工钱存在泗水号。虽然也就是几吊钱的事，与从归不归那里得来的金子相比不值一提，不过那也是他辛辛苦苦挣下来的工钱，凭什么便宜泗水号那两位东家？

于是，这人悄悄回到了建康城。他刚刚进了泗水号，还没和管事说上几句话，元昌的弟子便突然出现，打晕了他并将他带到了元昌和尚的身边。

当初吴勉和归不归、广仁的对话，这人听得一清二楚，为了保命，他一股脑儿都向元昌说了出来，临了还不死心地对面前的和尚说道："我看到的、听到的都和大和尚你说了，得了那点辛苦钱您就赏给我吧……"

第八十四章　公孙屠的下落

　　从这个舍命不舍财的伙计嘴里知道了帝崩为什么没起作用之后，元昌恨不得给自己俩嘴巴。能一次把吴勉、广仁两拨人马堵在一起的机会有几次？他们几个都是一等一的聪明人，下次弄不好就是这几个人下套让他来钻了。

　　不过总算还有一个不好不坏的消息——帝崩法器在那个叫作公孙屠的方士手里。这个方士，元昌是见过的，听说他还是蹭了吴勉的长生不老药才活到现在的。想不到就是这么一个小人物，连归不归、广仁都敢去戏耍，还把帝崩那件大杀器也攥在了手里。

　　当下，元昌凭着自己的记忆，亲手描绘出公孙屠的画像，随后让弟子们相互传阅，务必要在吴勉、广仁这两拨人马之前先一步找到这个方士。只要帝崩到了自己手上，那么陆地上便没有还能对他造成威胁的人。

　　除了指派弟子们之外，元昌还用了其他的手段。他联络到北朝一人之下、万人之上的尔朱荣，让他动用自己的势力在北朝的范围之内寻找公孙屠。南朝这边，元昌也动用了元鸣留下的人脉。百余年来，南北两朝费尽气力寻找同一个人，也算是开了两朝分治以来的先河。

　　不过这公孙屠就好像从世上消失了一样，元昌动用了自己所有的势力找了五六年，始终没有发现这个方士的下落。不只是公孙屠，就连吴勉和广仁这两拨人马也没有了踪影。

　　两位大方师倒还罢了，方士一门崩塌之后他们俩便一直神神秘秘的。不过吴勉、归不归他们突然失踪倒是少见，最后一次还是有猎户在前往妖山的必经之路上发现了这几个人。因为他们几人的外貌实在太好辨认，基本上不可能认错。

这个时候，吴勉、归不归这些人竟然去了妖山？难不成公孙屠躲在了妖山之上？之前有关他们几个和老妖王的关系已经传得人尽皆知，不过元昌却不相信公孙屠敢藏身在妖山。或许这是吴勉、归不归弄出来的障眼法也说不准，毕竟没有了帝崩，他们几个也没有了和他比拼的依仗。弄不好，这都是归不归出的主意，将他引到妖山，他们几个人才好趁机去找公孙屠的下落。

当下，元昌不理会吴勉、归不归这些人，还是满天下地寻找公孙屠的下落，还派了门人弟子乘船去西域各国，甚至连天竺、波斯这样的远邦也派了人去。只是都没有公孙屠的消息……

一晃五年半过去，初春的某天清晨，从北朝国都洛阳快马送来的一封信函到了元昌的手上。信函是北魏大将军、太原王尔朱荣亲笔写的，写着二十天之前有人在南海郡的一个小渔村中见到了和画像上有八九分相似的人。

只不过那人是满头的黑发，并非画像上面的白发。而且这人是土生土长的当地人，姓名也对不上。更别说此人还在当地娶妻生子，育有两儿一女。虽然什么都对不上，不过这人的相貌实在太像画像上面的公孙屠，让人不禁生疑。

替尔朱荣送信的信使发现疑似公孙屠的人时，当时只是在小渔村歇脚，虽然那人看着像公孙屠，但是那满头的黑发还是让他有些疑惑。不过这信使还是有些心机的，当着那人的面，叫来此地的亭长，谈笑之间装作不经意说出正在寻找一个白头发的叫作公孙屠的方士。

信使说这话的时候，已经安排好手下躲在暗处偷看这人的一言一行。说到一半的时候，和公孙屠几乎一模一样的老渔民脸色便有些难看。最后说到全天下都在找那个叫作公孙屠的方士时，老渔民低下了头。等到他再抬头的时候，虽然相貌没有什么变化，不过不知道为什么，旁人再看他，只觉得他和画像上的公孙屠有几分相像，而不会觉得几乎一模一样。

信使听到手下的报告之后，心里明白此人正是公孙屠无疑。他这是用了什么古怪的术法，混在这个小渔村当中。当下，信使急忙快马回到洛阳城，将自己看到的对尔朱荣说了一遍。

知道这是元昌高僧指名道姓要找的人，尔朱荣不敢耽误，马上亲笔写了书信，随后快马将书信送到了元昌的手中。

找了多年的公孙屠终于出现，元昌大喜，立即使用五行遁法到了洛阳，见到了尔朱荣，并向他询问公孙屠出现的详细地址。不过有一个消息让元昌和尚有些不安。这位太原王做了一件画蛇添足的事情，他担心公孙屠逃走，竟然派出自己的亲信化装成鱼贩，到小渔村监视公孙屠的一举一动。算着时间，那些细作应该已经到达小渔村一天一夜了。这些人当中还夹杂着不少修士，如果发现苗头不对，这些修士会立即动手抓捕公孙屠。

听到尔朱荣做了蠢事之后，元昌连将怒气撒在他身上的时间都没有，只是骂了一句之后，便使用五行遁法到了小渔村附近的县城。辨明方向之后，他使用疾行之法到了小渔村。此时，村子里面横七竖八地躺满了尸体。一些低矮的土房也被烧成了灰烬，原本百余人的小渔村，这个时候竟然连一个活人都找不到。

不过这些死去的人，看着却不像是海边长大的，一看就是外地人。他们都是胸口、咽喉和眉心出现了一个拇指大小的窟窿，这也是他们的致命伤了。不用猜想，一定是他们想要邀功，主动出手捉拿公孙屠，最后却死在了这个方士的手上。公孙屠术法再差也是徐福大方师的弟子，又是百里熙之后的炼器第一人，怎么可能是这些平常修士可以对付的。

　　看着几乎到手的鸭子又飞走了，元昌大怒。正不知如何发泄怒气的时候，他看到一个渔民打扮的人鬼鬼祟祟地回到了渔村。当下他制住了渔民，向这个吓傻了的人询问这里出了什么事情。

　　此人正是这里的渔民，说今天一大早，在村子里借宿的十几个外地鱼贩突然翻了脸，抄起家伙向村子里的李大狗扑了过去。想不到平时不言不语的老好人李大狗竟然变出一条铜蛇一样的宝贝。这宝贝竟然飞了起来，在空中来回穿梭，片刻便咬死了这些外地人。

　　这些外地人死光之后，村子里的人都吓傻了。而杀人的李大狗就好像变了个人似的，他回到家里，捧出一大把足足有十几块的金锭。给每户分了一块金锭后，李大狗让这些渔民带着金锭搬到其他地方居住。看到这些渔民故土难离，李大狗竟然一把火点了村子，逼着这些人逃到了其他地方。

　　元昌听了渔民的话之后，知道事情还有转机，当下阴沉着脸问道："都跑了为什么你还敢回来？是公孙……李大狗让你回来的吗？"

　　"不是……我说了您留我一条活路，那些金锭我也不要了……"这人早上的时候已经被吓住了，后来跟着李大狗等人逃到了二十里外的一座大庄园当中。他缓过来之后便动了歪脑筋：早上李大狗随随便便就捧出那么多金子，说不准他家里还有三五锭金元宝。反正村子里面也没有活人了，谁拿走就是谁的。

　　听了渔民的话，元昌冷笑了一声："又是一个舍命不舍财的……"